문학과 영화의 지평과 해석

고현철

부산대학교 국어국문학과 및 동대학원
졸업
문학평론가, 문학박사
부산대학교 국어국문학과 및
예술·문화와 영상매체 협동과정 교수
▶ 저서
『현대시의 패러디와 장르 이론』(1997)
『구체성의 비평』(1997)
『현대시의 쟁점과 시각』(1998)
『비평의 줏대와 잣대』(2001)
『탈식민주의와 생태주의 시학』(2005)

▶ 편저
『문학과 영상예술』(2006)
▶ 공저
『한국 현대시와 패러디』(1996)
『한국 현대문학의 성과 매춘 연구』(1996)
『한국 서술시의 시학』(1998)
『현대문학과 양가성』(1999)
『동서시학의 만남과 고전시론의 현대
  적 이해』(2001)
『시론』(2008)
『시선과 담론』(2008)

문학과 영화의 지평과 해석

지은이| 고현철

인쇄일| 초판1쇄 2009. 2. 8
발행일| 초판1쇄 2009. 2. 10
펴낸이| 정구형
편집| 박지연 한미애
디자인| 김숙희 노재영 강정수
마케팅| 정찬용
관리| 이은미 박종일
펴낸곳| 새미

  등록일 2005. 03 15. 제17-423호
  서울시 강동구 성내동 447-11 현영빌딩 2층
  Tel 442-4623 Fax 442-4625
  www.kookhak.co.kr
  kookhak2001@hanmail.net

ISBN| 978-89-5628-438-5 *93800
가격| 23,000원

* 저자와의 협의하에 인지는 생략합니다.
잘못된 책은 구입하신 곳에서 교환하여 드립니다.

문학과 영화의 지평과 해석

고현철

새미

▎책머리에 ▎

　이번 책의 제목을 '문학과 영화의 지평과 해석'으로 한다. 『탈식민주의와 생태주의 시학』 이후 쓴 글을 새삼 살펴보면서, 필자가 보인 그 동안의 관심 사항이 문학 지평의 확장과 확장된 지평에 대한 탐색 나아가 영화에 대한 탐색이 초점인 것으로 정리할 수 있기 때문이다. 그래서 이 책의 제1−3부의 제목에서 '문학과 영화의 지평과 해석'을 부각시킨다.

　제1부 '문학의 지평과 해석(1)'은 이른바 패러디 시학에 해당하는 글들로 구성되어 있다. 패러디는 패러디된 텍스트와 패러디한 텍스트와의 관계 문제가 중심이 됨으로써 일종의 시학의 확장을 꾀하는 개념이 내재되어 있다. 「패러디 시론」은 이론적인 글에 해당한다. 여기서, 몇 항목으로 나누어 패러디 시론의 원론적인 사항을 검토해 정리하고 있다. 「서정주 ≪질마재 신화≫의 장르 패러디」는 서정주의 시집 ≪질마재 신화≫를 장르 패러디에 입각하여 살펴보고 있는 글이다. ≪질마재 신화≫는 설화 장르의 패러디와 월령체 민요 장르의 패러디로 구성되어 있는 사항에서부터 여러 문제를 검토하고 있다. 「신경림 시의 장르 패러디」는 신경림의 시집 가운데 장르 패러디와 연관되어 있는 시들을 살펴보고 있는 글이다. 민요 장르의 패러디와 무가 장르의 패러디로 이루어져 있는 사항에서부터 여러 문제를 검토하고 있다. 패러디 자체가 시학의 확장과 연관되기도 하지만, 시와 설화・민요・굿의 장르 혼합

양상은 궁극적으로 문학의 확장으로 이해할 수 있는 사항이다.

제2부 '문학의 지평과 해석(2)'에서는 문학 탐색 대상의 지평 확장으로서 북한문학에 대한 원론적인 질문을 전제로 하여, 구체적으로 북한문학의 기원이라 할 수 있는 조기천의 ≪백두산≫을 집중적으로 살펴보고 있다. 「조기천 ≪백두산≫ 연구의 선결문제」는 ≪백두산≫ 텍스트가 세 가지 계열로 나눌 수 있으며 이는 북한 정치사의 변화와 연관된다는 점과 애초 ≪백두산≫ 창작과정에서 김일성이 개입했음을 밝힌 글이다. 「북한 정치사와의 상관성으로 살펴본 조기천의 1955년판 ≪백두산≫」은 애초 1947년의 모습을 지니고 있는 1955년판 ≪백두산≫을 그 이후의 판본과 비교하면서 그 의미의 차이를 구체적으로 분석하면서 북한 정치사에서 ≪백두산≫이 획득한 정치적인 효과를 구체적으로 살펴본 글이다.

「현대시와 '재현'의 문제」는 '재현'이 근대적 재현, 근대−탈근대적 재현, 탈근대적 재현으로 나누어져 그 방식도 다양함을 미학을 바탕으로 하여 이론적으로 검토하면서 현대시에서 재현의 문제를 살펴보고 있다. 여기서 이론적으로 검토된 '재현'의 문제는 문학뿐만 아니라 다른 예술 장르에서 활용이 가능한 것이므로, 이 글은 문학의 지평을 넘어선 문제의식이 내재되어 있는 것이다.

제3부 '영화의 지평과 해석'은 문학의 지평을 넘어 문학과 영화를

비교하면서도 영화에 초점을 맞추어 비평적으로 살펴보고 있는 부분이다. 「<헐리우드 키드의 생애>의 탈식민주의적 해석」은 안정효의 소설과 정지영의 영화 <헐리우드 키드의 생애>에 대한 비교를 바탕으로 하여 영화 <헐리우드 키드의 생애>를 정신분석학과 결부된 탈식민주의 이론과 방법론으로 해석한 글이다. 「소설과 영화 <디 아워스>의 포스트모더니즘적 성격과 그 해석」은 페미니즘의 조명을 집중적으로 받아온 커닝햄의 소설과 달드리의 영화 <디 아워스>가 근본적으로 포스트모더니즘 성격을 지니고 있는 텍스트임을 밝히면서 소설과 영화를 비교하면서 영화 <디 아워스>에 초점을 맞추어 포스트모더니즘적으로 해석한 글이다. 「사소한, 일상……삶, 가볍지 않은」은 세계영화계에서 주목받고 있는 홍콩의 감독 팡호청의 영화 「사소한 일들」을 영화미학과 일상성의 문제를 결부시켜 비평적으로 살펴보고 있는 글이다.

　제4부 '시인·소설가·비평가론'과 제5부 '쟁점·미학·매체'는 청탁에 의해서 그때그때 쓴 비평적인 글로 구성되어 있다. 그래서, 21세기 이 시대 문학 현장에 대한 균형 잡힌 지형도를 구성하고 있는 것은 아니다. 그래도 시인·소설가·비평가에 대한 구체적인 비평과 쟁점·미학·매체에 대한 구체적인 검토를 통하여 이를 가늠할 수는 있으리라 생각한다. 그리고 이 부분도 지평과 해석의 문제와 전혀 연관이

되지 않는 부분은 아니다.

　이상에서 이 책의 구성과 내용을 간략하게 정리하였거니와, 성긴 데가 눈에 띠지 않는 것은 아니다. 그럼에도 책으로 묶어야 그동안 한 일이 정리가 되고 새롭게 나아갈 수 있기 때문에 그렇게 하도록 한다. 이 자리를 빌어, 책이 나오기까지 출판을 흔쾌히 맡아 해주신 정찬용 사장님과 책의 좋은 형식을 위해 애쓰신 편집자께 깊은 감사의 뜻을 전한다.

2009년을 열면서, 금정산 연구실에서

고 현 철

▌목차▌

제1부 문학의 지평과 해석(1)

제3부 영화의 지평과 해석

제4부 시인 · 소설가 · 비평가론

제5부 쟁점 · 미학 · 매체

제1부
문학의 지평과 해석(1)

패러디시론

1. 패러디의 체계와 논리

(1) 패러디의 개념과 어원

패러디는 의식적인 모방의 한 형식으로, 과거의 특정한 문학 작품이나 장르 등을 출발점으로 하여 그것의 각색을 현재적 문맥에 삽입시키는 문학적 전략이다.[1] 패러디(parody)는 그 어원인 희랍어 'parodia'라는 단어에 이미 양면가치성이 존재한다. 여기서, 'parodia'는 'para'와 'odia'(부<賦>)가 결합되어 이루어진 용어이다. 그런데, 'para'는 '곁에'(beside) 또는 '가까이'(close to)라는 친밀감과 '반대하는'(counter) 또는 '반하는'(against)의 적대감이라는 의미로 동시에 해석될 수 있는 것이다. 패러디의 양면가치성, 곧 모방되는 선행 텍스트와의 명백한 일체감과 비평적 거리라는 두 의미는 어원 그 자체에 이미 내포되어 있다. 이때의 비평적 거리가 패러디 시인의 창조성과 당대를 향한 의도를 뚜렷이 부각시켜 준다. 패러디에서 선행 텍스트에 대한 거리를

---

1 Margaret Rose, 문흥술 역, 「패로디/메타픽션」, 『심상』, 1991.11 − 1993.3., 연재분 1회, 163쪽.
  Patricia Waugh, 김상구 역, 『메타픽션』, 열음사, 1989, 96쪽.

지닌 모방은 그의 모방 모델로부터의 의존과 독립이라는 패러디 시인
의 양면가치적 관계를 반영한다.[2]

(2) 패러디와 상호텍스트성

패러디는 본질적으로 메타언어적이라고 할 수 있다. 그리고 패러디
된 텍스트(선행 텍스트)와 패러디한 텍스트(패러디 작품) 사이에 상호
텍스트의 관계를 내포하게 된다. '상호텍스트성'은 크리스테바가 처
음 사용한 용어인데, 그 개념은 한 발화 즉, 문학작품이나 장르 등이 그
이전 또는 동시대의 다른 발화와 맺고 있는 관계를 의미한다.

그런데, 모든 패러디는 상호텍스트성을 지니지만, 상호텍스트성이
이루어진다고 해서 모두 패러디가 되는 것은 아니다.[3] 그리고, 허천은
'상호텍스트성'이란 용어는, 패러디와는 달리 비판성이 결여된 개념
이라고 지적하고 있다.[4] 즉, 패러디가 되면 당연히 상호텍스트의 관계
가 되는데, 이 개념은 그 관계만을 나타내는 가치중립적인 용어가 되
는 것이다. 바흐친은 이를 텍스트상의 대화의 형식이라고 부르고 있
다.[5]

(3) 패러디의 의사소통

패러디는 최소한 두 개의 의사소통 모델을 내포하고 있다. 패러디
시인과 패러디된 텍스트, 그리고 패러디 작품과 독자간이라는 두 가지

---

2 Margaret Rose, 문홍술 역, 앞의 책, 연재분 3회, 148−151쪽. 참고 정리.

3 Michele Hannoosh, *Parody and Decadence*, Ohio State Univ. Press, 1989, p.14.

4 Linda Hutcheon, 「The Politics of Postmodern Parody」, edited by Heinrich F. Plett · Walter De
　Gruyter, *Intertextuality*, 1991, pp.225−234.

5 Linda Hutcheon, 김상구 · 윤여복 역, 『패러디 이론』, 문예출판사, 1992, 39쪽.

가 그것이다. 이를 간략히 정리하면 다음과 같다.[6]

첫째는 패러디 시인과 패러디된 텍스트와의 의사소통이다. 패러디
된 텍스트는 패러디 시인에 의해 해독되는데, 패러디 시인은 독자와
저자의 이중 역할, 곧 패러디된 텍스트의 해독자이면서 동시에 새로운
약호자인 것이다. 이는 패러디가 가진, 비평과 창조의 두 기능이 된다.

둘째는 패러디 작품과 독자와의 의사소통이다. 독자는 이미 익숙한
패러디된 텍스트뿐만 아니라 패러디 시인이 생산한 작품에도 주목하
게 된다. 새롭게 변형된 형식하에 제공되는 패러디된 텍스트를 봄으로
써 놀라게 되며, 또한 패러디 시인의 작품에서 일어난 변화에 놀라게
된다. 패러디 작품의 수용 주체인 독자는 패러디된 텍스트와 패러디
작품을 비교하는 위치에서 해독해야 하는 것이다.

(4) 패러디의 형식

패러디 시인과 패러디 작품은 시적 소통의 수평축을 이루고 있다.
이 수평축에서 패러디 시인의 반대편에 패러디 작품의 수용 주체인 독
자를 상정할 수 있다. 그리고 패러디에서 패러디된 텍스트는 패러디
작품의 선행 텍스트이므로 구도상 패러디 작품의 위에 설정된다. 그러
면 패러디된 텍스트인 선행 텍스트와 패러디한 텍스트인 패러디 작품
은 상호텍스트 관계의 수직축을 이루게 되는 것이다. 패러디 시인은
독자와 저자의 이중 역할을 하게 되는데, 이는 곧 패러디된 텍스트에
대한 비평을 통해서 패러디 시인이 자신의 작품을 창조·생산하는 것

---

6 Margaret Rose, 문흥술 역, 앞의 책, 연재분 1회, 165쪽.; 2회, 169−173쪽.; 5회, 193쪽.; 6회, 161
  쪽.
  Patricia Waugh, 김상구 역, 앞의 책, 1989, 204쪽.
  Ronald Paulson, 김옥수 역, 『풍자문학론』, 지평, 1992, 17쪽.

을 말한다.

그런데, 패러디하여 자신의 작품을 생산한 패러디 시인은 이데올로기적 주제를 바로 자신의 작품에 연결시켜 드러내는 것이 아니라, 선행 텍스트를 패러디하여 패러디 작품을 생산함으로써 이데올로기적 주제를 드러내는 것이다.

패러디 시인은 선행 텍스트에 대해 독자로서 비평의 역할을 하고, 그가 선택한 이데올로기적 주제에 맞추어 이 선행 텍스트를 창조적으로 수용함으로써 저자의 입장에서 패러디 작품을 생산한다. 패러디는 그 시대의 이념성과 연결되는 것이다. 그러면, 선행 텍스트와 패러디 작품 사이에는 패러디 관계의 구체적인 모습을 띠는 패러디형식을 갖추게 된다.7 여기서, 선행 텍스트와 패러디 작품 사이의 패러디형식을 유형화하면 다음과 같이 정리할 수 있다.

첫째, 패러디 작품이 선행 텍스트의 이데올로기적 지향을 그대로 수용하는 형식이 있을 수 있다. 이때, 패러디 작품과 선행 텍스트는 상동관계에 있게 된다. 이 패러디형식은 상동형식이 된다.

둘째, 패러디 작품이 선행 텍스트의 이데올로기적 지향을 변용시키는 형식이 있을 수 있다. 여기서의 변용 개념에는 반대 개념이 내포되어 있지 않다. 이때, 패러디 작품과 선행 텍스트는 변용관계에 있게 된다. 이 패러디형식은 변용형식이 된다.

셋째, 패러디 작품이 선행 텍스트의 이데올로기적 지향을 비판하여 상반되는 이데올로기적 지향을 내세우는 형식이 있을 수 있다. 이때, 패러디 작품과 선행 텍스트는 반대관계에 있게 된다. 이 패러디형식은 반대형식이 된다.

---

7 Linda Hutcheon, 김상구·윤여복 역, 앞의 책, 9쪽. 권택영, 「패러디, 패스티쉬, 그리고 독창성」, 『현대시사상』 제13호, 고려원, 1992.겨울, 188쪽.

그런데, 패러디의 세 가지 형식 중에서 상동형식보다 변용형식과 반대형식이 더 큰 가치를 띠게 되는데, 이는 패러디가 지닌 비평적 거리의 의미와 상통한다. 비평적 거리가 패러디 시인의 창조성과 당대를 향한 의도를 더욱 뚜렷이 부각시켜 주는 것이다.

(5) 패러디의 범주

일반적으로 패러디의 범주에는 장르에 대한 패러디, 한 시대나 조류에 대한 패러디, 특정 예술가에 대한 패러디, 개별 작품에 대한 패러디, 예술가의 전체 작품의 특징적 양식에 대한 패러디 등이 포함된다.[8] 여기서, 특별히 주목하고자 하는 것은 텍스트로 명명할 수 있는 개별 작품과 특정 장르에 대한 패러디이다. 그런데 개별 작품에 대한 패러디이든 특정 장르에 대한 패러디이든, 패러디는 과거 텍스트와 현재 텍스트와의 통시적인 통합뿐만 아니라 공시적으로 여러 이질적 텍스트들의 혼합이라는 텍스트혼합현상을 드러낸다. 다시 말하면, 패러디된 텍스트인 선행 텍스트는 타예술장르, 대중문화 심지어 정치적 담론, 광고, 신문기사 등 비문학적 담론에까지 확장이 될 수 있는 것이다.[9]

---

8 Linda Hutcheon, 김상구 · 윤여복 역, 앞의 책, 33쪽., 191쪽.

9 Michele Hannoosh, op. cit., p.13. '패스티쉬'(pastiche)는 제이미슨(F. Jameson)이 '향수영화'를 비롯한 포스트모더니즘 문화를 비판적으로 고찰하기 위해 부각시킨 부정적인 용어이다. F. Jameson, 임상훈 역, 「포스트모더니즘과 소비사회」, 김욱동 편저, 『포스트모더니즘의 이해』, 문학과지성사, 1990, 241 − 264쪽. 참고. 이 용어의 번역도 '혼성모방'이라기보다는 비판적 거리가 없다는 의미가 내포된 '중성모방'이 적절한 것이다. 이에 따라 여기서는 '패스티쉬'는 다루지 않기로 한다.

2. 패러디와 용사^{用事}의 관계[10]

동양의 문학이론에서 사용된 용사(用事)라는 개념은 패러디와 깊은
관련을 맺고 있는 것으로 여겨진다. 용사와 패러디는 기존의 텍스트를
인용하는 인유의 한 방식인 점에서는 같다. 패러디를 모방적 인유의
대표적인 형태로 보거나,[11] 용사를 기성의 언어화된 텍스트에서 특정
한 관념이나 사적을 참조·인용하는 인유의 방식으로 보는 것은[12] 이
를 뒷받침한다. 전고(典故)의 원용인 '용사'를 가리켜 옛 것을 빌어서
현실을 설명하는 기법이라 일컫는[13] 것도 바로 패러디와 관련되는 사
항이 된다.

또한 패러디와 용사는 잘 알려진 규범적인 정전의 작품을 패러디나
용사의 대상으로 삼으며, 패러디뿐만 아니라 용사도 원전을 원용한 기
법이라는 점에서 상호텍스트적이다.[14] 그럴 뿐만 아니라 용사는 전고
(典故)를 통한 상황·의미·내용·언어의 원용인데, 궁극적으로는 신
의(新意)의 모색에 있다. 이는 패러디가 지향하는 창작자의 의도 및 비
판적 거리와 상통하는 것이다.[15] 상호텍스트성은 텍스트의 조건과 저
자의 창조적 기능에도 작용하지만, 독자의 텍스트 지각능력과 해독능
력에 관심을 초점화한다.[16] 다시 말하면, 용사시학과 패러디시학은 다

---

10 이에 대한 자세한 고찰은 고현철, 「用事詩學과 패러디시학의 비교 연구」, 『현대문학이론연
　구』 제12집, 현대문학이론학회, 1999, 203 − 226쪽. 참고 바람.

11 김준오, 『시론』(제4판), 삼지원, 1997, 232 − 235쪽.

12 강명관, 「고전시학과 패러디」, 김준오 편, 『한국 현대시와 패러디』, 현대미학사, 1996, 295
　쪽. 김준오, 「문학사와 패러디시학」, 김준오 편, 앞의 책, 32쪽에서 용사를 인용과 인유의 문
　학적 장치로 보고 있다.

13) 劉勰, 최신호 역주, 『文心雕龍』, 현암사, 1975, 154쪽.

14 김준오, 「문학사와 패러디 시학」, 김준오 편, 앞의 책, 29 − 32쪽.

15 장홍재, 『고려시대 시화비평 연구』, 아세아문화사, 1987, 155 − 181쪽. 권택영, 앞의 논문 참
　고.

같이 작시법뿐만 아니라 독시법까지 내포하고 있다. 패러디시학은 시인뿐만 아니라 독자들도 백과사전적이어야 하고 많은 학식과 교양을 갖추어야 한다는 정예주의가 요청된다.[17] 이는 용사시학에서도 그대로 적용된다.

'패러디의 형식'에서 설정한 상동형식, 반대형식 그리고 변용형식은 용사이론에서의 직용법(直用法)과 반의법(反意法) 그리고 번안법(飜案法)과 밀접한 관련을 가진다. 패러디에서는 상동형식보다는 반대형식과 변용형식이 두드러지는데, 이는 과거에 대한 비판을 중시하는 탈중심과 대화주의의 문학관 때문이다. 이에 비해 용사에서는 대개의 경우 패러디 작품과 패러디 대상과의 관계는 직용이다. 이는 용사가 근본적으로 상고주의(尙古主義)와 재도지기(載道之器)의 문학관에 입각해 있으며, 이때 모방 인용되는 원전이 따르고자 하는 규범에 해당하기 때문이다. 그리고 드물긴 하지만 용사에서 원래 텍스트의 의미를 반대로 해석하는 것이 반용법인데, 기성의 텍스트를 패러디하되 패러디 작품이 선행 텍스트에 대해서 주제상 혹은 어조상 반대의 관계에 놓이는 것을 반용법으로 확장해서 정의할 수 있다. 이 경우 선행 텍스트와 패러디 작품 사이에는 세계관에 있어서 대척적인 관계가 성립하게 된다.[18] 이와 같이, 직용법과 반의법의 경우는 상동형식과 반대형식의 논리가 거의 같다. 그리고 번안법은 작품의 특정 부분의 비유관계를 전도시키는 수사적 방법으로 직용법과 반용법의 중간에 위치하는 것인데,[19] 이 경우는 변용형식과 차이가 있다. 따라서 번안법은 패러디

---

16 Derek N. C. Wood, 「Creative Indirection in Intertextual Space」, edited by Heinrich F. Plett · Walter de Gruyter, op. cit., pp.193 − 194.

17 Linda Hutcheon, 김상구 · 윤여복 역, 앞의 책, 157쪽. 참고.

18 강명관, 앞의 논문, 앞의 책, 302 − 305쪽.

19 위의 논문, 위의 책, 307쪽.

의 논리에 따라 굴절시켜야 하는 것이다.

3. 패러디의 유형

(1) 개별 작품의 패러디

1) 문학 내적 개별 작품의 패러디

> 당신은－날－금요일에 구해 주셨지요
> 식인종들로부터 －
> 그래서 주인님은 나의 이름을 프라이데이라고 붙이셨지요
> …(중략)…
> 그 날이 나의 이름이고 출생이고
> 영광이었어요
>
> 이제 나는 프라이데이에요
> 맨발에는 가죽 신발이 덮이었고
> 순진무구한 눈동자에는 벌레 같은 문자들이
> 기어들어 왔어요
> 내 이름은 프라이데이
> 그날이 나의 이름이고 출생이고 종언이고
> 저주였어요
>
> 그 날부터 나는 애도 중입니다
>
> － 김승희, 「사랑 8 － 프라이데이가 로빈슨 크루소를 만난 날」 부분[20]

---

20 김승희, 『빗자루를 타고 달리는 웃음』, 민음사, 2000.

위에 인용한 시는 다니엘 디포의 소설 「로빈슨 크루소」를 패러디하고 있는 텍스트이다. 이 경우 패러디된 텍스트인 선행 텍스트는 소설 「로빈슨 크루소」이며 패러디한 텍스트인 패러디 작품은 시 「사랑 8 – 프라이데이가 로빈슨 크루소를 만난 날」이다. 따라서, 위에 인용한 텍스트는 현대시와 소설 「로빈슨 크루소」 그리고 「로빈슨 크루소」에 대한 비평이 결합되어 있는 형식이며 메타성이 내재되어 있는 것이 된다. 다니엘 디포의 「로빈슨 크루소」는 여러 탈식민주의 작가들에 의해 주목받아 재해석되어 씌어져 온 텍스트에 해당한다.[21]

위에 인용한 시는, 제3세계 원주민이 어떻게 정체성을 잃어왔는가를 「로빈슨 크루소」에 등장하는 원주민이며 크루소의 하인인 프라이데이의 목소리를 빌어 들려주고 있는 텍스트이다. 그래서 이 텍스트의 제목이 「프라이데이가 로빈슨 크루소를 만난 날」로 되어 있다. 프라이데이라는 이름 자체가 크루소가 그를 구해준 날이 금요일이라서 붙여진 이름임을, 프라이데이의 입을 빌어 표명되고 있다. 식인종으로부터 구출된 날을 이름으로 쓰고 있는 프라이데이에게 있어, 그의 이름은 크루소의 시각에 따라 "영광"스럽게 부여받은 것이 된다. 그런데 이름은 존재의 정체성을 상징하는데, 이것이 서구인의 명명에 의하여 붙여지고 있다는 것 자체가 근원에서부터 식민성에 길들여져 있다는 것을 의미한다. 그래서 이를 깨닫지 못했을 때에는 영광이었지만, 이를 깨닫게 되었을 때는 "저주"가 되는 것이다. 여기서, 피식민 상태의 본질을 깨달아서 저주하는 것이 바로 탈식민주의 전략과 연관된다. 이때 영광을 저주로 되돌려 놓는 것은 탈식민주의적 반담론이 된다. 그런데,

---

21 대표적으로 2003년 노벨문학상 수상 작가인 John M. Coetzee가 1986년에 발표한 『Foe』를 들 수 있는데, 이는 몇년전에 한국에서 처음으로 번역되어 소개된 바 있다. John M. Coetzee, 조규형 역, 『포』, 책세상, 2003.

그 방법은 다름 아닌 전유를 통하여 이루어지고 있다. 왜냐하면, 프라이데이는 크루소가 가르쳐준 언어를 이용하여 저주를 하기 때문이다.

인용한 시에 드러나 있는 가죽신발을 신는다는 것과 문자를 배운다는 것은, 식민화의 가장 기저에 해당하는 서구 문물의 수용을 통하여 이루어진 물질적인 식민화와 서구 언어에 의한 교육을 통하여 이루어진 정신적인 식민화를 의미한다. 이를 깨닫게 되면서, 이 텍스트의 화자인 프라이데이는 앞과는 달리 "벌레 같은 문자"라는 말을 쓰고 있으며 나아가 자신을 "애도"하고 있다. 여기서 프라이데이가 피식민 상태의 본질을 깨달아서 크루소가 가르쳐준 언어를 이용하여 행하는 애도도 역시 전유의 방법을 통해 이루어지고 있는 탈식민주의적 반담론인 것이다.

이와 같이 하여, 이 텍스트에서 화자는 이중적인 태도를 보여 주고 있는 것으로 파악된다. 앞 부분의 화자의 태도가 제국의 지배 이데올로기와 그에 따른 담론 및 언어를 그대로 수용하여 자신의 정체성을 잃은 것이라면, 뒷 부분의 화자의 태도는 제국의 지배 이데올로기에 의해 자신의 정체성을 잃은 점을 깨달으면서 이를 전유의 방법을 통해 제국의 중심 언어를 이용하여 제국의 지배 이데올로기의 속성을 폭로하는 탈식민주의적 반담론을 드러내고 있는 것이다. 이것은 자신의 주체적인 입장에서 행해지는, 제국의 지배 이데올로기에 대한 전복적 사고가 내재되어야 가능한 일이 된다.

2) 문학 외적 개별 작품의 패러디

권력의 꼭대기에 앉아 계신 우리 자본님
가진자의 힘을 악랄하게 하옵시매

지상에서 자본이 힘 있는 것같이
개인의 삶에서도 막강해지이다
나날에 필요한 먹이사슬을 주옵시매
나보다 힘없는 자가 내 먹이사슬이 되고
내가 나보다 힘있는 자의 먹이사슬이 된 것 같이
보다 강한 나라의 축재를 북돋우사
다만 정의와 평화에서 멀어지게 하소서
지배와 권력과 행복의 근본이 영원히 자본의 식민통치에 있사옵니다(상
향ㅡ)

— 고정희, 「새 시대 주기도문」 전문[22]

위에 인용한 시는 제목에서부터 「마태복음」 제6장의 「주기도문」을 패러디하고 있다는 사실을 보여주고 있는 텍스트에 해당한다. 제국주의가 식민지를 확장할 때에 겉으로 종교를 앞세우고 속으로 군사력을 통해서 지리적 확장을 꾀하여 온 것은 제국주의 침략사에서 공통적으로 보여준 사항이다. 타문화를 야만시하는 제국주의는 원주민의 종교를 미신이나 우상숭배로 간주하여 의식의 보편화를 위해 개종을 하도록 하여 식민통치의 편의성을 도모하였던 것이다. 위에 인용한 시 텍스트에서 패러디된 텍스트인 선행 텍스트 「주기도문」은 서구 제국의 지배 이데올로기와 연관되는 담론이며 이를 되받아쓰고 있는 패러디한 텍스트인 패러디 작품 「새 시대 주기도문」은 이에 저항하는 피지배 주체의 담론이 되고 있음을 알 수 있다. 여기서 「주기도문」과 「새 시대 주기도문」은 반대형식의 패러디가 형성되는 것이다. 되받아쓰기와 연관된 반대형식의 패러디를 통하여 이 시는 "강한 나라" "자본의 식민

---

22 고정희, 『모든 사라지는 것들은 뒤에 여백을 남긴다』, 창작과비평사, 1992.

통치"의 악한 속성을 마음껏 풍자하여 그 우상의 허물을 낱낱이 폭로하고 있다. 또한 이 시 끝에서는 제문 형식("상향-")을 패러디함으로써 "자본"의 죽음을 미리 조상함으로써 되받아쓰기의 의도를 극대화시키고 있다.

(2) 특정 장르의 패러디

1) 문학 내적 특정 장르의 패러디[23]

선행 텍스트인 판소리(이 경우, 판소리의 문학적 사설을 의미한다)를 패러디하고 있는 패러디 작품 판소리시 가운데 가장 널리 알려져 있는 김지하의 판소리시 「오적(五賊)」의 경우를 예로 들어 다음과 같이 서사단락 구분해 살펴보면, 김지하가 판소리시에서 '외화-내화-외화'의 구조를 채용한 의도를 뚜렷이 알 수 있다.

> 외화; 1) 위험을 무릅쓰고 이상한 도둑 이야기 하나 쓰겠다.
> 내화; 2) 옛날 서울 장안 어느 곳에 잘먹고 잘사는 타락한 다섯 도적 즉 재벌, 국회의원, 고급공무원, 장성, 장차관이 모여 살았다.
> 3) 오적들이 도둑시합을 질탕하게 벌인다.
> 4) 어명이 떨어져서 나라 망신시키는 오적을 잡아들이라고 하여 포도대장 나서는데, 좀도둑 꾀수가 잡혀 무자비하게 고문을 당한다.
> 5) 포도대장이 꾀수를 회유하여 오적이 있는 곳을 알아 오적을 잡으러 간다.
> 6) 휘황찬란한 오적들의 잔치에 포도대장 기죽는다.
> 7) 포도대장, 오적들의 호위병 역할하고, 별죄없는 꾀수만 잡아 감

---

23 이에 대한 자세한 고찰은 고현철, 『현대시의 패러디와 장르 이론』, 태학사, 1997, 42-155쪽 참고 바람.

옥에 보낸다.
8) 포도대장과 오적들, 어느날 갑자기 벼락맞아 죽는다.
외화; 9) 오적 이야기가 인구에 회자하여 거지시인의 싯귀에 올라 전한다.

우선, 「오적(五賊)」의 본래 이야기 '내화'를 진행시키기 전이나 다 진행하고 난 뒤에 서술되고 있는 외화의 표현방식을 살펴보기로 한다. 판소리시 작품인 「오적」의 앞부분 외화에 나오는 "詩를 쓰되 좀스럽게 쓰지 말고 똑 이렇게 쓰랏다"는 구절은 판소리사설의 첫부분의 표현방식을 그대로 따르고 있다. 이 구절은 특히, 세창서관판 「홍보전」의 맨앞부분에 보이는 "북을 치되 잡스러이 치지 말고 똑 이렇게 치랏다"의 명백한 패러디인 것이다. 그리고 「오적(五賊)」의 뒷부분 외화에 나오는 "이런 행적이 백대에 민멸치 아니하고 人口에 회자하여 / 날같은 거지시인의 싯귀에까지 올라 길이 길이 전해오겄다"도 마찬가지로 판소리사설의 뒷부분의 표현방식을 따르고 있다. 이 구절도 역시, 세창서관판 「홍보전」의 맨뒷부분에 보이는 "그 일홈이 백셰에 민멸치 아니할뿐더러 광대의 가사의까지 올나 그 사적이 백대의 전해오더라"의 분명한 패러디이다. 그렇다고 「홍보전」 작품을 패러디한 것은 아니고, 판소리의 형식적 관습을 패러디한 장르 패러디인 것이다.

김지하 판소리시에 나타난, 외화의 내화에 대한 역할은 내화를 이야기해야만 하는 당위성과 내화의 전래성 그리고 진리의 제시 및 확인을 통한 내화의 진실성을 보증하고, 이를 통해 이데올로기적 지향을 뚜렷이 드러내기 위한 것으로 파악된다. 나아가 이 구조는 풍자적 거리를 형성하는 것이기도 하다. 다시 말하면, 특권지배계층에 대한 풍자가 펼쳐지고 있는 내화 즉 풍자적 허구와 독자 및 작가 사이에 일정한 거리를 지키기 위한 것이다. 풍자적 거리는 사건의 시간을 '옛날'에 두고 있는 데에서 증진된다.

이 거리에다가 풍자 대상이 우화적이고 비유적인 형상화의 방법으로 그려짐으로써 풍자의 거리는 잘 유지되는 셈이다. 구연되는 판소리가 사실적인 형상화 방법을 취하는 것과는 달리, 인쇄되어 읽히기 위한 판소리시는 우화적이고 비유적인 형상화의 방법을 활용하고 있는 것이다. 구체적인 예를 들면, 판소리시 「오적(五賊)」에서 풍자대상인 오적은 우의적인 기법을 활용하여 짐승으로 비유·형상화되어 있는데, 재벌·국회의원·고급공무원·장성·장차관 등이 짐승을 지칭하는, 같거나 유사한 한자음을 통해 그 속성이 폭로되고 있다. 즉, 제(狾)·회(獪)·의(狋)·원(猿,猨)·성(猩) 등으로 짐승을 지칭하는 언어유희를 통해 당시 특권지배계층의 비리를 마음껏 풍자하고 있는 것이다. 그리고 위의 서사단락 구분에서, 판소리시의 시적 사건이 판소리와는 달리 부분적 독립성이 없는 집약적 구성으로 되어 있음을 알 수 있다.

2) 문학 외적 특정 장르의 패러디[24]

1990년대에는 현대시의 패러디가 문학장르에서 타예술장르나 대중문화장르에 대한 패러디로 그 범위를 넓히고 있다. 대중문화장르에 대한 패러디는 예술의 상품화와 관련되어 있다. 그런데, 예술의 상품화와 상품의 예술화는 상품미학에서 서로 만난다. 그리고 상품미학은 다름 아닌 광고에서 극대화된다. 광고시는 광고문안이나 광고의 정황 등을 패러디하는 경우이다.

> 한 쌍의 남녀(얼굴은
> 대한민국 사람이다)가

---

24 이에 대한 자세한 고찰은 고현철, 앞의 책, 156 – 173쪽 참고 바람.

沙漠을 걸어가고 있다

한 쌍의 남녀(카우보이
스타일의 모자를 쓴 남자는
곧장 앞을 보고 — 역시
남자다, 요염한 자태의 여자는
카메라 정면을 보고 — 역시
여자다)가 沙漠을 걸어가고 있다

이렇게만 씌여 있다
동일레나운의 광고
IT'S MY LIFE — Simple Life

(심플하다!)

Simple Life, 오, 이 상징의
넓은 沙漠이여
사막에는 생의 마팍에 집어던질
돌멩이 하나 없으니 —

— 오규원, 「그것은 나의 삶」 전문[25]

위에 인용한 작품은 TV에 나오는 <동일레나운의 광고>의 광고문
안과 영상을 그대로 언어로 담아내고 있다. 그래서 이 광고시는 활자
매체문화인 현대시와 영상매체문화인 TV광고 사이의 매체를 넘어선
장르 혼합이 되는 것이다. 한마디로 광고시는, 영상과 언어의 결합이
된다. 그런데, 이 시작품의 제목인 「그것은 나의 삶」은 바로 이 광고문

25 오규원, 『가끔은 주목받는 생(生)이고 싶다』, 문학과지성사, 1987.

안의 일부인 'IT'S MY LIFE'를 그대로 가져온 것이다. 작품에서 "한 쌍의" "대한민국" "남녀"가 "카우보이 모자"를 쓰고 "사막을 걸어가고" 있는 영상언어는 후기산업사회의 다국적기업의 광고 모습을 잘 보여준다. 이는 광고문안이 'IT'S MY LIFE－Simple Life'라는 데서 극대화된다.

그런데, 광고의 언어는 실물을 제시하기보다는 실물에 대한 동일시의 욕망을 부추기는 기표에 불과하다. 즉, 광고의 언어는 기표와 기의 간의 불일치를 통해서 상품을 팔기 위한 전략적인 속임수를 행하고 있는 것이다. 광고는 무엇을 어떻게 소비할 것인지에 대해 소비자의 의식을 프로그래밍한다. 생산자는 소비자가 실제생활에서 필요한 물건을 생산하는 것이 아니라 그들의 욕망을 자극하는 물건들을 생산한다. 결국 소비자의 의식은 생산자에 의해 조직이 되도록 유도되고, 바로 광고를 통해 소비자는 욕망을 자극받게 되는 것이다. 그래서 광고는 소비자에게 타인의 이미지를 자기화하는 욕망을 불러일으킨다. 이는 자기가 주체가 되어 갖는 욕망이 아니므로 허위욕망이 된다. 그래서 이 욕망은 상상의 욕망일 뿐이다. 광고는 상품에 현실 뿐만 아니라 상상이라는 존재도 부여한다.[26]

그런데, 광고시에서 패러디되는 장르인 광고에 대한 패러디 시인의 태도는 상당히 호의적이다. 패러디 시인인 오규원은, 일련의 광고시를 발표하면서 「인용적 묘사와 대상」이란 시작노트를 함께 보이고 있다. 여기서 "예술적 대상이라는 관념에 관한 반성", "상품과 상품적 메시지가 순수한 시적 대상"이라는 말을 하고 있는데, 시라는 관습 자체에 대한 파괴를 위해 상품 광고를 과감하게 패러디하고자 의도했음을 알 수 있다. 여기서 현실에서의 습득물인 광고문안이 바로 시적 대상이

---

26 Heri Lefebvere, 박정자 역, 『현대세계의 일상성』, 세계, 1990, 154－159쪽.

된다는, 패러디 시인 오규원의 반미학적 태도를 읽을 수 있다. 그런데, 그는 패러디되는 장르인 광고에 대해서는 비판을 하고 있지 않다.[27] 여기서도, 패러디하는 장르인 현대시보다 패러디되는 장르인 광고가 더욱 부각되고 있는 것으로 여겨진다.

그러나, 오규원의 광고시를 잘 살펴보면, 수용된 광고문안에 대해서는 비판의식이 전혀 나타나지 않는다고 말할 수는 없을 것 같다. 광고문안의 일부인 "Simple Life"를 두고 "생의 마팍에 집어던질 / 돌멩이 하나" 없는 "넓은 沙漠"에 비유하고 있음을 보아 알 수 있다. 이는 깨우침이 없는 자동화된 일상적 삶의 공간을 의미한다.

그래서, 광고시에서는 타자화된 욕망을 비판하면서도 끊임없이 이를 쫓아가는 현대인의 이중적인 삶의 모습을 보이고 있는 것으로 파악된다. 이를 흔히 '인사이드 아웃사이더'(inside-outsider)라고 일컫기도 한다. '인사이드 아웃사이더'적 태도는 바로 포스트모더니즘과 연관되는 대중문화장르에 대한 패러디에서 부각되는 특징인 것이다.[28]

4. 메타시[29]

메타시는 해체주의를 바탕으로 하고 있다. 메타시의 경우, 한 편의 시를 창작함과 동시에 그 시의 창작과정이나 시 혹은 시인에 대해 진술 내지 비평을 하는 경우가 많은데, 이 때 창작과 비평의 차이는 없어지고(이는 패러디가 지닌 창작과 비평의 이중적 기능과 바로 통한다)

---

27 오규원, 「인용적 묘사와 대상」, 『문예중앙』, 중앙일보사, 1987·여름 참고.

28 김성곤, 「모더니즘과 포스트모더니즘」, 김욱동 편저, 앞의 책, 410쪽.

29 이에 대한 자세한 고찰은 고현철, 「메타시에 대한 몇 가지 문제」, 『시와사상』 제14호, 소문당, 1997 · 가을, 82-99쪽 참고 바람.

해체의 정신에 의한 형식상의 긴장을 가진다.[30] 이는 예술(허구)와 현실(실재)의 경계를 무너뜨리는 것과도 연관된다. 텍스트의 내부와 외부의 경계 없애기와 통하는 것이다. 그리고 메타시가 지닌 시와 비평이라는 장르 혼합 자체가 단일한 중심이 없는 탈중심적이고 다원적인 글쓰기에 해당한다.

또한, 메타시의 기반이 되고 있는 해체주의는, 이성 중심·거대 담론에 대한 반동으로 불확실성과 불확정성을 인식소로 지닌 세계관을 바탕으로 한 것으로, 메타시 자체가 텍스트의 불확정성과 비완전성을 드러내는 것을 의미하게 된다.[31]

메타시는 인식론적 회의를 통하여 새로운 인식의 지평을 보여주는 유형에 해당한다. 1990년대에 와서, 해체주의와 연관되어 메타시는 여러 시인들에 의해 씌어지고 있다.

> 내 앞에 안락의자가 있다 나는 이 안락의자의 시를 쓰고 있다 네 개의 다리 위에 두 개의 팔걸이와 하나의 등받이 사이에 한 삶의 몸이 안락할 공간이 있다 그 공간은 작지만 아늑하다 …… 아니다 나는 인간적인 편견에서 벗어나 다시 쓴다 네 개의 다리 위에 두 개의 팔걸이와 하나의 등받이 사이에 새끼 돼지 두 마리가 배를 깔고 누울 아니 까마귀 두 쌍이 울타리를 치고 능히 살림을 차릴 공간이 있다 팔걸이와 등받이는 바람을 막아주리라 아늑한 이 작은 우주에도 …… 나는 아니다 아니다라며 낭만적인 관점을 버린다 안락의자 하나가 형광등 불빛에 폭 싸여 있다 시각을 바꾸자 안락의자가 형광등 불빛을 가득 안고 있다 너무 많이 안고 있어 팔걸이로 등받이로 기어오르다가 다리를 타고 내리는 놈들도 있다

— 오규원, 「안락의자와 시」 부분[32]

---

30 Patricia Waugh, 김상구 역, 앞의 책, 20 − 21쪽.
31 기획 좌담 「메타시, 새로운 시대의 시쓰기」, 『현대시사상』 제27호, 1995 · 여름, 100쪽.

이 시는 안락의자를 대상으로 시 쓰고 있다는 사실을 시로 쓰고 있는 메타시이다. 시 쓰고 있는 과정이 그대로 시가 되고 있는 경우에 해당한다. 그런데, 이 메타시에서 안락의자를 대상으로 쓴 시는 여러 편 등장하고 있다. 아니, 차례대로 수정되고 있다. 안락의자를 대상으로 시를 쓴다고 할 때, 관점에 따라 인식 내용이 달라진다는 사실을 시 쓰는 과정을 통해 그대로 보여주고 있는 것이다.

인간적인 관점에서 볼 때 안락의자는 안락할 공간이 된다. 그런데, 인간적인 관점은 시 구절 그대로 인간적인 편견일지도 모른다. 그래서 시적 화자는 시를 다시 쓴다. 이렇게 다시 쓴 시는 「안락의자와 시」라는 메타시에서 계속된다. 인간적인 편견을 버릴 때, 안락의자는 "까마귀 두 쌍이 울타리를 치고 능히 살림을 차릴 공간"이 될 수도 있다. 시적 화자는 이러한 낭만적인 관점에 머무르지 않고 사물 현상을 그대로 드러내는 현상적 관점을 보이기도 한다. 그러는 동안 시는 계속 진행된다.

이 메타시는 관점에 따라 사물이 얼마나 달리 보일 수 있는지를 극명하게 보여주고 있는 시이다. 또한 그러는 동안에 시가 얼마나 달라질 수 있는가를 보여주고 있는 메타시이다. 그래서 메타시 「안락의자와 시」는, 텍스트란 원래 불확정적이라는 해체주의적 시관이 그대로 반영되어 있는 메타시에 해당하는 것이다.

> 그는 시를 쓴다 그는 그가 무엇을 하는지 모른다 그는
> 강의를 한다 그는 강의를 한다고 생각한다 그는 잡지를
> 편집한다 잡지가 그를 편집할 때도 있다 그는 술을
> …(중략)…

---

32 오규원, 『길, 골목, 호텔, 그리고 강물소리』, 문학과지성사, 1995.

피운다 그는 커튼을 연다 그는 창 밖의 겨울 운동장을
바라본다 그는 이렇게 산다 그는 그가 무엇을 하는지
모른다 한트케는 지옥이라고 했지만 그는 시를 쓴다
시 쓰기는 살아가는 한 가지 방법이다

— 이승훈, 「그는 그가 무엇을 하는지 모른다」 부분[33]

앞에 인용한 오규원의 메타시 「안락의자와 시」가 텍스트의 불확정성을 보여주는 메타시라면, 바로 위에 인용한 이승훈의 「그는 그가 무엇을 하는지 모른다」는 주체의 불확정성을 보여주는 메타시에 해당한다. 해체주의에 따르면, 인간은 통일된 자아가 아니라 미결정적인 주체로 인식된다. 이는 중심 주체가 없다는 말도 된다. 그래서 시를 쓸 때에는 시 쓰는 주체가 형성되고, 강의를 할 때에는 강의를 하는 주체가, 잡지를 편집할 때에는 그에 맞는 주체가 형성된다. 그럴 뿐만 아니라 어떤 일이 그 사람의 주체를 형성시키기도 한다.

이와 같이, 이 시는 우리에게 주체에 대한 회의와 새로운 인식을 간명하게 전해주고 있다. 이 메타시에 활용되고 있는 행간걸림은 전통적인 시가 지닌 시행의 안정성을 깨뜨리는 형식의 불안정성을 통해 해체주의적 정신을 표현하는 데에 적절한 것으로 여겨진다.

그런데, 이 시는 3인칭 '그'로 객관화된 시인에 대한 시 쓰기 즉, 시인론시로서 메타시에 해당한다. 그래서 이 시는 앞뒤로 "그는 시를 쓴다"로 되어 있을 뿐만 아니라 "시 쓰기는 살아가는 한 가지 방법이다"라는 언명이 나오는 것이다. 사실, 오늘날 시인은 별다른 존재가 아닌 것이 되고 있다. 낭만주의 시대에 이루어진 시인관은 오늘날에는 전혀

---

33 이승훈, 『밝은 방』, 고려원, 1995.

기대할 수 없는 지경에 이른 것으로 여겨진다. 상인이 장사를 하며 살아가듯이 시인은 시를 써 살아갈 뿐이다. 시인에게 있어 시 쓰기는 시 구절 그대로 살아가는 한 가지 방법일 뿐이다.

그래서 이 시는 나서서 전통적인 시인관(아직까지 남아 있다면)을 해체하고 있는 것이다. 이와 같이, 메타시는 해체주의를 적극 원용하여 기존의 틀에 대한 회의와 해체를 수행함으로써 메타시의 새로운 지평을 열어가고 있다.

서정주 ≪질마재 神話≫의 장르 패러디

Ⅰ. 머리말

이 글은 서정주의 시집 ≪질마재 神話≫를 장르 패러디의 관점에서 살펴보려는 글이다. 장르 패러디란 패러디되는 기존의 특정한 장르(선행 장르)의 형식적 관습인 구조, 문체, 어법, 율격 등을 패러디하는 장르가 모방하는 경우를 말한다.[1] 따라서 장르 패러디는 장르 혼합 양상을 필연적으로 띠게 마련이다. 이것은 한 장르의 다른 장르로의 변이로도 설명될 수 있을 것이다. 장르 혼합 양상을 보이고 있는 장르 패러디는 카니발적 장르와 밀접하게 연관되어,[2] 장르 패러디로 이루어진

---

[1] Patricia Waugh, 김상구 역, 『메타픽션』, 열음사, 1989, 95쪽. Linda Hutcheon, 김상구·윤여복 역, 『패러디이론』, 1992, 33쪽을 보면 패러디의 범주에 장르에 관한 패러디를 넣고 있다. Margaret Rose, 문홍술 역, 「패러디/메타픽션」, 『심상』, 1991.11 – 1993.3, 연재분 2회, 174쪽과 3회, 150쪽에 '장르의 패러디'라는 용어가 사용되고 있다.

[2] 카니발적 장르란 진지하면서도 해학적인 장르를 말하는데, 이는 하나의 독립적인 장르라기보다는 여러 장르들이 모여 이뤄진 장르의 집합체를 지칭한다. Bakhtin, 김근식 역, 『도스또예프스키 시학』, 정음사, 1988, 186 – 187쪽. 김욱동, 『대화적 상상력 – 바흐친의 문학 이론』, 문학과지성사, 1988, 184 – 185쪽. 문희경, 「바흐친의 카니발과 카니발 문학」, 『현대비평과 이론』 제4호, 한신문화사, 1992.가을·겨울, 348쪽.

작품은 카니발적 장르의 성격을 가진다. 카니발적 장르는 언어의 원심력을 지니며, 언어의 원심력은 각종 하위 문화 내지 문학의 형식을 통하여 공식문화를 웃음의 대상으로 삼는다.[3]

필자는 장르 패러디의 관점에서 현대시를 자세히 살펴본 바 있는데,[4] 이때 서정주의 ≪질마재 神話≫를 장르 패러디의 관점에서 살펴보는 내용은 다루지 않았다. 왜냐하면, 장르 패러디의 관점에서 현대시를 살펴본 그때의 연구는 "어떤 한 시기에 특정의 전통구비 장르와 대중문화 장르가 일군의 시인들에 의해 집중적으로 패러디되고 그 양상도 여러 가지로 나타나"[5]는 사항을 고찰하려 한 것이어서 서정주의 ≪질마재 神話≫는 이런 조건에는 부합하지 않은 것이기 때문이었다. 다시 말하면 장르 패러디의 관점에서 보면, 서정주의 ≪질마재 神話≫는 그의 시집 가운데서도 독특하여 서정주의 다른 시집과 함께 다루기보다는 따로 다룰 필요가 있는 것이며 또 서정주의 ≪질마재 神話≫와 견주어 살펴볼 만한 다른 시인의 시집이 없어 필자는 그때 이를 다루지 않았던 것이다.

따라서, 서정주의 ≪질마재 神話≫를 장르 패러디로 살펴보려는 본 연구는 일찍이 '장르 패러디'의 용어와 개념을 분명히 하고 부각시켜[6]

---

3 권택영, 「패러디, 패스티쉬, 그리고 독창성」, 『현대시사상』 제13호, 고려원, 1992.겨울, 180쪽. 이상의 내용은 필자가 보다 자세하게 정리한 바 있는(고현철, 『현대시의 패러디와 장르 이론』, 태학사, 1997, 28−30쪽.) 내용 중에서 이 자리에서 꼭 필요한 사항만을 가져와 정리한 것임을 밝힌다. 자세한 내용은 이를 참고하기 바란다.

4 고현철, 「한국 현대시의 장르 패로디 연구─담론 양상을 중심으로」, 부산대대학원 국문과 박사논문, 1995.8. 이를 보완하여 출간한 고현철, 앞의 책의 제1부 「현대시의 장르 패러디와 담론 연구」가 대표적인 것이다.

5 고현철, 앞의 책, 23쪽.

6 필자가 제일 처음 '장르 패러디'의 논리로 현대시를 살펴본 논문은 「장르 패러디로 살펴본 김지하의 「오적」」, 『국어국문학』 제30집, 부산대 국문과, 1993.12.임을 밝힌다.

이를 통해 지속적으로 현대시에 나타난 장르 패러디의 양상과 그 의미를 구체적으로 살펴온 필자의 연구성과를 확장하여 탐색하려는[7] 의의를 내재하고 있는 것이 된다.

1975년에 출간된 서정주의 ≪질마재 神話≫는, '제1부(第壹部)[8] 질마재 神話'와 '제2부(第貳部) 노래'로 구성되어 있는데,「自序」를 통해 "『질마재 神話』(이 경우, '제1부 '질마재 神話'를 말한다)는" "산문시"로 "제2부를 이루는 노래들은" "作曲되어 노래 불리어지기를 바래 字數를 맞춘 定型詩로 쓴 것들이다"라고 밝히고 있다.[9] 필자는 장르 패러디의 관점에서, '제1부 질마재 神話'에 수록된 시편들은 설화 장르의 패러디로 '제2부 노래'에 수록된 시편들을 월령체 민요 장르의 패러디로 보고자 하는데, 본 논문의 본문을 통해 자세히 다루기로 한다. 이때 설화는 신화·전설·민담만을 포함하는 널리 사용되는 한정된 개념 규정에 따른 것이다. 설화 작품이나 장르의 패러디는 서정주의 많은 시집에 수록된 시편들에서 일관되게 나오는 현상이지만,[10] 서정주 ≪질마재 神話≫ '제1부 질마재 神話'에 이것이 집중되어 전체가 설화 장르의 패러디(설화 작품이 아니라 설화 장르의 패러디로, 이에 대해서는 자세한 검토가 필요한데, '서론'의 연구사 검토에서 문제점을 지적하고 '본론'의 첫 항목에서 자세히 이 문제를 다루고자 한다.)로

---

7 필자는 이와 같은 점에 입각하여, 그때 다루지 않았던 신경림 시에 대한 장르 패러디 연구를 근래 수행한 바 있음을 밝힌다. 고현철,「신경림 시의 장르 패러디 연구」,『한국문학논총』 제44집, 한국문학회, 2006.12.

8 시집『질마재 神話』에는 '第壹部'로 표기되어 있지만, 본 논문에서는 '제1부'로 표기하기로 한다. 이하 동일하다.

9 서정주,≪질마재 神話≫, 일지사, 1975, 3쪽.

10 설화 (작품)의 패러디라는 용어와 개념을 사용한 것은 아니지만 설화 (작품) 수용이라는 용어와 개념을 사용하여≪花蛇集≫에서≪질마재 神話≫까지의 시집 수록 시편들에 나타난 설화 (작품) 수용의 양상을 살펴본 대표적인 논문으로, 유막희,「서정주 시의 설화 수용 양상 연구」, 충북대교육대학원 석사논문, 2001.2.이 있다.

구성되어 있다. 그래서 이 '제1부 질마재 神話'가 주목된다.

먼저, 서정주의 ≪질마재 神話≫를 패러디와 관련지어 살펴보고 있는 연구성과들을 사(史)적으로 살펴보고자 한다. 첫째, 정끝별의 논문 가운데 일부를 들 수 있다, 이는 서정주의 시집 ≪질마재 神話≫를 포함하여 서정주의 여러 시집에서 각각 시 몇 편들을 대상으로 하여 이를 "신화·전설·역사·민담, 민요·향가, 그리고 속담이나 속언까지를 다 포함하는 민간에 전승되는 이야기 혹은 노래 전반을 지칭"하는 '설화적 공간'을 패러디한 시편들로 보고 있는 연구이다.[11] 이 연구는, 비록 다른 시집에 수록된 시편들과 함께이긴 하지만 ≪질마재 神話≫ 수록 시편을 패러디의 논리로 살펴본 첫 연구라는 점에서 의의가 있다. 하지만 이 연구는 '설화적 공간'이란 모호한 용어를 사용하고 있는 데다가 이것이 또한 너무 포괄적으로 개념 규정되어 있어 개별 장르들의 변별적 특성이 무시되어 패러디된 텍스트인 개별 장르와 패러디한 텍스트인 현대시의 각각 성격과 그 관계에 대한 고찰에는 이르지 못하고 있는 한계가 있다. 그리고 서정주의 여러 시집에서 각각 시 몇 편들을 대상으로 하고 있으므로, 서정주의 다른 시집과 달리 전체가 설화 장르와 월령체 민요 장르의 패러디로 이루어져 있는 이 ≪질마재 神話≫의 성격이 부각되고 있지는 못하고 있다. 둘째, 황숙희의 논문을 들 수 있다. 황숙희의 연구는 서정주의 ≪질마재 神話≫만을 연구대상으로 하여 그 패러디 양상을 살펴보고 있는 본격적인 첫 논문으로 주목된다. 여기서 "『질마재신화』는 속신, 전설, 세시풍속, 문헌설화 등 다양한 민간전승을 원텍스트로 하여 패러디하고 있다"고 언급하면서 그 원텍스트를 유형별로 다양하게 분류하고 있다.[12] 그러면서 전체적으

---

11 정끝별, 「한국 현대시의 패러디 구조 연구」, 이화여대대학원 국문과 박사논문, 1996.5, 51 –
  67쪽.

로는 '전승'의 패러디로 묶어 다루고 있어 혼란을 보이고 있다. '원텍스트'라는 용어 또한 패러디된 텍스트인 작품을 가리키기도 하지만 소재를 가리키기도 하는 모호한 용어로 문제점이 내재해 있는 것이다.

이와 같이 서정주의 ≪질마재 神話≫를 패러디의 논리로 살펴보고 있는 두 논자의 연구성과가 각기 의의를 지니고 있으면서도 또한 문제점을 드러내고 있는데, 그 문제점의 기저에는 장르의 개념과 범주 문제가 내재해 있다. 따라서, 본 연구에서는 이러한 문제점을 해결하기 위해 앞의 연구성과에서 나아가 보다 구체적인 패러디의 논리로 접근하고자 한다. 즉, 패러디를 작품 패러디와 장르 패러디로 구분하고 서정주의 ≪질마재 神話≫를 이들 연구에서 놓치고 있는 장르 패러디의 논리로 살펴보고자 한다. 여기서 필자의 본 연구는 장르 패러디의 논리로 서정주의 ≪질마재 神話≫에 대해 접근하고 있고자 하는 첫 연구임을 분명히 하고자 한다. 작품 패러디와 장르 패러디가 겹칠 수도 있는데, 이 경우는 장르가 상위에 속하는 것이므로 장르 패러디의 큰 틀내에서 세부적으로 작품 패러디 문제를 살펴볼 것이다.

이를 위해, 서정주의 ≪질마재 神話≫에서 구체적인 분석 및 해석 대상을 장르 패러디의 관점에서 대표성을 염두에 두어 선택하여 구체적으로 인용하여 살펴본 뒤 장르 패러디의 논리에 입각해서 그 논의를 깊이 있게 진척시키고자 한다. 또한 그 논의 가운데 장르 패러디와 장르 모델 관계[13] 문제를 결부시켜 서정주의 ≪질마재 神話≫를 해석하

---

12 황숙희, 「서정주의 『질마재신화』 연구 ─패러디 양상을 중심으로」, 강원대대학원 국문과 석사논문, 2001.2, 17─18쪽. 여기서, 문헌설화를 원텍스트로 한 시로 6편을, 구전설화를 원텍스트로 한 시로 7편을, 구비관용구를 원텍스트로 한 시로 4편을, 속신을 원텍스트로 한 시로 4편을, 속담을 원텍스트로 한 시로 1편을, 구전민요를 원텍스트로 한 시로 1편을, 일화를 원텍스트로 한 시 6편을, 습속을 원텍스트로 한 시로 4편을, 세시풍속을 원텍스트로 한 시로 12편을 들고 있다.
13 장르 패러디와 장르 모델의 관계를 필자가 자세하게 정리한 바 있음을 이 자리에서 밝힌다.

는 부분을 포함하고자 한다.

Ⅱ. 설화 장르의 패러디와 월령체 민요 장르의 패러디

1. 설화 장르의 패러디 문제

먼저, 이 항목에서는 서정주의 ≪질마재 神話≫ '제1부 질마재 神話'가 전체적으로 설화 장르의 패러디로 이루어져 있다는 사항을 밝히고자 한다. 이러한 사항을 밝히는 데 기존의 연구성과 가운데 관련이 되는 사항은 논지를 분명히 하는 데에 도움이 되므로 활용하고자 한다. 따라서, 여기에 활용되는 연구성과는 서정주의 ≪질마재 神話≫를 패러디로 살펴보고 있는 연구가 아님을 분명히 하고자 한다. 이 연구성과를 '서론'에서 연구사 검토 차원에서 살펴보지 않은 이유는 바로 이 때문이다. 이 성과는 필자가 주장하는 바, 서정주의 ≪질마재 神話≫가 설화 작품이 아니라 설화 장르의 패러디로 봐야 함을 구체적으로 보완해주는 것에 해당한다. 그래서 이를 본론의 첫 항목에서 다루고자 한다. 먼저, 나희덕의 연구에서 "1부 <이야기> 33편은 이야기를 채용함으로써 과감한 산문시 형태를 취하고 있다. 그에 비해 2부의 시들은 민요적인 형태의 변형으로서 질마재라는 공간의 통일성을 갖고 있지도 못하고, 산문시라는 양식적 특징과도 거리가 멀다."라고 하면서[14]≪질마재 神話≫(제1부)의 서술시적 특성을 구체적으로 살펴보고

고현철, 앞의 책, 39 − 41쪽.

14 나희덕, 「서정주의 『질마재 神話』 연구 − 서술시적 특성을 중심으로」, 연세대대학원 국문과 석사논문, 1999.12, 6쪽.

있다. 이 논문에서 우선 주목되는 것은 제1부와 제2부 사이의 차이점을 명확히 인식하고 있다는 점이다. 사실, 이는 시집을 발간할 때 서정주 자신이 명확히 구분한 사항이기도 하다. 그리고 서정주의 ≪질마재 神話≫를 살펴보면, '제1부 질마재 神話'와 '제2부 노래'로 되어 있는데, '제1부 질마재 神話'는 설화 장르의 패러디이며 '제2부 노래'는 월령체 민요 장르의 패러디가 된다. '제2부 노래'가 월령체 민요 장르의 패러디로 이루어져 있다는 사항은 다음 항목에서 밝혀질 것이다. 나희덕은 서정주의 ≪질마재 神話≫(제1부)가 설화를 수용하고 있는 이전의 다른 시집과 비교하여 "연행적 성격으로 인해 그것의 발화방식은 '목소리'를 지향하고" 있으며[15] "이야기꾼의 역할을 극대화하고 구비 서술시의 단순성과 소박성을 살리"고 있는데,[16] 이는 "이야기성과 구비성을 하나의 스타일로 선택하였다는 것을 의미하는"[17] 것으로 보고 있다. 서술시 가운데에서도 이야기성과 구비(전)성이 부각되고 있음을 지적하고 있어, 이에서 ≪질마재 神話≫(제1부)가 구비(전) 서사인 설화 장르와 친연성이 있음을 확인할 수 있게 된다. 서정주의 ≪질마재 神話≫(제1부)를 서술시적 특성으로 살펴보고 있는 나희덕의 논문은 서정주의 ≪질마재 神話≫(제1부)를 설화 장르 패러디와 연관시키는 데까지 나아가고 있지 않다. 필자가 그 연구성과에서 서정주의 ≪질마재 神話≫(제1부)가 설화 장르와 친연성이 있음을 끌어낸 것이다.

　　송효섭의 연구는 서정주의 ≪질마재 神話≫(엄격하게 말해서, 제1부 질마재 神話)의 서사구조를 삼국유사와 비교를 통하여 살펴보고 있는 논문이다. 이 연구에서, '제1부 질마재 神話' 전체 시편들 모두를 대

---

15 위의 논문, 41쪽.
16 위의 논문, 55쪽.
17 위의 논문, 66쪽.

상으로 하여『삼국유사』소재 설화들과 몇 가지 유형별로 그 서사구조가 같음을 밝히고 있다.[18] 이를 확인할 수 있도록, 송효섭의 연구에서 밝힌 바『삼국유사』소재 설화와 같은 서사구조 유형을 보이고 있는 '제1부 질마재 神話' 시편 전체를 정리하면 다음과 같다.[19]

1) 제1유형: <姦通事件과 우물>
2) 제2유형: <마당房」>외 6편
3) 제3유형: <上歌手의 소리> 외 9편
4) 제4유형: <외할머니의 뒤안 툇마루> 외 14편

여기까지가 서정주의 ≪질마재 神話≫ '제1부' 작품들을 삼국유사의 작품들과 비교하여 서사구조를 유형화한 송효섭의 연구성과에 해당한다. 위의 정리에서 다음과 같은 사항을 알 수가 있다. 이것은 어디까지나 이 연구성과를 장르 패러디의 관점과 연관시키기 위해 필자가 새롭게 추출한 사항임을 밝힌다. 첫째, '제1부 질마재 神話' 시 33편은 모두『삼국유사』소재 설화의 제1유형·제2유형·제3유형·제4유형 등 4가지 서사구조 유형 가운데 하나에 속하고 있다. 즉, '제1부 질마재 神話' 시편들 모두 설화 장르의 서사구조를 지니고 있다는 점이다. 둘째, 이런 사항은 '제1부 질마재 神話'의 각각 시편들의 패러디된 텍스트나 소재가 무엇이든지 설화의 서사구조를 지니고 있다는 점에서

---

18 송효섭,「『질마재 神話』의 서사구조 유형 – 삼국유사와의 비교를 통한 시론」, 김열규 편,『삼국유사와 한국문학』, 학연사, 재판:1985, 241 – 276쪽.
19 위의 논문, 261 – 273쪽 참고 정리. '주술적 유사성' 등 4유형의 구체적인 명칭과 각각 같은 유형의『삼국유사』소재 설화를 구체적으로 들지는 않는다. 왜냐하면, 필자가 쓰고 있는 본 논문이 서사구조의 구체적인 유형과 같은 유형의『삼국유사』설화의 짝을 드러내어 살펴볼 필요가 없기 때문이다.

같다는 점이다. 위의 정리 가운데 '2) 제2유형'의 예를 들어 설명하기로 한다. '서론' 연구사 검토에서 언급한 바 있는 앞 황숙희 논문의 정리를 참고하면[20] <말피>, <분지러 버린 불칼>·<秋史와 白坡의 石顚>는 각각 문헌설화, 구전설화를 원텍스트로 한 시편이다. 이 경우 원텍스트는 패러디된 텍스트라고도 할 수 있는데 구체적인 설화 작품에 해당한다. <내가 여름 학질에 여러 직 앓아 영 못쓰게 되면>·<李三晩이라는 神>, <단골 巫堂네 머슴 아이>, <마당房>은 각각 속신, 일화, 습속을 소재로 한 시편이다. 이 경우 속신, 일화, 습속을 패러디된 텍스트라고는 볼 수 없다. 왜냐하면, 이러한 소재들이 구체적인 선행 작품의 형태를 이루고 있는 것은 아니기 때문에 이들을 하나의 작품으로 여겨 이를 구체적으로 패러디했다고는 볼 수 없기 때문이다. 하지만, 이 모두는 한결같이 설화 장르의 서사구조를 지니고 있는 것이다. 이런 점은 다른 유형인 제1유형·제3유형·제4유형 등에서도 동일하게 적용될 수 있는 사항이다. 즉, '제1부 질마재 神話' 시편들은 전부가 설화 장르의 구조, 문체, 어법 등을 지니고 있는 시편들이다. 따라서 이 시편들은 설화 장르 자체를 패러디하고 있는 설화 장르의 패러디로 봐야 타당한 것이다.

이와 같이, 서정주의 ≪질마재 神話≫ '제1부 질마재 神話' 수록 33편 시들은 모두 근본적으로는 설화 장르의 패러디이다. 그 중에서 구체적인 설화 작품의 내용을 패러디하고 있는 일부 시편(문헌설화의 작품 패러디만 따지면 6편이고, 구전설화 작품의 패러디까지 포함하면 최대가 13편임)에 한해서만 구체적인 설화 작품의 패러디이기도 하다. <결궁배미>는 구체적인 민요인 <이앙가(요)> 작품을 패러디하고 있어, 민요작품 <이앙가(요)>의 패러디를 전체적 틀에서 설화 장르

20 황숙희, 앞의 논문, 17－18쪽 참고.

의 패러디로 형상화한 시편이다. 앞 송효섭의 설화 장르의 서사구조 유형 정리를 보면, 이 <걸궁배미>도 설화의 서사구조 중 한 가지(제3유형)를 취하고 있음을 확인할 수가 있다. 이외의 다른 시편들은 구비관용구, 속신, 속담, 일화, 습속 등을 소재로 삼아 형상화한 설화 장르의 패러디로 봐야 할 것이다. 왜냐하면, 이러한 소재들이 구체적인 선행 작품의 형태를 이루고 있는 것은 아니기 때문에 구체적인 작품의 패러디로 볼 수는 없기 때문이다. 예를 들면, <紙鳶勝負>와 <大凶年>은 차례대로 "싸움에는 이겨야 멋이라"는 구비관용구와 "농부는 죽을 때에도 씨할 것은 베고 죽는다"는 속담에서 착상하여 설화의 서사구조를 지닌 설화 장르의 패러디 시편들로 형상화한 것인데, 이 경우 이러한 구비관용구와 속담을 하나의 작품으로 여겨 이를 구체적으로 패러디했다고는 볼 수 없는 것이다.

2. 월령체 민요 장르의 패러디 문제

앞에서도 언급했듯이, 시집 ≪질마재 神話≫는 서정주 시인 자신에 의해 '제1부 질마재 神話'와 '제2부 노래'로 구분되어 있는 시집이다. 이는 산문형식과 운(율)문형식으로 형식상으로도 구분이 되어 있기도 하다. 그동안 이런 사항이 간과되어 오기도 해서, 서정주의 ≪질마재 神話≫를 패러디의 논리로 살펴보고 있는 정끝별의 앞 논문에서는 이에 대한 언급이 없다. 이것은 '민요'까지 포함하여 '설화적 공간'으로 너무 포괄적인 개념 규정을 한 것과 연관되는 사항이다. 그래서 장르 구분이 없는 결과를 보이고 있는 것이 된다.[21] 또한 황숙희의 앞 논문

---

21 정끝별, 앞의 논문, 51 – 67쪽.

에서는 세부적으로는 "달거리 형식의 12편의 시"라고 밝히고 있으면서도 '민요'까지 포함하여 '전승'으로 너무 포괄적인 개념 규정을 하고 이들 시편들에 대해 내용상의 "세시풍속"을 원텍스트로 한 것으로 보고 있는 등 혼란을 보이고 있다.[22] 서정주의 ≪질마재 神話≫ '제2부 노래'가 월령체 민요 장르의 패러디임을 밝히고자 하는 이 항목에서 필자는 황숙희의 논문에서 관련되는 사항을 언급하면서 이에 대한 비판을 수행하지 않을 수 없는 것이다.

우선, 이 시편(들)은 각각의 12편의 시라기보다는 하나의 연작시로 보는 게 타당할 것이다. 왜냐하면 이 시편(들)은 전체가 '달거리 형식(월령체)'를 띠고 있기 때문이다. 즉, 이 시편(들)은 민요의 하위 한 장르인 월령체 민요의 패러디로 볼 수 있는 것이다. 원래, 월령체 민요는 각 연이 각 달의 세시풍속을 소재로 하고 있으므로 월령체 민요 장르의 패러디라고 하면 그 내용에 세시풍속은 포함되기 마련이다. 이 경우, 황숙희가 사용하고 있는 원텍스트라는 용어는 패러디된 텍스트가 아니라 소재를 의미하는 것이다. 왜냐하면, 이러한 소재들이 구체적인 선행 작품의 형태를 이루고 있는 것은 아니기 때문에 이들을 하나의 작품으로 여겨 이를 구체적으로 패러디했다고는 볼 수 없기 때문이다. 소재인 세시풍속을 내세워 이것의 패러디라고 할 것이 아니라 월령체 민요 장르의 패러디라고 해야 하는 이유가 바로 이 때문이다. 이와 같이, ≪질마재 神話≫의 '제2부 노래'는 월령체 민요 장르의 패러디인 것이다.

또한 여기서, 황숙희의 논문에서 주장한 바 이 '제2부 노래'를 구체적으로는 고려속요 <動動>의 작품 패러디로[23] 볼 수 있는가 하는 점

---

22 황숙희, 앞의 논문, 17 − 18쪽.
23 위의 논문, 33쪽.

을 살필 필요가 있다. <動動>은 문학적으로는, 주지하는 바와 같이, '서시'에 이어 1−12월의 12연으로 구성되어 있다. 그리고 매연이 4행이며, 그 뒤에 "아으 動動다리"라는 후렴구가 붙어 있다.[24] 하지만, 서정주의 ≪질마재 神話≫ '제2부 노래'는 이와 다르다. 첫째, <動動>은 '서시'가 있지만 '제2부 노래'는 '서시'가 없다. 둘째, <動動>과 '제2부 노래' 각 달에 해당하는 시편의 형식이 각각 다르다. 셋째, <動動>의 후렴구나 이에 상응하는 후렴구가 '제2부 노래'에는 없다. 여기에 각 달의 주요 소재도 <動動>과 '제2부 노래'가 서로 다른데, 이를 확인할 수 있도록 정리해서 비교하면 다음과 같다.[25]

	<動動>	≪질마재 神話≫ '제2부 노래'
1월	나릿물	애솔나무
2월	懸燈	까치 발, 찬바람
3월	晚春花	매화
		제비, 나비, 진달래
4월	꾀꼬리	초파일, 버선코
5월	端午節	단오
6월	流頭節	유두
7월	百種	칠석
8월	嘉俳	추석, 무궁화
9월	黃菊酒	국화
10월	바릿	시월, 숭늉

---

24 임동권, 「「動動」의 해석」, 김열규 · 신동욱 편, 『고려시대의 가요문학』, 새문사, 1982, Ⅰ·42−57쪽, 이 책에 수록된 「자료」Ⅳ·7쪽 참고.

25 위의 논문, 위의 책, Ⅰ·42−43쪽, 이 책에 수록된 「자료」Ⅳ·7쪽. 서정주, 앞의 책, 66−82쪽. 비교가 쉽도록 필자가 재구성함.

11월 봉당자리   동지

12월 나을盤

　위의 정리에서 보면, 주요 소재면에서 <動動>과 ≪질마재 神話≫ '제2부 노래'는 5·6·8월은 같고 9월은 유사하지만 다른 달은 서로 다름을 알 수 있다. 이와 같이, <動動>과 ≪질마재 神話≫ '제2부 노래'는 '서시'의 유무, 형식과 후렴구 그리고 주요 소재면에서 상당한 차이가 있다. 따라서, ≪질마재 神話≫ '제2부 노래'를 <動動>작품의 패러디로 볼 수는 없는 것이다. 이상에서 알 수 있듯이, ≪질마재 神話≫ '제2부 노래'는 월령체 민요의 장르 패러디임에는 틀림이 없지만 월령체의 고려속요인 구체적인 작품인 <動動>의 패러디로는 보기 힘든 것으로 판단된다.

Ⅲ. 설화와 월령체 민요 장르 패러디의 의미

1. 설화 장르 패러디의 의의와 한계

　앞 항목에서 밝힌 바와 같이, 서정주의 ≪질마재 神話≫ '제1부 질마재 神話'(이하 '제1부 질마재 神話'로 약칭하고자 한다) 33편 시들은 전부 설화 장르의 패러디 시편들이다. 이 시편들은 전부 설화 장르와 현대시의 혼합 양상을 보이고 있는 것이 된다. 여기서, 이와 연관지어 서정주 자신이 언급한 다음의 내용을 면밀하게 살펴볼 필요가 있다.

이는 물론 서정주가 1970년대에 시가 소외되고 있는 상황 속에서 그 소외 현상을 극복하기 위하여 '제1부 질마재 神話'에 서사성을 포함하였다는 의도를 밝힌 대목이다. 그런데, 시집의 제목과 제1부에 '神話'라는 명칭이 들어갔음에도 불구하고 서정주 자신은 포괄적인 '(우리) 액션', '살이 닿은 가족적인 자연을 이야기하는 것' 등의 용어를 사용하고 있지 세부적인 '神話'라는 용어를 사용하고 있지 않다. 그리고 여기서 표현하고 있는 '살이 닿은 가족적인 자연'에 대한 '이야기'가 '神話'인 것도 아니다. 따라서, 시집과 그 제1부에 사용된 '神話'라는 용어는 제한된 용어라기보다는 보다 포괄적인 용어로 봐야 하는 것이다. 필자는, 장르 패러디의 관점에서, 그 포괄적인 용어를 설화(장르)로 보고 있는 셈이다.[27]

어쨌든, 설화 장르를 패러디한 '제1부 질마재 神話'는 우선 시의 소외에 대한 극복의 한 형식으로 이해할 수 있다. 이는 이야기꾼과 집단

---

26 김주연,『나의 칼은 나의 작품』, 민음사, 1975, 11쪽, 14—15쪽. 대담에서 서정주가 한 말임.

27 송승환,「『질마재 신화』의 시간의식 연구」, 중앙대대학원 문창과 석사논문, 2000.6., 33쪽. 여기서 '제1부 질마재 神話'가 "서정주의 유년기 체험의 회상과 상상을 통한 작품들"과 "문헌 기록과 민담 전승의 확장과 전환에 따른 작품들"로 구성되어 있다고 언급하고 있는데, 이런 세계는 신화적인 세계라기보다는 설화적인 세계라고 봐야 하는 것이다. 그리고 '제1부 질마재 神話'를 '신화성'의 측면에서 살펴보고 있는 김혜영,「『질마재 신화』에 나타난 신화성의 수사학」,『한국언어문학』제55집, 한국언어문학회, 2005.12.에서도 그 신화성을 광의로 해석하여 비록 "주변성을 극복하고 중심으로 진입하려는 의식"으로(366쪽) 보고 있지만 그 세계는 "주변적이고 소외되어 있으며, 이들의 행동 역시 일상적 차원에 국한되어 있다."(354쪽)고 밝히고 있는 것도 '제1부 질마재 神話'의 세계가 신화보다는 설화의 세계라고 해야 할 것으로 보인다.

적 성격의 청자(청중) 사이의 소통을 기초로 하고 있는 설화 장르를 현
대시가 패러디함으로써 서술자와 독자 사이에 체험을 공유한다는 의
식을 확보하기 용이하기 때문이다. 시의 소외에 대한 극복의 형식은
나아가, 현대의 기술문명에서 파생되는 소외현상을 결속의 미학적인
원리를 통해 극복하려는 의의가 있다.[28]

　이를 장르 모델과 관련시켜 해명할 수도 있다. 장르 패러디는 기존
의 특정한 장르에 대한 의식적인 모방이므로, 장르 패러디 작품군은
본질적으로 패러디된 장르에 대한 모방모델이 된다. '제1부 질마재 神
話'의 시편들은 일차적으로 설화 장르의 모방모델이 된다. 장르 모델
에는 모방모델 외에 격상모델, 변형모델, 반대모델 등이 있다. 그런데,
장르 모델이 다 장르 패러디가 되는 것은 아니다. 장르 패러디와 장르
모델은 외연과 내포가 서로 다른 개념에 속한다. 그러나, 장르 패러디
는 장르 모델과 밀접한 관련이 있다. 장르 패러디가 장르 모델로도 설
명되는 경우가 있기 때문이다.[29] '제1부 질마재 神話'가 바로 이 경우
이다. 장르 모델로 볼 때, 서정주의 이 시편들은 '격상모델'에 해당한
다. 주변장르가 어떤 특정한 시기에 중심장르로 격상하는 경우 격상모
델이 된다. '제1부 질마재 神話'는 1970년대 현대산업사회에서 주변
장르에 속하는 설화를 중심으로 끌어올린 것으로 격상모델에 해당하
는 것이다. 전통사회에서 공동체성을 띠고 있는 공적 서사인 설화 장
르에 대한 패러디이면서 이 설화 장르의 격상모델에 해당하는 '제1부
질마재 神話'는 개인주의가 일반화되어 있는 현대산업사회의 개별화
와 소외에 대한 비판적 모색이며 시를 통해 공동체의식을 부여하려는

---

28 김준오, 「시와 설화」, 『시론』, 문장사, 1982, 315쪽 참고.

29 고현철, 앞의 책, 39－40쪽. Alastair Fowler, *Kinds of Literature*, Clarendon Press, 1982, pp. 167
　－179, 김준오, 『한국 현대 장르 비평론』, 문학과지성사, 1990, 201－202쪽, 213－214쪽 참
　고.

의의를 가진다.

　이제 '제1부 질마재 神話'의 시편을 인용하여 보다 구체적으로 그 의의를 살펴볼 차례이다. 여기서 우선 이 시편들 가운데 구체적인 설화 작품의 패러디에 해당하지 않는 시편을 대상으로 하고 그 다음 구체적인 설화 작품의 패러디에 해당하는 시편을 살펴, 전체적으로 '제1부 질마재 神話' 시편들의 설화 장르 패러디의 의의를 살펴보기로 한다. 그 이유는, 기존의 연구성과와 달리 필자가 본 연구에서 강조하고 또 앞 항목에서 밝힌 바 있는 내용, 즉 '제1부 질마재 神話' 중 일부를 설화 작품의 패러디로 볼 것이 아니라 '제1부 질마재 神話' 그 전체가 설화 장르의 패러디로 되어 있음을 구체적인 작품을 통해서 실제 확인하는 내용도 우선 포함하기 위해서이다.

> 옛날 옛적에 中國이 꽤나 점잖했던 시절에는 「수염 쓰다듬는 時間」이라는 時間單位가 다 사내들한테 있었듯이, 우리 질마재 여자들에겐 「박꽃 때」라는 時間單位가 언젠가부터 생겨나서 시방도 잘 쓰여져 오고 있읍니다.
> 　「박꽃 핀다 저녁밥 지어야지 물길러 가자」 말 하는 걸로 보아 박꽃 때는 하로낮 내내 오물었던 박꽃이 새로 피기 시작하는 여름 해으스름이니,
>
> 　　　　　　　　　　　　　　　　　　－ <박꽃 時間> 부분30

　부분적으로 인용한 이 시편은, 한눈에 알 수 있듯이, 산문 형식을 지니면서 함축적 이야기(impled narrative)를31 내재한 일종의 서술시(narrative poem)의 모습을 띠고 있다. 이 시편은 "옛날 옛적에"로 시작함으로써 설화 장르의 패러디라는 표지를 부각시키고 있다. 그리고

---

30 서정주, 앞의 시집, 28 – 29쪽.
31 김준오(1982), 303쪽 재인용.

"질마재 여자들"이라는 인물을 내세우고 그들에 얽힌 이야기를 설화 장르 구연의 어투로 들려주고 있다. 그래서 비록 이 시편이 활자화되어 읽히도록 되어 있지만, 구술성이 부각되어 독자들은 구연 형식의 설화를 듣고 있는 듯한 경험을 하게 되는 것이다. 이 시편에서 '수염 다듬는 시간' 또는 '박꽃 때'라는 구비관용구는 일종의 소재이다. 이를 소재로 하여 시 전체적으로는 설화 장르의 틀을 취하고 있으므로 설화 장르의 패러디가 되는 것이다.

이 작품의 내용으로 볼 때 "박꽃 때는" "박꽃이 새로 피기 시작하는" "해으스름"이다. 질마재 사람들은 그때에 박꽃이 피는 것을 보고 "저녁밥" 지으러 "물길러" 간다는 것이다. 여기서 자연의 법칙에 근거하여 시간을 파악하는 질마재 사람들의 시간관은 근대문명을 거스르는 반근대적인 의식과 상통함을 알 수 있다. '제1부 질마재 神話'가 "타락한 근대를 비판하고 극복하려는 일종의 유토피아 의식에서 창작된 것"이며 "반근대 지향 성격"을 지니고 있다는 지적은, 그래서 타당성을 갖는 것이 된다.[32]

姦通事件이 질마재 마을에 생기는 일은 물론 꿈에 떡 얻어먹기같이 드물었지만 이것이 어쩌다가 走馬痰 터지듯이 터지는 날은 먼저 하늘은 아파야만 하였읍니다. 한정없는 땡삐 떼에 쏘이는 것처럼 하늘은 웨-하니 쏘여 몸써리가 나야만 했던 건 사실입니다.
　…(중략)…
마을 사람들은 아픈 하늘을 데불고 家畜 오양깐으로 가서 家畜用의 여물을 날라 마을의 우물들에 모조리 뿌려 메꾸었읍니다. 그러고는 이 한 해 동안 우물물을 어느 것도 길어 마시지 못하고, 山골에 들판에 따로 따로 生水 구멍을 찾아서 渴症을 달래어 마실 물을 대어 갔읍니다.

---

32 최현식, 「서정주와 영원성의 미학」, 연세대대학원 국문과 박사논문, 2002.12., 153쪽, 154쪽.

이 시편도 산문 형식을 지니면서 함축적 이야기를 내재한 서술시의 모습을 띠고 있다. 그리고 내세워진 인물의 이야기를 설화 장르 구연의 어투로 들려줌으로써 전체적으로 설화 장르의 틀을 취하고 있는 것이다. 인용한 이 시편은 간통사건이 발생하면 가축용 여물로 우물을 메우는 질마재 마을의 습속을 소재로 하여 전체의 틀이 설화 장르의 서사구조와 원리로 이루어져 있는 설화 장르의 패러디가 되는 것이다. 여기서, "꿈에 떡 얻어먹기같이 드물"다거나 "走馬痰 터지듯이 터지는 날"이라거나 "한정없는 땡삐떼에 쏘이는 것처럼"과 같은 비유적인 표현은 설화 장르에서 내용의 흥미를 돋우기 위해 흔히 활용되는 표현에 해당한다. 그리고 개인을 넘어선 공공의 규범이라는 의미로 "하늘"이라는 말도 구비(전)서사인 설화 장르에서 널리 사용되는 표현에 속한다. 이와 같이 구체적인 설화 작품을 패러디하지 않은 작품을 봐도 설화 장르의 구조·문체·어법 등을 띠고 있으므로, '제1부 질마재 神話'의 시편들을 전체적으로 설화 장르의 패러디임을 확증할 수가 있게 된다.

위에 인용한 이 시편의 내용은, 개인의 부정한 일인 간통사건이 개인의 책임으로 끝나는 게 아니라 그 개인이 속한 집단인 마을 전체의 책임임을 보여주고 있다. 이에 따라 주어진 형벌도 개인에 한정되는 것이 아니라 마을 사람들이 함께 감수해 가는 모습을 보여주고 있다. 그래서 "家畜用의 여물"로 "우물"을 "모조리" "메꾸"고 "한 해 동안 우물물을" "길어 마시지 못하고" "山골"이나 "들판에 따로" "生水 구먹을 찾아" "渴症을 달래"야 한다는 것이다. 여기서, 가축용 여물로 우

---

33 서정주, 앞의 시집, 20－21쪽.

물을 메우는 것은 탁해진 자궁을 메워 파괴하는 것과 유사한 것으로
이해할 수 있고, 생수 구멍을 찾아서 갈증을 달래는 것은 새로운 자궁
에 대한 갈망으로 해석할 수가 있는 것이다.[34] 이 작품에서 생명성이
성(性)와 연관되는 것은 바로 이 지점이다. 즉, 깨끗한 성과 새로운 생
이 서로 통하는 것이 된다.

여기서, 생명성과 연관된 성의 모습을 드러내면서 구체적인 설화 작
품을 패러디하고 있는 모습을 보여주고 있어 당연히 설화 장르의 패러
디이기도 한 시편 한 편을 구체적으로 인용하여 살펴보기로 한다.

> 小者 李 생원네 무우밭은요. 질마재 마을에서도 제일로 무성하고 밑둥거
> 리가 굵다고 소문이 났었는데요. 그건 이 小者 李 생원네 집 식구들 가운데
> 서도 이 집 마누라님의 오줌 기운이 아주 센 때문이라고 모두들 말했읍니다.
> 옛날에 新羅 적에 智度路大王은 연장이 너무 커서 짝이 없다가 겨울 늙
> 은 나무 밑에 長鼓만한 똥을 눈 색시를 만나서 같이 살았는데, …(중략)…
> —「네 이놈 게 있거라. 저 놈을 사타구니에 집어 넣고 더운 오줌을 대가리에
> 다 몽땅 깔기어 놀라!」 그러면 아이들은 꿩 새끼들같이 풍기어 달아나면서
> 그 오줌의 힘이 얼마나 더울까를 똑똑히 잘 알밖에 없었읍니다.

— <小者 李 생원네 마누라님의 오줌 기운> 부분[35]

인용한 이 시편은 구체적으로 『삼국유사』 소재 「지천로왕」 설화 작
품을 패러디하고 있는 작품에 해당한다. "옛날에 新羅 적에 智度路大
王은"이라는 구절은 이 설화 작품의 도입부를 구체화시킨 것이 된다.
이 시편이 구체적인 「지천로왕」 설화 작품을 패러디하고는 있지만, 작

---

34 고은숙, 「서정주의 『질마재 神話』에 나타나는 그로테스크 연구」, 부산대대학원 국문과 석
　사논문, 2004.2., 39쪽 참고.
35 서정주, 앞의 시집, 13쪽.

품 전체로 볼 때「지천로왕」설화 내용을 시화한 부분은 가운데 부분에만 국한되고 앞 부분과 뒷 부분은 "李 생원네 마누라님"과 마을 "아이들"을 비롯한 질마재 마을 사람들의 이야기에 해당한다. 작품의 내용으로 볼 때 이생원네 마누라님은 "토지의 풍요한 생상력과 상징적인 연관성을 지닌" "地母"로[36] 해석할 수 있다. "李 생원네" "마누라님"의 "아주 센" "오줌 기운" 때문에 "李 생원네" "무밭"이 "제일로 무성하고 밑둥거리가 굵다"는 것이 이를 뒷받침한다. 왜냐하면, 배설 행위는 땅을 비옥하게 하기 때문에 결과적으로 삶의 생명력과 창조력과 밀접하게 관련되기 때문이다.[37]

이 작품은 앞에 인용한 작품과 마찬가지로, 육체의 하위를 중요시하고 있고 있다. 다만, 앞에 인용한 작품이 "生水 구먹"이 성기를 환기하다면 이 작품은 "오줌 기운"으로 대변되는 성기가 생명성의 근원이 되고 있는 것이다. 이때 성은 생산성과 관계되는 생명의 근원인 성으로 해석될 수밖에 없다. 여기서 성은 반문명적인 자연성과 생명성을 드러내고 있는 것이며, 이는 궁극적으로 문명의 억압으로부터 벗어나고자하는 문명 비판을 함축하는 것이 된다.[38]

이와 같이, '제1부 질마재 神話'에서는 '물질적인 육체의 하위 층위'가 두드러지게 강조되고 있다. 육체의 하위에 대한 강조는 카니발(적 장르)의 특징 중 하나이며, 하위 문화를 부각시키고 결과적으로 지배 문화에 대한 저항의 지점을 드러내는 것이 된다.[39] 본 연구의 '서론'에

---

36 유지현, 「서정주의『질마재 신화』에 나타난 신체적 상상력의 미학」, 『현대문학이론연구』 제24집, 현대문학이론학회, 2005.4., 203 – 204쪽.

37 김욱동, 앞의 책, 250쪽 참고.

38 함재봉, 「성해방과 정치해방: 프로이트에서 푸코까지」, 『사회비평』 제13호, 사회비평사, 1995, 44 – 45쪽 참고.

39 김욱동, 앞의 책, 252쪽 참고.

서 장르 패러디는 카니발(적 장르)과 관련된다고 언급한 바 있다. 이 작품에서 오줌 기운이 센 이생원네 마누라님과 그 행위, 그리고 아이들을 비롯한 마을 사람들의 반응은 유쾌한 웃음을 유발하는데, 카니발은 웃음을 통해 지배적인 사회적 규범의 구심적인 힘과 가치에 대해 저항하고자 하는 것이다.[40] 그리고 이 작품에서 "「네 이놈 게 있거라. 저 놈을 사타구니에 집어 넣고 더운 오줌을 대가리에다 몽땅 깔기어 놀라!」"로 대표되는 하층민이 사용하는, 어떤 승화도 보여주지 않는 비공식적인 언어는 공식적인 언어와 문화에 대립되는 것이 된다.[41]

이와 같이 하여, 서정주의 '제1부 질마재 神話'는 지배적 규범이나 공식적인 흐름이라 할 수 있는 산업화된 현대 기술 문명과 이에서 파생된 소외 현상 등에 대한 비판을 내재한 것이다. 이때 설화 장르의 패러디는 이러한 비판성을 부각시켜 지탱케 하는 틀로서 역할하게 된다.

하지만, 장르 패러디로 볼 때. '제1부 질마재 神話'는 그 의의 못지 않게 일정한 한계도 내재하고 있는 것으로 파악된다. 이것은 그동안 제대로 파악되지 못한 사항인데, 패러디의 관점에서 연구한 앞의 연구 성과에서도 마찬가지였던 것이다.

우선, 패러디의 관계와 의미는 패러디된 텍스트인 설화 장르와 패러디한 텍스트인 '제1부 질마재 神話' 시편의 차이에서 부각되는 것임을 분명히 할 필요가 있다. 패러디는 양면가치성, 즉 패러디된 텍스트와의 일체감과 비평적 거리를 지니는 것인데, 이때, 비평적 거리에서 패러디의 관계가 분명해지고 그 의미가 부각되는 것이다.[42] 이와 같이 보

---

40 Caryl Emerson/Gary Saul Morson, 김욱동 역, 「바흐친의 문학이론」, 김욱동 편, 『바흐친과 대화주의』, 나남, 1990, 81쪽 참고.

41 Bakhkin, 전승희·서경희·박유미 역, 『장편소설과 민중언어』, 창작과비평사, 1988, 444쪽 참고.

42 고현철, 앞의 책, 26쪽. Margaret Rose, 문홍술 역, 앞의 글, 앞의 책, 연재분 3회, 148-151쪽

면, 패러디한 텍스트인 '제1부 질마재 神話' 시편은 패러디된 텍스트
인 설화 장르가 지니고 있는 세계보다 더욱 세속적인 삶의 양식이 드
러나고 있는 변용된 모습을 보여주고 있다. '제1부 질마재 神話' 가운
데 구체적인 설화,작품을 패러디하지 않은 설화 장르 패러디 시의 경
우는, 앞의 <박꽃 때>와 <姦通事件과 우물>에서 살펴본 바와 같이,
전체적으로 질마재 마을 사람들의 사고와 행위 그리고 이를 둘러싼 이
야기로 구성되어 있다. 그리고 구체적인 설화 작품을 패러디한 설화
장르 패러디 시의 경우는 구체적인 패러디된 설화 작품의 세계로만 전
체가 구성되어 있는 게 아니라 그 앞이나 뒤 또는 앞과 뒤에 질마재 마
을 사람들의 사고와 행위 그리고 이를 둘러싼 이야기를 결부시키고 있
다. 예를 들어 앞에서 살핀 바 있는 <小者 李 생원네 마누라님의 오줌
기운> 시편은, 구체적인 설화 작품인 『삼국유사』 소재 「지천로왕」 설
화를 패러디했지만, 앞과 뒷부분에 "小者 李 생원"과 그 마누라를 비
롯한 질마재 마을 사람들의 사고와 행위 그리고 이를 둘러싼 이야기를
드러내고 있는 것이다.

그런데, 장르 패러디와 관련되는 카니발적 장르에서는 궁극적으로
'크로노트프'를 구현해야 그 의의가 부각되는 것이다. 바흐친에 의하
면, '크로노토프'는 "공간과 시간의 상호 관계를 이해하고 표현하는
특수한 방법"을 말한다. 이는 "시간을 역사적으로", "공간을 사회적으
로" 이해하는 것을 의미한다. '크로노트프'를 "사회―역사적 관계의
특수한 복합체"를 정리할 수 있는 이유가 여기에 있다.[43] 그러므로, 카
니발적 장르와 연관되는 장르 패러디 작품군은 "특정한 크로노토프를
구현해야" 보다 깊은 의미를 지니는 것이 된다. 더구나 설화 장르를 패

러디함으로써 서사적인 것과 결부되어 있는 '제1부 질마재 神話'의 경우는 더욱 그런 것이다.[44] 바흐친이 '민속'적인 하위 문화에 나타나 있는 환상의 경우에도 "실재하는 지금 이곳의 구체적인 세계라는 한계를 결코 넘지 않"아야 한다고 언급한 것도 설화 장르를 패러디한 '제1부 질마재 神話'가 '지금 여기'의 문제와 관련되어야 보다 의미가 있는 것임을 드러내는 근거가 된다.[45]

여기서, 설화 장르의 패러디를 통해 '제1부 질마재 神話'가 보이고 있는 텍스트 내의 전환과 변용이 이루어졌으며 또 이것이 비록 산업화된 현대 기술 문명과 그 소외 현상 등에 대한 비판을 내재한 것이라 할지라도, '제1부 질마재 神話'가 이것이 생산된 1970년대의 구체적인 사회현실과 어떻게 연관되는지를 살펴보아야 할 필요가 있는 것이다.

특정의 장르에 대한 패러디는 장르의 틀 자체를 의도적으로 모방한다는 점에서 패러디되는 장르를 패러디하는 당대의 사회문화적인 지향 의미에 따라 창조적으로 수용하는 것이므로, 장르 패러디의 진정한 의의는 패러디한 텍스트가 생산된 당대 사회현실 상황의 의미와 결합할 때 획득되는 것이다.[46] 그런데, '제1부 질마재 神話'는 그렇지 못하고 있다. 즉, '제1부 질마재 神話'는 패러디된 텍스트인 설화 장르에 대하여 비평적 거리를 가져 일종의 변용된 모습을 보여주고 또 설화 장르 패러디 자체의 의미와 효과를 지니고 있으나, 설화 장르의 패러디를 통해 보여주고 있는 그 세계가 이 '제1부 질마재 神話'가 생산된 1970년대의 구체적인 사회현실의 의미와 결합하지는 못하고 있는 것이다. 왜냐하면, '제1부 질마재 神話'에 보이는 질마재 마을 사람들의

---

44 위의 논문, 위의 책, 80쪽. 여기서 "각각의 내러티브 장르는 주어진 크로노토프를 구현하는 텍스트로 구성되어 있다."고 지적하고 있다.
45 Bakhkin, 전승희 · 서경희 · 박유미 역, 앞의 책, 1988, 340쪽.
46 고현철, 앞의 책, 14쪽, 30 ─ 35쪽.

사고와 행위 그리고 이를 둘러싼 이야기는 이 시편이 생산된 1970년대 당대의 사회현실 상황과는 연관성이 희박한 시인의 유년시절를 비롯한 과거 체험과 그 변용으로 구성되어 있기 때문이다. 이것은 '제1부 질마재 神話'가 보이고 있는 근대 문명에 대한 부정이 근대 이전 세계의 재현으로만 드러나 있는 것과 관련되는 것이다.[47] 장르 패러디의 논리에 입각해야 '제1부 질마재 神話'의 의의와 한계를 보다 분명하게 파악할 수 있는데, 이 항목에서 이를 밝힌 것이 된다.[48]

2. 월령체 민요 장르 패러디의 의의와 한계

서정주의 ≪질마재 神話≫ '제2부 노래'(앞으로는 이를 '제2부 노래'로 약칭하고자 한다)는 월령체 민요 장르의 패러디 시편(들)이다. 정확하게 말하면, 월령체 민요 장르의 패러디 시 한 편이다. 이 시편(들)은 월령체 민요 장르와 현대시의 혼합 양상을 보이고 있는 것이 된다. 하지만 앞에서도 살펴보았듯이, 고려속요 <動動> 작품의 패러디는 아니다. 이러한 사항을 다시 확인하면서 '제2부 노래' 시편(들)의

---

47 앞에서 인용한 바 있는, '제1부 질마재 神話'가 가지는 반근대적 성격의 의의를 들고 있는 최현식은 질마재 신화의 세계가 "근대의 폭력적 본질에 대한 섬세한 성찰보다는 신라적 영원성을 근대의 선험적 대안으로 상정함으로써 얻어지는 것이란 한계를 안고 있다." "역사현실 속의 대립과 갈등, 모순을 환상적으로 화해시켜 그것을 무갈등의 세계로 비화하고 신비화한다"고 그 한계도 지적하고 있는 균형감을 보이고 있다. 최현식, 앞의 논문, 160쪽, 172쪽.

48 정끝별, 앞의 논문, 특히 51쪽, 64－67쪽에서 ≪질마재 神話≫ 시 몇 편을 "비판적 거리 내지는 그 권위로부터의 일탈을 시도하는" 패러디로 보고 있다. 그리고 황숙희, 앞의 논문, 특히 36쪽, 42－44쪽에서는 ≪질마재 神話≫ 시편들을 '비판적 패러디 유형'으로 살펴보고 있다. 이와 같이 두 논자들은 ≪질마재 神話≫의 여러 시편들을 패러디된 텍스트와의 관계 내에서 비평적 거리가 있는 패러디로는 보고 있지만, 그 결과 패러디한 텍스트인 이들 시편이 그것이 생산된 1970년대 당대의 사회현실 상황과 의미 연관되지 못하고 있는 한계에 대해서는 파악하지 않고 있다. 이와 같은 점은 장르 패러디의 관점에 입각해야 제대로 파악할 수 있는 사항인데, 여기서 장르 패러디 관점의 유용성을 재삼 확인할 수 있게 된다.

월령체 민요 장르 패러디의 의의를 살펴보기 위해서는, 이 시편(들) 가운데 <動動>과 주요 소재가 같지 않은 달의 시편을 대상으로 하는 것이 타당할 것이다.

> 어머님이 끓여 주던 뜨시한 숭늉,
> 은근하고 구수하던 그 숭늉 냄새,
> 시월이라 상달되니 더 안 잊히네.
> 평양에 둔 아우 생각 하고 있으면
> 아무래도 안 잊히네, 영 안 잊히네.

– <시월이라 상달되니> 제1연[49]

서정주의 ≪질마재 神話≫ '제2부 노래'는 그 자체가 일차적으로 월령체 민요 장르의 모방모델이 된다. 이 시편들은 또한 '격상모델'에 해당한다. 서정주의 이 시편들은 1970년대 현대산업사회에서 주변장르에 속하는 월령체 민요를 중심으로 끌어올린 것이기 때문이다. 전통농경사회에서 공동체성을 띠고 있는 월령체 민요 장르에 대한 패러디이면서 이 월령체 민요 장르의 격상모델에 해당하는 '제2부 노래' 또한 개인주의가 일반화되어 있는 현대산업사회에서 시를 통해 공동체의식을 부여하려는 의의를 가진다. 이는 현대 산업사회에서 사라져가는 공동체지향적인 세시풍속을 제시함으로써 현대 기술문명에서 파생되는 소외현상을 극복해 보고자 하는 한 형식으로 이해된다.

위에 부분 인용한 10월의 시편 <시월이라 상달되니> 내용을 보면, 음력 10월이 되어 날씨가 추워지자 시적 화자는 옛날에 자신의 어머니가 끓여준 "숭늉"을 떠올린다. 그 숭늉 맛은 세월이 지나도 잊혀지지

---

49 서정주, 앞의 시집, 81쪽.

않는데, 날씨가 본격적으로 춥기 시작하는 음력 10월이면 더욱 잊혀지지 않고 생각난다는 것이다. 그런데, 시적 화자에게 잊혀지지 않는 것은 숭늉 맛만이 아니다. 숭늉을 끓여주던 자신의 어머니가 매개되어 "평양에" 있는 "아우"도 잊혀지지 않고 생각난다는 것이다. 이와 같이, 이 시편은 개인적인 정서를 표출하고 있지만 이 정서가 공동체성과 결합되는 모습을 보여주고 있다. 그것도, 분단 상황으로 인한 이산가족의 아픔을 내재하고 있어 이 시편이 생산된 1970년대 구체적인 현실의 사회 상황과 연관되고 있는 것이다. 물론, 그 연관 의미가 자세히 드러나 있는 것은 아니다. 장르 패러디의 관점과 범주 면에서 보면, 이는 월령체 민요 장르를 패러디한 전체 작품이 아니라 그 가운데 하나의 달에 해당하는 작은 부분을 통해 드러나 있으며 또 '제2부 노래'가 이른바 완결형식인 서사 장르를 패러디한 '제1부 질마재 神話'와는 달리 순간형식인 서정 장르를 패러디한 때문으로 이해된다.

이와 같이 이 시편을 통해 월령체 민요 장르의 패러디인 패러디한 텍스트 '제2부 노래'가 패러디된 텍스트인 월령체 민요 장르에 대하여 비평적 거리가 지니고 있으며, 이러한 장르 패러디의 텍스트는 그것이 생산된 1970년대 당대의 사회현실 상황과 연관된 의미를 지니고 있어 주목된다. '제2부 노래' 가운데 1월, 2월, 4월, 7월, 10월의 시편(들)이 여기에 해당한다. 이런 점은 앞에서 살펴본 바와 같이, '제1부 질마재 神話'와 분명히 차별되는 사항이다. 하지만, '제2부 노래' 가운데 1월, 2월, 4월, 7월, 10월의 시편(들)을 제외한 다른 달의 시편은 이와 다른 양상을 보여주고 있다.

　　제비같이 휘얼휠, 나비같이 퍼얼펄
　　멋쟁이는 정말 진짜 멋쟁이지만

어쩌다보니 노자 없는 나그네 신세.
사공아 공짜로 한번 건너가 보세.
하늬바람 배쌌으로 한번 건너세.

우선, 앞에 인용한 <시월이라 상달되니>와 여기에 인용한 3월의 시편 <노자없는 나그넷길> 모두 5행이 한 연이 되어 전체 2연으로 구성되어 있으며[51] 후렴구가 없으므로, 이로써 재삼 이 시편을 포함하여 전체 시편(들)인 '제2부 노래'가 월령체 민요 장르의 패러디이긴 하지만 구체적인 월령체 작품인 고려속요<動動>의 패러디는 아님을 확연히 알 수 있다.

그런데, <노자없는 나그넷길> 내용은 <시월이라 상달되니>와 상당히 다른 모습을 보여주고 있는 것이다. 이 시편에서, 자신을 "나그네 신세"로 여기고 있는 시적 화자가 "제비같이 휘얼휠, 나비같이 퍼얼펄" 강을 "건너가 보"고 싶은 뜻을 드러내고 있다. 여기에 "하늬바람 배쌌"이라는 풍류가 곁들여져 있다. 풍류가 곁들여져 있어 타인과 소통의 여지가 없는 것은 아니지만, 개인적인 정서 표출이 공동체의 의미와 결합하고 있는 것은 아니다. 패러디된 텍스트인 월령체 민요가 내재하고 있는 개인성·공동체성의 결합이 패러디한 텍스트인 이 시편에서는 개인적인 정서 표출이 더욱 강하게 드러나 일종의 변용으로 볼 수 있다. 하지만 패러디된 텍스트인 월령체 민요 장르와 패러디한 텍스트인 이 시편의 관계에서 보이고 있는 변용이, 이 시편들(구체적으로는, 3월, 5월, 6월, 8월, 9월, 11월의 시편들) 이 생산된 1970년대

---

50 위의 시집, 71쪽.
51 위의 시집, 71쪽, 81쪽 참고 바람.

당대의 사회현실 상황과 연관된 의미까지는 지니고 있지는 못하고 있는 것이다.

이와 같이 패러디한 텍스트인 '제2부 노래'는 패러디된 텍스트인 월령체 민요 장르에 대하여 변용된 모습을 보이고 있는데, 일부는 이 시편(들)이 생산된 1970년대 당대의 사회현실 상황과 연관된 의미와 결합되지 못하고 있으며 일부는 그 지향 의미와 결합되어 있는 등 혼재된 양상을 드러내고 있다. 이 중에서 1970년대 당대의 사회현실 상황과 연관된 의미와 결합되어 있는 시편(들)이 더욱 의미를 지니는 것은 물론이다. '제2부 노래' 가운데에서 1월, 2월, 4월, 7월, 10월의 시편(들)이 주목되는 이유는 바로 이 때문이다.

IV. 맺음말

서정주의 시집 ≪질마재 神話≫는 시집 전체가 장르 패러디로 구성되어 있는 독특한 시집으로 장르 패러디의 관점에서 살펴보아야 제대로 접근할 수 있지만, 그동안의 연구성과는 보다 광범위한 패러디의 논리에 입각하여 살펴보고 있어 개념과 범주의 혼동 등 여러 문제를 지니고 있는 것이었다. 이에 본 연구는 서정주의 ≪질마재 神話≫에 대한 기존의 패러디 연구의 문제점을 밝혀 보다 구체적인 장르 패러디의 논리로 살펴보았다. 또한 본 연구는, 그동안 지속적으로 현대시에 나타난 장르 패러디의 양상과 의미를 살펴온 필자의 연구성과를 확장하여 탐색하는 것이 되기도 한다. 이를 위해 먼저 설화 장르의 패러디 문제와 월령체 민요 장르의 패러디 문제를 자세히 검토한 뒤, ≪질마재

神話≫에서 분석 및 해석 대상을 대표성을 염두에 두어 선택적으로 인용하여 장르 패러디의 논리에 입각해서 그 논의를 진척시켰으며, 그 가운데 장르 패러디와 장르 모델 관계 문제를 포함시켰다. 본 논문의 본론을 통해 밝혀진 내용을 정리하면 다음과 같다.

첫째, 서정주의 시집 ≪질마재 神話≫는 '제1부 질마재 神話'와 '제2부 노래'로 구성되어 있는데, 이런 구성은 각각 설화 장르의 패러디와 율령체 민요 장르의 패러디와 연관되는 사항이 된다.

둘째, '제1부 질마재 神話' 수록 시편들은 모두 설화의 서사구조, 문체, 어법 등을 지니고 있는 설화 장르의 패러디임을 밝혔다. 이 중에는 구체적인 설화 작품의 패러디인 것도 있고 그렇지 않은 것도 있지만 어떤 것이든 설화 장르의 패러디 양상을 띠고 있다. 설화 장르의 패러디인 이 시편들은 장르 모델로는 설화 장르에 대한 모방모델이면서 또한 이것이 생산된 1970년대 주변장르인 설화를 중심으로 끌어들인 격상모델에 해당한다. 이는 개인주의가 일반화되어 있는 현대산업사회에서 시를 통해 공동체의식을 부여하려는 의의를 갖는다. 즉, 이야기꾼과 집단적 성격의 청자 사이의 소통을 기초로 하고 있는 설화 장르를 패러디함으로써 서술자와 독자 사이에 체험을 공유한다는 의식을 형성시킴으로써 시의 소외에 대한 극복의 형식이 되고 있다. 나아가 현대의 기술문명에서 파생되는 소외현상을 결속의 미학적 원리를 통해 극복하려는 의의를 지닌 것이다.

셋째, '제1부 질마재 神話'에서는 자연의 법칙에 근거하여 시간을 파악하는 시간관이 드러나 있는데, 이는 근대문명을 거스르는 반근대적인 의식과 상통한다. 또한 생산성과 관계하는 생명의 근원인 성이 부각되어 있는데, 이것도 문명의 억압으로부터 벗어나고자 하는 문명비판을 함축하고 있는 것이 된다. 여기에는 또한 육체의 하위에 대한 강조와 비공식적인 언어의 부각을 통해 지배적인 사회 규범의 구심적 힘과 가치에 대한 저항을 내재하고 있다. 이와 같이 설화 장르의 패러디는 이러한 비판성을 부각시켜 지탱케 하는 틀로서 역할하고 있는 것이다.

넷째, 하지만 카니발적 장르와 연관되는 장르 패러디에서는 '크로노토프'가 구현되어 '지금 여기'의 문제와 연관되어 패러디한 텍스트가 생산된 당대 사회현실 상황의 의미와 결합될 때 보다 의의 있는 것이 되는 것에 비추어 볼 때, '제1부 질마재 神話'는 그렇지 못한 한계를 가진 것이 된다. 이것은 '질마재 神話'의 세계가 1970년대의 사회현실 상황과는 연관성이 희박한 시인의 유년시절을 비롯한 과거 체험과 그 변용으로 구성되어, 근대 문명에 대한 부정이 근대 이전 세계의 재현으로만 드러나 있기 때문이다.

다섯째, '제2부 노래' 수록 시편(들)은 전체가 월령체 장르의 패러디한 작품으로 파악된다. 그리고 이는 구체적인 월령체 민요 작품인 고려속요 <動動>의 패러디는 아님을 밝혔다. 월령체 민요 장르의 패러디인 이 시편들은 장르 모델로는 월령체 민요 장르에 대한 모방모델이면서 이것이 생산된 1970년대 주변장르인 월령체 민요를 중심으로 끌어들인 격상모델에 해당한다. 이 또한 개인주의가 일반화되어 있는 현대산업사회에서 시를 통해 공동체의식을 부여하려는 의의를 갖는다. 즉, 현대 산업사회에서 사라져가는 공동체지향적인 세시풍속을 제시함으로써 현대 기술문명에서 파생되는 소외현상을 극복해 보고자 하는 한 형식으로 이해되는 것이다.

여섯째, '제2부 노래'는 패러디된 텍스트인 월령체 민요 장르에 대하여 변용된 모습을 보이고 있는데, 일부는 이 시편(들)이 생산된 1970년대 당대 사회현실 상황의 의미와 결합되지 못하고 있으며 일부는 그 지향 의미와 결합되어 있는 등 혼재된 양상을 드러내고 있다. '제2부 노래' 중에서 1970년대 당대 사회현실 상황의 의미와 결합되어 있는 시편(들)이 1월, 2월, 4월, 7월, 10월의 시편(들)이 주목된다.

일곱번째, 하지만 이들 시편에서 드러나는 사회현실 상황의 연관 의미는 순간형식인 서정 장르 월령체 민요에 대한 패러디, 그것도 작품 전체가 아닌 작은 부분에 국한되어 있어 본질적으로 한계를 가진 것이 된다. 이러한 점 때문에, 장르 패러디의 논리에서도, 서정주의 ≪질마재 神話≫에서 '제1부 질마재 神話'를 중심에 둘 수밖에 없는 것이며 '제2부 노래' 가운데에서는 이들 시편(들)이 주목되어야 하는 것이다.

신경림 시의 장르 패러디

Ⅰ. 머리말

이 글은 신경림의 시를 장르 패러디의 관점에서 살펴보려는 글이다. 장르 패러디란, 패러디되는 기존의 특정한 장르(선행 장르)의 형식적 관습인 구조, 문체, 어법, 율격 등을 패러디하는 장르가 모방하는 경우를 말한다.[1] 필자는 장르 패러디의 관점에서 현대시를 자세히 살펴본 바 있는데,[2] 이때 신경림의 시를 장르 패러디의 관점에서 살펴보는 내용은 다루지 않았다. 왜냐하면, 장르 패러디의 관점에서 현대시를 살펴본 그때의 연구는 "어떤 한 시기에 특정의 전통구비장르와 대중문화 장르가 일군의 시인들에 의해 집중적으로 패러디되고 그 양상도 여러 가지로 나타나"는[3] 사항을 고찰하려 한 것이어서 신경림의 시는 이

---

1 Patricia Waugh, 김상구 역, 『메타픽션』, 열음사, 1989, 95쪽. Linda Hutcheon, 김상구 · 윤여복 역, 『패러디 이론』, 문예출판사, 1992.을 보면 패러디의 범주에 장르에 관한 패러디를 넣고 있다. Margaret Rose, 문홍술 역, 「패러디/메타픽션」, 『심상』, 1991.11. − 1993.3., 연재분 2회, 174쪽과 3회, 150쪽에 '장르의 패러디'라는 용어가 사용되고 있다.

2 고현철, 「한국 현대시의 장르 패로디 연구 − 담론 양상을 중심으로」, 부산대대학원 국문과 박사논문, 1995.8. 이를 보완한 『현대시의 패러디와 장르 이론』, 태학사, 1997.의 제1부 「현대시의 장르 패러디와 담론 연구」가 대표적인 것인다.

런 조건에는 부합되지 않는다고 판단했기 때문이다. 필자가 파악하기로, 현재까지 나온 신경림의 시집 가운데 장르 패러디와 연관이 있는 시집은 1979년에 출간된 『새재』, 1985년에 출간된 『달 넘세』, 1987년에 출간된 『南漢江』(장시집) 그리고 1993년에 출간된 『쓰러진 자의 꿈』 등이다.[4] 필자는 장르 패러디의 관점에서, 이들 시집 가운데 일부의 시들을 민요 장르 패러디의 시편들과 무가 장르 패러디의 시편들로 보고자 하는데, 본 논문의 본문을 통해 자세히 다루기로 한다. 신경림의 민요 장르 패러디 시편들은 1970년대 후반에서 1990년대 초반까지 출간된 이들 4권의 시집에 걸쳐 있다. 민요 장르를 패러디한 시인 이른바 '민요시'[5]의 경우, 1970년대부터 1990년대까지 걸쳐 신경림과 견주어 살펴볼 만한 시인이 없고 또 일정한 시기에만 집중되어 있지도 않아 필자는 그때 이를 다루지는 않은 것이다. 신경림의 무가 장르 패러디 시편들은 1980년대 중반에 출간된 『달넘세』와 『南漢江』에만 걸쳐 있다. 무가(사설) 장르를 패러디한 시인 이른바 '굿시'[6]의 경우, 특정한

---

3 위의 책, 23쪽.

4 이들 시집은 모두 창작과비평사에서 출간된 시집이다. 신경림의 다른 시집인 『農舞』(창작과비평사, 증보판: 1975), 『가난한 사랑노래』(실천문학사, 1988), 『길』(창작과비평사, 1990), 『어머니와 할머니의 실루엣』(창작과비평사, 1998), 『뿔』(창작과비평사, 2002) 등은 장르 패러디와는 연관이 없는 시집으로 파악되므로, 본 연구의 대상에서는 제외됨을 밝힌다. 『農舞』의 경우, "민요를 방불케 하는 친숙한 가락을 띠기도 하는 것"(백낙청, 시집 『農舞』의 '발문', 112쪽.)과 같이 민요와의 친연성에 대해 언급하기도 하지만, 민요 장르의 형식적 관습인 구조・문체・어법・율격 등을 모방하는 경우로 민요 장르에 대한 패러디를 개념 정의할 때, 이에 해당하는 작품은 없는 것으로 파악된다. 이 시집 가운데 <罷場>과 <잔칫날>은, 율격면에서 4음보를 주조로 한 것으로 파악할 수 있다.

5 고현철, 앞의 책, 16쪽. '민요시'의 명칭은 오래 전부터 사용되어 온 것인데, 장르 패러디의 관점에서 보면 '민요시'란 민요(문학적 연구 대상인, 여음을 포함한 사설) 장르를 패러디한 시를 의미한다.

6 위의 책, 17쪽. 장르 패러디의 관점에서 보면 무가(사설) 장르를 패러디한 시를 '무가시'라고 부를 수도 있지만, 이들 작품들이 연희성을 강하게 띠고 있어 '굿시'라는 명칭이 널리 통용

시기인 1980년대 중반에 집중되어 있으나 하종오와 고정희와 비교하면[7] 시집의 일부에만 해당하므로 필자는 신경림의 굿시 또한 그때 이들 굿시와 함께 다루지 않은 것이다.

그런데, 신경림의 시는 비록 부분이긴 하지만, 민요 장르 패러디 시편인 '민요시'와 무가 장르 패러디 시편인 '굿시'의 특징이 뚜렷하므로 장르 패러디의 측면에서 살펴볼 필요가 충분이 있는 시에 해당한다. 신경림의 시에 대한 연구 가운데, 장르 패러디의 관점에서 주목할 만한 글로는 다음과 같은 것들이 있다. 홍홍구의 연구는,[8] 문학평론 당선작인데 한국문학사에 걸쳐 민요의 시화운동을 살펴보고 그 연장선에서 신경림의 민요시의 성격을 살펴보고 있는 글이다. 그런 만큼, 신경림의 민요시에 대한 면밀한 접근이 이루어진 글이라고 보기는 어렵다. 양문규의 연구는,[9] 신경림의 시 창작 방법론을 '시어와 형태', '시적 구조의 특징', '전통의 계승과 시사적 의미'로 나누어 살펴보고 있는데, 이 중 '전통의 계승과 시사적 의미' 아래 '전통 수용과 변용'에서 신경림의 '민요시와 굿시'를 살펴보고 있다.[10] 공광규의 연구는,[11] 신경림의 시를 대상으로 하여 '서정시의 방법적 특성' · '서사시의 방법적 확장' · '현실반영 시의 방법적 확대'로 나누어 창작방법을 살펴보고 있는 연구인데, 그 가운데 '민중시가 양식의 수용양상'이란 항목 아

되고 있으므로 '굿시'라는 명칭을 쓰고자 한다. 하종오의 시집 『넋이야 넋이로다』(창작과비평사, 1986)는 시집 자체에 '굿시집'이란 용어를 드러내고 있다.

7 하종오의 경우, 위의 시집 전체가 굿시집이다. 그리고 고정희의 경우, 장시집 『저 무덤 위에 푸른 잔디』(창작과비평사, 1989) 전체가 굿시집에 해당한다.

8 홍홍구, 「민요의 詩化운동과 申庚林의 민요시」, 『신동아』, 동아일보사, 1988.3., 672－687쪽.

9 양문규, 「신경림 시 연구 － 시 창작 방법론을 중심으로」, 명지대대학원 문예창작학과 석사논문, 1999.12.

10 위의 논문, 64－76쪽.

11 공광규, 「신경림 시의 창작 방법 연구」, 단국대대학원 문창과 박사논문, 2005.

래 율격의 활용에 초점을 맞추어 민요와 무가의 수용 양상을 살펴보고 있다.[12] 두 논문 모두 시 창작 방법론의 일환으로 부분적으로 살펴보고 있는 연구라서 일정한 한계가 내재되어 있는 연구라 하지 않을 수 없는 것이다. 박상수의 연구는,[13] 신경림 시를 대상으로 하여 민요의 현대시 수용 양상을 살펴보고 있는 논문이다. 하지만, 구체적으로 민요 구성원리(대표적으로 병치구조)의 활용과 변용 등을 밝히지 못하고 있으며 패러디의 관점과 논리로 나아가지 못한 한계를 지니고 있는 연구라 하지 않을 수 없는 것이다.

특히 김홍진의 연구는,[14] 장르 패러디의 관점에서 신경림의 시를 민요 장르 패러디와 무가 장르 패러디로 살펴보고 있는 첫 논문으로 주목된다. 하지만, 일찍이 '장르 패러디'의 용어와 개념을 분명히 하고 이를 통해 현대시에 나타난 장르 패러디의 양상을 구체적으로 살펴본 연구자는 바로 본 연구자인데, 김홍진의 연구는 본 연구자의 연구성과[15] 특히, '장르 패러디의 체계'에서 '장르 패러디와 장르 모델'까지를[16] 제대로 참고하지 않고 신경림 시의 장르 패러디적 특성을 살펴보고 있어 그 논의가 깊이를 확보하지 못하고 있다. 그리고 신경림의 몇몇 시집의 시에 국한하여 살펴보고 있어, 신경림의 전체 시집에서 민요 장르 패러디와 무가 장르 패러디의 전체 지형을 파악하지 않은 한계가 있다.

---

12 위의 논문, 69－111쪽.

13 박상수, 「민요의 현대시적 수용양상: 신경림을 중심으로」, 세명대대학원 국문과 석사논문, 1999.

14 김홍진, 「신경림 시의 장르 패러디적 특성」, 『한남어문학』 제23집, 한남대 국문과, 1998.12.

15 고현철, 앞의 박사학위 논문과 앞의 책. 본 연구자가 제일 처음 '장르 패러디'의 관점에서 현대시를 살펴본 논문은 「장르 패러디로 본 김지하의 「오적」」, 『국어국문학』 제30집, 부산대 국문과, 1993.12임을 밝힌다.

16 고현철, 앞의 책, 25－41쪽.

　본 연구는, 이상의 연구성과에서 보인 한계를 넘어 장르 패러디의 관점에서 신경림의 민요 장르 패러디 시인 '민요시'와 무가 장르 패러디 시인 '굿시'를 집중적으로 살펴보고자 한다. 특히 김홍진의 연구에서 나아가, 신경림의 전체 시집에서 민요 장르 패러디와 무가 장르 패러디의 전체 지형을 파악하고 이렇게 파악된 전체 지형에서 구체적인 분석 및 해석 대상을 대표성을 염두에 두어 구체적으로 인용하여 장르 패러디의 체계에 입각하여 논의를 깊이 있게 진척시키고자 한다. 그러면서 장르 패러디와 장르 모델 문제로 신경림의 장르 패러디 시를 해석하는 부분을 결부시키고자 한다.

Ⅱ. 민요 장르의 패러디: 민요시

　신경림의 시에서 민요 장르에 대한 패러디는 1970년대 후반부터 1990년대 초반까지의 4권의 시집에 걸쳐 이루어지고 있다. 먼저, 신경림의 '장시'의 경우는 개별 시에서 부분적으로 민요 장르에 대한 패러디가 이루어지고 있는 것으로 파악된다. 이를 정리하면 다음과 같다.

　『새재』(1979) 속 장시 <새재>의[17] 제2장 4[18]: "어기야디야 어기야디야/새세상 찾아 가세"로 시작하여 6행 1연의 내용이 네 번 연속되는데, 각 연과 연 사이에 "어기야디야 어기야디야/새세상 찾아 가세"가

---

17 신경림의 장시 <새재>는 나중에 그의 장시집 『南漢江』(1987)에 재수록되는데, 이 장시집 속 <새재>에서 이전의 시집 『새재』 속 <새재>의 소제목 '제1장', '제2장', '제3장', '제4장'이 차례대로 '이무기', '어기야디야', '황소떼', '빈 쇠전'으로 바뀌어져 있다.

18 신경림, 『새재』, 창작과비평사, 1979, 94－96쪽.

민요의 후렴구처럼[19] 이어지고 있다.

『새재』(1979) 속 장시 <새재>의 제3장 8[20]: "캥매캐캥 캥매캐캥 한바탕 놀아보세"로 시작하여 4행 1연의 내용이 네 번 연속되는데, 각 연과 연 사이에 "캥매캐캥 캥매캐캥 한바탕 놀아보세"가 민요의 후렴구처럼 이어지고 있다.

『南漢江』(1987) 속 장시「南漢江」의 <단오> 2[21]: "어헐씨구 절씨구"로 시작하여 전체 열두 행의 내용이 이어지는데, 4행 단위로 그 사이에 "헐씨구 절씨구"가 민요의 후렴구처럼 삽입되어 있다.

『南漢江』(1987) 속 장시「南漢江」의 <단오> 3[22]: "소올개야 소올개야 어어디서 와았니/가앙건너 바다건너 왜놈나라에서 와았다"처럼, 전체가 '홀수행 물음―짝수행 대답'의 형식을 취하고 있어 민요의 교환창 가운데 문답형의 민요를 활용하고 있는 것으로 파악된다.[23] 여기에, 끝부분에서 "애기 애기는 무슨 애기 (구체적 사항)"이 문답의 각 두 행 사이에 2행의 형식으로 두 번 반복되고 있다.

『南漢江』(1987) 속 장시「南漢江」의 <꽃가루> 2[24]: "넘어오소 넘어오소 (구체적 사항)" 이 2행의 형식으로 각각 시작과 끝을 이루고 있고, 그 중간에 네 행의 내용이 들어가 있다.

『南漢江』(1987) 속 장시 <南漢江>의 <눈바람> 3[25]: 한 행의 내용

---

19 한국구비문학회,『한국구비문학개설』, 일조각, 중판: 1979, 89쪽. 여기서 "의미가 없는 음성이든 의미가 있는 말이든 꼭 같은 구절이 일정한 간격을 두고 되풀이되면 후렴이다."고 언급하고 있다.

20 신경림,『새재』, 123 ― 124쪽.

21 신경림,『南漢江』, 창작과비평사, 1987, 59 ― 60쪽.

22 위의 시집, 62쪽.

23 한국구비문학회, 앞의 책, 90 ― 91쪽. 여기서 (민요의) "교환창에서는 흔히 선창의 가사와 후창의 가사가 문답이나 대구로 되어 있다."고 지적하여 구체적인 예를 제시하고 있다.

24 신경림,『南漢江』, 86쪽.

25 위의 시집, 97쪽.

뒤에 "원수로세 원수로세 (구체적 사항)"이 한 행의 형식으로 계속 이어져, 전체 세 번 반복되고 있다.

『南漢江』(1987) 속 장시 <南漢江>의 <다시 싸움> 2[26]: "캥 캥 캥 매캐캥"으로 시작하여 4행 1연의 내용이 네 번 연속되는데, 각 연과 연 사이에 "캥 캥 캥매캐캥"이 민요의 후렴구처럼 이어지고 있다.

『南漢江』(1987) 속 장시 <쇠무지벌>의 <두레 풍장> 3[27]: "못방구 헐렝이 앞소리도 늙었구나,/어화싸오."처럼, 전체가 홀수행의 내용 뒤에 짝수행의 후렴구 "어화싸오"가 이어지는 것으로 이루어져 있다.

『南漢江』(1987) 속 장시 <쇠무지벌>의 <두레 풍장> 4[28]: "옛날 옛날 진삿골에 소년과부 살았네"로 시작하여 "진삿골 왜부자댁에 열녀문을 세워라"까지 전체 4음보 연속의 형식으로 어떤 과부에 관한 이야기를 민요(사설)의 구성원리인 반복과 병치의 방법을[29] 통해 서술하고 있다.

『南漢江』(1987) 속 장시 <쇠무지벌>의 <못자리 싸움> 2[30]:"어허 가래여"로 시작하여 전체 여섯 행의 내용이 이어지는데, 2행 단위로 그 사이에 "어허 가래여"가 민요의 후렴구처럼 삽입되어 있다.

이상에서 신경림의 '장시'에 나타난 민요 장르의 패러디를 정리한 데서 확연히 알 수 있듯이, 민요 장르의 패러디는 어디까지나 개별 '장시'에서 부분적으로 활용된 것이다. 따라서, 텍스트 전체가 민요 장르

---

26 위의 시집, 109 − 110쪽.

27 위의 시집, 128쪽.

28 위의 시집, 130 − 131쪽.

29 이에 대한 자세한 사항은 고현철, 「1920년대 민요시의 구조 연구」, 앞의 책, 205 − 216쪽에 '우리 민요에서의 병치구조'라는 제목으로 정리되어 있음을 밝힌다.

30 신경림, 『南漢江』, 173 − 174쪽.

의 패러디로 되어 있는 일반적인 '서정(단)시'와는 그 성격과 무게면에서 구분이 되어야 하는 것이다. 본 연구에서는 민요 장르의 패러디가 텍스트 전체적으로 활용되어진 경우에 초점을 맞추어 보다 구체적으로 살펴보고자 한다. 이 경우가 진정한 민요 장르의 패러디에 상응하는 성격과 무게를 지니기 때문이다.

장르 패러디는 기존의 특정한 장르에 대한 의식적인 모방이므로, 장르 패러디 작품군은 본질적으로 패러디된 장르에 대한 모방모델이 된다. 여기서 민요 장르 패러디 시들은 일차적으로 민요 장르의 모방모델이 된다. 장르 모델에는 모방모델 외에 격상모델, 변형모델, 반대모델 등이 있다. 그런데, 장르 모델이 다 장르 패러디가 되는 것은 아니다. 장르 패러디와 장르 모델은 외연과 내포가 서로 다른 개념에 속한다. 그러나, 장르 패러디는 장르 모델과 밀접한 관련이 있다. 장르 패러디가 장르 모델로도 설명되는 경우가 있기 때문이다.[31] 신경림의 민요 장르 패러디 시가 바로 이 경우이다. 장르 모델로 볼 때, 신경림의 '민요시'들은 '격상모델'에 해당한다. 주변장르가 어떤 특정한 시기에 중심장르로 격상하는 경우 격상모델이 된다. 신경림의 민요시는 1970년대부터 1990년대까지의 현대산업사회에서 주변장르에 속하는 민요 장르를 중심으로 끌어올린 것으로 격상모델에 해당하는 것이다. 전통사회에서 공동체성을 띠고 있는 구비(전) 시가인 민요 장르에 대한 패러디이면서 이 민요 장르의 격상모델에 해당하는 신경림의 민요시는 기본적으로 개인주의가 일반화되어 있는 현대산업사회에서 시를 통해 공동체의식을 부여하려는 의의를 가진다.

---

31 고현철, 앞의 책, 39 – 40쪽. Alastair Fowler, *Kinds of Literature*, Clarendon Press, 1982, pp. 167 – 179, 김준오, 『한국 현대 쟝르 비평론』, 문학과지성사, 1990, 201 – 202쪽, 213 – 214쪽 참고.

시집 『새재』 가운데 민요 장르의 패러디로 명백히 볼 수 있는 텍스트는, 앞에서 부분적으로 민요 장르의 패러디로 살펴본 장시 <새재>를 제외하고, <목계장터>, <어허 달구>, <白晝>, <밤길>, <돌개바람> 등이다.

어허 달구 어허 달구
바람이 세면 담 뒤에 숨고
물결이 거칠면 길을 옮겼다
꽃이 피던 날은 억울해 울다
재넘어 장터에서 종일 취했다
어허 달구 어허 달구
사람이 산다는 일 잡초 같더라
밟히고 잘리고 짓뭉개졌다
한 철이 지나면 세상은 더 어두워
흙먼지 일어 온 하늘을 덮더라
어허 달구 어허 달구
차라리 한세월 장똘뱅이로 살았구나
저녁 햇살 서러운 파장 뒷골목
못 버린 미련이라 좌판을 거두고
이제 이 흙속 죽음 되어 누웠다
어허 달구 어허 달구

– <어허 달구> 전문[32]

위에 전문 인용한 바와 같이 이 텍스트는, "어허 달구"로 시작하여 전체 12행의 내용이 이어지는데, 4행 단위로 그 사이에 "어허 달구"가

---

32 신경림, 『새재』, 7쪽.

민요의 후렴구처럼 삽입되어 있다. 형식면에서는, 앞에서 언급한 장시 <南漢江>의 <단오> 2와 완전히 같은 것이다. 이와 유사한 민요시 가 <白畫>와 <돌개바람>이다. <白畫>와 <돌개바람> 모두 민요 의 후렴구를 활용하고 있다는 점에서 같지만 전체 구성면에서는 차이 가 있다. <白畫>는 "둥두 둥두둥 둥두 둥두둥"을 후렴구로 활용하고 있고, <돌개바람>은 "바람아 바람아 돌개바람아/돌아라 한백발 돌개 바람아"를 후렴구로 활용하고 있다. 그런데, <돌개바람>은 전체 다 섯 연으로 제1·3·5의 홀수연이 각 네 행씩의 내용을 지니고 있으며 제2·4연의 짝수연이 후렴구로 구성되어 있다. <白畫>는 전체 한 연 으로 제1·2행의 두 행, 제3·4·5·6행의 네 행, 제7·8·9행의 세 행, 제10·11·12·13행의 네 행, 제14·15행의 두 행 사이에 후렴구 가 삽입되어 있다.[33] 후렴구 사이의 연 구분과 자유로운 행수는 일종의 변용으로, 현대시로서의 민요시가 지닌, 형식면에서 현대성에 상응하 는 개인창작성이 부각된 경우로 이해할 수 있는 것이다.[34]

위에 인용한 <어허 달구>는 전체적으로 민요 장르의 패러디이면 서 구체적인 민요 작품 <달구질소리>의 패러디이기도 하다. 민요 <달구질소리>는 묘를 다지며 부르는 민요인데, 대체로 인생의 허무 함과 삶의 어려움을 노래한다.[35] 신경림의 민요시 <어허 달구>는 안 정적인 삶을 영위하지 못하는 떠도는 자의 설움이 표현되어 있는데, "잡초 같"이 살며 "장터에서 종일 취"하며 "장똘뱅이" 신세인 시적 화 자의 "억울"함과 "미련"이 직접적으로 드러나 있기도 하다. 이런 구절 들은 <돌개바람>에서도 "파장 끝낸 취한 장꾼들"과 같이 변주되기

---

33 위의 시집, 10－11쪽, 17－18쪽.

34 고현철, 앞의 책, 204쪽.

35 한국민속사전편찬위원회, 『한국민속대사전』, 한국사전연구사, 1994, 342－343쪽.

도 한다. 그런데, <어허 달구>에서는 "이 흙 속 죽음 되어 누웠다"라
는 시 구절에서 알 수 있듯이 망자가 된 이를 부르는 진혼의 의미가 내
재되어 있는 데 반해, <돌개바람>에서는 "어둠속에 달처럼 환히 뜨
길 기다렸다"는 시 구절에서 알 수 있듯이 떠도는 자의 희망이 내재되
어 있다. 신경림이 "독자로부터 사랑을 받기 위해서는 시인이 민중과
의 일체감을 되찾아야 하며, 시가 민요적 바탕을 되찾는 일도 그 하나
가 될 수 있을 것이다", "가난하고 억눌린 사람들의 보편적 느낌과 의
지와 저항, 이것이 오늘의 우리 시 속에 이어져야 할 민요의 가락이
다",[36] "참다운 민중시라면 민중의 생활과 감정, 한과 괴로움을 가장
직정적이고도 폭넓게 표현한 민요를 외면할 수 없다"[37]라고 한 점을
보아, 신경림은 이른바 민중의 삶의 정서를 표현하기 위하여 의식적으
로 민요 장르에 대한 패러디를 수행하고 있음을 확인할 수 있다.

강 하나 / 건너왔네 / 손도 몸도 / 내어주고(a)
갯비린내 / 벽에 쩌른 / 엿도가집 / 행랑방(b)
감나무 / 빈 가지 / 된서리에 / 떨면서
내 여자 / 몸 무거워 / 뒤채는 / 그믐밤(c)
고개를 / 넘어섰네 / 뜻도 꿈도 / 내던지고(a)
협궤차 / 삐걱대던 / 면소재지 / 그 새벽도
못 박힌 / 손바닥에 / 팔자로 / 접어뒀네
내 여자 / 숨이 차서 / 돌아눕는 / 시린 외풍(c)
험한 산길 / 지나왔네 / 눈도 귀도 / 내버리고(a)
엿기름 / 달이는 / 건넌방 / 큰 가마솥(b)
빈내기 / 화투 소리 / 늦도록 / 시끄러운
내 여자 / 내 걱정에 / 피말리는 / 한자정(c)

36 신경림, 「詩와 民謠」, 『삶의 진실과 시적 진실』, 전예원, 1982, 66쪽, 69쪽.
37 신경림, 「내 詩의 뒷 이야기」, 위의 책, 308쪽.

강 하나 / 더 건넜네 / 뜻도 꿈도 / 내던지고(a)
험한 산길 / 또 지났네 / 눈도 귀도 / 내던지고(a)

- <밤길> 전문[38]

　이 텍스트는 본 연구에서 인용하면서 표시한 / 부호를 통해 명백히 확인할 수 있듯이, 전체가 4음보의 율격적 질서를 보여주고 있는 민요시이다. 말하자면, 이 텍스트는 4음보의 민요 장르에 대한 패러디인 것이다. <목계장터>가 4음보가 주조를 이루고 있다면,[39] 이 「밤길」은 전체가 4음보로 구성되어 있는 셈이다. 그런데, <목계장터>는 비록 전체가 4음보가 아니라 할지라도 주조로서 4음보가 활용되어 있을 뿐만 아니라, '(무엇)은 날더러 (무엇)이 되라 하네'의[40] 반복과 변주에 의해 전체적으로 민요의 구성원리인 병치구조를 활용하고 있기 때문에 명백한 민요 장르의 패러디가 된다. 위에 인용한 <밤길>은 전체가 4음보의 율격적 질서를 보이면서 민요의 구성원리인 병치구조를 주로 활용하고 있다. 위의 인용 가운데 매 행 끝에 붙인 (a), (b), (c)의 표시를 이를 쉽게 확인할 수 있도록 붙인 것이다. 제1행 "강 하나 건너 왔네 손도 몸도 내어주고", 제5행 "고개를 넘어섰네 뜻도 꿈도 내던지고", 제9행 "험한 산길 지나왔네 눈도 귀도 내버리고", 제13행 "강 하나 더 건넜네 뜻도 꿈도 내던지고" 제14행 "험한 산길 또 지났네 눈도 귀도 내던지고"가 하나의 병치구조를 이루고 있다. 그리고 제2행 "갯비린 내 벽에 쩌른 엿도가지 행랑방", 제10행 "엿기름 달이는 건넌방 큰 가

---

[38] 신경림, 『새재』, 12쪽.
[39] 이시영, 「'목계장터'의 음악적 구조」. 염무웅, 「민중의 삶, 민족의 노래」, 『신경림 문학의 세계』(구중서·백낙청·염무웅 엮음), 창작과비평사, 1995, 88쪽 재인용. 양문규, 앞의 논문, 66쪽. 여기서도 <목계장터>가 4음보를 토태로 하고 있음을 밝히고 있다.
[40] 신경림, 『새재』, 6쪽.

마솥"이 또 하나의 병치구조를 이루고 있고, 제4행 "내 여자 몸 무거워 뒤채는 그믐밤", 제8행 "내 여자 숨이 차서 돌아눕는 시린 외풍", 제12행 "내 여자 내 걱정에 피말리는 한자정"이 또 다른 병치구조를 이루고 있는 것이다. 이런 병치구조를 바탕으로 하면서 나머지 제3·6·7·11행이 시적 내용의 구체화에 활용되어 있는 셈이다. 이것도 일종의 변용으로, 현대시로서의 민요시가 지닌, 형식면에서 현대성에 상응하는 개인창작성이 부각된 경우인 것이다. 이 텍스트는 민요 장르에 대한 패러디로 이루어져 있으나, 시적 화자 자신과 "내 여자"에 대한 사적인 정서를 표출하는 데에 초점을 두고 있는 것으로 이해할 수 있는 텍스트이다.

시집 『달 넘세』에서 민요 장르의 패러디로 볼 수 있는 텍스트는 <베틀노래>이다. 이 텍스트는 제목 자체가 민요 장르의 패러디를 환기하고 있다. 그리고 4음보를 주조로 하면서 병치구조를 활용하고 있는 것으로 파악할 수 있는 텍스트이다. 시집 『달 넘세』에서는 무가 장르가 패러디되어 있는 '굿시'가 두드러지고 있는데, 이에 대해서는 본 연구의 다음 항목에서 자세히 살피기로 한다. 시집 『쓰러진 자의 꿈』에서 민요 장르의 패러디로 볼 수 있는 텍스트는 <風謠調 1>, <風謠調 2> 등이다. 이들 텍스트는 제목에서는 민요 장르의 패러디를 환기하고 있지만, 율격과 구조면에서 민요의 구성원리상 느슨한 모습을 보여주고 있다. 이렇게 보면 신경림 시에 나타난 민요 장르의 패러디는 시집 『새재』에서 『쓰러진 자의 꿈』에까지 걸쳐 있지만, 텍스트에 부분적으로 민요 장르가 패러디된 『南漢江』 소재 장시들과 미록 텍스트 전체에 민요 장르가 패러디되었다 하더라도 그 양상이 두드러지지 못한 『달 넘세』와 『쓰러진 자의 꿈』보다도 훨씬 더 민요 장르의 패러디가 이루어진 시집 『새재』가 가장 주목되는 시집임을 알 수 있다.

Ⅲ. 무가 장르의 패러디: 굿시

신경림의 시에서 무가 장르에 대한 패러디인 '굿시'는 1980년대 중반에 출간된 두 시집『달 넘세』와『南漢江』에 걸쳐 있다. 그런데, 장시집『南漢江』의 경우는 부분적으로 <쇠무지벌> 중 <열림굿>에서만[41] 무가 장르의 패러디인 굿시가 보이고 있다. 시집『달 넘세』에서는 텍스트 전체에 걸쳐 무가 장르에 대한 패러디인 굿시가 상당수 있으므로, 본 연구의 이 항목에서는 이를 자세히 살펴보기로 한다. 신경림의 무가 장르에 대한 패러디인 굿시는 시집『달 넘세』에 집중되어 있는 것이다. <씻김굿-떠도는 원혼의 노래>, <소리-떠도는 이의 노래>, <새벽-휴전선을 떠도는 혼령의 대화>, <열림굿 노래-휴전선을 떠도는 혼령의 노래 1>, <승일교 타령-휴전선을 떠도는 혼령의 노래 2>, <곯았네-휴전선을 떠도는 혼령의 노래 3>, <어머니 나는 고향땅을 돌아가지 못합니다-휴전선을 떠도는 혼령의 말>, <허재비굿을 위하여-두 원혼의 주고받는 소리>, <병신춤-춤추는 원혼의 소리>, <네 무슨 변강쇠라-장승의 노래>, <4월 19일-수유리 무덤 속 혼령들의 호소> 등의 텍스트들이 제목 자체에서도 무가 장르의 패러디를 환기하고 있는, 시집『달 넘세』에 집중되어 있는 '굿시'들이다.

신경림의 무가 장르 패러디 시인 굿시들은 그 자체가 일차적으로 무가 장르의 모방모델이 된다. 이 시들은 또한 '격상모델'에 해당한다. 신경림의 이 시들은 1980년대 현대산업사회에서 주변장르에 속하는 무가 장르를 중심으로 끌어올린 것이기 때문이다. 전통사회에서 공동체성을 띠고 있는 무가 장르에 대한 패러디이면서 이 무가 장르의 격

---

41 신경림,『南漢江』, 144-155쪽.

상모델에 해당하는 구시 또한 기본적으로 개인주의가 일반화되어 있는 현대산업사회에서 시를 통해 공동체의식을 부여하려는 의의를 가진다.

> 편히 가라네 날더러 편히 가라네
> 꺾인 목 잘린 팔다리 끌어 안고
> 밤도 낮도 없는 저승길 천리 만리
> 편히 가라네 날더러 편히 가라네.
> …(중략)…
> 꺾인 목 잘린 팔다리로는 나는 못 가,
> 피멍든 두 눈 고이는 못 감아,
> …(중략)…
> 이 갈가리 저 찢긴 손으로는 못 잡아,
> 피묻은 저 손 나는 못 잡아,
> 골목길 장바닥 공장마당 도선장에
> 줄기찬 먹구름되어 되돌아왔네,
> 사나운 아우성되어 되돌아왔네.

― <씻김굿 ― 떠도는 원혼의 노래> 부분[42]

위에 부분 인용한 텍스트는, 제목에서도 드러나 있듯이, '씻김굿'을 패러디하고 있는 시에 해당한다. 원래 '씻김굿' 또는 '씨끔굿'은 죽은 자를 깨끗이 씻어 그 영혼을 저승으로 보내려는 의도로 불리는 굿을 의미한다.[43] 신경림 자신도 시집 『달 넘세』에서 위에 인용한 시 밑에 "'씻김굿'은 전라도 지방에서 많이 하는 굿으로서, 원통한 넋을 위로

---

42 신경림, 『달 넘세』, 창작과비평사, 1985, 8 ― 9쪽.
43 김태곤 편, 『한국무가집 2』, 집문당, 1992, 100쪽.

해서 저 세상으로 편히 가게 하는 것이 목적이다."라고[44] 밝히고 있기
도 하다. 그리고, 『민요기행』 1과 2를 통해 이 씻김굿이 경상도 지방의
오귀굿과 서울 지방의 지노귀굿과 비슷한데 대개 열두 거리 전부를 다
하지 않고 일종의 약식굿을 하기도 한다고 밝히고 있다.[45] 이 『민요기
행』 1과 2는 제목에는 '민요'가 드러나 있으나, 민요만이 아니라 무가
까지 포함하여 각 지방을 다니면서 민요와 무가를 듣고 옮기며 감상한
내용을 담고 있다. 이로 보건데, 신경림은 민요와 무가를 엄격하게 구
분하지 않고 이 둘을 포괄하여 '민요'라고 일컫고 있음을 알 수 있다.
이는 신경림의 『삶의 진실과 시적 진실』을 통해서도 확인할 수 있는
사항이다. 하지만, 본 논문에서는, 이 둘을 구분하여 민요 장르의 패러
디인 민요시에 이어 무가 장르의 패러디인 굿시를 다루고 있는 것이
다.

그런데, 씻김굿은 망인을 저 세상으로 편히 가게 하려는 목적을 지
녔으므로, 무당이나 무가 사설상으로는 화자가 죽은 자를 보내는 내용
으로 되어 있다.[46] 그런데, 씻김굿을 패러디하고 있는 신경림의 <씻김
굿－떠도는 원혼의 노래>는, 그 부제를 통해서도 알 수 있듯이, 떠도
는 원혼을 화자로 삼고 있어 차이를 보이고 있다. 시선의 역전을 보여
주고 있는 것이다. 그래서 죽은 자가 화자가 되어 "편히 가라네 날더러
편히 가라네"라는 시적 발언을 수행하고 있다. 그런데, 이 화자는 "꺾
인 목 잘린 팔다리로는 나는 못 가,"라고 하여 자신의 입장에서는 원통
해서 갈 수 없음을 언명하고 있다. 이어서 "사나운 아우성되어 되돌아

---

44 신경림, 『달 넘세』, 9쪽.

45 신경림, 『민요기행』 1, 한길사, 제14판: 1991, 205쪽, 207쪽. 신경림, 『민요기행』 2, 한길사,
  제5판:1991, 247쪽.

46 김태곤 편, 앞의 책, 124－162쪽의 전남 해남의 씨끔굿, 175－204쪽의 전남 고흥의 씨끔굿
  참고.

왔네”라고 하여 저 세상에 가지 못함을 말하고 있다. 원래 씻김굿에서
망인을 보내는 내용이, 이를 패러디한 신경림의 시 <씻김굿>에서는
망인이 가지 못함으로 변용되어 있는 것이다.

　이러한 변용이 씻김굿을 패러디한 신경림의 시가 지니고 있는 의미
있는 차이가 된다.[47] 신경림은 “인간의 바램이 해결된다는 전제 아래
서만 무가는 있을 수 있으며, 무가는 절실하고 간절한 것은 여기 연유
한다.”라고[48] 하여, 무가를 패러디한 굿시에서 바램의 해결을 부각시
키고자 하는 의도를 드러내고 있다. 그렇다면, 그의 시 <씻김굿>은
망인이 화자가 되어 바램의 해결을 위한 시적 발언으로 구성되어 있는
것으로 이해할 수 있는 것이다. <씻김굿>의 내용만 가지고는 이 시의
시적 화자를 구체적으로 알 수는 없다. 이에 대해 염무웅은 “그것은 5
・18 광주민중항쟁 중에 ‘목이 꺾이고 팔다리가 잘려’ 학살당한 원혼
들이다.”라고[49] 보고 있다. <씻김굿>의 내용을 이것이 발표된 시점
인 1980년대 초중반과 연관시키면, 이는 충분한 타당성이 있는 해석
이 된다. 같은 1980년대 중반에 출간된 하종오의 굿시집 『넋이야 넋이
로다』에 수록되어 있는 시 가운데 바로 이 씻김굿을 패러디하고 있는
<오월굿>에서도 망인은 바로 광주민주화운동에서 무참하게 죽임을

---

47 양문규, 앞의 논문, 73쪽, 76쪽. 여기서 “‘떠도는 원혼’을 위한 진혼의 내용을 담고 있는 굿시
　지만 그것들은 모두 화해를 거부하고 있다.”, “진혼굿의 형태로 시적 화자인 무당이 무고하
　게 죽은 원혼들을 달래고 있다. 그러나 원혼들은 가해자, 행위자의 처벌 없이는 저승에 고이
　갈 수 없다고 거부한다. 이는 용서와 화해보다는 잘못된 역사를 바로 잡아야 한다는 당위성
　을 역설하고 있는 것이다.” 이러한 지적의 전체적인 대의에는 공감하지만, 시적 화자를 무당
　으로 보고 있는 점은, 위의 본문에서 언급한 바와 같이, 그렇지 않은 것으로 봐야 할 것이다.
　그리고 행위자의 처벌 문제와 잘못된 역사를 바로 잡아야 한다는 당위성은 시 텍스트에 나와
　있는 내용이라기보다는 그 내용에서 추정한 사항인데, 신경림의 전체 굿시를 통해 볼 때 그
　추정은 타당성이 있다고 생각한다.
48 신경림, 「詩와 民謠」, 앞의 책, 67쪽.
49 염무웅, 앞의 평론, 앞의 책, 92쪽.

당한 자인 것이다.[50] 그래서, 신경림의 <씻김굿>에서 '씻김'의 의미
는 원래의 개인적인 차원에서 사회적인 차원으로 변용되어 있는 것으
로 해석할 수 있게 된다. 광주에서의 죽음의 체험이 살아있는 자에게
역사적 부채의식을 내면에 강하게 심었고, 이 부채의식 때문에 신경림
·하종오 등의 시인들이 죽은 자의 혼을 달래는 '진혼' 과정을 담은 무
가를 패러디하게 된다. 그리고 그 형식은 억울하게 죽은 혼들을 불러
내어 그들의 혼을 씻어내리고 그 넋을 위로하는 '씻김굿' 형식을 내포
하고 있는 것이다.

네 뼈는 바스라져 돌이 되고
네 팔다리 으깨어져 물이 되어
이루었구나 이 나라 한복판에
크고 깊은 산과 강 이루었구나
…(중략)…
이제는 형제들 모여 붙안고 울 때
네 바스라진 머리통에 내 혀를 대고
내 깨어진 어깨에 네 입술을 대고
마음 활짝 열어 제껴 통곡할 때
…(중략)…
서로 찌르고 쏜 형제들 다시
아픈 상처 어루만지며 통곡하는구나
썩어 문드러진 팔다리 쓸어안고 우는구나
크고 깊은 산과 강이 따라 우는구나

                      - <열림굿 노래 – 휴전선을 떠도는 혼령의 노래 1> 부분[51]

---

50 고현철, 앞의 책, 139쪽.
51 신경림, 『달 넘세』, 15 – 17쪽.

위에 부분 인용한 텍스트는, 제목에서도 드러나 있듯이, '열림굿'을 패러디하고 있는 시에 해당한다. 신경림은, 이 시 밑에 열림굿에 대해서 "여주·원성·중원 지방의 정월놀이로서, 지난 한 해의 다툼과 갈림을 씻는 화해놀이였다. '열림'은 연다는 뜻과 풍요의 뜻 둘을 함께 가지고 있었으며, 굿을 무당이 주재하지 않고 마을 젊은이들이 자유로운 형식으로 하는 것이 특색이었다."라고 밝히고 있다.[52] 이 텍스트는, 부제에 드러나 있듯이 망인이 화자가 되어 시적 발언을 수행하고 있어, 앞의 <씻김굿>과 그 경우가 같음을 알 수 있다. 그런데, '휴전선'이라는 구체적인 지명을 드러내고 거기를 떠도는 망인 화자를 통해 분단 극복과 통일 지향의 바램을 표명하고 있다. 앞의 <씻김굿>이 광주 민주화운동을 배경으로 하고 있는 시라고 한다면 이 <열림굿 노래>는 분단 상황을 배경으로 하고 있어 그 차이를 보이고 있는 것이다. 이 텍스트의 앞 부분은, 남북 분단과 전쟁 그리고 휴전 이후의 반목 등을 "네 뼈는 바스러져 돌이 되고/네 팔다리는 으깨어져 물이" 되어 있는 상황을 통해 집약적으로 보여주고 있다. 그런데, 뼈가 바스라져 된 돌과 팔다리 으깨어져 된 물이, "크고 깊은 산과 강 이루었구나"라는 표현에서 알 수 있듯이, 남쪽 북쪽 다같이 하나의 국토를 형성하고 있다고 한 구절은 주목된다. 왜냐하면, 이 구절 속에 이 시 내용의 지향인 분단 상황에 대한 극복 의지가 담겨있기 때문이다. 위에 인용한 중간 부분은 바로 분단 상황의 극복과 화해의 내용을 진전시키고 있는 구절이다. "이제는" "마음 활짝 열어" "형제들 모여 붙안고 울 때"라는 표현은 이를 단적으로 드러낸 것이 된다. 이 시의 끝 부분은, 분단 상황 속에서 반목과 갈등을 넘어 통일을 지향하는 화해 나아가 이를 이루었을 때의 모습을 담고 있다. "아픈 상처 어루만지며" 화해의 눈물을 흘

---

52 위의 시집, 17쪽.

리고 있는 상황은 이루어진 모습이라기보다는 시적 화자의 소망이라 할 수 있는 미래의 모습인 것이다. "아직 더운 내 입김으로 내 혓바닥 으로/그대 상처 녹이리라./그리하여 날아가리라 함께 날아가리라,/… (중략)…/햇빛 온 누리에 가득한 곳으로/그대 손 잡고 날아가리라." (<허재비굿을 위하여 – 두 원혼의 주고받는 소리>)라는[53] 표현은 이 의 변주가 되는데, 분명한 미래의 모습으로 형상화되어 있는 구절인 것이다. 또한 <열림굿 노래>의 마지막 구절에서 "크고 깊은 산과 강 도 따라 우는구나"라고 하여 국토의 자연까지 화해의 눈물을 흘리고 있다는 표현은, 첫 부분 "크고 깊은 산과 강 이루었구나"라는 구절과 의도적인 짝을 이루면서 화해의 뜻을 크고 깊게 하고 있는 것이 된다.

　무가 장르를 패러디한 신경림의 '굿시' 중에서 <씻김굿>은 이 시 가 발표된 1980년대 초중반의 정치사회적 상황 속에서 그 의미를 천 착하고 있는 텍스트이다. 즉, 이 텍스트는 앞에서 살펴보았듯이 광주 민주화운동과 연관이 있는 것이다. 신경림의 굿시 가운데 이런 계열로 들 수 있는 텍스트는 <소리-떠도는 이의 노래>, <달 넘세-떠도는 이들의 노래>, <병신춤-춤추는 원혼의 소리>, <네 무슨 변강쇠라 -장승의 노래>, <4월 19일-수유리 무덤 속 혼령들의 호소> 등이 다. <열림굿 노래>는 이 시가 발표된 1980년대 초중반의 정치사회적 상황에 밀착되는 텍스트는 아니다. 이 텍스트는 앞에서 살펴보았듯이 분단 극복과 통일 지향의 의지와 연관되어 있는 것인데, 이 사항은 남 북분단 상황 속에서는 늘 문제가 되어온 것이기 때문이다. 다만, 1980 년대 중반의 민중 민족문학 진영에서 이 문제를 중요한 한 이슈로 부 각시킨 것이라서, 이 진영의 중심에 있다고 볼 수 있는 신경림이 그의 굿시에서 이 문제를 형상화하고 있는 것으로 이해할 수 있다. 그의 굿

---

53 위의 시집, 31 – 33쪽.

시 가운데 이런 계열로 들 수 있는 텍스트는 <새벽-휴전선을 떠도는 혼령의 대화>, <승일교 타령-휴전선을 떠도는 혼령의 노래 2>, <곯았네-휴전선을 떠도는 혼령의 노래 3>, <어머니 나는 고향땅에 돌아가지 못합니다-휴전선을 떠도는 혼령의 말>, <허재비굿을 위하여-두 원혼의 주고받는 소리> 등이다. 본 연구의 '서론'에서 언급한 바와 같이, 1980년대 굿시를 집중적으로 생산한 시인은 시집 전체가 굿시집으로 낸 하종오와 고정희이다. 이 시인들의 굿시는 1980년대 초중반의 정치사회적 상황에 밀착되어 있는 광주민주화운동에 집중되어 있어, (장르) 패러디의 논리로 보면 패러디한 당대의 의도와 의미를 선명하게 부각시킨 것이 되고 있다.[54] 이에 비해, 신경림의 굿시는 시집의 부분만을 구성하고 있으며, 패러디한 당대의 의도와 의미가 부각되어 있는 <씻김굿> 계열의 텍스트도 있지만 패러디한 당대를 넘어선 <열림굿 노래> 계열의 텍스트도 있다. 이 <열림굿 노래> 계열은 크고 중요한 문제를 다루고 있는 것이긴 하지만, (장르) 패러디의 논리로 보면 패러디한 당대의 의도와 의미에 집중되지 못한 점도 있는 것으로 이해된다.

Ⅳ. 맺음말

신경림의 시는 장르 패러디의 관점에서 살펴볼만한 필요가 충분히 있는 텍스트인데, 이에 해당하는 연구가 소논문 1편에 그치고 그 논의도 깊이를 지니지 못한 것이었다. 이에 본 연구는 신경림의 전체 시집

---

54 이에 대해서는, 고현철, 앞의 책, 137－155쪽 참고 바람.

에서 민요 장르 패러디와 무가 장르 패러디의 전체 지형을 파악하고 이렇게 파악된 전체 지형에서 구체적인 분석 및 해석 대상을 대표성을 염두에 두어 구체적으로 인용하여 장르 패러디의 체계에 입각하여 논의를 깊이 있게 진척한 것이다. 그러면서 장르 패러디와 장르 모델 문제로 신경림의 장르 패러디 시를 해석하는 부분을 결부시켜 살펴본 것이다. 본 논문의 본론을 통해 밝혀진 내용을 정리하면 다음과 같다.

첫째, 장르 패러디의 관점에서 신경림의 시는 민요 장르의 패러디인 '민요시'와 무가 장르의 패러디인 '굿시'로 대별할 수가 있다.

둘째, 신경림의 시집 전체에 걸쳐 민요 장르의 패러디와 무가 장르의 패러디를 살펴보면, '장시'의 경우는 텍스트에 부분적으로 민요 장르와 무가 장르를 패러디하고 있어 텍스트 전체적으로 민요시와 굿시의 모습을 보여주고 있는 것은 아니다. 민요시의 경우는 여러 장시 텍스트에서 활용되고 있지만, 굿시의 경우는 그렇지 못하고 있는 양상을 보여주고 있다.

셋째, 따라서 민요 장르의 패러디인 민요시와 무가 장르의 패러디인 굿시가 텍스트 전체적으로 활용되어진 '서정(단)시' 초점을 맞추어 살펴보았다. 이 경우 민요시는 시집 『새재』, 『달 넘세』, 『쓰러진 자의 꿈』까지 걸쳐 있지만 『새재』가 가장 주목된다. 그리고 굿시의 경우는 시집 『달 넘세』에 집중되어 있다.

넷째, 신경림의 민요시와 무가는 그 자체가 일차적으로 각각 민요 장르와 무가 장르의 모방모델이 된다. 또한 이 시들은 '격상모델'에 해당한다. 신경림의 이 시들은 1970년대부터 1990년대까지 현대산업사회에서 주변장르에 속하는 민요 장르와 무가 장르를 중심으로 끌어올린 것이기 때문이다. 전통사회에서 공동체성을 띠고 있는 민요 장르와 무가 장르에 대한 패러디이면서 이 민요와 무가 장르의 격상모델에 해당하는 민요시와 굿시는 기본적으로 개인주의가 일반화되어 있는 현대산업사회에서 시를 통해 공동체의식을 부여하려는 의의를 가진다.

다섯째, 신경림의 민요시는 4음보를 주조로 하고 있으며 반복과 병치구조를 활용하고 경우에 따라 후렴구를 활용하고 있다. 여기에 형식적인 변용을 통하여 현대성을 가미하고 있다. 이런 형식을 통해 그의 민요시는, 민중의 삶의 정서를 담아내고자 한 것으로 파악된다.

여섯째, 신경림의 굿시는, 같은 시대인 1980년대 중반에 생산된 하종오와 고정희 시집의 경우 전체가 굿시의 모습을 보이는 것과 달리, 시집의 부분에서 굿시의 모습을 보이고 있다.

일곱째, 그의 굿시는 「씻김굿」 계열과 같이 그 굿시가 발표된 1980년대 초중반 정치사회적 상황과 밀착된 경우와 「열림굿 노래」와 같이 그렇지 못한 경우로 나눌 수가 있다. (장르) 패러디의 논리로 보면, 앞의 경우가 패러디한 당대의 의도와 의미가 선명하게 부각되는 경우인데, 굿시에서 이루어진 무가의 변용 정도가 뒤의 경우보다도 큰 점도 이에 상응하는 것이 된다.

제2부
문학의 지평과 해석(2)

조기천 『백두산』 연구의 선결문제

Ⅰ. 머리말

조기천의 『백두산』은,[1] 주지하는 바와 같이, 북한 문학에서는 하나의 기원과 같은 작품으로 많은 연구가 이루어져 온 작품이다. 조기천의 『백두산』은 발표되고 난 직후부터 북한에서는 많은 주목과 찬사를 받은 만큼 바로 연구가 이루어져 왔는데, 그 대표적인 것을 들면 다음과 같다.

> 엄호석, 「조선문학에 나타난 김일성장군의 형상」, 『문학예술』, 1950.5.
> 리정구, 「시인 조기천의 창작의 특징과 의의—그의 1주기를 제하여 「조기천 연구」의 일부로서—」, 『문학예술』, 1952.7.
> 리정구, 「시인 조기천의 문학적 활동과 애국주의 사상」, 『문학예술』, 1952.11.

---

1 '백두산'은 하나의 작품이므로 「」를 사용하는 게 일반적인 관례이나, 이 '백두산'이 장편 서사시로 단행본으로 간행된 바가 많아 단행본일 경우의 부호인 『 』와 혼용해서 사용할 경우 다른 것으로 혼동될 우려가 있다. 따라서, 작품일 경우와 이를 단행본으로 간행했을 경우가 다 같은 '백두산'이므로 『백두산』으로 통일하여 사용하기로 한다.

한효, 「조기천의 창작에 있어서의 당성」, 『문학예술』, 1953.7.

그 이후 북한에서 이루어진 조기천의 『백두산』에 대한 연구는 남한에서는 다 파악하기도 힘들 것이다. 북한 문학과 그 연구에 대한 자료가 어느 정도 개방되어 여러 경로를 통하여 입수하게 되더라도 여전히 연구 자료에 대한 접근의 상당한 어려움이 존재하기 때문이다.(본론에서 언급하겠지만, 조기천의 「백두산」 텍스트에 한정하더라도 아직 남한에서 확인할 수 없는 자료가 있는 실정이다.) 북한의 각종 『조선문학사』에서 조기천의 『백두산』을 다루고 있는 것만 해도 상당한 분량이 될 것이다. 여기에 시 장르와 특정 시기라는 제한된 틀 속에서 이루어진, 조기천의 『백두산』에 대한 연구를 포함하고 있는 저서, 예를 들어 류만이 쓰고 1988년에 사회과학출판사에서 간행된 『현대조선시문학연구(해방후편)』 같은 것까지 들면 그 분량은 더 늘어날 것이며 그 전체를 파악하기란 더 난감하게 된다.

그리고 북한에서 조기천의 『백두산』을 연구할 때의 입장 혹은 관점과 남한에서 연구할 때의 입장이나 관점의 차이는 존재하기 마련이므로, 조기천의 『백두산』에 대한 남한의 연구에 초점을 맞추어 논의를 하면서 북한에서 이루어진 연구를 참고하는 게 올바른 접근이라 할 수 있을 것이다. 조기천의 『백두산』에 집중하여 지금까지 이루어진 남한의 연구를 들면 다음과 같다.

임헌영, 「민중적 영웅주의의 구현 ─조기천의 삶과 문학세계」, 『백두산』,
실천문학사, 1989.
김재홍, 「조기천 「백두산」, 민족혼의 상징」, 『한국현대문학의 비극론』,
시와시학사, 1993.

백지연, 「항일 투쟁의 영웅화와 민중적 연대 ―조기천의 『백두산』을 중심으로」, 김종회 편, 『북한문학의 이해』, 청동거울, 1999.

김경숙의 『북한현대시사』(태학사, 2004)는 조기천의 『백두산』에 초점을 맞춘 연구는 아니지만, 해방 1945년부터 주체사상이 확립되기 전인 1967년까지의 시 장르에 한정하여 683쪽이라는 방대한 분량으로 살펴보고 있으므로, 연구의 성격상 조기천의 『백두산』을 집중적으로 다루고 있는 저서이므로 앞의 연구와 같은 비중으로 제시할 수 있는 연구에 해당한다.

그런데, 조기천의 『백두산』에 대한 위의 연구들을 검토하기 전에 일차적으로 이 연구들이 같은 텍스트를 활용하여 연구한 것이 아니라는 점에 주목할 필요가 있다. 임헌영과 김재홍은 1989년 남한의 실천문학사에서 간행된 『백두산』을 텍스트로 활용하고 있고, 백지연은 1987년에 북한의 문예출판사에서 간행된 『백두산』(그림책)을 텍스트로 활용하고 있고, 김경숙은 1955년 조선작가동맹출판사에서 간행한 『조기천 선집』속의 『백두산』을 텍스트로 활용하고 있다. 이들 텍스트가 서로 의미 있는 차이가 없는 텍스트라면 어떤 텍스트를 활용하더라도 별다른 문제가 발생하지 않지만, 만약에 의미 있는 차이를 지니고 있는 텍스트라면 그 의미 있는 차이에 대한 검토를 통한 인식을 전제로 한 후 텍스트를 선정해 활용하여야 조기천의 『백두산』 연구에 있어서 텍스트를 제대로 활용한 것이 된다.

본론에서 구체적으로 드러나겠지만, 『백두산』의 텍스트들은 어떤 것 사이는 의미 있는 차이가 없고 또 어떤 것 사이는 의미 있는 차이가 있다. 따라서, 본고의 본론에서는 다른 무엇보다도 먼저 이를 검토해 보기로 한다. 그리고 북한의 공식적인 정권이 수립되기 이전인 1946

년 말과 1947년 초에 조기천이 『백두산』을 창작하는 과정에서 『백두산』 작품 내용의 배후 주인공인 김일성이 개입하였다는 자료가 있는데, 이 문제 또한 비중 있게 살펴야 『백두산』에 대한 올바른 접근이 될 수 있는 것이다. 이 두 사항은 조기천의 『백두산』에 대한 우선적인 연구 방법을 촉발시켜 조기천의 『백두산』에 대한 연구는 무엇보다도 이 연구 방법(나중에 본론에서 언급하겠지만, 이는 북한 정치사와의 상관성으로 살펴보는 방법을 말한다)에 따라 천착해 볼 필요성이 제기된다. 따라서, 본고는 우선적으로 이러한 사항을 조기천의 『백두산』 연구의 선결문제로 삼아 본론을 통하여 검토해 보고자 한다.

Ⅱ. 『백두산』 텍스트들과 그 의미의 차이 문제

조기천의 『백두산』 연구에 있어서 그 연구대상인 『백두산』 텍스트 자체에 대한 검토가 지금까지 있지 않았는데, 이러한 사항은 상당한 문제점을 지니고 있는 것이 된다. 왜냐하면, 『백두산』은 텍스트에 따라 텍스트 자체에 의미 있는 차이를 보이고 있어, 어떤 『백두산』을 텍스트로 삼아 연구했는가 하는 점이 문제가 되기 때문이다. 조기천의 『백두산』은 처음 1947년에 「로동신문」에 연재되다가[2] 이를 묶어 1948

2 이기봉, 『북의 문학과 예술인』, 사사연, 1986, 221쪽. 여기서 "조기천의 서사시 『백두산』은 당 기관지 「로동신문」에 하루에 20백 여 행, 3백 여 행씩 10여 회에 걸쳐 연재되었다"고 밝히고 있다. 그리고 김용직, 「이념과 기법―조기천론」, 『시와사상』 제28호, 2001.봄, 312쪽. 여기서는 "『백두산』은 탈고와 동시에 당기관지 「로동신문」에 10회에 걸쳐 연재되었다"고 밝히고 있다. 필자가 파악해 본 결과, 현재 국회도서관·통일연구원(통일학술정보센터)·북한자료센터 등 남한의 정부기관을 비롯한 행정·공공기관과 각종 단체에 1947년의 「로동신문」을 소장하고 있는 곳은 없다. 그리고 1947년에 연재된 『백두산』을 직접 인용하고 있는 연구결과

년에 이 「로동신문」을 내는 로동신문사에서 단행본으로 간행하게 된
다.3 이것은 조기천의 1주기를 맞아 1952년에 문예총출판사에서 『조
기천 선집』 상·하권 가운데 상권의 일부로서 구성되게 된다.4 『조기
천 선집』은 다시 1955년에 조선작가동맹출판사에서 간행하게 된다.5

물도 없다. 따라서, 1947년 『로동신문』에 연재된 『백두산』은 현재 남한에서는 직접 볼 수는
없는 실정으로 파악된다.

3 리정구, 「시인 조기천의 문학적 활동과 애국주의 사상」, 「문학예술」, 1952.11, 116쪽. 여기서
"장편 서사시 『백두산』(로동신문사 발행 – 1948년도)"라고 밝히고 있다. 이는 이명재 편, 『북
한문학사전』, 국학자료원, 1995., 503쪽을 통해서도 확인할 수 있는 사항이다. 필자가 파악해
본 결과, 현재 국회도서관·통일연구원(통일학술정보센터)·북한자료센터 등 남한의 정부
기관을 비롯한 행정·공공기관과 각종 단체에 1948년 로동신문사에서 발행한 『백두산』을
소장하고 있는 곳은 없다. 그리고 이 『백두산』 텍스트를 직접 인용하고 있는 연구결과물도 없
다. 따라서, 1948년 로동신문사에서 발행한 『백두산』은 현재 남한에서는 직접 볼 수는 없는
실정으로 파악된다.

4 『문학예술』 1952.7, 140쪽 광고에 따르면, 『조기천 선집』은 상권에 장편서사시 「백두산」과
「생의 노래」를 수록하고, 하권에 '서정시편'과 '서정서사시편'들을 수록하고 있음을 확인할
수 있다. 필자가 파악해 본 결과, 현재 국회도서관·통일연구원(통일학술정보센터)·북한자
료센터 등 남한의 정부기관을 비롯한 행정·공공기관과 각종 단체에 1952년에 간행된 『조기
천 선집』을 소장하고 있는 곳은 없다. 그리고 이 『백두산』 텍스트를 직접 인용하고 있는 연구
결과물도 없다. 따라서, 1952년 간행된 『조기천 선집』 속의 『백두산』은 현재 남한에서는 직
접 볼 수는 없는 실정으로 파악된다.

5 김경숙, 『북한현대시사』, 태학사, 2004, 121쪽 이후 조기천의 『백두산』에 대한 인용은 이에 따
르고 있고, 김경숙의 같은 책 668쪽의 참고문헌에서도 이를 드러내 밝히고 있다. 하지만, 이것
은 1952년에 문예총출판사에서 나온 『조기천 선집』과는 다른 텍스트로 일단 구분이 되는 것
으로 보인다. 김경숙의 같은 책, 661쪽에서도 조기천의 약력 소개 가운데 1952년 문예총출판
사에서 간행한 『조기천 선집』 상·하권을 드러내고 있다.

하지만, 그 내용에 있어서는 이 두 텍스트 사이에 별 차이가 없는 것으로 생각된다. 김용직, 앞의
논문, 앞의 책, 329쪽에 1955년 조선작가동맹출판사에서 간행된 『조기천 선집』의 구성을 밝
히고 있는데, 그것이 "장편서사시 「백두산」, 「생의 노래」('산의 노래'로 잘못 인쇄되어 있어
바로 잡음)와 초기의 서정시들, 그리고 서정서사시가 총망라 수록되었다"로 주4)에서 밝힌 『
문학예술』 1952.7., 140쪽 광고에서 확인할 수 있는 1952년판 『조기천 선집』의 사항과 꼭 같기
때문이다.

필자가 파악해 본 결과, 현재 국회도서관·통일연구원(통일학술정보센터)·북한자료센터 등
남한의 정부기관을 비롯한 행정·공공기관과 각종 단체에 1955년 『조기천 선집』 속의 『백

1986년에 북한의 문예출판사에서 '조기천시집'이라는 부제가 붙어 있
는『백두산』이 간행된 바 있으며 1987년에는 북한의 문예출판사에서
'그림책'이란 부제가 붙어 있는 그림책『백두산』이 간행된 바 있다.6
1989년에는 남한의 실천문학사에서 단행본『백두산』이 간행된 바 있
다.7 그리고 북한 공산당 창건 50돌을 맞아 1995년 북한의『조선문학』
5·6월호에 2회, 북한의『청년문학』5·6·7월호에 3회 분재 수록되
어 있고, 또한 1995년 북한의『천리마』4호에 수록되어 있다.8 그리고

두산』은 소장하고 있는 곳은 없다. 이『백두산』텍스트를 직접 인용하고 있는 연구결과물은
앞에서 언급한 김경숙,『북한현대시사』의 경우이다. 확인해 본 결과, 이는 서울대학교 권영민
교수가 개인적으로 소장하고 있는 것을 양해를 얻어 텍스트로 활용한 것을 알게 되었다. 이러
한 사정으로 필자도 권영민 교수께 양해를 얻어 이 텍스트의 내용물을 얻게 되어 본고에서 이
를 활용하게 되었음을 밝힌다. 이 자리를 빌어 너무나 귀중한 자료의 내용을 볼 수 있도록 양
해를 해주신 권영민 교수님께 감사의 말씀을 드립니다.

6 백지연,「항일 투쟁의 영웅화와 민중적 연대 - 조기천의『백두산』을 중심으로」, 김종회 편,
『북한문학의 이해』, 청동거울, 1999, 314쪽. 백지연의 이 논문은 1987년 북한의 문예출판사에
서 간행한 그림책『백두산』을 인용하고 허남기에 의해 일어로 번역되어 1987년 일본 れんが
書房新社에서 간행한『백두산』과 남한의 실천문학사에서 1989년 간행한『백두산』을 참고하
고 있음을 밝히고 있다.
필자가 파악해 본 결과, 1986년 북한의 문예출판사에서 간행한『백두산』은 현재 국회도서관
에 소장되어 있다. 이 1986년판『백두산』을 활용한 연구는 현재까지 남한에서는 없는 것으로
파악된다. 1986년판『백두산』은 '조기천시집'이라는 부제가 붙어 있는 만큼 서사시 '백두산'
외에 '서정시편' 18편과 '서정서사시편' 2편이 수록되어 있다. 필자는 이를 복사하여 본고에
서 활용하게 되었음을 밝힌다.(이와 같이 밝히는 이유는, 다른 연구자들이 조기천의『백두산』
텍스트 자료를 쉽게 활용할 수 있도록 정보를 제공하고자 하는 목적에서이다.) 그리고 1987년
북한의 문예출판사에서 간행한『백두산』은 현재 북한자료센터에 소장되어 있다. 필자는 이
를 복사하여 본고에서 활용하게 되었음을 밝힌다.
7 조기천,『백두산』, 실천문학사, 1989.의 '해설'로 실려있는 임헌영,「민중적 영웅주의의 구현
-조기천의 삶과 문학세계」는 당연히 이『백두산』텍스트를 활용하고 있다. 그리고 김재홍,
「조기천「백두산」, 민족혼의 상징」,『한국현대문학의 비극론』, 시와시학사, 1993.에서도 남
한의 실천문학사에서 간행한 이『백두산』텍스트를 활용하고 있다.
8『조선문학』, 1995.5., 14쪽에서 "당 창건 50돐"을 맞아, "위대한 령도자 김정일동지의 추억속
에 오늘도 생생히 살아있고 우리 인민의 사랑을 받는 시들중에는 조기천의 서사시「백두산」
과 리수복의 시「하나밖에 없는 조국을 위하여」그리고 김철의 서정시「어머니」도 있다. 편

2004년에 북한의 문학예술출판사에서 제목 '백두산' 앞에 '장편서사시'라는 부제가 붙어있는 단행본 『백두산』이 간행되어 있다.9

이 중에서 1947년 「로동신문」 연재 『백두산』과 1948년 「로동신문사」 간행 『백두산』은 텍스트에 차이가 없는 것으로 생각된다. 「로동신문」에 연재된 것을 「로동신문」을 내는 로동신문사에서 묶어 단행본으로 간행한 것이기 때문이다. 그리고 앞에서 그 구성이 완전히 같음을 언급한 바 있는 1952년과 1955년의 『조기천 선집』의 『백두산』도 그전의 텍스트와 차이가 없는 것으로 생각된다. 조기천 시에 대한 한 연구 가운데 1948년 『백두산』과 1955년 『조기천 선집』 속의 『백두산』 텍스트 자체의 차이를 밝히고 있는 부분이 참고가 되는데, 이에 따르면 그 차이는 1948년 『백두산』의 제4장 3절에 있는 "얻은 것이란 소 한 마리뿐"이 1955년 『조기천 선집』의 『백두산』에서 "얻은 것은 소 두 마리뿐"으로 수정되고 이에 따라 "저 소는 중국 농민의 소다"가 첨가되어 있다는 것이다. 이러한 사항을 그대로 받아들인다 해도 1948년 『백두산』과 1955년 『조기천 선집』의 『백두산』의 차이는 1950년대에 와서 '중국과의 유대'라는 의미가 좀더 부각된 것 외에 다른 차이는 없는 것이 된다.10 하지만 조기천의 『백두산』을 인용하고 있는 1950년에 나온

집부는 위대한 령도자 김정일동지의 뜨거운 믿음과 배려에 의하여 이 작품들을 다시 편집하게 된다."고 하여 「백두산」을 비롯한 세 작품의 편집 수록 사실을 밝히고 있다. 그러나, 편집 사항을 밝히고 있지 않아 본고에서 『백두산』 텍스트 비교를 통해서 이를 파악할 수밖에 없다. 1995년에 『조선문학』에 분재된 『백두산』은 『조선문학』이 이미 여러 기관에 영인본으로 구비되어 있는 것이므로 그 내용을 비교적 쉽게 접할 수 있는 자료이다. 1995년 북한의 『청년문학』에 분재된 『백두산』과 『천리마』 4호에 실려있는 『백두산』은, 필자가 파악해 본 결과, 통일연구원(통일학술정보센터)가 소장하고 있는 것으로 확인되어 이를 복사하여 본고에서 활용하게 되었음을 밝힌다.

9 필자가 살펴본 결과, 이 『백두산』 텍스트를 활용한 남한의 연구는 현재까지 없는 것으로 파악된다. 그리고, 2004년판 『백두산』은 북한자료센터와 통일연구원(통일학술정보센터)에 소장되어 있음을 확인하였다. 필자는 이를 복사하여 본고에서 활용하게 되었음을 밝힌다.

자료를 보면 이미 그 이전『백두산』에 "저 소는 중국농민의 소다"라는 구절이 포함되어 있는 것을 확인할 수 있다.[11] 이로 보면, 엄호석은 1950년에 논문을 쓰면서 1948년『백두산』과는 다른『백두산』텍스트를 본 것으로 파악되는데, 이 텍스트의 여부와 내용을 확인할 수 있는 문헌조차 알 수 없는 것이 현재 (필자가 파악하고 있는) 남한의 실정이다. 아무튼, 여기에서는 이미 1950년『백두산』텍스트가 1955년『조기천 선집』속의『백두산』텍스트와 별 차이가 없는 것으로 일단 간주될 수 있을 뿐이다.

1987년 북한의 문예출판사에서 간행된『백두산』은 그림책이라서 이를 연구의 텍스트로 삼는 것이 적절한가 하는 문제를 지니고 있지만, 그림을 제외하고는 1986년에 북한의 문예출판사에서 간행된『백두산』과 완전히 같은 텍스트임을 필자가 확인하여 연구의 텍스트로 삼는 데에 무방한 것으로 말할 수 있다. 하지만, 되도록 1986년판『백두산』텍스트를 활용하는 것이 좋을 것이다. 1989년 남한의 실천문학사가 간행한『백두산』은 바로 1986년판과 1987년판『백두산』텍스트와 그 내용이 같다. 다만, 북한에서 간행된 1986년판과 1987년판『백두산』텍스트의 내용 중에 '왜놈' 또는 '왜적'이란 말을 '일제'로 수정하였을 뿐이다. 그런데, 이 텍스트가 문제가 되는 것은 남한에서 간행되어 손쉽게 활용할 수 있는 관계로 널리 조기천 시 연구의 텍스트로 활용되었음에도 불구하고 1955년까지의『백두산』텍스트의 내용 중 상당 부분이 삭제되거나 수정되어 있다는 사실을 간과하여 연구되어 왔다는 문제점을 드러내고 있기 때문이다. 즉, 그 이전의『백두산』텍스트와 비교하면 상당한 의미의 차이를 가진 상당 부분이 빠져 있음에

---

10 김용직, 앞의 논문, 앞의 책, 328-330쪽.
11 엄호석,「조선문학에 나타난 김일성장군의 형상」,『문학예술』, 1950.5, 30쪽.

도 불구하고 이에 대한 인식과 검토가 없이 조기천 시 연구를 위한 텍스트로 활용되어 온 것이다.

1995년『조선문학』,『청년문학』에 각각 분재 수록된 텍스트와『천리마』에 수록된 텍스트는 그 내용이 같다. 다만,『천리마』에 수록된 텍스트에서 제4장 2절에 "또 북에 있는 자유의 나라 정의의 나라"가 빠져 있고 제7장 2절에서 연 구분이 잘못되어 있는 한 곳이 있을 뿐이다. 이 연 구분은 다른 모든『백두산』텍스트에서와 달리『천리마』수록 텍스트에서만 연 구분되어 있는 것이므로 명백히 잘못되어 있는 것이다. 그리고 빠져 있는 한 구절도『천리마』수록 텍스트에서 빠진 것으로 보는 이유는 바로 1995년『조선문학』,『청년문학』에 각각 분재 수록된 텍스트에서는 이 한 구절이 그대로 있기 때문이다. 또한 2004년에 북한의 문학예술출판사에서 간행된 텍스트가 1995년『조선문학』,『청년문학』에 각각 분재 수록된 내용 그대로이기 때문이다.

그런데, 1995년판과 2004년판『백두산』텍스트는 그 이전인 1986년판과 1987년판(남한의 실천문학사의 경우 1989년판)과 비교하여 없던 부분이 첨가가 되거나 보완이 되어 있어, 이를 어떻게 봐야 하는지 하는 문제가 발생한다. 사실 판본을 1986년 이전인 1955년판까지 아울러 살펴보면, 1995년판과 2004년판『백두산』텍스트가 1986년판과 1987년판『백두산』텍스트에서 일부 내용이 첨가되거나 보완이 된 것이라기보다는 1955년판『백두산』의 내용 중 일부가 복원된 것에 불과한 것으로 파악이 되는 것이다.

그래서 여기서, 1955년『조기천 선집』속의『백두산』(필자가 파악한 바, 현재 남한에서 구해 볼 수 있는 최상연도 판)과 1986년판(내용이 같은 1987년 그림책판과 1989년 남한판 포함)과 1995년『조선문학』판(그 내용이 같은 2004년판 포함)을 비교하여 텍스트 자체의 의미 있는 차이를 검토하지 않을 수 없다. 1955년판에서 삭제되고 수정된 정도가 1986년판보다 1995년판이 더 적고 1986년판이 더 크므로(이렇게 된 이유는 본론의 이 항목 뒷 부분에서 설명하도록 하겠다) 시대순으로 파악하는 것보다 우선 1955년판과 1995년판부터 비교 검토하는 것이 판본의 전체를 용이하게 파악하는 것이 된다.[12]

1955년『조기천 선집』속의『백두산』이 1995년『조선문학』수록판에서 빠진 부분과 수정된 부분을 들면 다음과 같다. 우선, 빠진 부분부터 들기로 한다. '속표지'에 있는 헌사 "이 시편을 영웅적 해방군 쏘련 군대에게 삼가 올리노라"가 완전히 삭제되어 있다. '머리시' 가운데 "쏘련 용사 이 땅에 해방의 기호치던"에서 "쏘련 용사"가 빠져 있다. '제4장 2절' 가운데 있던 "『쏘련 빨찌산 략사』에"와 "쏘련의 빨찌산 – / 차빠예브, 쏠쓰, 라소… / 그들은 이렇게 싸웠다!"가 삭제되어 있다. '제4장 5절' 가운데 "쏘련 빨찌산을 우리 잊었는가?"에서 "쏘련"이 빠져 있다. '제7장 6절' 가운데 있던 "신세기의 태양이 북에서 비치노니"가 삭제되어 있다. 그리고 '맺음시'(1955년판『백두산』에서는 '에피로그'로 되어 있음) 가운데 "친선의 정성이 어엿한 큰 손길 –"에서 "큰 손길 –"이 빠져 있다. 다음, 수정된 부분을 들면 다음과 같다. '머리시' 가운데 있던 "북국의 의로운 전사들이"에서 '북국의'가 '항일의'로 수정되어 있고, '제6장 7절' 가운데 있던 "애국가 드높이 부르며"에서 '애국가'가 '혁명가'로 수정되어 있다. 그리고 '맺음시' 가운데 있던 "준열에 올라선 붉은 별 땅크"에서 "붉은 별 땅크"가 "항일 빨찌산"으로 수정되어 있으며 "쏘베트 해방군"이 "소베트 군대"로 수정되어 있다.

---

12 『백두산』텍스트 내용 중에 몇 군데밖에 없는, 예를 들어 "조심하오! 밉소!"와 "조심하게! 밉네!"와 같은 조사나 어미 등의 극히 사소한 차이를 보이는 부분은 문학적인 의미의 차이를 발생시키지 않으므로 비교 대상에서 제외하였음을 밝힌다.

이제, 이를 다시 1986년판 『백두산』과 비교하여 빠진 부분과 수정된 부분을 들 차례이다. 우선, 빠진 부분을 들면 다음과 같다. 1955년 『조기천 선집』속『백두산』텍스트 내용 중 1995년『조선문학』수록판 『백두산』텍스트 내용에서 빠진 부분은 그대로 다 빠져 있다. 그리고 1995년『조선문학』수록판에는 있지만 1986년판『백두산』에는 빠진 부분은 다음과 같다. '4장 2절' 가운데 "또 북에 있는 자유의 나라 정의의 나라"와 '7장 6절' 가운데 "또 우리뿐이 아니다!/피압박민족의 구호자/쏘련이 세기의 앞장에 섰고/우주의 새 륜리 세우니"가 빠져 있고, '맺음시' 가운데 "친선의 정성이 어여한 / 쏘베트의 손길을 본다"가 빠져 있다. 다음, 1986년판에서 수정된 부분을 들면 다음과 같다. 우선, 1986년판이 1995년『조선문학』수록판『백두산』에서 수정된 부분과 일치하는 부분을 들면 다음과 같다. '머리시' 가운데 있던 "북국의 의로운 전사들이"에서 '북국의'가 '항일의'로 수정되어 있고, '제6장 7절' 가운데 있던 "애국가 드높이 부르며"에서 '애국가'가 '혁명가'로 수정되어 잇다. '맺음시' 가운데 있던 "준열에 올라선 붉은 별 땅크"에서 "붉은 별 땅크"가 "항일 빨찌산"으로 수정되어 있다. 다음, 1995년 『조선문학』 수록판 『백두산』에서 수정된 부분과는 다르게 1986년판에서 수정된 부분을 들면 다음과 같다. '머리시' 가운데 1955년『조기천 선집』속의『백두산』에 있던 "쏘련 용사 이 땅에 해방의 기호치던"이 1995년『조선문학』수록판『백두산』에서 "쏘련 용사"가 빠져 있는 데 반해 1986년판『백두산』에서는 "빨찌산 용사 이 땅에 해방의 기호치던"으로 수정되어 있다. '맺음시' 가운데 1955년『조기천 선집』속의『백두산』에 있던 "쏘베트 해방군을 맞이했다"가 1995년『조선문학』수록판『백두산』에서 "소베트 군대를 맞이했다"로 수정되어 있는 데 반해 1986년판『백두산』에서는 "만고의 빨찌산을 맞이했다"

로 수정되어 있다.

　지금까지의 내용을 가로로는 판본의 시대순으로 세로로는 『백두산』의 장절순으로 하여 도표로 다시 제시하면 다음과 같다.

판본 / 장절	1955년판	1986년판·1987년판 (남한 1989년판)	1995년판·2004년판
속표지	이 시편을 영웅적 해방군 쏘련 군대에게 삼가 올리노라	(삭제)	(삭제)
머리시	북국의 의로운 전사들이	항일의 의로운 전사들이	항일의 의로운 전사들이
머리시	쏘련 용사 이 땅에 해방의 기호치던	빨찌산 용사 이 땅에 해방의 기호치던	이 땅에 해방의 기호치던
4장2절	「쏘련 빨찌산 략사」에	(삭제)	(삭제)
4장2절	쏘련의 빨찌산－/차빠예브, 쏠쓰, 라소…/그들은 이렇게 싸웠다!	(삭제)	(삭제)
4장2절	또 북에 있는 자유의 나라 정의의 나라	(삭제)	또 북에 있는 자유의 나라 정의의 나라
4장5절	쏘련 빨찌산을 우리 잊었는가?	빨찌산임을 우리 잊었는가?	빨찌산임을 우리 잊었는가?
6장7절	애국가 드높이 부르며	혁명가 드높이 부르며	혁명가 드높이 부르며
7장6절	또 우리뿐이 아니다!/피압박민족의 구호자/쏘련이 세기의 앞장에 섰고/우주의 새 률리 세우니	(삭제)	또 우리뿐이 아니다!/피압박 민족의 구호자/쏘련이 세기의 앞장에 섰고/우주의 새 률리 세우니
7절6절	신세기의 태양이 북에서 비치노니	(삭제)	(삭제)

장절＼판본	1955년판	1986년판·1987년판 (남한 1989년판)	1995년판·2004년판
맺음시	준열에 올라선 붉은 별 땅크	준열에 올라선 항일 빨찌산	준열에 올라선 항일 빨찌산
맺음시	쏘베트 해방군을 맞이했다	만고의 빨찌산을 맞이했다	쏘베트 군대를 맞이했다
맺음시	친선의 정성이 어엿한 큰 손길－/쏘베트의 손길을 본다	(삭제)	친선의 정성이 어엿한/ 쏘베트의 손길을 본다

　이상에서 알 수 있는 바와 같이, 1955년『조기천 선집』속의『백두산』은 북한·소련의 유대나 소련의 영향력이 극대화되어 드러나 있는 텍스트이다. 나아가 이 텍스트는 속표지의 헌사를 통해 이『백두산』시편을 쏘련 군대에 바치고 있어, 공식적인 북한 정권이 수립되기 전 소련이 정권 수립에 막대한 영향력을 행사한 시기인 1946년 말 1947년 초에 창작이 되었던『백두산』의 모습을 그대로 보여주고 있다. 이에 비해, 1995년『조선문학』수록판『백두산』은 1955년『조기천 선집』속의『백두산』의 내용에서 '북한·소련(러시아)의 유대나 소련(러시아)의 영향력'의 흔적이 상당히 약화되어 있는 모습을 드러내고 있다. 그리고 1995년『조선문학』수록판『백두산』에서 수정된 부분은 모두 '소련'을 '항일 빨찌산'으로 수정한 부분이므로, 이 1995년판『백두산』에서는 항일 빨찌산의 역할을 최대한 부각시키고자 한 것으로 이해된다. 그래서 결국, 1995년『조선문학』수록판『백두산』은 '북한·소련(러시아)의 유대와 소련(러시아)의 영향력'을 약화시키고 항일 빨찌산의 역할을 최대한 부각시키고자 한 의도로 읽을 수 있게 되는 것이다.

이는, 1995년에는 이미 북한에서 '우리식 사회주의'를 진행한 지 오래된 시점이므로『백두산』을 분재 수록하면서 북한·소련(러시아)의 유대나 소련(러시아)의 영향력을 약화시키고 북한 건국의 주역인 항일 빨찌산을 최대한 부각시킬 필요가 있었기 때문으로 이해된다. 그러나, 이를 분재 수록하면서 '편집부 주'를 통해 이러한 사실을 전혀 드러내고 있지는 않고 있는데, 이것은 북한에서는 이미 이런 사항이 무의식을 지배할 정도로 기정 사실화되어 있기 때문으로 보인다.

또한 1955년판과 1995년판 그리고 1986년판『백두산』텍스트를 서로 비교해 보면, 1986년판에서는 그 내용에서 '북한·소련의 유대와 소련의 영향력'은 아예 읽을 수 없고 항일 빨찌산의 역할만 드러나 있는 텍스트가 되는 셈이다. 문제는 1995년『조선문학』수록판『백두산』보다 시기상으로 이른 1986년판『백두산』에서 삭제된 부분과 수정된 부분이 더 많이 있어, 1995년『조선문학』수록판 텍스트보다 한 단계 나아가 '북한·소련의 유대와 소련의 영향력'은 아예 읽을 수 없고 항일 빨찌산의 역할만 드러나 있는 텍스트가 되는 점에 있다.『백두산』텍스트의 이런 변모는 북한·소련(러시아)의 정치관계 변화라는 배경에서 연유한 것으로 이해되는데, 본론의 이 항목 뒷 부분에서 이를 언급하도록 하겠다.

여기서, 문제는 이와 같이『백두산』의 내용에서 '북한·소련의 유대와 소련의 영향력'은 아예 읽을 수 없고 항일 빨찌산의 역할만 드러나 있는 텍스트가 되는 1986년판 텍스트를 다른 텍스트와의 비교·검토를 통한 의미 있는 차이를 인식·파악하지 않은 상태에서, 이 텍스트(1986년판과 같은 1987년 그림책판과 1989년 남한의 실천문학사판 포함)가 조기천의『백두산』시 연구의 텍스트로 활용되어 왔다는 데에 있다. 요컨대, 조기천『백두산』의 텍스트들이 의미 있는 차이를 지니고 있음에도 불구하고 지금까지 조기천의 『백두산』 연구가 그 차이에 대한 검토와 인식이 없이 이루어져 온 것이다.

『백두산』은 그 구상에 있어서 김 일성 항일 무장 유격 투쟁의 력사적 의의, 특히 국제 공산주의 운동과의 련계 밑에 조선 혁명의 정당한 로선을 개척한 이 투쟁의 의의에 침투함으로써 김 대장과 그 전우들의 성격에 거대한 력사적 진실성을 부여할 수 있었다는 점, 『소련 빨찌산 력사』에서 챠빠예브, 라소 쏠스를 배우면서 고국의 해방에 대하여 깊이 숙고하는 김 대장, 그의 전우 철호의 투사적 면모, 눈물겨웁도록 사랑스러운 애국 소년 영남, 그리고 총명하고 순박한 꽃분이의 조선 처녀다운 성격, 이 모든 성격들이 예술적으로 진실하며 전형적으로 묘사되었다는 점에서 광범한 독자층을 파악함에 충분하다. 특히 『백두산』은 조선 인민의 장래 운명과 연결되고 민족 해방 투쟁의 력사적 위업을 구현한 거대한 역사적 인물로서의 김 대장을 묘사하는 극히 어려운 예술적 과제의 해결에 적지 않은 기여로 되었다.[13]

위에 인용한 자료는 1950년대 『조선문학』에 실려 있는 자료로서, 『조기천 선집』까지의 『백두산』을 텍스트로 하여 엄호석이 조기천의 『백두산』에 대하여 비평하고 있는 글에 해당한다. 문제는 단적으로 말하여 위의 인용 가운데에서 뒷 부분인 "그의 전우 철호의 투사적 면모"부터는 『백두산』의 다른 텍스트에서도 공통적으로 파악할 수 있는 사항이지만, 그 앞 부분인 "국제 공산주의 운동과의 련계 밑에 조선 혁명의 정당한 로선을 개척한 이 투쟁의 의의에 침투함으로써 김 대장과 그 전우들의 성격에 거대한 력사적 진실성을 부여할 수 있었다는 점, 『소련 빨찌산 력사』에서 챠빠예브, 라소 쏠스를 배우면서"는 1955년 『조기천 선집』까지의 『백두산』 텍스트에 의하지 않고는 파악할 수 없

---

13 엄호석, 「인민 군대와 우리 문학」, 『조선문학』, 1958.2, 104쪽.

는 사항에 해당한다는 사실에 있다. 이는 앞에서 살펴보았듯이, 오직 『조기천 선집』까지의 『백두산』 텍스트에만 있고 그 이후의 텍스트에서는 빠져 있는 내용이기 때문이다. 특히 1986년판 텍스트에서는 『백두산』의 내용에서 '북한·소련의 유대와 소련의 영향력'을 전혀 찾아 볼 수 없어, "국제 공산주의 운동과의 련계 밑에 조선 혁명의 정당한 로선을 개척한"이라든가 "『소련 빨찌산 력사』에서 챠빠예브, 라소 쏠스를 배우면서"와 같은 사항은 전혀 알 수가 없는 사항이 된다.

1986년판 『백두산』을 텍스트로 한 조기천의 『백두산』에 대한 연구는 애초부터 이러한 텍스트의 내용적인 제한 속에서 해석될 수밖에 없는 한계를 지니는 연구가 되는 것이다. 따라서, 조기천의 『백두산』에 대한 연구는 마땅히 기본적으로는 1955년 『조기천 선집』 속의 『백두산』까지의 텍스트를 활용한 연구가 되어야 『백두산』이 지니고 있는 의미를 빠뜨리지 않고 그 의미의 관계를 파악할 수 있는 것이 된다. 여기에 의미 있는 차이를 지닌 다른 『백두산』 텍스트들은 그 차이를 지닌 텍스트가 나오게 된 그 시기의 정치관계·사회상황과 연관한 비교·검토를 바탕으로 하여 연구에 활용되어야 하는 것이다.

1986년에 북한의 문예출판사(1987년 그림판까지 포함하여)에서 간행된 『백두산』의 내용에서 '북한·소련의 유대와 소련의 영향력'을 전혀 찾아 볼 수 없을 정도로 그 이전의 『백두산』 텍스트(1955년판)에서 상당한 부분이 삭제되고 수정되었다가 1995년 이후에는 1955년판의 내용 중 일부가 복원이 되어 '북한·소련(러시아)의 유대와 소련(러시아)의 영향력'이 약화된 모습으로 드러나는 것은 북한과 소련(러시아)의 정치적인 관계가 그 배경이 되고 있는 것으로 이해된다. 1982년 이후에 있은 중국과 북한간 최고지도자의 상호방문에 따라 북한이 중국과 밀착되는 양상을 보이면서 북한과 소련은 소원해지는 양상을 보이게 된다. 이러한 기본 기조는 1980년대 중반까지는 일정한 기류를 형성했던 것으로 보인다.[14] 이러한 정치적인 상황에 상응하여 조기천의 『백두산』에서도 '북한·소련의 유대와 소련의 영향력'은 전혀 찾아볼 수 없을 정도로 그 이전의 『백두산』 텍스트에서 그 내용이 삭제되고 수정된 것으로 해석할 수 있는 것이다. 1980년대 중반 이후 북한과 소련의 유대가 다시 형성되지만 그 관계가 소원한 관계가 되기 이전만큼은 회복되지 않은 상태로 지속된다. 그러다가 1990년대 초반 소연방의 해체와 러시아의 등장으로 북한과 소련(러시아)의 관계는 냉각기를 갖게 되지만, 1994 이후 북한과 러시아가 냉각기를 벗어나 어느 정도의 유대관계를 회복하게 된다.[15] 1995년판 이후 『백두산』 텍스트에서 '북한·소련(러시아)의 유대와 소련(러시아)의 영향력'이 상당히 약화된 모습으로 드러나는 것으로 드러나는 것은 바로 이러한 북한·소련(러시아)의 정치관계 변화의 상황에 상응하는 사항으로 해석이 되는 것이다.

이와 같이 조기천의 『백두산』을 우선적으로 북한의 정치사와 연관하여 살펴야 하는 점은 이와 같이 기본적으로 정치관계의 변화에 따른 판본의 차이에서 드러난다. 『백두산』의 내용과 연관된 연구가 우선적으로 마땅히 북한 정치사와의 상관성으로 살펴봐야 하는 연구가 되어야 하는 이유는 우선 여기에서 제기된다. 그리고 이는 북한의 다른 문학작품의 경우도 그 작품의 텍스트들이 간행된 시기의 정치관계 변화에 따라 텍스트 상의 차이가 있을 수 있는 개연성을 제기할 수 있게 되는 문제성을 지니게 되는 것이다.

---

14 유석렬, 『북한정책론』, 법문사, 1988, 172쪽 참고. 1980년대 중반 김일성이 소련을 23년만에 공식적으로 방문하여 그 이후에는 소련과의 유대관계를 다시 갖게 되었으나 1980년대 중반까지는 북한·소련간에 소원한 기류를 형성한 것으로 파악된다.
15 박재규, 『북한의 신외교와 생존전략』, 나남출판, 1997, 101 − 102쪽 참고.

Ⅲ. 『백두산』 창작과정에서의 김일성 개입 문제

조기천의 『백두산』은 물론 조기천이 창작한 작품이긴 하지만, 그 창작과정에서 김일성이 개입한 사실에 주목해야 한다. 왜냐하면, 『백두산』 내용의 배후 주인공인 김일성이 작품 창작과정에서 배후에 개입되어 있다는 말은 『백두산』 내용의 방향을 김일성의 뜻이나 의지를 좇아 구성했을 개연성이 크기 때문이다. 물론, 북한 문학에서 공적 화자로서 김일성이라는 주체 문제를 생각한다면 이 문제제기는 약화될 수 있는 사항일 수가 있다. 하지만, 공식적인 북한 정권 수립 이전, 더구나 아직 문학에서 공식적인 화자로서 김일성 주체가 확립되기는 더 이전인 해방기 1946년 말 1947년 초에 『백두산』의 창작과정에서 김일성이 개입한 점은 문제성을 띠지 않을 수 없는 것이다. 조기천의 『백두산』 창작과정에서 김일성이 개입했다는 점은 조기천의 『백두산』이 오히려 바로 김일성이 지닌 이러한 상징적인 주체를 확립해 가는 데에 일정 부분 기여했다고 볼 수가 있는 것이다. 지금까지 조기천의 『백두산』에 대한 남한의 연구에서 이 점은 검토되지 않았는데, 초기 북한 문학의 형성 과정을 다루면서 『백두산』의 창작과정에서 김일성이 개입했다는 자료를 드러내어 언급하고 있는 논문이 있어 주목된다.

> 시인은 1946년 11월 말에 작품의 초고를 완성하였다. …(중략)… 위대한 수령님께서는 1947년 1월 …(중략)… 장편 서사시를 보아주시었다. …(중략)… 위대한 수령님께서는 서사시에서 보천보 전투를 기본 사건으로 묘사한 것은 좋은 시도라고 하시면서 보천보 전투를 형상한 부분을 따로 하나의 장으로 설정하되 바로 그것이 서사시의 전반적 흐름에서 절정을 이루게 하는 것이 좋겠다고 하시었다. …(중략)… 시 「백두산」을 헐뜯으려 하거나 이 시인을 비방 중상하는 것도 다 이런 그릇된 경향에서 나오는 것입니다. 이것

은 낡은 일제 사상 잔재로서 건국 사상 총동원 운동을 힘있게 다그쳐나가야
할 오늘 시급히 극복 청산되어야 합니다.[16]

위의 내용을 인용하고 있는 김재용의 논문 「초기 북한 문학의 형성
과정과 냉전 체제」는 북한의 건국 사상 총동원 운동 이후 제기된 혁명
적 낭만주의로서의 고상한 리얼리즘을 시도한 작품의 예로 『백두산』
을 들면서 이 자료를 인용하고 있다. 인용 가운데 있는 "시 「백두산」을
헐뜯으려 하거나 이 시인을 비방 중상하는 것"라는 구절은 『백두산』
에 대한 안함광의 비판을 가리키고 있는 것이다. 조기천의 『백두산』에
대한 안함광의 비판은 사실 『백두산』을 "극력 찬양한 끝에 몇 가지 불
만과 단점을" "첨부"한 것으로, 그 내용은 "시적인 매력이 없는 뻣뻣
한 리듬과 내용을 설명하는 억지 특히 산문과 다름없는 시행, 회화의
시적 연소 등의 부족", "김일성의 빨치산 생활을 영웅화한" 한 점이다.
그리고 "조기천과 안함광의 싸움"에 "김창만"이 끼어들어 조기천의
손을 들어줌으로써 "안함광의 지위는 여지없이 추락"하게 된다.[17] 김
창만은 당시 북조선 노동당 선전부장으로 조기천의 『백두산』을 두고,
김일성을 "세계 역사의 파동 안에서 약소민족의 투쟁이 갖는 의미를
드높인 민족운동의 찬란한 전형으로 나타낸 데 있다"라는 고평을 아
끼지 않은 인물이다.[18] 그런데 주목해야 할 점은, 김창만이 당의 선전

---

16 허정숙, 『민주 건국의 나날에』, 조선노동당출판사, 1986, 451 − 452쪽. 여기서는 이 자료를
   인용하고 있는 김재용, 「초기 북한 문학의 형성 과정과 냉전 체제」, 『북한문학의 역사적 이
   해』, 문학과지성사, 1994, 105 − 106쪽에서 재인용함.
17 『백두산』을 비판한 안함광의 글 자체는 현재 남한에서는 확인할 수 없고, 그 주된 내용은 현
   수, 『적치 6년하의 북한 문단』, 국민사상지도원, 1952, 52 − 57쪽에서 알 수 있다. 여기서는
   김재용, 앞의 논문, 앞의 책, 104쪽에서 재인용함.
18 김창만, 「북조선 문학의 새로운 수확, 조기천 작 장편 서사시 「백두산」을 평함」, 『모든 것은
   조국 건설에』, 로동당출판사, 1947, 196쪽. 여기서는 신형기・오성호, 『북한문학사』, 평민
   사, 2000, 29쪽 재인용.

부장인 것도 그렇지만 그의 『백두산』에 대한 평가가 정치적인 측면을 드러내고 있다는 점이다.

하지만, 위에 인용한 부분을 보면 조기천과 안함광의 싸움에서의 김창만의 개입보다 더 중요한 점은 바로 김일성이 『백두산』 창작과정에 개입하여 "보천보 전투를 기본 사건으로 묘사한 것은 좋은 시도라고 하시면서 보천보 전투를 형상한 부분을 따로 하나의 장으로 설정하되 바로 그것이 서사시의 전반적 흐름에서 절정을 이루게 하는 것이 좋겠다"고 한 것과 『백두산』의 평가에 개입하여 "『백두산』을 헐뜯으려 하거나 이 시인을 비방 중상하는 것도 다 이런 그릇된 경향에서 나오는 것입니다. 이것은 낡은 일제 사상 잔재로서 건국 사상 총동원 운동을 힘있게 다그쳐나가야 할 오늘 시급히 극복 청산되어야" 한다고 평가하고 있는 점이다.

이를 보면, 김일성은 조기천이 쓴 『백두산』의 초고를 보고 보천보 전투의 형상화를 한 장으로 설정하고 이 부분이 전체의 절정이 되도록 하는 등 『백두산』 창작과정에 개입한 것을 확인할 수 있다. 실제 『백두산』의 제6장은 H시 야습전투를 다루고 있는데 이 부분이 절정이 되고 있다. 여기서 H시 야습전투는 실제 보천보 전투를 형상화한 것은 물론이다. 문제는 조기천이 얼마나 김일성의 뜻을 따랐는가 하는 점이다. 이 점을 확인할 수 있는 자료가 있는데, 이는 앞서 인용한 허정숙의 저서보다 시기상으로 앞선 자료에 해당한다.

일제야수들에게 무참히 빼앗겼던 조국을 찾아주신 위대한 수령님에 대한 열화와 같은 흠모의 정을 안은 그는 혁명적인 작품을 쓰지 않고서는 견딜수 가 없었다. …(중략)… 그는 이 서사시를 기어코 쓰기 위하여 항일혁명투사 들을 만나 귀중한 이야기들을 들었으며 어느 날 한 투사로부터 백전백승의 강철의 령장이신 위대한 수령님의 영상이 모셔진 귀중한 사진을 받았다. 그는 어버이수령님의 그 존귀하신 영상을 자기가 집필하는 책상우에 정중히 모시고 서사시『백두산』의 초고를 썼던 것이다. …(중략)… 한번 위대한 수령님을 만나 뵙고 가르치심을 받아야 될 것 같아 요새는 자나깨나 그 생각이라고 했다.[19]

위의 인용을 보면, 조기천은 김일성에 대한 "열화와 같은 흠모의 정"을 안고 김일성의 사진을 책상 위에 모셔놓고『백두산』의 초고를 썼으며 초고를 쓴 후에 김일성을 만나서 그 뜻에 따라『백두산』을 고치려는 의도를 갖고 있었음을 확인할 수 있다. 위에 인용한 부분의 뒷부분은, 앞에 인용한 바 있듯이, 조기천이 김일성을 만나『백두산』의 내용을 고쳤으며 이를 영광스럽게 생각한다고 하는 부분이다. 이로써 조기천의『백두산』창작과정에서 김일성의 개입을 확인할 수 있다. 그리고 김일성은, 앞에 인용한 바 있듯이,『백두산』의 평가에 있어서도 개입한 것을 확인할 수 있다. 문제는『백두산』에 대한 안함광의 비판이 앞에서 보았듯이 문학적인 측면인 데에 반해, 이 비판에 대한 김일성의 반응은 정치적인 측면이란 점이다. 즉, 김일성은『백두산』에 대한 평가를 하면서 그 평가를 정치적인 전략과 연관시키고 있는 것이다. 즉, 김일성은 조기천의『백두산』을 "건국 사상 총동원 운동"의 일환이라는 정치적인 역정과 전략의 일부로 활용을 하고, 이『백두산』에 대한 안함광의 비판에 대해서는 "일제 사상 잔재"라고 쐐기를 박고 있는 것이다. 안함광의 비판은 정치적인 측면이 아닌 문학적인 측면일 뿐만 아니라 그 내용도 일제 잔재와는 전혀 상관도 없는 것이다. 그럼에도 불구하고 이를 일제 잔재와 연관시키고 있는 것은 바로『백두산』

---

19 리원우, 「장편서사시『백두산』이 창작되던 때의 몇가지 이야기」, 『조선문학』, 1978.9, 40－41쪽.

이 그 배후 주인공으로 자신을 드러내고 그 내용이 항일무장투쟁을 담고 있기 때문에 이를 정치적으로 해석했기 때문이다. 나아가 김일성은 이를 정치적인 전략을 수행하는 데까지 활용하고자 한 것이다. 다시 말하면, 북한의 공식적인 정권 수립이 되기 전인 해방기 1946년 말 1947년 초에 김일성은 자신을 중심으로 한 항일무장투쟁세력을 건국의 주역으로 부각시키고자 하는 정치적 전략을 조기천의 『백두산』을 통해서도 널리 활용하고자 한 것으로 파악된다.

따라서, 세부적인 정치사와의 상관성으로 조기천의 『백두산』을 살펴볼 필요성이 여기서도 대두하게 된다. 물론 이와 같은 방법으로 살펴볼 때의 『백두산』 텍스트는, 앞의 II항에서 살펴본 바와 같이, 1955년 『조기천 선집』 속의 『백두산』까지의 텍스트임은 말할 필요가 없다. 1955년 『조기천 선집』 속의 『백두산』까지의 텍스트와 그 이후에 삭제되고 수정된 텍스트와의 의미 있는 차이도, 또한 앞에서 살펴본 바와 같이, 따지고 보면 더 깊이 살펴볼 필요가 있는 정치적인 의미의 차이인 것이다.

IV. 맺음말

이상에서 살펴본 바와 같이, 조기천의 『백두산』 텍스트들은 그 텍스트에 따라 의미 있는 차이를 지니고 있는 텍스트들이다. 따라서 의미의 차이를 지닌 텍스트의 차이에 대한 인식을 전제로 해야 조기천의 『백두산』에 대한 연구가 올바로 될 수가 있는 것이다. 조기천의 『백두산』에 대한 연구는, 기본적으로는 1955년 『조기천 선집』 속의 『백두산』

까지의 텍스트를 활용한 연구가 되어야 한다. 여기에 의미 있는 차이
를 지닌 다른 『백두산』 텍스트들은 간행된 그 시기의 정치관계와 연관
한 비교·검토를 바탕으로 하여 연구에 활용되어야 하는 것이다. 이것
은 북한의 다른 문학작품의 경우도 그 작품의 텍스트들이 간행된 시기
의 정치관계에 따라 텍스트 상의 차이가 있을 수 있는 개연성을 제기
하게 되는 문제성을 지니게 된다.

그리고 본론에서 살펴본 바와 같이, 조기천의 『백두산』 창작과정에
북한의 공식적인 정권 수립이 되기 전인 해방기 1946년 말 1947년 초
사이 김일성이 개입하여 김일성 자신을 중심으로 한 항일무장투쟁세
력을 건국의 주역으로 부각시키고자 하는 정치적 전략의 일환으로 조
기천의 『백두산』을 널리 활용하고자 한 것으로 파악되므로, 이에 대한
인식을 전제로 하여 『백두산』 연구에 접근해야 하는 것이다.

이렇게 본다면, 조기천의 『백두산』에 대한 연구는 우선적으로 1955
년 『조기천 선집』 속의 『백두산』까지의 텍스트를 연구대상으로 하여
구체적인 정치사와의 상관성이라는 연구 방법으로 살펴보아야 하는
점이 부각된다. 이것은 본고에서 파생된 다음 과제가 될 것이다.[20] 그
리고 본론을 통하여 살펴 본 바 있는, 조기천 『백두산』 텍스트들과 그
의미의 차이 문제는 남한에서는 현재 자료를 구할 수 없는 1955년 이
전의 『백두산』 텍스트까지 비교하여 살펴보아야 보다 완전하게 될 것
이다.

---

20 필자는 현재 1955년에 간행된 『조기천 선집』 속의 『백두산』 텍스트를 활용하여 정치사와의
　상관성이라는 연구방법으로 조기천의 『백두산』에 대한 연구논문을 작성 중에 있음을 이 자
　리를 빌어 밝힌다.

북한 정치사와의 상관성으로 살펴본 조기천의 1955년판 『백두산』

1. 머리말

이 글은 필자가 발표한 「조기천『백두산』연구의 선결문제」에서[1] 밝힌 바에 따른 후속 연구이다. 필자는 앞선 글에서 조기천의 『백두산』 텍스트들을 비교·검토해 봄으로써 이 『백두산』 텍스트들이 1955년판,[2] 1986년판·1987년판(남한 1989년판),[3] 1995년판·2004년판의[4]

---

1 고현철, 「조기천『백두산』연구의 선결문제」, 『한국문학논총』 제39집, 한국문학회, 2005.4.

2 조기천, 『조기천 선집』속의 『백두산』, (북한)조선작가동맹출판사, 1955.을 가리킨다. 고현철, 앞의 논문, 앞의 책, 378-379쪽에서 필자는 현재 남한에서 구해 볼 수 있는 최상연도 판인 이 1955년판 『백두산』 텍스트가 그 이전 판인 1947년 「로동신문」 연재판, 1948년 「로동신문사」 판, 1952년 『조기천 선집』판과 의미의 차이가 없는 같은 계열의 텍스트임을 여러 자료를 통해서 검토한 바 있다. 구체적인 인용을 할 수 있는 1955년판은 그 이전까지의 판을 포함하여 첫째 계열을 대표하는 판본이 된다.

3 조기천, 『백두산』(조기천 시집), (북한)문예출판사, 1986.; 조기천, 『백두산』(그림책), (북한)문예출판사, 1987.; 조기천, 『백두산』, (남한)실천문학사, 1989를 가리킨다.

4 조기천, 『백두산』, (북한)『조선문학』, 1995.5.-6.; 조기천, 『백두산』, (북한)『청년문학』, 1995.5.-7.; 조기천, 『백두산』, (북한)『천리마』, 1995.4호.; 조기천, (북한)문학예술출판사,

세 계열의 판본을 이루고 이들이 각기 의미 있는 차이를 보이고 있음을 밝혔다. 1955년판은 북한·소련의 유대나 소련의 영향력이 극대화되어 있으며 '헌사'를 통해 이『백두산』시편을 소련 군대에 바치고 있는 텍스트이며, 1986년판·1987년판은 북한·소련의 유대와 소련의 영향력은 아예 없고 항일 빨찌산의 역할만 드러나 있는 텍스트이며, 1995년판·2004년판은 북한·소련(러시아)의 유대나 소련(러시아)의 영향력을 약화시키고 항일 빨찌산을 최대한 부각시키고 있는 텍스트이다. 또한 이 세 계열의 판본에 따른 의미의 차이는 북한의 정치사, 특히 북한과 소련(러시아)의 정치관계의 변화에 따른 차이임을 밝혔다.[5] 그리고 공식적인 북한 정권 수립 이전, 더구나 아직 문학에서 공식적인 화자로서 김일성 주체가 확립되기 더 이전인 해방기 1946년 말 1947년 초『백두산』의 창작과정에서 김일성이 개입한 것을 밝혔고, 이것은 김일성 자신을 중심으로 한 항일무장투쟁세력을 건국의 주역으로 부각시키고자 하는 정치적 정략의 일환으로『백두산』을 널리 활용하였고『백두산』이 오히려 바로 김일성이 지닌 이러한 상징적인 주체를 확립해 가는 데에 기여했을 개연성을 일정 부분 밝혔다.[6]

그런데, 지금까지 남한에서 이루어진 조기천의『백두산』에 대한 연구는 이러한 사항들에 대한 인식이 전혀 없는 상태에서 이루어져 여러 문제점을 드러내고 있다고 하지 않을 수 없다. 우선, 조기천의『백두산』에 집중하여 지금까지 이루어진 남한의 연구를(필자의 앞선 논문을 제외하고) 들면 다음과 같다.

2004.를 가리킨다.

5 고현철, 앞의 논문, 앞의 책, 376 – 386쪽.

6 위의 논문, 위의 책, 387 – 390쪽.

임헌영, 「민중적 영웅주의의 구현 – 조기천의 삶과 문학세계」, 『백두산』,
실천문학사, 1989.
김재홍, 「조기천 『백두산』, 민족혼의 상징」, 『한국현대문학의 비극론』,
시와시학사, 1993.
백지연, 「항일 투쟁의 영웅화와 민중적 연대 – 조기천의 『백두산』을 중심
으로」, 김종회 편, 『북한문학의 이해』, 청동거울, 1999.
김지선, 「조기천의 『백두산』 연구 – 구조와 이데올로기 분석을 중심으로」,
부경대대학원 국문과, 2003.2.
김경숙, 『북한현대시사』, 태학사, 2004.(이 저서는, 조기천의 『백두산』에
초점을 맞춘 연구는 아니지만 해방 1945년부터 주체사상이 확립되기 전인
1967년까지의 시장르에 한정하여 683쪽이라는 분량으로 살펴보고 있어 조
기천의 『백두산』을 집중적으로 다루고 있는 저서이다.)

필자의 앞선 논문에서 밝힌 바를 적용해 보면, 이들 연구에서 드러
나게 되는 문제점은 다음과 같이 몇 가지로 정리할 수 있다.

첫째, 이들 연구들이 한결같이 조기천 『백두산』 텍스트들의 세 계열
이 지닌 의미 있는 차이를 전혀 의식하지 못하고 연구를 수행한 점이
다. 이 문제점은, 조기천의 『백두산』에 대한 연구사를 정리하고 있는
부분에서 더욱 두드러진다.[7]

둘째, 내용의 삭제가 가장 많고 수정이 가장 많이 되어 애초부터 내
용의 제한 속에서 해석될 수밖에 없는 한계를 지닌 『백두산』 텍스트의
둘째 계열인 1986년판 · 1987년판(남한 1989년판)을 연구대상으로 한
연구가 주류를 이루고 있다는 점이다. 앞에서 제시한 임헌영, 김재홍,

---

7 김지선, 「조기천의 『백두산』 연구 – 구조와 이데올로기 분석을 중심으로」, 부경대대학원 국문
과, 2003.2., 2 – 7쪽. 조기천의 『백두산』 텍스트들이 지닌 의미의 차이에 대한 인식 없이 연구
사를 정리하고 있다. 김경숙, 『북한현대시사』, 태학사, 2004., 325 – 326쪽. 조기천의 『백두산』
텍스트들이 지닌 의미의 차이에 대한 인식 없이 기존 연구에서 보인 『백두산』의 주제를 유형
화하여 정리하고 있다.

백지연, 김지선의 연구가 바로 그것이다.[8]

셋째, 김경숙의 연구만이 내용의 삭제와 수정이 없는 『백두산』 텍스트의 첫째 계열인 1955년판을 연구대상으로 한 것이지만, 다른 두 계열과의 차이에 대한 인식을 하지 못한 상태에서 이루어진 연구라는 점이다.[9]

넷째, 이들 연구들이 한결같이 조기천의 『백두산』 창작과정에서 김일성의 개입 문제를 간과하고 있다는 점이다.

필자는 앞선 논문에서 밝힌 바에 따라 조기천의 『백두산』에 대한 연구는 원칙적으로 내용의 삭제가 없고 수정이 안된 첫째 계열의 텍스트를 연구대상으로 해야 『백두산』이 지니고 있는 의미를 빠뜨리지 않고 그 의미의 관계를 전체적으로 파악할 수 있고, 다른 계열의 텍스트를 연구대상으로 할 경우에는 각 계열의 의미 있는 차이를 알고 이를 그 계열의 시대 북한 정치관계의 변화의 장 속에서 살펴보아야 한다는 점을 언급한 바 있다. 그리고 조기천의 『백두산』의 내용과 연관된 연구는 우선적으로 북한 정치사와의 상관성으로 살펴봐야 한다는 점을 언급한 바 있다.[10] 그래서, 필자가 이번 논문에서 수행하고자 하는 것은 조기천의 1955년판 『백두산』를 연구대상으로 하여 북한 정치사와의 상관성으로 이 『백두산』의 의미를 살펴보는 것이 된다. 이를 위해 먼저 삭제·수정되기 전의 구절과 삭제·수정된 후의 구절을 비교함으

---

8 이 중 김지선의 연구는 『로동신문』(1985.5.–6. 연재본)을 주된 연구대상으로 하고 있는데, 1986년판·1987년판(남한 1989년판)과 같은 계열의 텍스트로 파악된다.

9 김경숙, 앞의 책, 조기천 『백두산』 연구 부분. 1955년판 조기천의 『백두산』을 활용하면서도, 이 텍스트를 활용해야 하는 이유를 밝히고 있지 않고 다른 계열의 『백두산』 텍스트와 어떤 차이를 보이고 있는지에 대한 인식을 보이고 있지 않다.

10 고현철, 앞의 논문, 앞의 책, 385–386쪽, 390쪽.

로써 그 의미 변화를 살펴보고, 이것이 텍스트 전체의 의미관계에 어떤 변화를 주고 있는지를 살펴보고자 한다. 그리고 나서 삭제·수정되기 전의 1955년판 『백두산』의 의미관계를 북한 정치사와의 상관성에서 살펴보고자 한다.

2. 『백두산』 텍스트들의 의미관계

조기천 『백두산』 텍스트들의 의미관계를 살펴보기 위해 세 계열의 텍스트들에서 삭제·수정된 구절을 구체적으로 비교·검토하고, 이를 통해 1955년판 『백두산』의 의미관계를 살펴보도록 한다.[11] 인용은 1955년판 텍스트를 드러내기로 한다.

1) 속표지

이 시편을 영웅적 해방군 쏘련 군대에 삼가 올리노라

— 속표지 '헌사' 전문

1955년판 텍스트에는 「속표지」에 이러한 '헌사'('헌사'라는 말이 있어서가 아니라 내용상 그 성격이 '헌사'이다)가 제시되어 있다. 이것은 조기천이 1955년판 『백두산』 텍스트 자체를 소련군에 바치고 있는 것을 분명하게 보여주고 또한 소련군을 영웅적인 해방군으로 간주하고

---

11 고현철, 위의 논문, 위의 책, 382쪽에서 세 계열의 텍스트 사이 삭제·수정된 부분만 단순하게 도표로 제시한 바 있다. 여기서는 이런 부분을 포함한 구절들을 구체적으로 비교·검토함으로써 『백두산』 텍스트들의 의미관계를 살펴보고자 한다.

있음을 분명하게 보여주고 있는 것이다. '헌사'는 텍스트의 전체적인 방향과 연관되지 않을 수 없는 부분이기 때문에 이 '헌사'에서 드러나는 의미를 중요하게 생각해야 한다. 그런데, 이 '헌사'가 그 이후의 다른 두 계열의『백두산』텍스트에서는 아예 삭제되어 있는 것이다. 조기천의『백두산』에 대한 지금까지의 연구가 1955년판인 첫째 계열 텍스트가 아닌 1986년판·1987년판(남한 1989년판)인 둘째 계열 텍스트를 연구대상으로 하여 이루어진 것이므로 이러한 사항은 전혀 파악할 수 없는 것이 된다.[12] 그리고 1955년판을 연구대상로 한 연구에서도 이 점은 전혀 언급이 되지 않고 있는데,[13] 이것은 이 연구가 근본적으로 1955년판의 첫째 계열 텍스트와 다른 두 계열 텍스트 사이의 차이에 대한 인식을 제대로 하고 있는 것인지 하는 문제를 제기하게 되는 사항이 된다.

2) 머리시

> 이제 북국의 의로운 전사들이
> 사선에 올랐던 이 나라에
> 재생의 백광 가져왔으니
>
> — 「머리시」 부분

1955년판 텍스트에서 이렇게 되어 있는 구절이, 그 이후 다른 두 계열의 텍스트에서는 "이제 항일의 의로운 전사들이 / 사선에 올랐던 이 나라에 / 재생의 백광 가져왔으니"로 수정되어 있다. 이 구절을 먼저

---

12 앞에 언급한 임헌영, 김재홍, 백지연, 김지선의 연구가 바로 그것이다.
13 앞에 언급한 김경숙의 연구가 바로 그것이다.

살펴보기로 한다.

1955년판에서는 의로운 전사로 제시되어 있는 존재는 "북국"의 존재이다. 이것은 우리나라와 구분되는 나라에 대한 표현인데, 지정학적 위치상 소련 아니면 중국이 된다. 그런데 앞의 '헌사'와 연관하여 보면 이는 명백히 소련에 대한 표현인 것이다. 이는 앞으로 살펴볼 그 이후의 구절을 보면 더욱 명백해진다. 1955년판『백두산』에서는 소련군이 "사선에 올라" "재생의 백광"을 가져온 것으로 표현하고 있다. 이것이 그 이후의 다른 두 계열에서는 항일 빨찌산(여기서 "항일"은 명백히 "항일 빨찌산"을 의미한다. 이는 앞으로 살펴볼 그 이후의 구절을 보면 더욱 명백해진다)이 "사선에 올라" "재생의 백광"을 가져온 것으로 표현되고 있는 것이다. 그래서, 그 의미의 차이가 발생하지 않을 수 없게 된다. 김지선의 연구에서 이 구절을 포함한「머리시」를 인용하여 "항일무쟁투쟁의 이야기" "항일의 의로운 빨찌산들의 이야기"로만 해석하는 것은[14] 이 연구가 1955년판의 첫째 계열『백두산』텍스트가 아닌 둘째 계열『백두산』텍스트를 연구대상으로 한 것이기 때문이다. 1955년판 텍스트를 활용하고 있는 김경숙의 연구에서는 이 구절을 포함한「머리시」를 그대로 인용하면서도 "'북국의 의로운 전사들'인 이 나라 '빨찌산들'이"라고 하여 북국의 의로운 전사들을 항일 빨찌산과 같은 존재로 잘못 해석하고 있다.[15] 이렇게 된 것은 이 연구가 1955년판 텍스트를 활용하면서도 다른 두 계열의 텍스트와의 의미 있는 차이를 인식하지 못하였기 때문에 빚어진 결과라고 판단하지 않을 수 없다. 이는 앞으로 살펴볼 그 이후의 구절을 보면 더욱 명백해진다.

---

14 김지선, 앞의 논문, 58쪽, 67쪽에서 인용하고 60 ─ 61쪽에서 그렇게 해석하고 있다.
15 김경숙, 앞의 책, 327쪽에 인용하고 있고 329쪽에서 그렇게 해석하고 있다.

빨찌산 초병이 원쑤를 노렸고
애국 렬사 맹세의 칼 높이 들었던 그 바위
쏘련 용사 이 땅에 해방의 기호치던
장백에 솟은 이름 모를 그 바위

― 「머리시」 부분

1955년판 텍스트에서 이렇게 되어 있는 구절이, 둘째 계열인 1986년판·1987년판(남한 1989년판) 텍스트에서는 "빨찌산 초병이 원쑤를 노렸고 / 애국 렬사 맹세의 칼 높이 들었던 그 바위 / 빨찌산 용사 이 땅에 해방의 기호치던 / 장백에 솟은 이름 모를 그 바위"로 수정되어 있고, 셋째 계열인 1995년판·2004년판 텍스트에서는 "빨찌산 초병이 원쑤를 노렸고 / 애국 렬사 명세의 칼 높이 들었던 그 바위 / 이 땅에 해방의 기호치던 / 장백에 솟은 이름 모를 그 바위"로 수정되어 있다. 그래서 의미의 차이가 발생하게 된다. 1955년판에서는 빨찌산과 소련군의 관계가 제시되어 있다. 빨찌산이 항일에 앞장섰고 소련군이 해방을 가져왔다는 표현에서 알 수 있듯이, 그것은 국내의 빨찌산 활동과 국외의 소련군의 지원이 연관되어 해방을 이루었다는 것이다. 나아가 이 구절을 '헌사'와 관련시키면 해방군에 가까운 것은 소련군이 되는 것이다. 그 이후의 다른 두 계열에서는 "쏘련 용사"가 "빨찌산 용사"로 수정되거나 아예 생략됨으로써 이런 사항을 전혀 파악할 수 없다. 1955년판 텍스트를 활용하고 있는 연구에서는 이 구절을 포함한 「머리시」를 인용하면서도 "이 땅에 '해방'을 몰고 온 '빨찌산 용사'의 이미지"라고 하여 이 구절에 명백히 제시되어 있는 소련군의 역할을 해석하지 않고 있다.[16]

3) 4장 2절

그런데 한 사람만 잠 못들고
우등불 옆에 비스듬히 앉아
「쏘련 빨찌산 략사」에
밤 가는줄 모르네!
이런 밤엔 그는 이 책을 보았다 -
…(중략)…
그러면 새 힘을 얻고 목적을 보았다
이 밤에도 글줄을 밟으며
훨 - 훨 - 걸어가는 생각 -
"쏘련의 빨찌산 -
차빠예브,   쓰, 라소…
그들은 이렇게 싸웠다!
우리도 비록 적지만
우리 비록 굶으며 피 흘리지만
인민이 우리를 받들거던
또 북에 있는 자유의 나라 정의의 나라
신세의 성벽을 영원히 뻗치며
불의와 침략을 우리 물리치거던

- 「4장 2절」 부분

　1955년판 텍스트에서 이렇게 되어 있는 구절이, 둘째 계열인 1986
년판·1987년판(남한 1989년판) 텍스트에서는 다섯 행이 삭제되어
"그런데 한 사람만 잠 못들고 / 우등불 옆에 비스듬히 앉아 / 밤 가는줄
모르네! / 이런 밤엔 그는 이 책을 보았다 - / …(중략)… / 그러면 새 힘

---

16 김경숙, 위의 책, 330쪽에서 인용하고 그렇게 해석하고 있다.

을 얻고 목적을 보았다 / 이 밤에도 글줄을 밟으며 / 훨―훨― 걸어가는 생각 ― / 우리도 비록 적지만/ 우리 비록 굶으며 피 흘리지만 / 인민이 우리를 받들거던 / 신세의 성벽을 영원히 뻗치며 / 불의와 침략을 우리 물리치거던”으로 되어 있고, 셋째 계열인 1995년판·2004년판 텍스트에서는 네 행이 삭제되어 “그런데 한 사람만 잠 못들고 / 우등불 옆에 비스듬히 앉아 / 밤 가는줄 모르네! / 이런 밤엔 그는 이 책을 보았다 ― / …(중략)… / 그러면 새 힘을 얻고 목적을 보았다 / 이 밤에도 글줄을 밟으며 / 훨―훨―걸어가는 생각 ― / 우리도 비록 적지만/ 우리 비록 굶으며 피 흘리지만 / 인민이 우리를 받들거던 / 또 북에 있는 자유의 나라 정의의 나라 / 신세의 성벽을 영원히 뻗치며 / 불의와 침략을 우리 물리치거던”으로 되어 있다. 그래서 상당한 의미의 차이가 발생하고 있다. 1955년판 텍스트에서는 위의 인용에서 “한 사람”인 “그” 김일성이 “북에 있는 자유의 나라 정의의 나라”로 명명되어 있는 소련의 「소련 빨찌산 약사」를 보고 소련 빨찌산들이 어떻게 싸웠는지는 독서를 통해서 배워서 힘을 얻게 되었음을 제시하고 있다. 이에 비해 그 이후의 다른 『백두산』 계열에서는 이것이 삭제되어 김일성이 소련 빨찌산의 영향을 책을 통해서 받았다는 내용을 읽을 수가 없는 것이다. 1955년판 텍스트를 활용하고 있는 연구에서는 이 구절을 포함한 「4장 2절」를 인용하면서도 “그는 ‘희망’과 기쁨’을 느낄 때도 ‘이 책’을 보았고, ‘불안’과 ‘절망’을 느낄 때도 ‘이 책’을 보았다.” “‘이 책’을 통해서 그는 ‘새 힘’을 얻고 ‘목적’을 보았다.”라고 추상적으로 해석하여 이 구절에 명백히 제시되어 있는 구체적인 소련 빨찌산의 영향을 해석하지 않고 있다.[17]

---

17 위의 책, 191쪽에서 인용하고 192쪽에서 그렇게 해석하고 있다.

4) 4장 5절

우리의 근간도 민중 속에
우리의 힘도 민중 속에 있다!
민중과 혈연을 한가지 한
쏘련 빨찌산을 우리 잊었는가?
우리 이것을 잊고
어찌 대사를 이루랴!

—「4장 5절」 부분

1955년판 텍스트에서 이렇게 되어 있는 구절이, 둘째 계열인 1986년판·1987년판(남한 1989년판)과 셋째 계열인 1995년판·2004년판 텍스트에서는 "우리의 근간도 민중 속에 / 우리의 힘도 민중 속에 있다! / 민중과 혈연을 한가지 한 / 빨찌산임을 우리 잊었는가? / 우리 이것을 잊고 / 어찌 대사를 이루랴!"로 되어 있다. 그래서 의미의 차이가 발생하고 있다. 1955년판 텍스트에서는 조선의 민중과 연대되어 있는 존재로 소련 빨찌산이 부각되고 있다면, 다른 두 계열의 텍스트에서는 그 존재로 조선의 항일 빨찌산이 부각되어 있는 것이다. 김재홍의 연구에서 이 구절을 포함한 「4장 5절」을 인용하여 "빨치산 투쟁의 고난상이 강조되고 김대장의 영웅주의가 부각되는 것도 이러한 민족주체 사상과 민중적 세계관의 매개고리를 확보하기 위한 방법적, 의도적 장치"로 해석하고 있는 것이나,[18] 김지선의 연구에서 이 구절을 포함한 「4장 5절」을 인용하여 "식민지 현실에서 '우리'는 결국 민족공동체라 할 수 있다. 즉 『백두산』에서 가장 중심에 서 있는 것이 민중성이며 이

---

18 김재홍, 「조기천 『백두산』, 민족혼의 상징」, 『한국현대문학의 비극론』, 시와 시학사, 1993., 30쪽에서 인용하고 32쪽에서 그렇게 해석하고 있다.

를 중심으로 민족을 바라보고 있다."라고[19] 해석한 것은 이들 연구가
1955년판의 첫째 계열 『백두산』 텍스트가 아닌 둘째 계열 『백두산』 텍
스트를 연구대상으로 한 것이기 때문이다. 1955년판 텍스트를 활용하
고 있는 김경숙의 연구에서는 이 구절을 포함한 「4장 5절」를 인용하면
서도 "빨치산의 '근간'도 '힘'도 모두 '민중' 속에 있을을 역설한다."
"민중에 바탕을 둔 김 대장의 사상이 표현되고 있는 것이다."라고 하
여 이 구절에 명백히 제시되어 있는 구체적인 소련 빨찌산과의 관계와
영향을 해석하지 않고 있다.[20] 이와 같이 이 구절을 포함하여 앞에 인
용한 구절에서도 보았듯이, 이 연구가 1955년판 텍스트를 활용하면서
도 다른 두 계열의 텍스트와의 의미 있는 차이를 인식하지 못하였기
때문에 빚어진 결과라고 판단하지 않을 수 없는 사항이 되는 것이다.

5) 7장 6절

"조선아! 우리 오리라!
인민이 살아 있거든
우리의 힘은 크다!
또 우리뿐이 아니다!
피압박민족의 구호자
쏘련이 세기의 앞장에 섰고
우주의 세 륜리 세우니
정의의 검이
침략의 목 우를 내려치리라!
불의를 소탕하리라!

---

19 김지선, 앞의 논문, 46쪽에서 인용하고 46 − 47쪽에서 그렇게 해석하고 있다.
20 김경숙, 앞의 책, 193쪽에서 인용하고 194쪽에서 그렇게 해석하고 있다.

신세기의 태양이 북에서 비치노니
우리 애국의 기개를 살려
해방 투쟁의 불길을 높이리라!

―「7장 6절」 부분

1955년판 텍스트에서 이렇게 되어 있는 구절이, 둘째 계열인 1986년판·1987년판(남한 1989년판) 텍스트에서는 다섯 행이 삭제되어 ""조선아! 우리 오리라! / 인민이 살아 있거든 / 우리의 힘이 크다! / 정의의 검이 / 침략의 목 우를 내려치리라! / 불의를 소탕하리라! / 우리 애국의 기개를 살려 / 해방 투쟁의 불길을 높이리라!"로 되어 있고, 셋째 계열인 1995년판·2004년판 텍스트에서는 한 행이 삭제되어 ""조선아! 우리 오리라! / 인민이 살아 있거든 / 우리의 힘이 크다! / 또 우리뿐이 아니다! / 피압박민족의 구호자 / 쏘련이 세기의 앞장에 섰고 / 우주의 세 륜리 세우니 / 정의의 검이 / 침략의 목 우를 내려치리라! / 불의를 소탕하리라! / 우리 애국의 기개를 살려 / 해방 투쟁의 불길을 높이리라!"로 되어 있는 것이다. 그래서 상당한 의미의 차이가 발생하고 있다. 1955년판 텍스트에서는 소련을 "피압박민족의 구호자"로 명명하고 "우리뿐이 아니"라고 하여 소련과 조선 인민과의 연대와 소련의 역할이 부각되어 있다면, 둘째 계열인 1986년판·1987년판(남한 1989년판) 텍스트에서는 이 내용을 전혀 읽을 수 없는 것이다. 따라서, 이 둘째 계열의 텍스트를 연구대상으로 한 연구인 임헌영, 김재홍, 백지연, 김지선의 연구는 이러한 해석의 한계 속에서 이루어질 수밖에 없는 것이 된다.

6) 에피로그(맺음시)

두만강 물결이
포격에 솟아 구름을 헤치고
준령에 올라선 붉은 별 땅크
치명의 철화를 왜적에게 내뿜을 때
떨어졌던 태양이
이 나라에 다시 솟았다!
…(중략)…
동서에서 침략을 뒤부신
온 누리에 빛을 준
포연 탄우를 지나온
쏘베트 해방군을 맞이했다
내 그때―
이 나라 백성이 그렇게 그리던
나의 참된 아들―
나의 량심이고 나의 의지인
나의 신념이고 나의 희망인
나의 빨찌산
김 대장을 맞이했다
순선이도 꽃분이도 맞이했다
…(중략)…
독립의 터를 닦는 인민을 본다
민전의 선두에 선 김 대장을 본다
친선의 정성이 어엿한 큰 손길―
쏘베트의 손길을 본다

―「에피로그(맺음시)」 부분

1955년판 텍스트에서 이렇게 되어 있는 구절이, 둘째 계열인 1986년판·1987년판(남한 1989년판) 텍스트에서는 두 행이 삭제되고 두 행이 수정되어 "두만강 물결이 / 포격에 솟아 구름을 헤치고 / 준령에 올라선 항일 빨찌산 / 치명의 철화를 왜적에게 내뿜을 때 / 떨어졌던 태양이 / 이 나라에 다시 솟았다! / …(중략)… / 동서에서 침략을 뒤부신 / 온 누리에 빛을 준 / 포연 탄우를 지나온 / 만고의 빨찌산을 맞이했다 / 내 그때- / 이 나라 백성이 그렇게 그리던 / 나의 참된 아들- / / 나의 량심이고 나의 의지인 / 나의 신념이고 나의 희망인 / 나의 빨찌산 / 김 대장을 맞이했다 / 순선이도 꽃분이도 맞이했다 / …(중략)… / 독립의 터를 닦는 인민을 본다 / 민전의 선두에 선 김 대장을 본다"로 되어 있고, 셋째 계열인 1995년판·2004년판 텍스트에서는 세 행이 수정되어 "두만강 물결이 / 포격에 솟아 구름을 헤치고 / 준령에 올라선 항일 빨찌산 / 치명의 철화를 왜적에게 내뿜을 때 / 떨어졌던 태양이 / 이 나라에 다시 솟았다! / …(중략)… / 동서에서 침략을 뒤부신 / 온 누리에 빛을 준 / 포연 탄우를 지나온 / 쏘베트 군대를 맞이했다 / 내 그때- / 이 나라 백성이 그렇게 그리던 / 나의 참된 아들- / 나의 량심이고 나의 의지인 / 나의 신념이고 나의 희망인 /나의 빨찌산 / 김 대장을 맞이했다 / 순선이도 꽃분이도 맞이했다 / …(중략)… / 독립의 터를 닦는 인민을 본다 / 민전의 선두에 선 김 대장을 본다 / 친선의 정성이 어엿한 / 쏘베트의 손길을 본다"로 되어 있다. 1955년판 텍스트에서는 "준령에 올라선" 존재가 소련군이며 따라서 소련군은 "해방군"으로까지 명명되어 있다. 여기서 주목해야 할 것은 "쏘베트 해방군을 맞이했다 / …(중략)… / 김 대장을 맞이했다 / 순선이도 꽃분이도 맞이했다"라는 구절과 "독립의 터를 닦는 인민을 본다 / 민전의 선두에 선 김 대장을 본다 / …(중략)… / 쏘베트의 손길을 본다"라는 구절이다. 이 두 구절은 다

병렬식 구절 형식을 띰으로써 순선이·꽃분이로 표상되어 있는 인민과 김대장인 김일성 그리고 친선의 해방군 소련의 관계를 함축적으로 보여주고 있기 때문이다. 1955년판 텍스트에서는 해방 후 "독립의 터를 닦는 인민", 그 인민의('민전'은 인민 앞이라고도 해석할 수 있고, 뒤에서 언급하겠지만 해방기 인민전선인 '민주주의민족통일전선'의 약자로 사용된 '민전' 그것으로도 해석할 수 있다) "선두에" 있는 김일성 그리고 후원자로서 소련의 관계를 명백하게 제시하고 있는 것이다. 이에 비해 둘째 계열인 1986년판·1987년판(남한 1989년판) 텍스트에서는 아예 인민−김일성과 연관되는 소련의 관계와 역할은 전혀 읽을 수 없는 텍스트가 되고, 셋째 계열인 1995년판·2004년판 텍스트에서는 소련의 관계와 역할이 축소되어 있는 텍스트가 되는 것이다. 김지선의 연구에서 이 부분을 포함한 구절을 인용하면서 "『백두산』에서 제시하는 해방의 주역은 크게 세 부류로 나눌 수 있다. 첫째는 김일성으로 표상되는 김대장이며, 둘째 철호로 표상되는 빨찌산들, 셋째 민중의 표상이 되는 꽃분이다."라고 해석한 것은 이 연구가 1955년판의 첫째 계열『백두산』텍스트가 아닌 둘째 계열『백두산』텍스트를 연구대상으로 한 것이기 때문이다.[21] 1955년판 텍스트를 활용하고 있는 김경숙의 연구에서는 이 구절을 포함한 「에피로그(맺음시)」를 인용하면서 "이 나라에 '빛'을 주고 '해방'을 준 것은 '쏘베트 해방군'과 항일 '빨찌산'−김대장, 순선이, 꽃분이 등−이며, 소련 해방군과 더불어 이 땅에 돌아온 항일 빨치산이야말로 '나의 참된 아들' '나의 량심', '나의 의지' '나의 신념' '나의 희망'이라고 대답하다."라고 해석하고 있다.[22] 여기서는, 앞의 다른 구절에서와는 달리, 소련군과의 관계와 역

---

21 김지선, 앞의 논문, 79−80쪽에서 인용하고 80−81쪽에서 그렇게 해석하고 있다.
22 김경숙, 앞의 책, 332쪽에서 인용하고 333쪽에서 그렇게 해석하고 있다.

할을 포함하여 해석하고 있다.

7) 텍스트 전체

이상에서 살펴본 바와 같이, 첫째 계열인 1955년판『백두산』텍스트의 의미관계는 '인민－김일성－소련'의 연대 속에서 파악할 수 있는 것이 된다. 그런데, 둘째 계열인 1986년판・1987년판(남한 1989년판)『백두산』텍스트는 '인민－김일성'의 연대 속에서만 그 의미를 파악할 수 있는 텍스트이며, 셋째 계열인 1995년판・2004년판『백두산』텍스트는 '인민－김일성'의 연대에서 의미를 파악하되 소련과의 관계는 상당히 약화되어 있는 텍스트인 것이다. 이와 같이, 둘째 계열인 1986년판・1987년판(남한 1989년판)『백두산』텍스트를 활용하고 있는 임헌영・김재홍・백지연・김지선의 연구는 근본적으로 해석의 제한을 가질 수밖에 없는 연구가 된다. 그리고 김경숙의 연구는 첫째 계열인 1955년판『백두산』텍스트를 활용하고 있음에도 불구하고 텍스트들의 의미의 차이에 대한 인식을 갖지 못한 상태에서 행한 연구로 파악하지 않을 수 없다. 이것을 도표를 제시하면 다음과 같이 설명할 수가 있다.

1) 첫째 계열
(1955년판)

2) 둘째 계열
(1986년판・1987년판・남한 1989년판)

3) 셋째 계열
(1995년판・2004년판)

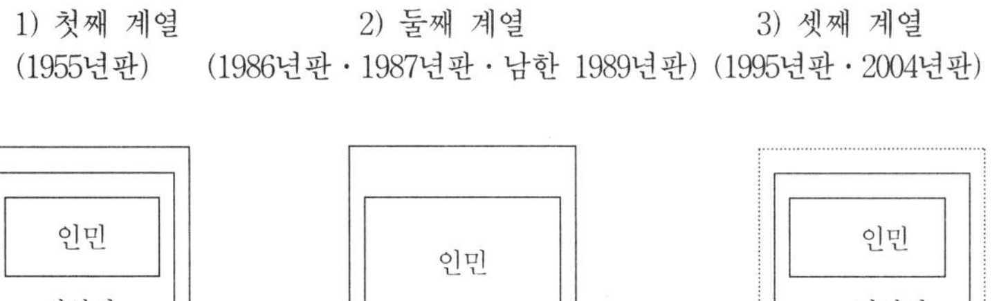

‘인민－김일성’의 연대는 모든 텍스트에 공통적인 사항이다. 여기서 ‘인민－김일성’의 연대를 연결하는 존재는 ‘항일 빨찌산’이 된다. ‘인민’을 중심에 두고 ‘김일성’을 다음에 두어 표시하고 ‘소련’은 그다음에 두어 표시하는 것이 모든 사항을 잘 설명하는 방법이므로 위의 도표에서 그렇게 한 것이다. 그리고 셋째 계열에서 점선은 관계의 약화된 모습을 드러내기 위한 것이다. 이 도표를 활용하여 앞에서 살펴본 『백두산』에 대한 대표적인 연구를 검토해보면 다음과 같이 파악할 수 있다. 둘째 계열을 연구대상으로 한 연구부터 살펴보기로 한다. 임헌영의 연구는 ‘인민－(항일 빨찌산)－김일성’의 연대에서 ‘인민－(항일 빨찌산)’의 연대에 초점을 두고 있는 연구가 된다. 김재홍과 백지연의 연구는 ‘인민－(항일 빨찌산)－김일성’의 연대에서 ‘인민－(항일 빨찌산)’의 연대에 강조점을 두면서 이를 김일성까지 비중을 두어 연결시킨 연구가 된다. 김지선의 연구는 ‘인민－(항일 빨찌산)－김일성’의 연대를 균등하게 살펴보고 있는 연구가 된다. ‘인민－김일성－소련’의 연대는 첫째 계열에서 확연히 드러나는데, 여기서 ‘김일성－소련’을 연결하는 데 가장 부각되는 존재는 ‘소련 빨찌산’이다. ‘인민－김일성－소련’의 연대는 셋째 계열에서는 소련과의 연대가 약화된 모습을 띠며 부분적으로 드러난다. ‘인민－김일성－소련’의 연대가 확연하게 드러나는 첫째 계열을 연구대상으로 한 김경숙의 연구는 ‘인민－김일성’의 연대에 강조점을 두면서 약화된 모습이긴 하지만 부분적으로 소련까지 연결시킨 연구가 된다.

이제, 삭제와 수정이 되지 않아 ‘인민－김일성－소련’의 연대가 확연하게 드러나는 첫째 계열인 1955년판 『백두산』을 북한정치사와의 상관성에서 살펴볼 차례이다. 이때 무엇보다도 중요하게 다루어야 하는 구절은 첫째 계열에서는 다 포함하고 있지만 둘째 계열이나 셋째 계열에서는 삭제와 수정된 구절들이 되는 것이다.

3. 1955년판 『백두산』과 북한정치사와의 상관성

3-1. 김일성의 항일무장투쟁과 『백두산』에서 형상화된
항일무장투쟁

1) 실제의 김일성 항일무장투쟁

『백두산』에 형상화된 김일성의 항일무쟁투쟁을 살펴보기 전에, 실제 이루어진 김일성의 항일무장투쟁을 살펴볼 필요가 있다. 『백두산』이 비록 문학작품이라고 하더라도 그 내용이 실제의 항일무장투쟁을 다루고 있어 북한에서는 실제 사실 그대로 받아들여질 뿐만 아니라 이런 과정 자체가 정치적 의도와 효과를 지닌 것으로 해석할 개연성이 크므로, 먼저 실제의 항일무장투쟁을 살펴본 다음 『백두산』에 형상화된 김일성의 항일무장투쟁을 살펴보아 이 둘을 서로 비교·검토해서 해석의 바탕을 삼아 그 정치적 의도와 효과를 해석해 나가는 것이 순서일 것이다.

항일무장투쟁은 1931년 일제의 만주 침략으로 야기된 만주사변을 계기로 본격화되어 조선인과 중국인의 연합형태로 해방 직전까지 그 형태와 방법을 달리하면서 지속되었던 투쟁이다. 이 항일무장투쟁은 만주 지역에서 전개되었으나 특히 중요한 의미를 갖는 지역은 동만(東滿: 간도)지역이었는데, 김일성을 비롯한 항일유격대 출신의 핵심 지도인사들 대부분이 바로 이 지방을 중심으로 대일항전을 전개하였던 것이다.[23]

하지만, 당시 항일무장투쟁을 하던 김일성 휘하 부대는 조선 공산주의 운동을 위해서도 복무하였지만 중국공산당의 항일무장투쟁의 연장선상에서 활동한 것이기도 하였다. 만주사변 후 김일성은 각지에 조직된 중국공산당 지휘하 적색유격대의 하나로 참가하였는데, 문헌에는 1935년 2월 동북인민혁명군 제2로군 제2독립사 제1사단 제3지대장으로 처음 이름이 등장한다.[24]

그리고, 김일성의 항일무장투쟁이 차지하는 비중 또한 당시 무정 · 김두봉 · 박헌영 등 당내의 영향력 있는 공산주의자와 비교해서 특별히 독보적인 위상과 역할을 지닌 것이라고 할 수는 없었다. 무정 · 김두봉 · 최용건 등은 해방정국에서 김일성에 비견되는 지도력을 확보하고 있었다. 당시 신민당의 지도자였던 무정은 북한에서 김일성에 필적할 수 있는 항일무장투쟁을 전개했으며 중국공산당 지도부와 긴밀한 연계를 가진 유일한 지도자였다. 그리고, 미국의 정보기관은 무정의 귀국을 한국의 "정권을 장악하기 위해 선발된" 중국 공산주의자로 보았으며 해방정국에서 이 무정은 "김일성 · 최용건과 더불어" "가장 위대한 항일투사"라고 평가받은 것이다.[25]

따라서, 당시 항일무장투쟁을 하던 김일성 휘하 부대는 북한의 주장처럼 유일무이한 항일무장조직이 아니었으며 그 세력 역시 북한이 주장하는 만큼 그렇게 일제에 위협적인 존재는 아니었다. 이른바 1937년에 있은 보천보(普天堡) 전투를 승리로 이끌어 김일성의 이름을 널리 알리게 되는 계기가 되었지만, 사실 보천보 전투는 실제보다도 그 심리적 효과가 더 크게 발생한 전투인 것이다. 보천보 즉 보천면 보전

---

23 최성,『북한정치사』, 풀빛, 1997., 49 - 50쪽.
24 위의 책, 55쪽.
25 위의 책, 53쪽.

(堡田)은 압록강이 흘러들어오는 가림천(佳林川)에 면한 작은 시골도
시로 당시에 여기에는 일본인이 26호에 50명, 조선인이 280호에
1,323명, 중국인이 2호에 10명 등 합계 308호에 1,383명이 거주하고,
5명의 경찰만이 주재소에 거주하였다. 그런데, 이 보천보에서 20km
거리에 중요 도시 혜산진이 있었기 때문에 지역적으로 중시될 소지가
상당히 있는 곳이었다. 보천보 전투는 김일성 부대만이 아니라 동북항
일연군 제2로군 조·중 연합군에 의해 행해진 일련의 작전의 하나였
다.[26] 그런데, 보천보 전투의 승리는 1936년 조국광복회 결성 후 최초
의 국내진공작전의 성공이라는 점에서 그 승리는 짧은 시간 내에 그
소식이 조선의 중요 지역에 전파될 수 있었고 이에 따라 실제에 비해
심리적인 효과가 크게 발생한 전투라고 볼 수 있는 것이다.[27] 다른 공
산주의 무장조직에 비해 보천보 전투 등 투쟁적 성과가 상대적으로 우
월했지만 북한이 주장하는 김일성의 혁혁한 성과는 상당 부분 미화되
거나 과장된 것으로 봐야 하는 것이다.[28]

2)『백두산』에 형상화된 김일성의 항일무장투쟁과 그 정치적 효과

　조기천의『백두산』은 발표된 1947년 그때 제1회 '북조선 예술축전'
에서 1등상을 차지한 작품인데, 이때 1등 상명을 '스탈린상'을 본따
'김일성상'으로 하려 했으나 김일성이 아직 완전한 최고 권력자가 되
지 않은 상태라 시기상조라 하여 성사되지 못한 바 있다.[29] 여기서도
소련과 김일성의 밀착 관계를 엿볼 수 있다. 보다 중요한 것은 김일성

---

26 와다 하루끼, 이종석 역,『김일성과 만주항일 전쟁』, 창작과 비평사, 1992., 156－162쪽.
27 위의 책, 157－158쪽. 한국정치연구회,『북한정치론』, 백산서당, 1989., 123쪽.
28 최성, 앞의 책, 48쪽.
29 이기봉,『북의 문학과 예술인』, 사사연, 1986,. 221쪽.

이 명실상부한 최고 권력자가 되는 과정 속에『백두산』이 일정 역할을 했다는 점이다. 김일성이 아직 완전한 최고 권력자가 되기 이전인 1947년에 당 기관지『로동신문』에 하루에 2백여행, 3백여행씩 10여회 연재된 조기천의『백두산』은 각 대학 뿐만 아니라 각 공장과 농촌의 문학 서클에서도 교재로 사용되었고, 1947년 당시라면 너무도 엄청난 20만부가 발행되어 품절이 될 정도로 폭발적으로 수요되었다.[30] 파급 효과가 큰 만큼 정치적인 효과도 컸다고 보지 않을 수 없는 것이다.

가) 김일성 항일무장투쟁의 과장된 형상화와 그 정치적 효과

조기천의 서사시『백두산』은「머리시」,「본시」'제1장－제7장',「에피로그(맺음시)」로 구성되어 있는데,「머리시」는 시간적으로는 현재로『백두산』이 발표된 시기인 해방기 상황을 배경으로 하여「본시」'제1장－제7장'을 드러낼 수밖에 없는 당위성을,「본시」'제1장－제7장'은 과거를 시간적 배경으로 하여 김일성을 배후 주인공으로 한 항일무장투쟁에 대한 형상화를,「에피로그(맺음시)」는 해방기 현재를 시간적 배경으로 하여 내다본 미래에 대한 전망을 드러내고 있는 것으로 정리할 수 있다.[31]

이렇게 본다면, 비록「본시」'제1장－제7장'에서 김일성이 배후 주인공으로 형상화되어 있지만 작품 전체의 구성으로 보면 김일성이『백두산』의 정점이 되는 것이다. 조기천의『백두산』에서 김일성이 전면에 드러나지 않은「본시」의 어떤 장이라 할지라도 김일성은 그 배후에서 "등장인물들을 지배하는 보이지 않는 손이자 숨은 주인공의 역

---

30 이기봉, 위의 책, 221쪽.
31 리정구,「시인 조기천의 창작의 특징과 의의 － 그의 1주기를 제하여「조기천 연구」의 일부로서－」,『문학예술』, 1952.7., 127쪽.

할”을 한다.[32] 「본시」 '제1장-제7장'에서 항일무장투쟁을 형상화하면서 김일성을 배후 주인공으로 삼은 것을 하나의 미학적이고 정치적인 전략으로 봐야 하는 것이다.

「본시」 '제1장-제7장'에서 형상화되고 있는 보천보 사건을 비롯한 항일무장투쟁은 그 자체가 형상화의 목적이 아니라 그 투쟁의 배후에 존재하는 "김일성 장군의 위업과 그에 안바침된 고상한 애국주의 사상을 일반화"하고 있는 것이다. 『백두산』은 북한의 "과거와 현재 그리고 미래의 운명을 자체 속에 체현한 민족적 영웅의 형상"으로서 김일성을 형상화한 작품으로, "김일성 장군의 혁명적 위업에 대한 시인의 높은 정치적 평가로서 침투"되어 "고상한 사실주의의 예술적 요구에 하나의 훌륭한 해결 표시"를 한 것에 해당하는 것이다.[33] 「머리시」에서 김일성의 형상을 백두산의 호랑이로 비유한 것도 고상한 사실주의에 따른 "사실주의적 예리화에 복무하는 시인의 낭만적 수법"인 것이다.[34] 고조선 신화에서부터 정착된 백두산 중심의 국토개념을 염두에 둘 때, 백두산과 김일성의 항일무장투쟁을 결부시킨 것은 김일성의 영웅화로 해석할 소지가 상당히 큰 것이다.[35] 백지연은 『백두산』에 담긴 김일성의 영웅화 작업을 "이후 주체문예이론을 뿌리로 하여 구축되는 북한문학의 정통성을 암시하는 단초가 되는 것으로" 보고 있다.[36]

그런데, 이러한 고상한 사실주의(리얼리즘) 자체가 해방기에 김일성과 그의 정치적 역정을 부각시키기 위한 정치적 의도를 배후에 깔고

---

32 오성호, 「북한 시의 형성과 전개」, 『북한문학의 이해』, 국학자료원, 2002., 94쪽.

33 엄호석, 「조선문학에 나타난 김일성장군의 형상」, 『문학예술』, 1950.5., 22쪽, 28쪽.

34 엄호석, 「생활의 체험과 창작 빠포쓰」, 『조선문학』, 1958.12., 491쪽.

35 김열규, 「북한문학의 특성과 남북문화 교류의 전망」, 『문학사상』, 1989.6., 117-118쪽.

36 백지연, 「항일 투쟁의 영웅화사와 민중적 연대-조기천의 『백두산』을 중심으로」, 김종회 편, 『북한문학의 이해』, 청동거울, 1999., 314쪽.

미학적으로 제출된 것이다. '고상한 리얼리즘'이라는 창작 방법론은 궁정적 주인공론에 기초한 혁명적 낭만주의로서의 사회주의 리얼리즘에 가까운 것이며 이후 북한 문학을 규정하는 중요한 틀이 된다. 그런데, 이것은 1946년 11월의 건국 사상 총동원 운동을 제기한 김일성의 연설과 연관된 것으로 1947년 3월 28일에 열렸던 북조선 노동당 중앙위원회 상무위원회 제29차 회의에서 결정된 것이다. 또한, 조기천의 서사시『백두산』도 건국 사상 총동원 운동을 제기한 김일성의 연설이 있고 난 다음인 1946년 말부터 준비되어 온 것이다.[37]

이와 같은 정치적인 의도에 따라 제출된 고상한 사실주의에 입각하여 조기천의『백두산』에서 이루어진 김일성에 대한 형상화는 과장될 수밖에 없었으며, 이에 따라『백두산』의「본시」'제1장 – 제7장'에 형상화된 그의 항일무장투쟁도 상당한 과장으로 형상화되고 있는 것이다. 김일성 항일무장투쟁의 핵심이 되는 보천보 전투가 사실 김일성 부대만이 아니라 동북항일연군 제1로군 조·중 연합군에 의해 행해진 일련의 작전의 하나였음에도 불구하고, 중국과의 연합이 은폐되어 김일성 부대의 독자적인 것으로 그려져 있을 뿐만 아니라 김일성이 당시에 중국 공산당의 휘하에 소속되어 있었음에도 불구하고 최고 권력의 지도자로 과장되어 부각되고 있는 것이다.[38]

따라서, 조기천의『백두산』에 과장되게 형상화된 김일성의 항일무장투쟁은 해방기 실제 북한 권력의 정통성 확보에 상당한 역할을 한 것으로 파악된다. 다시 말하면, 김일성은 권력의 정통성 확보에 자신의 항일무장투쟁을 전면에 내세웠는데, 조기천의『백두산』이 바로 여

---

37 김재용,「초기 북한 문학의 형성과정과 냉전 체제」,『북한문학의 역사적 이해』, 문학과 지성사, 1994., 95쪽, 103쪽.

38 와다 하루끼, 이종석 역, 앞의 책, 156 – 162쪽. 신형기·오성호,『북한문학사』, 평민사, 2000., 99쪽.

기에 일조를 한 것이 된다.

앞에서도 언급했듯이, 조기천『백두산』의「본시」'제1장－제7장'은 김일성을 배후 주인공으로 한 항일무장투쟁에 대한 형상화가 이루어져 있는 부분이다. 이 항일무장투쟁은 당시 조선과 중국의 연합형태였으며 김일성은 중국 공산당의 휘하에서 참여한 것이다. 그런데, 조기천의『백두산』의「본시」'제1장－제7장'에서는 이와는 달리 소련의 역할이 상당히 부각되어 있는데, 이는 주목을 요하는 요소가 된다.

앞에서 살펴본 바와 같이 1955년판『백두산』에는, 4장 2절에서 "쏘련의 빨찌산－ / 차빠예브, 쏠쓰, 라소… / 그들은 이렇게 싸웠다!"와 "또 북에 있는 자유의 나라 정의의 나라"라는 구절이 제시되어 있고 4장 5절에서 "민중과 혈연을 한가지 한 / 쏘련 빨찌산을 우리 잊었는가?"라는 구절이 제시되어 있으며 7장 6절에서 "또 우리뿐이 아니다! / 피압박민족의 구호자 / 쏘련이 세기의 앞장에 섰고/ 우주에 새 륜리 세우니"가 제시되어 있다. 이로써 조기천의『백두산』에서 김일성 부대의 항일무장투쟁이 소련의 빨찌산을 모범으로 하고 나아가 그들과 연대하여 활동한 것으로 그려져 있으며 소련 또한 일제강점기에 이루어진 항일무장투쟁 당시 "자유의 나라 정의의 나라", "피압박민족의 구호자"의 표상으로 발화되고 있음을 확인할 수 있다. 이것은 김일성 부대의 항일무장투쟁 시기의 실제 사실과는 다른 사항인 것이다. 이는 다름 아닌 조기천의『백두산』이 발표된 시점인 1946년 말 1947년 초 해방기에 김일성의 후원세력이 바로 소련인 점을 감안할 때에 해석할 수 있는 사항이 된다. 그것은 바로 당시 소련의 후원을 받고 있는 김일성의 정치적 입지를 강화시키기 위하여 소련이 일찍이 일제강점기에서부터 김일성의 항일무장투쟁에서 상당한 역할을 한 것으로 왜곡하여 형상화하고 있는 것으로 해석할 수 있는 사항이 된다.

3-2. 해방기 정치사와 『백두산』의 정치적 효과

1) 해방기 정치사에서의 김일성 중심의 북조선 건국 역정

가) 김일성의 부각과 소련의 역할

1930년대부터 항일무장투쟁을 하던 김일성과 그 휘하 부대는 동북항일연군의 제1로군에 소속되어 있었는데, 일제의 집중적인 탄압에 의하여 괴멸되어가는 상황이 전개됨에 따라 김일성과 그 부대원들이 자신의 안전을 위하여 1940년대 초 하바로프스키 근처의 오케얀스카야로 들어가 야전학교에서 훈련을 받게 되는 상황으로 전개된다. 그후 김일성은 1942년 여름 만주 빨치산 대원으로 구성된 특수부대 88독립여단에 소련군 대위로 배치받게 된다. 1930년대 김일성의 휘하에 전투에 참여했거나 함께 생활했던 얼마 안 되는 조선인 대다수는 김일성이 대대장으로 있었던 1대대에 소속받게 된다. 이 여단의 여단장은 당시 소련군 중좌의 계급을 갖고 있던 유명한 만주빨찌산 주보중이었다. 그후 김일성이 1945년 8월 소련군 소좌가 되어 그해 9월 부대원 60-80명을 이끌고 귀국하기까지 소련에서 실질적인 훈련을 받게 되는 것이다.[39]

김일성은 88여단 출신 조선인 장교 중에서 가장 높은 지위에 오른 인물인데, 소련 군정 당국의 입장에서 볼 때, 과거의 빨찌산 활동으로 북한에서 일정한 지명도를 갖고 있던 소련군대의 젊은 장교인 김일성이 조용한 인텔리이자 지하운동가인 박헌영이나 다른 사람들보다 '조

---

39 최성, 앞의 책, 65-67쪽.

선진보세력의 지도자'라는 자리에 어울리는 후보자였다는 점에서 소
련군정 이후 북한의 지도자로 등장할 수 있는 유리한 조건을 가졌다고
파악한 것이다.[40]

이때, 소련 점령 당국이 김일성을 지지했던 이유는 다음 세 가지로
정리할 수 있다. 첫째, 조선 공산주의 운동이 실패한 가장 커다란 원인
이 종파주의라고 파악했기 때문에 어느 파벌에도 속해 있지 않은 김일
성이 적당하다고 생각했던 점이다. 둘째, 1937년에 김일성이 함남 보
천보를 습격하였으며 그가 조직한 '갑산 공작위원회'가 후일 일본경
찰에 검거됨으로써 국내에도 이름이 알려지게 되었던 것을 일정한 능
력으로 평가했다는 점이다. 셋째, 김일성이 소련의 스탈린그라드 방위
작전에 참전하였다는 점에서 소련이 김일성을 신뢰하게 되었다는 점
이다.[41] 이리하여 김일성의 권력장악은 소련의 깊숙한 개입에 의거하
게 되는 것이다.

나) 정통성 수립과 북조선 건국을 위한 김일성의 전략과 역정

해방 이후에 조선공산당이 재건되는데 그 지도부의 면면을 살펴보
면, 책임비서에 박헌영, 정치국원에는 박헌영·김일성·이주하·무정
·강진·최창익·이승엽·권오직 등이며, 이밖에 조직국원으로 이현
상·김삼룡 등이 포함되었다.[42] 이렇게 본다면, 해방 직후에 김일성은
조선중앙당의 중요 인물에는 포함되어 있었지만 권력의 최고 핵심에
는 아직 들지를 못했던 것이다. 김일성이 권력을 장악하기까지는 일정

---

40 위의 책, 67쪽. 안드레이 란코프, 김광린 역, 『소련의 자료로 본 북한 현대정치사』, 오름,
　1995., 24쪽.
41 최상용, 『미군정과 한국민족주의』, 나남출판, 1998:3쇄., 139쪽.
42 최성, 앞의 책, 58쪽.

한 시기가 필요했고 그에 따른 점차적인 단계를 밟아감으로써 가능했던 것이다.

우선, 김일성 중심의 만주파 세력이 소련군의 후원 하에 급부상하면서 그들의 세력 확장을 위하여 원래 있던 서울의 조선공산당 중앙과는 별도의 공산 조직체를 결성한 일을 들 수 있다. 이 시기에 이루어진 미·소의 분할 점령은 별도의 공산 조직체 결성을 합리화하는 명분으로 활용되었다. 바로 소련의 분할 점령 지역을 관할할 조선공산당 북조선 분국 결성 문제를 토의하기 위한 회의가 필요했는데, 그것이 바로 1945년 10월 개최된 '서북 5도 당 책임자 및 열성자 대회'였다. 이 대회의 결과, 김일성 세력과 이를 후원하는 소련의 의사에 부합하는 '조선공산당 북조선 분국'이 설치되었다.[43] 그런데, 후에 북한에서는 이 '조선공산당 북조선 분국'이라는 명칭 대신에 '북조선공산당 조직위원회'라는 명칭을 사용하는데, 그 이유는 '조선공산당 북조선 북국'이 지니고 있는 (당시에 박헌영이 지도하는) 서울의 조선공산당 중앙위원회에 대한 종속관계를 감추기 위한 의도인 것이다.[44]

'서북 5도 당 책임자 및 열성자 대회'에서, 분국의 책임비서로 소련계이면서 해방 전에 국내에 들어와 활동하고 있던 김용범이 선출되었고, 제2비서에는 북한 국내파와 연안파를 대표하는 두 인물인 오기섭과 무정이 각각 선출되었다. 하지만, 1945년 12월 17일과 18일 양일간 개최된 조선공산당 북조선 분국 제3차 확대집행위원회에서 김일성은 건강을 이유로 사퇴한 김용범을 대신하여 책임비서를 맡게 되어, 당조직 체계 정비에 박차를 가함으로써 권력기반 확보의 일단계를 마무리 짓게 된 것이다.[45]

---

43 위의 책, 60 – 61쪽.
44 안드레이 란코프, 김광린 역, 앞의 책, 78쪽.

김일성은 조선공산당 북조선 분국의 책임비서가 되어 중앙집권적인 지도를 하면서 다른 한편 민주개혁을 통해 밑으로부터의 혁명을 결합시키는 방식으로 대중을 장악해나갔다. 다시 말해서, 이 시기 김일성의 당조직과 권력에 대한 장악방식은 전위정당의 지도성을 강조한 레닌의 엘리트주의적 조직체계와 대중들의 창의적 참여를 강조한 모택동의 대중노선을 결합한 방식이었다.[46] 이것은, 김일성이 해방정국에서 국내파 공산주의자를 비롯한 다양한 정치적 세력과의 경쟁에서 절대적이고 유일무이한 혁명전통, 즉 달리 표현하면 민중적 정통성을 확보하고자 하는 시도로 볼 수 있는 것이다.[47]

김일성은 1946년 3월에 토지개혁을 시행하여 농민이라는 광범위한 지지세력을 얻어 조선공산당 북조선 분국의 규모를 확장시킬 수 있게 되었다. 그 결과 토지개혁이 끝난 직후인 4월 초순부터 '조선공산당 북조선 분국'이라는 명칭이 '북조선공산당'이라는 명칭으로 바뀌게 되었다. 그리고 1946년 봄부터 미군정의 대대적인 탄압에 직면하게 된 남한의 '조선공산당'은 당 중앙으로서의 유명무실한 지위조차도 포기해야 하는 상황이 되었다.

1946년 2월 26일 중국에서 모택동의 중국공산당과 함께 항일투쟁과 동시에 중국혁명에 참여했던 한인 공산주의자들, 즉 무정·김창만·허정숙·박일우·김두봉·최창익·한빈 등 이른바 연안파 공산주의자들은 그들의 조직인 '독립동맹'을 정당의 형태로 바꾸어 그 명칭을 '조선신민당'으로 정했다. 그리고 7월 29일 이 신민당 위원장인 김두봉이 공산당 책임비서인 김일성에게 제청하는 형식으로 양당 합당

---

45 최성, 앞의 책, 61쪽.
46 위의 책, 62−64쪽.
47 위의 책, 56쪽.

을 위한 연석중앙확대위원회가 열려 합당이 결정되고 '8월 28일 '북조선로동당 창립대회'가 개최되었다.[48]

하지만, 그때까지도 김일성은 권력의 최고 핵심에는 완전하게 이르지 못한 것으로 파악된다. 1946년 8월 31일에 개최된 조선로동당 중앙위원회 제1차 회의에서 비밀투표로 선출된 당 위원장에 연안파의 김두봉이 선출되었고, 김일성과 국내파의 주영하는 부위원장에 선출되었다. 그리고 소련계 한인인 허가이와 연안파의 최창익이 정치위원으로 선출되었다. 이러한 인적 구성은 엄격하게 말하면, 해방기에서 각 정치세력의 비중을 의미하는 것이고, 이를 소급시켜 본다면, 일제강점기 시대 이루어진 일제에 대한 좌파의 저항운동의 상징적 지도력과 조직적 기반을 어느 정도 반영하는 것이라 할 수 있는 것이다.[49]

그렇더라도, 김일성은 그 이면에서 이미 권력의 최고 핵심이 될 것으로 예정되어 있었는데, 그것은 김일성이 핵심이 되어 결성한 이른바 '민전(민주주의민족통일전선)'이 북한정치사의 변화과정에서 수행한 막강한 역할을 한 때문이라고 볼 수 있는 것이다. 당시 '민전'을 결성하는 과정에서 김일성은 '자원성(자발성)의 원칙'과 함께 '제 민주정파의 공동노력'을 대단히 강조하였다. 특히 1946년 7월 「북조선 민주주의민족통일전선 각급 위원회 결성에 대한 보고」에서 김일성은 "새 조선의 민주과업은 결코 어떤 1개 정당 단독의 힘으로써 완성되는 것이 아니고, 제 민주주의정당·사회단체 공동의 노력과 통일적인 분투로써만 가능한 것"이라고 역설하였던 것이다.[50]

토지개혁을 통한 기층민중과의 대중적 토대의 구축이 하층 통일전

---

48 위의 책, 75쪽.
49 위의 책, 54쪽.
50 위의 책, 76－77쪽.

선이라면, 신민당을 비롯한 각종 민주세력과의 정치적 통합은 상층 통일전선의 일환으로 볼 수 있는 것이다. 이 과정에서 김일성 세력이 획득할 수 있는 정치적 효과는 만주지역의 항일무장투쟁세력이라는 지역적으로 협애한 정통성의 기반을 더욱 확장시켜 해방 이후 반제반봉건을 지향하는 모든 민주세력의 총집결체로서의 위상을 확보하는 데 있었다. 이를 위해 결성된 통일전선체가 다름 아닌 바로 '민전'인 것이다.[51]

그 후, 만주 출신의 항일빨찌산 계열이 지도그룹으로 등장할 당시인 1948년 2월에 김일성은 소련 군정의 도움에 힘입어 조선인민군을 창설하게 되어 명실상부한 최고 권력의 핵심이 되었다. 더욱이 항일무장투쟁세력으로서 독자적인 무장력을 지니고 있었던 김원봉이 연안에서 이끌고 온 조선의용군을 무장 해제시킴으로써 김일성은 더욱 강력한 권력적 토대를 확보하게 되었던 것이다.[52]

이리하여, 김일성은 소련 군정의 강력한 후원을 배후로 하여 토지개혁을 통해 민중적인 정통성을 확보해나가고 통일전선체의 결성과 전개를 통해 정치적인 위상을 제고시킴으로써 무혈혁명을 통한 권력장악에 상대적으로 손쉽게 성공할 수 있었다. 여기에다가 그 과정에서 항일무장투쟁의 신화적 전설과 상대적 정통성이 가미되면서 그의 지도력이 확장되어 나갔던 것이다.[53]

2) 『백두산』의 해방기 형상화와 그 정치적 효과

가) 해방기 김일성 형상화와 그 정치적 효과

---

51 위의 책, 76쪽.
52 위의 책, 72쪽.
53 위의 책, 73쪽.

앞에서도 언급했듯이, 조기천의 『백두산』에서 「머리시」와 「에피로그(맺음시)」의 시간적 배경은 『백두산』이 발표된 당시인 해방기이다. 이 부분에서 김일성이 어떻게 형상화되어 있고 그것의 정치적 효과는 무엇인지 하는 점은 일제강점기에 이루어진 김일성의 항일무장투쟁의 형상화와 그 정치적 효과와는 일단 구분할 수 있는 사항이 되는 것이다.

『백두산』의 「머리시」에 드러나 있는 구절 "해방된 이 땅에서 / 뉘가 인민을 위해 싸우느냐? / 뉘가 민전의 첫머리에 섰느냐? / …(중략)… / 백두의 주인공 삼가 그리며"에서 『백두산』의 시인 조기천이 해방기에서 북한의 최고 지도자가 누가 되어야 하는지 그 물음과 대답을 간접적으로 제시하고 있는 것을 알 수 있다. 앞에서 살펴본 바와 같이, 해방기에 김일성은 인민전선을 적극적으로 개진하고 '민전(민주주의민족통일전선)'의 결성과 전개에 앞장을 선 인물이다. 그리고 『백두산』의 「머리시」에 제시되어 있고 앞에서도 언급했듯이 "백두의 주인공"은 다름 아닌 바로 김일성을 일컫는 것이다. 조기천은 『백두산』의 「맺음시」에 드러나 있는 "오늘은 독립의 터를 닦는 인민을 본다. / 민전의 선두에 선 김대장을 본다"라는 구절을 통해 이러한 사항을 직접적으로 드러내고 있다. 인민전선을 개진하고 민전에 앞장 선 김일성이 있어서 "독립의 터"를 닦을 수 있다는 것이다.

그리하여 김일성은 북한 정권의 생래적 정통성으로서 항일무장투쟁의 경험을 들면서 이를 북한 권력구조의 민중적 정통성 확보의 원천으로 삼고자 하여 '항일유격대식 사업'을 전개해 혁명적 군중노선과 같은 새로운 영도방법을 창출시키면서 다른 한편으로는 일제하 공산주의운동에 있어서 종파주의의 해독성을 강조하면서 자신을 중심으로 한 독점적인 절대적 권위를 다져갔던 것이다.[54]

나) 해방기 소련 형상화와 그 정치적 효과

『백두산』에서 「머리시」와 「에피로그(맺음시)」의 시간적 배경은『백두산』이 발표된 당시인 해방기이다. 이 부분에서 소련이 어떻게 형상화되어 있고 그것의 정치적 효과는 무엇인지 하는 점은 앞에서 살펴본 김일성의 항일무장투쟁 시기에 이루어진 소련의 형상화와 그 정치적 효과와는 일단 구분할 수 있는 사항이 되는 것이다. 앞에서 제시한 바 있듯이, 「머리시」에서 소련에 대해 형상화하고 있는 구절은 "이제 북국의 의로운 전사들이 / 사선에 올랐던 이 나라에 / …(중략)… / 쏘련 용사 이 땅에 해방의 기호치던 / 장백에 솟은 이름모를 그 바위"이다. 여기서, "북국"은 두말할 나위 없이 소련을 가리킨다. "쏘련 용사 이 땅에 해방의 기호치던"에서 알 수 있듯이, 소련군이 이 나라의 진정한 해방을 위해 "사선에 올랐"다고 하고 있다. 그럼으로써 소련군은 "의로운 전사"가 되는 것이다. 다음, 「에피로그(맺음시)」에서 소련에 대해 형상화하고 있는 구절은 "포연 탄우를 지나온 / 쏘베트 해방군을 맞이했다 / …(중략)… / 김 대장을 맞이했다 / …(중략)… / 민전의 선두에 선 김 대장을 본다 / 친선의 정성이 어엿한 큰 손길─ / 쏘베트의 손길을 본다"이다. 여기서, 소련은 해방을 가져다 준 "해방군"이며 "친선의 정성이 어엿한" 후원세력으로 형상화되어 있다. 그리고 "맞이했다"와 "본다"의 매개어를 활용한 병렬 형식을 통해 소련군과 김일성을 연결시키고 있는 것이다. 이와 같이 하여, 소련의 역할을 최대한 부각시키고 이를 김일성과 연결시킴으로써 결국 소련의 지지를 업고 있는 김일성을 해방기의 유일한 정치 지도자로 절대화시키고 있는 것이다.

---

54 위의 책, 49─52쪽.

4. 맺음말

조기천의 서사시 『백두산』은 계열이 다른 여러 텍스트들 중에서 내용의 삭제가 없고 수정이 안된 첫째 계열의 판본인 1955년판 『백두산』을 연구대상으로 해야 의미의 관계를 빠뜨리지 않고 전체적으로 파악할 수 있다. 본론을 통해서, 첫째 계열인 1955년판 『백두산』 텍스트는 전체적으로 '인민−(항일 빨찌산)−김일성−(소련 빨찌산)−소련'의 연대 속에서 그 의미관계를 파악해야 하는 텍스트임을 확인할 수 있었다. 그리고 삭제와 수정이 상당히 되었지만 널리 연구대상으로 활용된 둘째 계열의 판본인 1986년판·1987년판(남한 1989년판)은 '인민−(항일 빨찌산)−김일성'의 연대 속에서만 그 의미를 파악할 수 있는 텍스트로서 애초부터 내용의 제한 속에서 해석할 수밖에 없는 텍스트임을 밝혔다.

세 가지로 계열화할 수 있는 조기천 『백두산』 텍스트의 의미의 차이는 북한의 정치사, 특히 북한과 소련(러시아)의 정치관계의 변화에 따른 차이에 따른 것이므로 『백두산』은 무엇보다 북한정치사와 연관하여 살펴보아야 제대로 파악할 수 있는 텍스트가 된다. 그리고 조기천의 『백두산』이 문학작품이라 하더라도 북한에서는 그 내용을 사실 그대로 받아들여졌고 이런 과정 자체가 정치적 의도와 효과를 지닌 것으로 해석할 가능성이 큰 것이다. 이에 따라, 첫째 계열인 1955년판 텍스트를 북한 정치사와 연관하여 살펴보았다. 본론을 통해서, 실제의 김일성 항일무장투쟁과 『백두산』에 과장으로 형상화된 항일무장투쟁과 왜곡으로 형상화된 소련의 역할을 비교·검토하여 그 정치적 효과를 파악하고, 실제 북한의 해방기 정치사에서의 김일성 중심의 북조선 건국 역정과 『백두산』에 형상화된 해방기 김일성과 소련의 형상화를 비교·검토하여 그 정치적 효과를 파악하였다.

이를 보면, 소련을 후원세력으로 한 김일성이 자신을 중심으로 한 항일무장투쟁세력을 건국의 주역으로 부각시키고자 하는 정치적 정략의 일환으로 『백두산』을 널리 활용하였고 조기천의 『백두산』은 바로 김일성의 상징적인 주체를 확립해 가는 데에 기여했음을 확실히 알 수 있게 된다. 이런 면에서, "북한의 시가 북한 정치의 결과가 아니라 오히려 북한 정치를 주조해 낸 동력 중의 하나라고 해야 하는 것"이라는 관점이나,[55] "이야기의 지배가 정치적 지배에 앞서 이루어졌다", "영웅 서사로서의 민족 해방 이야기가 김일성을 만들었다", "이야기가 시공간을 규정하고 그 내용이 다른 이야기와의 경합 없이 현실이 되면서 가상의 인격은 집단적 정체성의 표상이 되었다"는 관점은[56] 상당히 유용한 관점이며, 무엇보다 조기천의 『백두산』을 해석하는 데에 아주 적확한 관점이 되는 것이다.

이상의 연구결과에서, 북한의 다른 문학작품도 그 텍스트들이 간행된 시기의 정치관계에 따라 차이가 있을 수 있는 개연성과 어떤 텍스트를 연구대상으로 할 것인가 하는 텍스트 선정의 문제가 분명하게 제기된다. 그리고 북한 문학은 정치의 결과라기보다도 오히려 정치적인 효과를 수행한 텍스트로 보야 하며, 이에 따라 북한 문학에 대한 연구는 구체적인 북한 정치사와 관련하여 면밀하게 검토해야 해석의 타당성을 확보할 수 있다는 점이 부각되는 것이다.

---

55 오성호, 앞의 논문, 앞의 책, 109쪽.
56 신형기, 『민족 이야기를 넘어서』, 삼인, 2003., 6쪽, 274쪽, 51쪽.

현대시와 '재현'의 문제

1. 머리말

'재현'(representation)은 다양한 분야에서 다양한 개념으로 원용되고 있는 용어이다. 예컨대, 재현은 정치학에서는 "대의"나 "대표"로, 법학에서는 "변호"나 "대변"으로, 철학에서는 "표상" 등의 의미로 원용되고 있다. 예술에서 '재현'은 사진이나 그림으로 된 이미지처럼 어떤 대상에 대한 "대신"이나 "대리"의 역할을 한다.[1]

일찍이, 플라톤은 『국가론』(제10권)에서 이 재현 문제를 철학의 문제로 살펴본 바 있다. 그는 여기서 '이데아의 세계'와 이를 재현한 '개개의 침대' 그리고 이 침대를 재현한 그림의 수직적인 순서를 통하여, 이데아에서 두 단계 멀어진 그림과 같은 예술이 이데아를 모방하는 게 아니라 그 모방에 대한 모방에 불과하다고 하여 예술 부정론을 펼친 바 있다. 이에 비해, 아리스토텔레스는 『시학』에서 이 문제를 예술의

---

1 강내희, 「재현체계와 근대성 ─ 재현의 탈근대적 배치를 위하여」, 『문화과학』 제24호, 문화과학사, 2000. 겨울, 15쪽, 17쪽.

문제로 살펴본 바 있다. 그는 여기서, 개별적인 사실 그 자체를 드러내고 있는 역사와는 달리 시를 비롯한 예술은 사실 그 자체가 아닌 보편적이고 개연성을 있는 대상을 드러낸다고 하여 예술 긍정론을 펼치고 있다. '재현'과 관련하여, 플라톤에게 중요한 것이 '이데아'라면 아리스토텔레스에게 중요한 것은 시를 비롯한 '예술'이었던 것이다. 또한 플라톤이 예술을 사물이나 실재라는 대상에 대한 모방으로 본 것이라면, 아리스토텔레스는 예술을 사물이나 실재 그 자체가 아닌 이에 최소한의 허구적인 측면이 보태져 있는 대상에 대한 모방으로 보아 단순한 모방이 아닌 창조적 모방임을 말하고 있는 것이다.[2] 이를 도형으로 비교하여 제시하면 다음과 같이 된다.

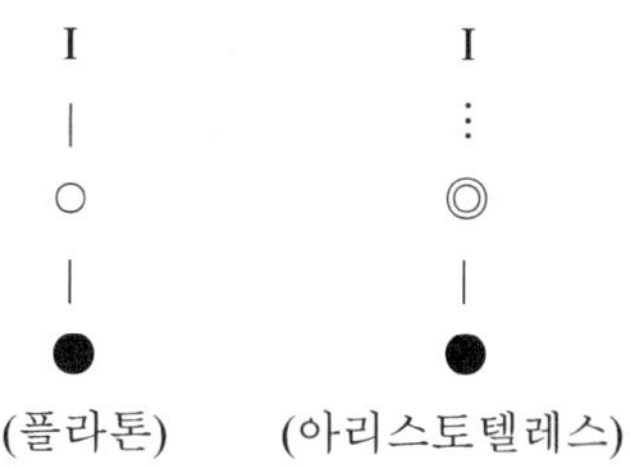

여기서, 'I'는 플라톤이 추구하고자 한 불변의 진리인 이데아를 의미하는데 이데아(Idea)의 이니셜 'I'의 모양을 가져온 것이다. '○'는 사물이나 실재 그 자체 대상을 의미하는데 대상(Object)의 이니셜 'O'

---

2 아리스토텔레스의 『시학』 내용과 플라톤의 『국가론』 제10권의 내용은, Aristoteles, 천병희 역, 『시학』, 문예출판사, 2002, 25－162쪽과 215－254쪽 참고. 그리고 이에 대한 해석은 이 책 7－21쪽과 211－213쪽 「옮긴이 서문」 참고. 윤성우, 『들뢰즈: 재현의 문제와 다른 철학자들』, 철학과현실사, 2004, 14－15쪽, 91쪽, 100쪽 참고. 그리고 박성수, 「재현, 시뮬라크르, 배치」, 『문화과학』 제24호, 문화과학사, 2000. 겨울, 40쪽에서는, '재현'이란 주어진 실재 그대로 모방되는 것이 아님을 지적하고 있다.

의 모양을 가져온 것이다. '◎'는 사물이나 실재에 덧보태어진 대상을 의미하는데 'O'에 덧보태어진 모양을 하고 있는 것이다. 앞에서 살펴본 바와 같이, 플라톤과 아리스토텔레스가 인식한 '대상'의 의미가 서로 차이가 있으므로 이를 구분한 것이다. 그리고 '●'는 예술 작품이나 텍스트를 의미하는데 외적으로 대상의 모양을 지니면서도 내적으로 채워져 있는 모양을 가져온 것이다. 플라톤은 궁극적으로 이데아를 추구하고자 한 것이므로, 도표에서 수직의 최상에 있는 'I'와 그 아래에 있는 '○'를 실선으로 연결한다. 아리스토텔레스는 궁극적으로 이데아를 추구하고자 한 것이 아니므로, 도표에서 수직의 최상에 있는 'I'와 그 아래에 있는 '◎'를 점선으로 연결한다.

그런데 플라톤과 아리스토텔레스가 제시하고 있는 예술도, 엄격한 의미에서, 그 장르가 서로 차이가 있는데 이것도 주목할 필요가 있다. 플라톤은 『국가론』에서 회화를 제시하고 있고 아리스토텔레스는 『시학』에서 문학을 제시하고 있는데, '재현'의 문제에서 회화와 문학은 본질적인 차이를 내재하고 있다. 즉 회화에서 재현은 직접적인 닮음의 문제를 포함하고 있지만, 문학에서 재현은 직접적인 닮음의 문제를 포함하지 않고 있는 것이다. 회화에서 재현이 "닮은 묘사"라면 문학에서 재현은 "간접적"인 "형상적 서술 또는 기술"로 서로 구분해서 살펴보아야 한다.[3] 재현은 이미 매개를 포함하고 있는데,[4] 예술에서는 그 형상화 매개의 차이가 있는 것이 된다. 퍼스의 기호학에 따르면, 회화는 "지각 가능한 유사성을 가지고 있는 기호"인 '도상'에 해당하고 문학은 지각 가능한 유사성이 없는 언어기호를 의미하는 '상징'에 해당한다.[5]

---

3 윤성우, 앞의 책, 8쪽, 15쪽, 25쪽.
4 강내희, 앞의 글, 앞의 책, 41쪽.

아리스토텔레스의 『시학』에서는 'mimesis'를 통하여 문학적 재현을 드러내고 있다. 그런데 여기서 'mimesis'는, 엄격한 의미에서, 행위의 문학인 비극과 서사시에 적용되는 재현으로 (서정)시는 제외되어 있다. 대개 'representation'과 같은 의미로 생각하고 있는 'mimesis'는, 엄격한 의미에서는, 비극과 서사시에 대한 재현으로 한정된다. (서정)시는 'diegesis'라는 직접 서술의 장르로, 'mimesis'에서 이 (서정)시는 제외되는 것이다.[6] 따라서, 현대시와 '재현'의 문제를 살펴보고자 하는 본 논문에서는, 좁은 의미로 'diegesis'와 대립할 수 있는 'mimesis' 보다는 대립의 짝을 둘 필요가 없는 'representatin'을 재현으로 사용하고자 한다. (서정)시는 시인의 내면세계와 사물의 외부세계가 연결되므로,[7] (서정)시에서 재현은 외부세계와 내면세계가 연결되어 있는 재현이며, 나아가 내면의 재현까지 포함하지 않을 수 없는 것이다.

현대시에서 재현의 문제를 본격적으로 다루고 있는 연구로 최승호의 『서정시와 미메시스』가 있다. 이 저서는 미메시스(mimesis)라는 용어를 확장적으로 적용하여 "낭만적 자연서정시와 전통 동양적 자연서정시에 나타나는", "주관적 정서의 내용을", "미메시스적 욕망의 관점에서 살펴보고 있다."[8] 이 연구는 현대시에서 재현의 문제를 본격적으로 다루고 있기는 하지만, 연구자가 밝히고 있듯이, 낭만적 자연서정시와 전통 자연서정시에 한정되어 있는 제한점을 가진 것이다.

본 연구는 현대시에서 재현의 문제를 이론적으로 체계화하는 것을

---

5 D. Chandler, 강인규 역, 『미디어 기호학』, 소명출판, 2006, 9쪽. '상징, 도상, 지표'에 대한 자세한 내용은 이 책 83−90쪽 참고.

6 P. Hernadi, 김준오 역, 『장르론』, 문장, 1983, 74쪽.

7 위의 책, 38쪽. 이 문제를 집중적으로 살펴보고 있는 G. Lukàcs, 반성완 · 심희섭 역, 『영혼과 형식』, 심설당, 1988 참고.

8 최승호, 『서정시와 미메시스』, 역락, 2006, 6쪽.

목표로 한다. 이것은 시도적인 만큼 다소 모험을 띠고 있으며 또 그런 만큼 의의도 큰 것으로 생각한다. 흔히 재현의 문제에서 '재현-사실주의, 재현의 위기-비사실주의'로 간단하게 대립시키기도 하지만, 재현의 문제는 그리 단순한 게 아니다.[9] 재현의 문제를 현대시의 입장에서 이론적으로 체계화하려는 본 연구는 결과적으로 이런 단순한 대립 구도를 넘어서게 될 것이다. 본 연구의 목표를 달성하기 위해, 미셀 푸코의 '유사성'(ressemblance)와 '상사성'(similitude)의 개념 구분과 스미스의 '유기적 형식'과 '비유기적 형식'의 대립 그리고 들뢰즈의 '시뮬라크르'의 개념 등을 주축으로 하여 이론비평의 여러 용어들을 활용할 것이다.

2. 시의 근대적 재현 체계와 방식들

2.1. 공통 체계: 수직적 관계, 유사성, 거리, 유기적 형식

근대의 인식론에서, 생각하는 주체의 확립은 가장 근본적인 것이다. "나는 생각한다"라는 데카르트의 명제는 생각하는 주체와 그 대상의 명백한 거리를 바탕으로 한 합리주의의 단적인 표현이다.[10] 근대의 재현은, 주체와 대상 그리고 대상과 재현물의 거리에 기반하고 있다.[11]

---

9 L. Hutcheon, 장성희 역, 『포스트모더니즘의 이론과 전략』, 현대미학사, 1998. 이 책은 '재현－사실주의, 재현의 위기－비사실주의'라는 단순한 대립구도를 비판하고 '포스트모던적 재현'의 문제를 패러디를 매개로 하여 집중적으로 살펴보고 있는 책이다. N. Abercrombie · S. Lash · B. Longhurst, 안정석 역, 「대중적 재현: 사실주의의 개주(改鑄)」, S. Lash · J. Friedman 편, 『현대성과 정체성』, 현대미학사, 1997, 131－169쪽. 여기서 '재현－폐쇄된 텍스트－사실주의 문화'와 '재현의 위기－개방적 텍스트－비사실주의 문화'의 대립을 비판적으로 살펴보고 있다.

10 J. Baudrillard, 하태환 역, 『시뮬라시옹』, 민음사, 2001, 253쪽. 여기서 근대성의 기원이 "데카르트의 합리주의에서 시작되었다"라고 지적하고 있다.

또한 근대의 재현은 유사성을 전제로 하는데,[12] 여기서 유사성(ressemblance)은 "<주인>" 즉, 대상이 있는 모방을 의미한다.[13] 따라서 이때 유사성은, 대상과 재현물 사이의 닮음의 관계를 의미한다. '유사'는 재현관계의 '확언'인 것이다.[14] 그런데, "근대", "미학의 중심에 서 있는 유사성에게 주인은 플라톤의 이데아는 아니고 자연의 사물들",[15] 정확하게 말하면 사물이나 실재에 덧보태어진 대상이다. 그래서, 앞에서 보인 아리스토텔레스적인 수직의 도형이 근대의 재현체계에 지속되는 것으로 볼 수 있다.

근대의 재현에서 재현되는 대상은 유기체이며 인간의 유기적인 삶이므로 재현의 형식 또한 유기적이다.[16] 근대의 시적 형식은 유기적 형식인데, 이것은 시의 형식이 "내용과 의미로부터 형성된다는 일원론적 관점"을 바탕으로 한 것이다. 또한 이 "유기적 형식은 구조화가 그 본질적 기능"이며 이 "구조화로써 예술과 현실 사이의 경계선이 뚜렷해"지는 것이 된다."[17] 이는 유기적 형식과 대상－재현물의 거리 사이의 연관성으로 나아갈 수 있다. 그리고 근대의 사회에서 시간은 과거－현재－미래로 이어지는 선적인 개념에 속한다.[18] 따라서, 유기적 형식은 자연스럽게 "목적론적 세계관과 연관"된다.[19]

---

11 윤성우, 앞의 책, 103쪽. 박성수, 앞의 글, 앞의 책, 39쪽. G. Deleuze, 김상환 역, 『차이와 반복』, 민음사, 2004, 308쪽 참고.

12 윤성우, 앞의 책, 44쪽.

13 M. Foucault, 김현 역, 『이것은 파이프가 아니다』, 민음사, 1995, 72－73쪽.

14 진중권, 『현대미학강의』, 아트북스, 2003, 155쪽, 164쪽.

15 윤성우, 앞의 책, 43쪽.

16 G. Deleuze, 하태환 역, 『감각의 논리』, 민음사, 1995, 164쪽.

17 김준오, 『문학사와 장르』, 문학과지성사, 2000, 151쪽, 153쪽. 김준오는 이 책 146－154쪽을 통해 스미스의 이론을 활용하여 시의 유기적 형식과 비유기적 형식 문제를 검토하고 있다. 본 연구는, 이를 참고하여 논의를 진행시키고자 한다.

18 J. Baudrillard, 하태환 역, 앞의 책, 255쪽.

2.2. 개연성과 박진성의 재현

2.2.1. 근대적 개연성과 낭만적 재현

낭만주의는 근대의 개인적 주체의 발견의 산물이다. 낭만주의가 개인적 주체에 무게를 두고 개성론을 개진한 것은 이와 관련된다. 근대의 유기적 형식은 이 "개성론의 산물"인 것이다. 낭만주의 시는 "주체와 객체가 하나로 융합된 통일성의 체험을" 유기적 형식으로 표현한 것으로 이해할 수 있다.[20]

> 산비탈 넌지시 타고 내려오면
> 양지밭에 흰염소 한가히 풀 뜯고
> 길 솟는 옥수수밭에 해는 저물어 저물어
> 먼 바다 물소리 구슬피 들려오는
> 아무도 살지 않는 그 먼 나라를 알으십니까?

– 신석정, <그 먼 나라를 알으십니까> 부분

우선, 이 시에 형상화되어 있는 풍경은 사실적 재현은 아니다. 왜냐하면, 이 시 자체에서도 드러나 있듯이 이 풍경은 "그 먼 나라"의 풍경이기 때문이다. 이 풍경은, 또한 이 시가 발표된 일제강점기 하의 풍경이 아닌 것이다. 그래서 그 먼 나라의 풍경은, 사실적인 풍경이 아니라 상상 속의 풍경이 된다. 그렇지만, 상상 속의 풍경은 "산비탈 넌지시 타고 내려오"는 사람이 살고 있고 "양지밭에 흰염소 한가히 풀 뜯고 / 길 솟는 옥수수밭"이 있는 생명력이 충일한 풍경이며, "먼 바다 물소

---

19 김준오, 앞의 책, 153쪽.
20 위의 책, 150쪽.

리 구슬피 들려"와 인간과 자연이 교감하는 풍경이다. 따라서, 이러한 풍경의 세계는 "잃어버린 낙원"으로서 "언젠가 도래하고 실현되어져야 할 당위적 세계"이다.[21]

따라서, 이 시에 형상화되어 있는 풍경은 사실적 재현이 아니라 근대의 낭만적 재현으로 이해할 수 있는 것이다. 이는 근본적으로는, 있을 수 있는 세계를 그럴듯하게 모방한다는 아리스토텔레스적인 '개연성'(plausibility)의 근대적 표현이 되는 것이다.[22] 이렇게 보면, 앞에서 언급한 최승호의 『서정시와 미메시스』는 현대시에서 '근대적 개연성과 낭만적 재현'의 이 항목에 해당하는 것을 집중적으로 살펴보고 있는 연구로 파악되는 셈이다.

2.2.2. 박진성의 전유와 사실적 재현

사실주의(리얼리즘)는 근대의 소설에 보다 적확한 것이다. 근대-리얼리즘-소설이 자연스럽게 연결되는 것은 바로 이 때문이다. 그리고 좁은 의미의 'mimesis'(보이기, showing)이 구현되어 있는 것도 바로 이 장르이다. 여기서 구현된 'mimesis'는 개연성보다 예각적인 '박진성'(verisimilitude)을 드러내게 된다. 이 박진성은 유기적 형식을 통하여 증진된다.

우리는 분이 얼룩진 얼굴로
학교 앞 소줏집에 몰려 술을 마신다
답답하고 고달프게 사는 것이 원통하다
꽹과리를 앞장세워 장거리로 나서면

---

21 최승호, 앞의 책, 6쪽, 152-153쪽.
22 김준오, 『시론』, 제4판: 삼지원, 1997, 21-22쪽 참고. 여기서 박목월의 「나그네」를 '개연성'으로 살펴보고 있다.

따라붙어 악을 쓰는 건 쪼무래기들뿐

− 신경림, <農舞> 부분

이 시는 1970년대 초반의 농촌현실과 붕괴되어 가는 농촌공동체의 모습을 농민의 시각에서 전해주는 서술시(narrative poem)이다. 사실적 재현을 위하여 시에서 리얼리즘 소설의 박진성을 전유했듯이, 이 시는 또한 서사적인 요소를 결합시켜 서술시 형식을 취하고 있는 것이다. 여기서 이야기 주체로서의 서술자는 이야기의 세계 안에 존재하는 내적 서술자일 뿐만 아니라 바로 내적 서술자 자신이 체험한 이야기를 전달하고 있다.[23] "분이 얼룩진 얼굴로 / 학교 앞 소줏집에 몰려 술을 마신다", "꽹과리를 앞장세워 장거리로 나서면 / 따라붙어 악을 쓰는 건 쪼무래기들뿐"에서 보는 바와 같이, 행위를 시적으로 재현하고자 하는 서사의 'mimesis'적 열망에 상응하게도 내적 서술자인 화자 또한 "우리"로 복수화되어 있어 상황 제시의 객관화를 꾀하려고 하고 있음을 확인할 수 있다.

(서정)시의 재현 문제에서 이 항목이 애초의 아리스토텔레스적인 좁은 의미의 'mimesis'와 가장 부합하는 것이 된다. (서정)시에서 리얼리즘 문제와 서술시·이야기시 등의 장르론적 문제의식이 녹아 있는 것이 바로 이 항목이다.

2.3. 상징의 도상화와 시각적 이미지의 부각

2.3.1. 칼리그램과 상징의 도상화

---

23 서술시의 소통구조 문제와 '내적·외적 서술자', '내적·외적 피서술자'에 대해서는 고현철, 「서술시의 소통구조 연구」, 『한국문학논총』 제21집, 한국문학회, 1997.12, 291 − 306쪽 참고 바람.

원래, 그림과 언어는 서로 환원될 수 없다. 왜냐하면 보는 바는 결코 말하는 것 속에 존재하지 않기 때문이다. 전통적으로, 회화에서는 그림과 언어가 한 화면에 동시에 나타날 수 없는 것이다. 즉, 언어 기호와 조형 요소 사이의 분리를 지키는 것이다.[24]

칼리그램(calligramme)은 이러한 원칙을 깨뜨린 것으로, "문자로 형상을 그리는 기법"을 통하여 "하나의 그림을 이루는 방식으로 시행들이 구성된 시"를 말한다. 이는 보여주기와 이름 붙이기, 그리기와 말하기, 보기와 읽기의 대립을 지워버리는 것이 된다.[25] 나아가, 칼리그램은 그림과 언어가 한 화면에 동시에 나타나 있는 것을 의미하기도 한다.[26]

근대의 형태시와 그림시는 칼리그램의 시적 표현이다. 이것은 퍼스에 따르면, 상징인 언어기호를 그림으로 도상화한 것이 된다. 즉, 언어적 재현을 회화적 재현으로 표현하거나 언어적 재현과 회화적 재현을 일치시켜 함께 드러내는 것이다.

머ーㄴ 해안 쪽
포플라ー 늘어선 큰길로

전　　　전

등　　　등

전　　　전

---

24 M. Foucault, 이광래 역, 『말과 사물』, 민음사, 1987, 32ー33쪽. M. Foucault, 김현 역, 앞의 책, 87쪽. 진중권, 앞의 책, 163쪽.

25 M. Foucault, 김현 역, 앞의 책, 35쪽, 100쪽, 133ー134쪽.

26 위의 책에서 푸코는 마그리트의 칼리그램을 살펴보고 있다.

등   등

헤엄쳐 나온 것처럼
흐늑이며 깜박거리는구나

                          - 정지용, <슬픈 인상화> 부분

위에 인용한 시는, 한 눈에 형태시임을 알 수 있다. 제목 가운데 '인
상화'가 드러나 있듯이 그림의 이미지를 부각시키려 한 것이다. 위에
인용한 부분은 전체적으로 전등의 형상을 취하고 있어 전등의 이미지
와 '전등'이란 언어의 일치를 보이고 있다. 칼리그램의 시적 표현인 이
형태시는 언어적 재현을 회화적 재현으로 표현하고자 한 것임을 알 수
있다.

김병화의 ≪내 피곤한 영혼을 어디다 누이랴≫라는 시집에는 <서
있는 자와 누워있는 자>를 비롯한 상당수의 그림시들이 수록되어 있
다. 이 그림시들은 전통적인 칼리그램의 의미를 그대로 지니고 있는
것으로, 언어적 재현과 회화적 재현을 일치시켜 함께 드러낸 것이 된
다.

2.3.2. 회화성과 시각적 이미지의 극대화

칼리그램이 언어적 재현과 회화적 재현을 일치시켜 함께 드러내는
것이라면, 상징인 언어기호 내부에서 회회성을 추구하고자 한 것이 이
른바 이미지즘이다. 엄밀하게 말하면, 언어는 이미지가 아니다. 그럼
에도 불구하고 언어예술인 현대시의 일군의 경향을 이미지즘이라고
할 때, 이것은 언어로 표현된 이미지를 주된 기법으로 활용한 것을 의

미하게 된다.

> 공백한 하늘에 걸려 있는 촌락의 시계가
> 여윈 손길을 저어 열시를 가리키면
> 날카로운 고탑같이 언덕 위에 솟아 있는
> 퇴색한 성교당의 지붕 위에선
> 분수처럼 흩어지는 푸른 종소리

— 김광균, <외인촌> 부분

이미지즘의 대표적인 시인인 김광균은, 전기적 사실에서 확인할 수 있는 바, 인상파를 중심으로 한 유럽의 회화에 상당히 매료되었고 회화성을 시적으로 굴절시켜 조형하고자 노력했다고 한다.[27]

위에 인용한 시에서 언어로 표현된 이미지를 집중적으로 떠올릴 수가 있다. "공백한 하늘에 걸려 있는 촌락의 시계", "여윈 손길", "날카로운 고탑같이 언덕 위에 솟아 있는", "성교당의 지붕", "분수처럼 흩어지는 푸른 종소리" 등 언어로 표현된 이미지 아닌 것이 없을 정도이다. 시계 바늘을 "여윈 손길"로 환치하여 표현한 것도 시각적 이미지를 부각시키는 것이 되지만, 더욱 시각적 이미지가 부각되어 있는 시행은 "분수처럼 흩어지는 푸른 종소리"란 시행이다. 여기서는 "종소리"라는 청각적 이미지를 소리의 파장과 결부시켜 "분수처럼 흩어지는"이란 시각적 이미지로 전이시켜 표현하고 있는 것이다. 그만큼, 이미지즘 시는 언어 내부에서 회화성을 추구하고 시각적 이미지를 극대화한 것이 된다.

---

27 조용훈, 「새로운 감수성과 조형적 언어」, 김학동 외, 『김광균 연구』, 국학자료원, 2002, 269쪽.

3. 시의 근대 – 탈근대적[28] 재현 체계와 방식들

3.1. 공통 체계: 겹침의 관계, 유사성, 거리 상실, 비유기적 형식

근대–탈근대적 재현 체계는, 근대적 재현 체계에 일정한 균열을 내고 있는 것이다. 대상과 재현 사이는 근대적 재현 체계와 마찬가지로 여전히 유사성(ressemblance)을 전제로 하고 있다. 하지만 주체와 대상, 대상과 재현물 사이의 거리가 상실되는 현상이 나타나기 시작함으로써 근대적 재현 체계에 균열을 가져오고 있는 것이다. 재현하는 주체와 재현되는 대상의 거리 상실은 시인이 다른 무엇을 재현하는 게 아니라 시인 자신의 내면을 재현하는 현상을 의미한다. '서론'에서 살펴본 바와 같이, (서정)시에서 재현은 외부세계와 내면세계가 연결되어 있는 재현이며 나아가 내면의 재현까지 포함하지 않을 수 없는 것인데, 시인 자신의 내면을 재현하는 양상이 나타나기 때문에 이를 재현하는 주체와 재현되는 대상의 거리 상실로 설명할 수밖에 없는 것이다. 그리고 대상의 유사성이 아니라 대상이 바로 재현물이 되는 현상인 '비재현'도 나타나므로 이를 대상과 재현물 사이의 거리 상실로 설명할 수밖에 없다. 이를 도형으로 나타내면 다음과 같다.

(I)

⋮

◉

대상과 재현물 사이에 거리가 없으므로, 대상인 '◎'와 재현인 '●'

---

28 여기서, '근대–탈근대'는 근대와 탈근대 사이의 연결지대를 의미한다. 본 논문은, 근대에서 탈근대로 바로 넘어가지 않고 그 사이에 일정한 연결지대가 있음을 재현의 문제를 통하여 드러내고자 한 것이 되기도 한다.

가 서로 겹치게 된다. 위의 도형에서 ◉는 이러한 겹침의 관계를 나타
낸 것이다. 그리고 이때, 이데아인 'I'의 중요성은 근대적 재현체계에
서보다 더욱 하락하므로 ( ) 속에 묶어 '(I)'로 표시한 것이다. 주체와
대상 그리고 대상과 재현물 사이의 거리가 상실된다는 것은 거리 속에
서 확보되는 형식적 통일성을 상실한다는 의미가 되므로, 결국 이러한
근대－탈근대적 재현은 비유기적 형식이 되는 것이다.

3.2. 내면의 재현과 비재현

3.2.1. 주체와 대상의 거리 상실과 내면의 재현

재현하는 주체와 재현되는 대상의 거리 상실인 시인 자신 내면의 재
현이 여전히 재현인 것은, 내면의 외부로의 전이를 통해 원래의 충동
과 그 이미지화라는 재현 시스템을 따르기 때문이다.[29]

> 거울 때문에 나는 거울 속의 나를 만져보지를 못하는구료만은
> 거울 아니었던들 내가 어찌 거울 속의 나를 만나보기만이라도 했겠소
> …(중략)…
> 거울 속의 나는 참 나와는 반대요만은
> 또 꽤 닮았소
>
> － 이상, <거울> 부분

위에 인용한 <거울>이란 시의 제목 '거울'은 재현의 대표적인 매
개물이다. 이 시의 시적 상황은 시인(시적 화자)이 자신을 거울을 통해
관찰하고 있는 상황이다. 거울을 통해 이미지화된 "거울 속의 나"는

---

29 J. Baudrillard, 하태환 역, 앞의 책, 20쪽.

거울 밖의 "참 나"와는 다르다. 재현물이 대상 그 자체가 아닌 것은 시인 자신 내면의 재현에서도 마찬가지이다. 그러나 "닮았"다는 표현에서 알 수 있듯이 시인 자신 내면의 재현도 근본적으로는 유사성을 기반으로 하고 있다. 한편, 거울 속의 나와 거울 밖의 나는 그 놓여진 세계가 다르다. 그래서 거울 밖의 나는 거울 속의 나를 "만져보지" 못한다. 하지만, 재현의 매개인 '거울'을 통해서 거울 속의 나를 만나고 관찰할 수 있게 된다. 이와 같이 해서 시인 자신 내면의 재현은 '현실적 자아－이상적 자아', '일상적 자아－반성적 자아' 등 자아분열의 모습을 띠는 것으로 나타나기도 하는 것이다. 시인 자신 내면의 재현인 내면 탐구의 시는 '세계상실'의 시라고도 볼 수 있다.[30]

김점용의 ≪오늘 밤 잠들 곳이 마땅찮다≫라는 시집에는 <분석가>를 비롯한 상당수의 '꿈시'들이 수록되어 있다. 이 꿈시들은 시인(시적 화자) 자신의 내면을 꿈의 재현을 통해 드러내고 있다. 여기서 꿈꾼 자아와 이를 분석하여 해명하는 자아는, 위에 인용한 이상의 <거울>에 제시되어 있는 거울 속의 나와 거울 밖의 나에 상응한다.

3.2.2. 대상과 재현물의 거리 상실과 비재현

대상과 재현물 사이의 거리 상실은 이른바 아방가르드의 중요한 측면이다. 미술에서, 뒤샹이 소변기를 그대로 '샘'이라는 이름으로 전시한 것은 아방가르드의 반미학을 대변하는 것이었다. 실제 사물(대상)을 작품화한 'ready－made'는 가상적 공간에 대상을 그리거나 제작하는 게 아니라 실제 대상이 현실 공간에서 작품으로 존재하는 것을 의미한다.[31] 그래서 대상과 재현물 사이에 거리가 없는 이것은 사실상

---

30 R. N. Maier, 장남준 역, 『세계상실의 문학』, 홍성사, 1981 참고.
31 진휘연, 『아방가르드란 무엇인가』, 민음사, 2002, 51－56쪽.

'비재현'이 되는 것이다. 이것은 바로 '사건으로서의 예술'인 셈이다.[32] 그리고 아방가르드의 반미학은 기존의 미학과 그 토대가 되는 질서를 와해시키려는 비판의 시작을 의미한다.[33]

– 황지우, <묵념, 5분 27초> 전문

황지우는 <벽 1>이란 시에서 "예비군편성및훈련기피자일제자진신고기간" 아래 더 작은 활자로 "자: 83. 4. 1.~지: 83. 5.31."로 되어 있는 국가의 계몽·홍보용 벽보를 그대로 가져오는 아방가르드의 반미학을 통해, 남북분단의 상황과 일상생활을 영위하는 속에서 예비군을 기피하는 상황 그리고 보이지 않는 소통장애인 벽 등의 복합적인 사항을 그대로 제시한 바 있다. 이는 'ready-made'의 대상 자체가 바로 재현물인 작품이 되고 있는 미적 자유이론에 입각에 있으며,[34] 결과적으로 예술의 영점화 현상을 보여주고 있는 것이 된다.[35] 위에 인용한 시 <묵념, 5분 27초>는 제목만 있고 내용은 아예 없다. 여백으로 이루어진 묵념 또는 침묵이 바로 시적 내용인 것이다. 제목에서의 "5분 27초"는 사회현실적인 문맥으로 이해해야 하는데, 이는 일종의 시사적 인유이다. 5분 27초는 5월 27일 즉, 광주항쟁에 대한 전면적인 유혈진압이 감행된 날을 의미한다. 그래서 '5분 27초간의 묵념'은 다름 아닌 광주항쟁에서 쓰러져 간 사람들을 추모하는 묵념인 것이다. 제목만 제시되어 있는 이 시는, 광주의 피흘림으로 시작된 암울한 시대인

---

32 J. F. Lyotard, 유정환·이삼출·민승기 역,『포스트모던의 조건』, 민음사, 1992, 208 – 209쪽.

33 H. Foster, 윤호병 외 역,『반미학』, 현대미학사, 1993, 9쪽.

34 김준오,「한국 모더니즘의 현단계 – 모더니즘과 마르크시즘의 만남」,『현대시사상』제1호, 고려원, 1988, 68쪽.

35 A. Hauser, 최성만·이병진 역,『예술의 사회학』, 한길사, 1983, 411 – 418쪽.

1980년대, 그 기나긴 묵념과 침묵의 시대상황을 반미학이라는 미적
저항을 통하여 내용 없는 침묵으로 간명하게 드러내주고 있는 것이
다.[36]

4. 탈근대적 재현 체계와 방식들

4.1. 공통 체계: 수평의 관계, 상사성, 들뢰즈의 시뮬라크르, 비유기적 형식

미셸 푸코는 마그리트의 <이것은 파이프가 아니다>를 분석하는
자리에서, '유사성'(ressemblance)와 '상사성'(similitude)을 분명하게
구분하면서 상사성을 부각시키고 있다. 유사성은 "<주인>"이라 할
수 있는 "제1의 참조물을 전제로" 하며, 상사성은 "서열" 없이 "조금
씩 조금씩 달라지면서 퍼져나가는 계열선을 따라 전개된다"고 언급하
고 있다.[37] 이를 보다 쉽게 정리하면, 유사성은 원본(대상)과 복제(재현
물) 사이의 닮음의 관계를 말하고 상사성은 복제(재현물)과 복제(재현
물) 사이의 닮음의 관계를 말한다. 유사성은 원본의 존재를 전제로 하
므로 "원본과 복제의 일치라는 인식론적 요구를 함축"한다면, 상사성
은 굳이 원본을 필요하지 않으므로 "원본을 증언할 인식론적 의무가
없"는 것이다. 그리고 이 푸코의 상사성은 들뢰즈의 '시뮬라크르'에
해당하는 것이 된다. 들뢰즈의 시뮬라크르는, "원본보다 더 실제적인
복제"라는 보드리야르의 시뮬라크르와는 달리, "원본과의 일치가 중
요하지 않은 복제"를 의미한다.[38] 이때 시뮬라크르는 하나의 복사물

---

36 고현철, 「방법론적 저항과 경계의 해체 — 1980 — 90년대 모더니즘 시」, 『한국시문학』 제10
　집, 한국시문학회, 2000, 482쪽.
37 M. Foucault, 김현 역, 앞의 책, 72 — 73쪽.

(복제, 재현물)이 아니라 복사물의 개념과 모델(원본, 대상)의 개념 자체에 문제를 제기하고 있는 것으로, "복사물의 복사물"로서 굳이 모델을 가진다면 "다른 모델", "비유사성의 원천이 되는 타자의 모델"이다.[39] 즉, "반복 속에서 차이를 실현하는 원리"가 상사성이며 들뢰즈의 시뮬라크르인 것이다.[40] 들뢰즈의 시뮬라크르는 보드리야르와는 달리 "재현과 실천의 불가능성에 대한 근거로 인식하는 것이 아니라", "재현을", "재해석할 가능성을" 보여준다. 이것은 "차이의 생산 가능성으로 사고하는 길을 보여주"는 것이 된다.[41] 이를 도형으로 나타내면 다음과 같다.

탈근대적 상황과 재현 체계에서, 진리는 끝임 없이 의심의 대상이 되고 있다. 그래서 '?'로 표시할 수밖에 없다. 그리고 진리와 대상 사이의 관계도 분명한 것이 아니다. 나아가, 앞에서 언급한 바와 같이, 대상과 재현물 사이의 관계도 분명한 것이 아니다. 따라서 이들 관계를 점선으로 표시할 수밖에 없다. 여기에서 중요한 것은 재현물과 재현물 사이의 관계이며, 재현물의 의미는 대상과의 관계보다도 다른 재현물

---

38 진중권, 앞의 책, 155쪽.
39 G. Deleuze, 이정우 역, 『의미의 논리』, 한길사, 1999, 409－411쪽.
40 윤성우, 앞의 책, 44쪽.
41 강내희, 앞의 글, 앞의 책, 34쪽.

과의 관계에서 발생하게 된다. 따라서, 수평의 관계가 더 중요한 것으로 부각하는 것이다. 따라서 이 재현물과 재현물 사이의 수평의 관계는 실선으로 표시한다. 재현물과 재현물의 관계는 이미 재현물 자체가 통일성이 없으며 확정성과 결정성의 개념을 벗어나고 있다는 말이 된다. 그래서 재현물은 통일성이 없으며 불확정적이며 미결정적인 것이 된다. 롤랑 바르트가, 구조주의에서 탈구조주의로의 움직임의 한 측면은 바로 통일성 있는 작품에서 통일성 없는 텍스트로의 움직임으로 파악하고 있으며 텍스트를 "탈중심적인 것이며 닫힌 것이 아니다"라고 명확히 말하고 있는 것은 바로 이것과 연관된다.[42] 이때 텍스트는 비유기적 형식이 된다. 이 비유기적 형식은 의심의 시대인 탈근대의 반목적론적인 세계관과 결부되는 것이다.[43] 근대적 재현체계가 과거-현재-미래로 이어지는 선적인 개념의 시간과 연관된다면, 탈근대적 재현체계는 "원적 혹은 타원적인 유한의 영역 내에서 끝없이 순환 반복"하는 순환적인 개념의 시간과 연관된다.[44] 이 순환론적 시간 개념이 반목적론적 세계관을 형성시키게 되는 것이다.

4.2. 재현의 재현과 자기 재현

4.2.1. 재현의 재현과 패러디

포스트모더니즘은 재현을 다시 문제 삼음으로써 재현을 단순히 모방에 국한시키려는 기존의 가정들, 즉 재현의 투명성과 자연스러움에 이의를 제기한다.[45] 포스트모더니즘에 있어 가장 핵심적인 것으로 손

---

42 R. Barthes, 김희영 역, 『텍스트의 즐거움』, 동문선, 1997. 8-9쪽, 41쪽. 그리고 이 책의 「저자의 죽음」 부분(27-35쪽), 「작품에서 텍스트로」 부분(37-47쪽) 참고.

43 김준오(2000), 153쪽.

44 J. Baudrillard, 하태환 역, 앞의 책, 25-26쪽.

꼽는 것은 패러디이다. 아방가르드가 'ready made'를 취했다면, 포스트모더니즘의 패러디는 'already made'를 취하는 것이다.[46] 이때 패러디는 "과거의 재현물들에 대한 기존의 가정들을 '탈규범화'한" 것이 되며 과거의 재현물에 대한 "일종의 수정작업이자 다시 읽기"가 된다.[47] 패러디는 "비평적 거리를 둔 반복"으로 "유사성보다는", "상이성"(차이성)을 강조하는 것이다.[48]

그런데, 상사성을 바탕으로 한 시뮬라크르를 강조한 들뢰즈가 이를 패러디와 연관시켜 언급한 부분이 있어 주목된다.

> 영원 회귀는 사물이 무한히 많은 모사들의 모사이고, 내부에 원본도, 심지어 기원조차 계속 존속할 수 없다는 것을 의미한다. 바로 그런 이유에서 영원회귀는 '패러디'의 성격을 띠고 있다고 말해진다. 즉 영원회귀는 자신이 존재하게(그리고 되돌아오게) 만드는 것에 허상이라는 자격을 부여한다. … (중략)… 허상은 상징 자체이다. 다시 말해서 허상은 자신의 고유한 반복 조건들을 내면화하는 기호이다.[49]

여기서, "원본"이 결코 중요하지 않는 "모사"(재현물)들의 "모사"인 시뮬라크르를 "패러디"와 연관시키고 있음을 확인할 수 있다. 그리고 이를 "반복"을 "내면화"하는 "상징"과 관련시켜 언급함으로써 시뮬라크르가 예술 장르와 연계되는 길을 열어놓고 있다. 린다 허천이 들뢰즈를 활용하여 패러디를 간략하게 정의하고 있는 부분도 주목할 만하다. "패러디는 반복이지만 차이를 내포한 반복(Deleuze 1968)이다"

---

45 L. Hutcheon, 장성희 역, 앞의 책, 56쪽.

46 위의 책, 155쪽.

47 위의 책, 159쪽, 164쪽.

48 L. Hutcheon, 김상구 · 윤여복 역, 『패러디 이론』, 문예출판사, 1992, 15쪽.

49 G. Deleuze, 김상환 역, 앞의 책, 163쪽.

란[50] 구절이 바로 그것이다. 여기서 1968년 들뢰즈의 책은 다름 아닌 위에 인용한 내용이 있는 『차이와 반복』을 말하는데, 책 제목인 '차이와 반복'이 패러디와 직접적인 연관이 있음을 드러내고 있는 것이 된다.

> 이제 나는 프라이데이에요
> 맨발에는 가죽 신발이 덮이었고
> 순진무구한 눈동자에는 벌레 같은 문자들이
> 기어들어 왔어요
> 내 이름은 프라이데이
> 그날이 나의 이름이고 출세이고 종언이고
> 저주였어요
>
> ― 김승희, <사랑 8 ― 프라이데이가 로빈슨 크루소를 만난 날> 부분

다니엘 디포의 <로빈슨 크루소>를 패러디하여 재현의 재현이 되고 있는 이 시는, 제3세계 원주민이 어떻게 정체성을 잃어왔는가를 <로빈슨 크루소>에 등장하는 원주민이며 크루소의 하인인 프라이데이의 목소리를 빌어 들려주고 있다. 이름은 존재의 정체성을 상징하는데, 이것이 서구인의 명령에 의하여 붙여지고 있다는 것 자체가 근원에서부터 식민성에 길들여져 있다는 것을 의미한다. 그리고 가죽신발을 신는다는 것과 문자를 배운다는 것은, 식민화의 가장 기저에 해당하는 서구문물의 수용을 통하여 이루어진 물질적인 식민화와 서구언어에 의한 교육을 통하여 이루어진 정신적인 식민화를 의미한다. 그런데, 이들을 "저주"로 되돌려 놓는 것은 탈식민주의적 반언술이 된다.[51]

---

50 L. Hutcheon, 김상구 · 윤여복 역, 앞의 책, 62쪽.

과거의 <로빈슨 크루소>에 대한 수정작업이자 다시 읽기인 패러
디는, 재현의 재현과 같이 "미적으로 치장된 것"이라 해도 "중립적이
지 않으며", "정치적일" 수가 있는 것이다. 포스트모더니즘과 그 패러
디는 "특수한 역사적, 이데올로기적 문맥 속에 포함되어 있으며", "이
문맥이야말로", "가장 드러내 보여주려 하는" 것이 된다.[52] 존 쿳시의
《포》는 <로빈슨 크루소>를 남성중심적인 것으로 비판적으로 읽고
여성의 목소리를 부각시키고 있는 텍스트이다. 그런데, 여기서 텍스트
가 이루어지는 과정을 의도적으로 드러냄으로써 글쓰기와 작가의 문
제 또한 내포하고 있다. 패러디와 글쓰기의 문제 자체가 연관되어 드
러나기도 하지만, 텍스트가 이루어지는 과정이 의도적으로 드러나 있
는 현상은 '재현'의 문제에서는 패러디와 미세한 차이를 보이는 사항
이 된다.

4.2.2. 자기 재현과 메타성의 부각

재현은 "재현으로서의 자신의 존재"를 "자의식적으로 인정"하고[53]
드러내기도 하는데, 이 경우 자기 재현이 된다. 즉, 자신의 존재인 재현
물에 대한 자의식적 재현인 자기 재현은 재현의 재현보다 예각적인 것
이 되는 셈이다. 여기서는 텍스트가 이루어지는 과정, 글쓰기의 과정
이 의도적으로 드러나 있으므로 메타성이 보다 부각되는 모습을 띠게
된다. 이때 "메타라는 용어"는 텍스트 "내부의 세계"와 "외부의 세계"
사이의 관련성을 탐색하기 위해 필요한 것이다.[54]

---

51 고현철, 『탈식민주의와 생태주의 시학』, 새미, 2005, 89 – 91쪽.

52 L. Hutcheon, 장성희 역, 앞의 책, 13쪽, 207쪽.

53 위의 책, 61쪽.

54 P. Waugh, 김상구 역, 『메타픽션』, 열음사, 1989, 14쪽.

내 앞에 안락의자가 있다 나는 이 안락의자의 시를 쓰고 있다 …(중략)…
아니다 나는 인간적인 편견에서 벗어나 다시 쓴다 …(중략)… 나는 아니다
아니다라며 낭만적인 관점을 버린다 안락의자 하나가 형광등 불빛에 폭 싸
여 있다 시각을 바꾸자 안락의자가 형광등 불빛을 가득 안고 있다

— 오규원, <안락의자와 시> 부분

위에 인용한 시는 안락의자를 대상으로 시 쓰고 있다는 사실을 시로
쓰고 있는 메타시이다. 그래서 자기 재현이 이루어져 있는 텍스트에
해당한다. "시를 쓰고 있다"와 "다시 쓴다" 등에서 단적으로 알 수 있
듯이, 시쓰기의 과정이 의도적으로 드러나 있다. 그럼으로써 시 속에
안락의자에 관한 시의 내용이 계속 바뀌고 있어 텍스트가 이루어지는
과정이 그대로 드러나게 된다. 관점에 따라 인식 내용이 달라진다는
것을 시 쓰는 과정을 그대로 보여줌으로써 의도적으로 텍스트의 불확
정성을 드러내고 있는 것이다.[55]

4.3. 반재현과 보드리야르의 시뮬라크르

4.3.1. 기표－기의의 모순과 반재현

마그리트는 파이프 그림에 '이것은 파이프가 아니다'라는 언어를
붙임으로써, 전통적인 칼리그램을 전복시켜 반재현을 부각시킨 바 있
다. 전통적인 칼리그램에서는 그림과 언어가 함께 나올 때 그 언어는
그림을 지칭하는 것이었는데 반해, 마그리트의 칼리그램에서는 언어
가 그림에 대한 지칭을 부정하고 있다. 이 경우, "이것은 파이프가 아
니라 파이프의 그림이다, 이것은 파이프가 아니라 이것은 파이프이다

---

55 고현철,『현대시의 쟁점과 시각』, 전망, 1998, 41－42쪽.

라고 말하는 문장이다, '이것은 파이프가 아니다'라고 말하는 문장은 파이프가 아니다, '이것은 파이프가 아니다'라는 문장에서 '이것'은 파이프가 아니다" 등[56] 다양하게 해석할 수 있게 된다. 이 모두는 한결같이 "재현을 거부"하고 "재현과의 단절"을 꾀하는 것이라는 점에서 '반재현'인 것이다.[57] 마그리트의 칼리그램은 도상인 그림과 상징인 언어기호를 통하여 반재현을 드러냈지만, 상징인 언어기호만으로 이루어져 있는 현대시의 경우는 이렇게 할 수가 없다. 이 경우는 상징인 언어기호 내에서 형성된 기표와 기의 사이의 모순으로 이해할 수 있게 될 것이다. 여기서, 마그리트의 <이것은 파이프가 아니다>와 관련 있는 시를 살펴보는 게 좋을 것 같다.

> 나를 보더니 대뜸 선생님이 불쌍해요 그가 한 말이다 잠바 차림에 무언가 들고 있었다 그는 전라도 광주에서 시를 공부하는 청년으로 선생님 생각이 나서 도시락을 싸왔다면 손에 들고 있던 도시락을 풀었다.

― 이승훈, <이것은 시가 아니다> 부분

이 시는 제목에서도 직접 드러나 있듯이 마그리트의 '이것은 파이프가 아니다'와 관련이 있으며, 이승훈 시인도 이를 밝히며 다음과 같이 설명하고 있다. "푸코가 마그리트의 파이프 그림 <이것은 파이프가 아니다>를 해석한 방식으로 말하면 대명사 '이것'은 시가 아니고 '이것'은 문장 속의 '시'를 지시하지 않고 '이것'은 검은 활자이기 때문에 '시'가 아니고 '이것'은 '시가 아니다'라는 말을 지시할 수도 있"다.[58]

---

56 M. Foucault, 김현 역, 앞의 책, 48쪽.

57 윤성우, 앞의 책, 38쪽.

58 이승훈, 「시론: 누가 코끼리를 보았는가」, 『이것은 시가 아니다』, 세계사, 2007, 130―131쪽.

나아가, 이 시는 줄글의 형식으로 시의 수사학을 전혀 쓰지 않고 과거 있었던 일을 그대로 풀어쓰고 있다. 그래서 시가 아니다. 그럼에도 불구하고 시집에 수록되어 있으니 시이기도 하다. 이것은 모순이다. 그 모순은 시의 제목 '이것은 시가 아니다'가 시 자체와 모순이 되는 점에서 극대화된다.

마그리트의 칼리그램 <이것은 파이프가 아니다>가 전통적인 칼리그램을 배반하여 반재현을 드러내었다면, 이승훈의 시 <이것은 시가 아니다>는 언어기호 내에서 기표와 기의 사이의 모순을 통해 '반재현'을 드러내고 있는 것으로 이해된다.

4.3.2. 기표의 유희와 반재현

앞에서도 언급했듯이, 보드리야르의 시뮬라크르는 들뢰즈의 시뮬라크르와 다르다. 보드리야르의 시뮬라크르는 "어느 곳에 지시도 테두리도 없는 끝없는 순환 속에서 그 자체로 교환되어지는" 것이며 "재현과는 정반대"인 반재현을 드러내는 것이다. 이 경우, 기호는 "깊이 없는 피상적인 존재, 의미 없는", "독립적인 것"이 된다.[59]

> 첫 번째는 나
> 2는 자동차
> 3은 늑대, 4는 잠수함
> 5는 악어, 6은 나무, 7은 돌고래
> 8은 비행기
> 9는 코뿔소, 열 번째는 전화기
>
> ― 박상순, <6은 나무 7은 돌고래, 열 번째는 전화기> 부분

---

59 J. Baudrillard, 하태환 역, 앞의 책, 25 − 26쪽, 260쪽.

위에 인용한 시는, 제목 자체에서도 알 수 있듯이, 숫자놀이에서 출발한 시이다. 그래서 그 자체가 유희성을 지니게 된다. 제목 '6은 나무 7은 돌고래, 열 번째는 전화기'에서 "6은 나무", "7은 돌고래", "열 번째는 전화기"는 왼쪽 항 기표와 오른쪽 항 기의의 연결처럼 보이지만 따지고 보면 아무 의미도 없는 것이기 때문에 끊임없는 기표의 연쇄인 셈이다. 인용한 시의 다른 행들도 마찬가지이다. 이와 같이, 이 시는 기표의 유희를 통해서 반재현을 드러내고 있는 것이다. 이 경우, 보드리야르의 시뮬라크르와 가장 상응한 것이 된다.

5. 맺음말

이 글은 현대시에서 재현의 문제를 이론적으로 체계화하려고 한 것이다. 유사성(ressemblance)과 상사성(similitude)의 구분, 유기적 형식과 비유기적 형식, 들뢰즈의 시뮬라크르 등 이론비평의 여러 용어들을 활용하여 체계화한 결과, '재현―사실주의, 재현의 위기―비사실주의'의 단순한 대립구도를 훨씬 넘어서서 재현 체계와 방식들이 여러 계열로 다양하게 체계화할 수 있음을 규명하였다. 이를 간단하게 정리하면 다음과 같다.

첫째, 근대적 재현 체계는 주체와 대상, 대상과 재현물의 거리를 기반으로 한 것이다. 그리고 대상과 재현물 사이의 유사성을 전제로 한 것이다. 그리고 재현의 형식은 유기적 형식을 취하며, 이 유기적 형식은 선적 시간 개념에 기반한 목적론적 세계관과 연관된다.

둘째, 근대적 재현 체계에는 몇 가지 방식이 있을 수 있는데, 다음과 같이 정리할 수 있다. (1) 개연성(plausibility)의 근대적 표현이 근대의

개인적 주체의 발견인 낭만주의와 결합한 낭만적 재현, (2) 근대의 박
진성(verisimilitude)이 서사적 요소와 결합된 사실적 재현으로 서술시
·이야기시 등의 문제를 제기하는 것, (3) 형태시와 그림시와 같이, 칼
리그램(calligramme)의 시적 표현으로 상징인 언어기호를 도상화한 재
현, (4) 이미지즘과 같이 상징인 언어기호 내부에서 회화성을 추구하
여 시각적 이미지를 극대화한 재현 등으로 정리할 수 있다.

셋째, 근대—탈근대적 재현 체계는 여전히 대상과 재현물 사이의 유
사성을 전제로 한 것이다. 하지만 주체와 대상 또는 대상과 재현물 사
이의 거리가 상실되고 이에 따라 비유기적 형식을 취함으로써 근대적
재현 체계에 일정한 균열을 내는 것이다.

넷째, 근대—탈근대적 재현 체계는 크게 두 가지 방식이 있을 수 있
는데, 다음과 같이 정리할 수 있다. (1) 재현하는 주체와 재현되는 대상
사이의 거리 상실인 시인 자신의 내면의 재현으로 세계상실의 시, (2)
대상과 재현물 사이의 거리 상실이 이루어진 '비재현'으로 사건으로
서의 예술인 아방가르드 등으로 정리할 수 있다.

다섯째, 탈근대적 재현 체계는, 근대적 재현 체계와는 달리, 상사성
을 기반으로 하고 있다. 이 경우는, 대상과 재현물 사이가 아니라 재현
물과 재현물 사이의 닮음의 관계를 의미한다. 이 개념은 원본과의 일
치가 중요하지 않은 복제를 뜻하는, 들뢰즈의 시뮬라크르와 상통하는
것이다. 탈근대적 재현 체계는 불확정성·미결정성을 내재하고 있으
므로 비유기적 형식을 취하게 되는데, 이는 순환론적 시간 개념에 기
반한 반목적론적 세계관과 연관된다.

여섯째, 탈근대적 재현 체계에는 몇 가지 방식이 있을 수 있는데, 다
음과 같이 정리할 수 있다. (1) 재현의 재현인 패러디인데, 'already
made'를 취하는 것으로 과거 재현물에 대한 수정작업을 내포한 것, (2)

자신의 존재인 재현물에 대한 자의식적 재현인 자기 재현으로 글쓰기의 문제를 의도적으로 드러내고 있는 것, (3) 상징인 언어기호 내에서 형성된 기표와 기의 사이의 모순을 드러내는 '반재현', (4) 기표의 유희를 통해 '반재현'을 드러내는 것으로, 보드리야르의 시뮬라크르와 가장 상응한 것 등으로 정리할 수 있다.

이와 같이, 현대시에서 재현의 문제를 이론적으로 체계화한 본 연구는 시도적인 만큼 의의도 상당히 있다고 생각한다. 하지만, 다소 모험을 띠고 있는 점도 숨길 수 없다. 앞으로, 이론과 실천의 면에서 보완되어야 할 부분은 보완되도록 할 생각이다.

제3부
영화의 지평과 해석

「헐리우드 키드의 생애」의 탈식민주의적 해석

1. 머리말

안정효의 소설 「헐리우드 키드의 생애」는 1992년 『문학사상』 1·2월호에 발표된 중편을 그 내용을 확장하여 전작장편으로 1992년 11월에 <민족과문학사>에서 간행한 소설이다. 이 소설은 본 논문에서 인용하는 텍스트의 '1994년 9월: 15판'의 서지사항에서 알 수 있듯이, 만 2년도 안되어 15판이나 찍은 것으로 볼 때 당시에 독자들에게 아주 많이 읽혔던 소설이다. 이에 비해서 이 소설에 대한 연구는, 필자가 파악하기로, 단 세 편에 불과하여 이 소설에 대한 연구의 필요성을 내재해 있다고 볼 수 있다. 소설 「헐리우드 키드의 생애」에 대한 지금까지의 연구결과는 다음과 같이 정리할 수 있다.

이 소설에 대해 제일 처음 씌어진 글은 권성우의 「환상 속의 삶」이다.[1] 이 글은 전작장편소설 『헐리우드 키드의 생애』에 대한 '작품 해설'인데, 여기서 이 소설을 "안정효 세대의 '문화사적 자서전'"으로[2]

---

1 권성우, 「환상 속의 삶」, 『헐리우드 키드의 생애』, 민족과문학사, 1992.
2 위의 해설, 위의 책, 339쪽.

읽고 있으며 작품 해설의 제목 '환상 속의 삶'과 본문의 제목 '영화와 현실, 혹은 환상과 실제', '한 아웃사이더의 환상 찾기의 여정'에서 드러나 있듯이 "환상이 한평생을 지배했던 임병석의 일대기"에 관한 것으로[3] 살펴보고 있다.

소설 「헐리우드 키드의 생애」에 대한 본격적인 첫 논문은 이정호의 「안정효의 「헐리우드 키드의 생애」에 나타난 모사와 초실재로서의 영화」이다.[4] 이 논문에서는 소설 『헐리우드 키드의 생애』를 "전근대적인 한국에 사는 감수성이 예민한 영화광인 고등학생들이 근대화의 표본이라고 할 수 있는 서양 영화—특히 미국의 영화 산업의 메카인 헐리우드에서 만들어진 미국 영화—속에 그려진 환상을 보면서 성장하는 과정을 보여주고" 있는 "성장소설"로 보고 있다.[5] 그리고 논문의 제목 속과 본론의 한 장 제목 '모사와 초실재로서의 영화'에서 드러나 있듯이 이 소설에서 영화가 모사와 초실재로서 작용하고 있음을 밝히고 있다.

이용욱의 「안정효 「헐리우드 키드의 생애」에 대한 해체적 독법」은[6] 이정호의 논문에 이은, 소설 「헐리우드 키드의 생애」에 대한 본격적인 논문이다. 이 논문은, 연구자가 밝히고 있듯이, "서구의 포스트모더니즘 이론이 한국의 소설에 어떤 방식으로 삼투되어 들어갔는가를 조명함을 목적으로" 한[7] 논문이다. 여기서 "「헐리우드 키드의 생애」를 포

---

3 위의 해설, 위의 책, 340쪽.

4 이정호, 「안정효의 「헐리우드 키드의 생애」에 나타난 모사와 초실재로서의 영화」, 『예술문화 연구』 4호, 서울대학교 예술문화연구소, 1994.

5 위의 논문, 위의 책, 191쪽.

6 이용욱, 「안정효 「헐리우드 키드의 생애」에 대한 해체적 독법」, 『한남어문학』 20집, 한남대학교 국어국문학과, 1995.

7 위의 논문, 위의 책, 518쪽.

스트모더니즘 문학으로 이해할 수 있는 가장 큰 특징”으로 “<문학>
과 <영화>” 사이의 “탈장르화 현상이 텍스트 내에서 뚜렷이 보여진
다는 것”을 들고 있으며[8] 이 작품에 나타난 해체 전략과 그 의미를 살
펴보고 있다.

　필자는 소설 「헐리우드 키드의 생애」에 대한 이런 연구결과를 대체
적으로 받아들이는 입장이다. 다만 부분적으로 해석의 타당성을 검토
하여 그 해석을 비판하여 수정하고자 한다. 그리고 필자가 본 논문에
서 수행하고자 하는 것은 이들 선행연구에서 놓치고 있는 사항에 대해
서 보완하고자 한다. 나중에 밝혀지겠지만, 이렇게 수정되는 사항과
보완되는 사항은 본 논문에서는 서로 연관되는 사항이 되는 것이다.

　안정효의 소설 「헐리우드 키드의 생애」는 정지영·유지형·심승보
·이원근의 각색을 거쳐 1994년 정지영 감독에 의해 영화화되고 <영
화세상>에서 제작하여 상영하게 된다. 이 영화는 작품성을 어느 정도
인정받아 제15회 청룡영화상 대상, 제31회 한국백상예술대상 대상·
작품상·감독상·남자인기상, 제33회 대종상 기획상 그리고 해외에서
는 산 세바스찬 영화제 국제영화평론가상을 수상한다. 그런데, 인정받
은 작품성에 비해 관객은 3만 7천명 정도 들어 흥행에서는 참패를 하
게 된다. 소설에서 많은 독자가 수용한 작품이 각색을 거쳐 영화로 상
영되어서 작품성을 인정받아 여러 가지 상을 수상했음에도 불구하고
널리 수용되지 못했다는 점은 그 자체가 고찰의 한 사항이 아닐 수 없
다.

　그동안 영화 「헐리우드 키드의 생애」에 대한 본격적인 연구가 거의
없다는 점은 우선, 이 작품에 대해서 제대로 된 분석 및 해석 그리고 평
가가 이루어지지 않은 것으로 봐야 한다. 그렇다면 당시에는 인상주의

---

8 위의 논문, 위의 책, 519쪽.

적인 평에 의해서 작품성을 어느 정도 인정받은 것으로밖에는 이해할수 없게 된다. 그런데, 영화「헐리우드 키드의 생애」에 대한 당시의 인상주의적 비평의 분위기를 전하는 글 가운데 이 영화에 대한 부정적인평가와 흥행의 참패를 관련지어 언급하는 내용이 있어 주목된다. "만만찮은 비평들을 맞고 최종편집까지 수정했지만 결국 개방 두 주일만에(원작 속의 병석의 시나리오 제목은 '무책임한 두 주일'이다) 개봉관에서 밀려나고 만다." "영화의 전개, 결말, 느낌은 원작의 그것과 사뭇다르다. 이 부분이 가장 많은 비평의 대상이 된 것 중 하나이지만 글쎄영화가 소설과 같은 이유가 있을까?"9 이에 따르면, 당시에 이 영화가원작인 소설과 상당히 다른 점이 부정적인 평가의 중요 내용이고 이것이 흥행의 참패와 어느 정도 연관이 있다는 것이다. 소설과 영화는 매체의 차이 때문에 영화가 아무리 원작인 소설에 충실했다고 해도 다를수밖에 없다. 그런데, 영화「헐리우드 키드의 생애」는 원작인 소설에충실한 영화가 아니다. 본 논문의 3장에서 살펴보겠지만,「헐리우드키드의 생애」소설과 영화는 여러 면에서 의미 있는 상당한 차이를 보이고 있다. 그래서 소설과 의미 있는 차이를 보이고 있는 영화「헐리우드 키드의 생애」는 바로 그 다른 점 때문에 오히려 주목해야 하지만,무엇이 어떻게 다른지에 대한 구체적인 인식과 분석이 없었다는 점은영화「헐리우드 키드의 생애」에 대한 그동안에 이루어진 수용의 명백한 한계가 될 수밖에 없다. 본 논문에서「헐리우드 키드의 생애」소설과 영화의 차이를 먼저 살펴보고 영화「헐리우드 키드의 생애」에 대한분석 및 해석을 해보고자 하는 것은 바로 이런 사항도 염두에 둔 것이다.

당시 영화「헐리우드 키드의 생애」에 대한 신문단평에서는 "패배의

---

9 http://ene.uos.ac.kr/~poroco/cine/holkid.htm.

연대기를 따라가는 자기성찰의 영화", "충무로 키드들의 내면의 황폐하고 치욕적인 자기비판의 센티멘탈리즘", "'충무로 키드'의 죽음에 관한 영화" "영화를 통해서 세상을 알려고 했던 할리우드 키드에서 현실을 통해 영화를 알게 되는 충무로 키드에로의 통과제의"라는 해석을 보이고 있다.[10]

필자가 파악하기로, 영화 「헐리우드 키드의 생애」에 집중한 본격적인 연구는 없다. 영화 「헐리우드 키드의 생애」를 포함한 영화 세 편을 '민족 정체성'이란 개념을 통해 비교 분석한 고부응의 「문화와 민족 정체성 − 「서편제」, 「헐리우드 키드의 생애」, 「꽃잎」」에서 그나마 영화 「헐리우드 키드의 생애」가 소설과 다른 점에 초점을 두면서 분석 및 해석되고 있을 뿐이다.[11] 고부응의 논문에서는 영화 「헐리우드 키드의 생애」를 다루고 있는 장의 제목 '새로운 정체성을 위한 빈 공간'에서 알 수 있듯이 이 작품을 민족 정체성의 새로움을 보여주는 것으로 해석하고 있다.[12]

본 논문에서 필자는 영화 「헐리우드 키드의 생애」에 대한 본격적인 분석 및 해석 그리고 평가를 수행하고자 한다. 앞에서도 언급했지만, 소설 「헐리우드 키드의 생애」와의 차이에 주목하고 여기에서 영화 「헐리우드 키드의 생애」의 의미를 탐색하고자 한다. 이 과정에서 앞선 고부응의 논문에서 범하고 있는 오류를 지적하고 그 해석하고 있는 바를 비판하는 내용을 포함하게 된다.

서론에서 언급한 이 사항들을 원만히 해결하기 위해 본 논문은, 2장에서는 소설과 영화 「헐리우드 키드의 생애」의 공통서사를 정리하고

---

10 「할리우드 키드의 생애」, 『한겨레』, 1994.7.29.
11 고부응, 「문화와 민족 정체성 − 「서편제」, 「헐리우드 키드의 생애」, 「꽃잎」」, 『초민족 시대의 민족 정체성』, 문학과지성사, 2002
12 위의 논문, 위의 책, 188 − 192쪽.

기존의 연구결과를 넘어 이 공통서사의 기반을 살펴보고, 3장에서는 「헐리우드 키드의 생애」소설과 영화의 의미 있는 차이를 층위별로 구체적으로 살펴본 다음, 4장에서는 이런 차이에서 분석과 해석의 관점을 이끌어 영화 「헐리우드 키드의 생애」에 대한 탈식민주의적 분석 및 해석을 드러내 보이고자 한다.

2. 「헐리우드 키드의 생애」의 공통서사

소설과 영화는 매체가 서로 다른 서사 양식이다. 영화에서는 카메라의 눈이 소설에서 서술자가 하는 역할을 수행하게 된다. 따라서 소설과 영화는 매체의 차이가 있음에도 불구하고 서사구조를 내재하고 있는 것이다. 소설과 영화의 서사구조를 비교해서 살펴볼 수 있는 것은 바로 이 때문이다.[13] 여기서는 「헐리우드 키드의 생애」소설과 영화의 공통서사를 살펴보고자 하는데, 이는 이 소설와 영화에서 어렵지 않게 추출할 수 있는 사항이면서 앞선 연구결과에서도 드러난 바이다. 이를 간략히 정리하면 다음과 같다.

소설과 영화의 공통서사는, 한 마디로 헐리우드 영화라는 환상에 빠져 살아간 임병석의 얘기이다. 이 얘기를 소설에서는 윤명길이 서술자가 되고 영화에서는 카메라의 눈과 이에 일치하는 전경화된 서술자 윤명길이 연대기적 순서를 기반으로 하면서 과거회상 또는 플래시백

---

13 시모어 채트먼, 김경수 역,『영화와 소설의 서사구조』, 민음사, 1990. 프랑시스 바누아, 송지연 역,『영화와 문학의 서술학』, 동문선, 2003. 이들 책은 영화와 소설이 매체가 다른 서사 양식이란 점을 언급하고, 영화와 소설의 서사구조에 대한 미세한 분석방법을 제시하면서 실제 분석도 해 보이고 있는 책이다. 「헐리우드 키드의 생애」소설과 영화에 대해 큰 단위로 접근하고 있는 본 논문에서는 미세한 분석까지 수행하지는 않는다. 따라서, 이 논문에서 필요한 것은 이 정도 사항이 된다.

(flashback)이 개입하여 서술하고 있다. 과거회상으로 서술되어 있는 부분에 초점을 두면 이는 영화를 매개로 하여 형성된 한 인물의 성장 서사(성장소설, 성장영화)인 셈이다.

본 논문의 이 장에서는 앞선 연구결과에서 나아가「헐리우드 키드의 생애」 소설과 영화의 공통서사에서 성장서사의 매개가 되는 '영화'에 대한 정신분석학적 측면, 보다 구체적으로 말하면 '영화'에 대해 관객이라 할 수 있는 임병석의 정신분석학적 측면을 좀더 살펴보고자 한다. 이것은 소설「헐리우드 키드의 생애」와 영화「헐리우드 키드의 생애」를 비교하여 차이를 밝히고 영화「헐리우드 키드의 생애」를 탈식민주의적으로 해석할 때에도 그 기반으로 작용하는 것이기 때문이다.

영화를 본다는 행위는 환상을 체험하는 행위이다. 영화 관람의 본질은 관객이 영화라는 장치 그 자체에 동일시되는 것이라고 한다. 이때 일련의 투사된 이미지를 관람하는 시점으로 받아들여지는 카메라는 관객 눈의 대리인이 되는 것이다.[14] 어린이가 거울에 비친 자신의 모습에 직면했을 때처럼 관객은 스크린 위에 펼쳐진 스펙터클에 동일시하게 된다.[15] 이는 거울과 스크린 사이의 유비를 통해 이미지 자체에 대한 매혹을 보이고 있는 것을 말한다.[16] 거울 앞의 아이와 스크린 앞의 관객의 유사성에 바탕을 둔 동일시는 관찰되는 이미지화된 이상에 매료되어 이것과 동일시하는 것이다.[17] 이때 이미지화된 이상은 전오이디푸스적인 것 · 상상계와 연결되어 있는 '이상적 에고'와 연관된다.[18]

이것은 사실 일차 동일시로서, 스크린 상의 등장인물들과 사건들

---

14 그래엄 터너, 임재철 외 역,『대중 영화의 이해』, 한나래, 1994, 164쪽.
15 위의 책, 165쪽.
16 더들리 앤드루, 김시무 외 역,『영화 이론의 개념들』, 시각과 언어, 1995, 213쪽.
17 로버트 스탬 외, 김병철 외 역,『영상기호학』, 시각과 언어, 2003, 285쪽.
18 위의 책, 282쪽.

과의 동일시인 이차 동일시와는 구분이 되는 것이다.[19] 거울은 자기를 반영하는 것이지만 스크린에서는 관객 자신을 빼고 모든 것을 볼 수 있기 때문에 거울과 스크린의 유비는 다른 차원을 갖게 된다는 것이다.[20] 이차 동일시는 오이디푸스 콤플렉스에서 처벌하는 아버지의 기능과 연결되어 있으며 상징계 속에서 나타나는 '에고 이상'과 연관된다.[21]

이렇게 본다면, 영화를 관람한다는 것은 거울 단계와 오이디푸스 단계를 반복하는 것을 의미한다. 영화는 스크린이라는 거울을 통해서 상상계로서 기능하는 동시에 영화의 담론들을 통해서 상징계로서도 기능하고 있는 것이다. 이때 관객은 상상계와 상징계의 둘 사이의 끊임없는 유동 상태에 놓여 있게 된다.[22]

여기서, 「헐리우드 키드의 생애」 소설과 영화의 공통서사에서 임병석은 관객의 입장에서는 오직 일차 동일시의 상태에 머물러 '상상계'에 들어앉아 이차 동일시로는 나아가지 못하여 '상징계'로는 진입하지 못한 존재로 이해할 수 있는 것이다. 이런 점에서 소설 「헐리우드 키드의 생애」를 검토하면서 "정신분석학적으로 설명하자면 임병석은 영화라는 '상상계'에 파묻혀 스스로 현실이라는 '상징계'로의 편입을 거부한 인물이다."는[23] 언급은 정확한 지적이다. 다만, 영화는 전적으로 '상상계'는 아니며("영화라는 '상상계'"에 대한 지적임) 일차 동일시만을 수행한 임병석에게 영화는 '상징계'와 전혀 연관 없는 '상상계'일 뿐인 것이므로, 이용욱의 논문에서 이 점은 약간 수정·보완되

---

19 위의 책, 284쪽.

20 그래엄 터너, 앞의 책, 166쪽. 더들리 앤드루, 앞의 책, 214쪽.

21 로버트 스탬, 앞의 책, 282쪽.

22 수잔 헤이워드, 이영기 역, 『영화 사전 ― 이론과 비평』, 한나래, 1997, 330쪽.

23 이용욱, 앞의 논문, 앞의 책, 524쪽.

어야 할 것이다. 이와 같이, 본 논문에서는 「헐리우드 키드의 생애」 소설과 영화의 공통서사에서 임병석이 '상상계'에만 파묻힌 인물로 볼 수 있는 기반을 정신분석학에 기댄 영화에서의 관객의 '동일시' 문제를 통해 좀더 깊이 살펴본 셈이 된다. 임병석이 '상상계'에 파묻힌 의미는 소설과 영화에서 다른데, 이것은 「헐리우드 키드의 생애」 소설과 영화의 의미 있는 차이에서 그렇게 볼 수 있는 요소가 발생하는 것이므로, 다음 장에서 소설와 영화의 의미 있는 차이를 살펴보도록 한다.

3. 「헐리우드 키드의 생애」 소설과 영화의 차이

소설 「헐리우드 키드의 생애」와 영화 「헐리우드 키드의 생애」 사이에 파악할 수 있는 의미 있는 차이는 몇 가지 층위로 다음과 같이 정리할 수 있다.

첫째, 「헐리우드 키드의 생애」 소설과 영화의 존재 양식의 차이이다. 소설 「헐리우드 키드의 생애」는 영화를 내부에 포함하고 있는 소설이다. 이에 반해 영화 「헐리우드 키드의 생애」는 영화를 내부에 포함하고 있는 영화이다. 둘 다 메타성을 지니지만, 영화 「헐리우드 키드의 생애」에서 메타성은 예각화되고 자기반영성과 자기성찰성이 부각된다. 영화 「헐리우드 키드의 생애」가 영화에 대한 자기반영과 자기성찰를 내포하게 되는 것은 이 때문이다.

둘째, 「헐리우드 키드의 생애」 소설과 영화의 서사구조상 차이이다. 그 차이는 다음과 같이 몇 가지로 정리할 수 있다.

1) 소설 「헐리우드 키드의 생애」에서는 임병석의 가족으로 누나 외에 아버지와 어머니에 대한 얘기가 등장한다. 이에 반해 영화 「헐리우

드 키드의 생애」에서는 오직 누나에 관한 얘기만 등장한다. 이것은 소설에서 "자신의 삶 자체를 한 편의 흥미진진한 영화쯤으로 해석하는 버릇"24을 가진 임병석이 "부모의 삶도 자신과는 전혀 아무런 관계가 없는 사람들의 사건인 것처럼 행동"하는 것을 얘기하는 것과 연관된다. 이는 소설이 현실과 환상, 실제 삶과 영화의 세계 사이에서 오직 임병석이 환상과 영화의 세계에만 침잠되어 있는 점을 부각시키는 요소가 된다. 이렇게 보면, 오직 영화에 대해 일차 동일시의 상태에 머물러 '상상계'에 들어앉아 이차 동일시로는 나아가지 못하여 '상징계'로는 진입하지 못한 존재인 임병석은, 소설에서는 환상 속에 갇혀 실제 현실을 받아들이지 못하고 있는 존재로 표상된다. 임병석은 현실에 대해 무책임한 정신세계를 가진 존재인 것이다. 이는 소설에서 임병석이 아이 갖는 것을 거절하는 행위와 그가 쓴 시나리오의 제목이 '무책임한 두 주일'인 점과 연관되는 사항이다.

2) 소설과는 달리 영화 「헐리우드 키드의 생애」에서는 현실의 정치와 문화적 상황에 대한 화면이 등장한다. 현실의 정치적 상황에 대한 화면으로 '교실의 칠판 위에 걸려 있는 이승만 사진', '4·19혁명에서의 학생 데모', '월남 파병 장면'이 등장하고, 현실의 문화적 상황에 대한 화면으로 '헐리우드 영화 직배에 반대하는 데모'와 '이에 대한 뉴스'가 등장한다. 물론, 화면 속에 등장하는 현실의 정치와 문화적 상황에 대해 임병석이 뚜렷한 의식을 갖고 있는 것은 아니다. 아니, 제대로 의식을 하고 있지 못하고 있다. 4·19 혁명에 대해 임병석은 "그런 건 혁명이 아냐"라면서 "멋진 지도자"가 이끄는 영화 속의 혁명이 진정

---

24 안정효, 『헐리우드 키드의 생애』, 민족과문학사, 1992:초판;1994.9:15판, 45쪽. 앞으로도 소설 「헐리우드 키드의 생애」의 인용은 이 책에서 한다. 하지만, 앞으로는 일일이 밝히지 않겠다. 왜냐하면, 영화 「헐리우드 키드의 생애」의 경우 영화의 매체적 특징 때문에 인용의 부분을 밝히기가 어렵기 때문에, 소설과 영화 사이 인용의 형식상 형평성을 맞추기 위해서이다.

한 혁명이라고 말하고 있는 장면은 이를 증명한다. 그러나, 바로 현실의 정치·문화에 대한 의식이 없는 점이 바로 정치문화적으로 해석할 수 있는 요소가 된다. 이는 의식이 없는 것의 정치·문화적 의미가 될 것이다. 이것만 봐도, 영화 「헐리우드 키드의 생애」는 정치·문화적으로 해석할 수 있는 텍스트가 될 수 있는 요소가 다분히 있다. 영화 「헐리우드 키드의 생애」는 소설 「헐리우드 키드의 생애」보다 정치적·문화적 나아가 문화정치적으로 해석할 수 있는 소지가 내재되어 있는 텍스트로 봐야 한다.

3) 현숙이 소설 「헐리우드 키드의 생애」에서 윤명길의 아내로 등장하고 영화 「헐리우드 키드의 생애」에서는 임병석의 아내로 등장하는 점은 소설에서는 윤명길이 임병석의 시나리오를 관심있게 읽어보게 되는 계기를 마련하고 영화에서는 임병석의 방화 혐의와 정신질환 치료차 입원 과정 등의 얘기를 전해 듣게 되는 장치를 마련하기 위한 것으로 서사구조상의 차이가 사소한 의미의 차이를 발생하는 것에 해당한다. 그리고 소설과는 달리 영화에서는 학창 시절 영화 만드는 장면이 등장하는데, 이것은 영화 「헐리우드 키드의 생애」가 영화에 대한 영화라는 점과 상응하는 것이긴 하지만, 역시 서사구조상의 차이가 사소한 의미의 차이를 발생하는 사항에 해당하는 것이다. 이런 차이는 의미 있는 차이가 아니기 때문에, 본 논문에서 주목하지 않는다. 앞에서 언급했지만, 여기서도 본 논문이 큰 단위에서 「헐리우드 키드의 생애」 소설과 영화의 서사를 비교하여 살펴본다는 점을 확인시키고자 한다.

셋째, 「헐리우드 키드의 생애」 소설과 영화 속 시나리오의 차이와 이와 연관된 사항의 차이이다. 소설 「헐리우드 키드의 생애」 속 시나리오의 제목은 '무책임한 두 주일'이다. 이것은 시나리오 속의 얘기 내용과 연관되는 것으로, "구체적인 배경이 없어 현실감이 상당히 결여되어 있는" 낭만적 사랑 얘기 속 고속버스에서 우연히 만난 두 주인공인, 자살 여행을 떠나는 라미애·라미애와 사랑을 빠지고 자살을 택하는 윤교수의 무책임한 행위와 그 시간에 대한 것이 된다. 이에 반해 영화 「헐리우드 키드의 생애」 속 시나리오의 제목은 '가면고(假面考)'이다. 이것은 낭만적 사랑이라는 시나리오 내용에 관한 것이 아니라 이 시나리오의 정체성과 이를 각본으로 하여 만든 영화의 정체성 그리고 이 시나리오의 작가 임병석의 정체성과 연관되는 제목이 된다. 소설에서의 시나리오 제목 '무책임한 두 주일'에 대해서는 이 장의 둘째 1)에서도 언급한 바와 같이, 환상에 빠져 현실에 대해 무책임한 정신 세계를 지닌 시나리오의 작가인 임병석과 연관된다.

임병석은 소설에서는 시나리오를 주고는 사라지지만 영화에서는 영화 제작 현장에 모습을 나타내고 청룡영화제 시상식 때 홀연히 등장한다. 이것은 자신이 쓴 시나리오에 대해 스스로 매긴 가치의 차이에 대한 인식에 때문에 행한 행위이다. 소설에서는 임병석이 자신의 시나리오에 대한 가치를 크게 생각하지 않고 헐값에 윤명길에게 팔아넘기는 데 반해, 영화에서는 이를 각본으로 한 영화가 제대로 제작되고 있는지를 감시하고 나중에 영화제에서는 보란 듯이 등장하는 것이다. 그런데, 이 시나리오가 "완벽한 꼴라쥬"인 데도 불구하고, 소설과는 달리 영화에서는 임병석이 이러한 사실을 전혀 의식하지 못하고 나중에 윤명길에 의해 영화 「가면고」와 영화장면 편집본의 비교를 보고 나서야 알게 된다는 데에 심각한 문제점이 내재하고 있다. 영화에서 임병석은 이렇게 말한다. "그래 모든 것 다 인정할게. 하지만 한 가지만 믿어줘. 난 널 속인 게 아니야. 정말이야. 나도 나 자신한테 속은 거야. 모든 게 내 창작인 줄 알았어. 무슨 말이지 알겠어? 나 임병석이가 헐리우드 키드한테 속은 거야." 이는 헐리우드 영화가 임병석 자신도 모르는 사이에 그의 무의식까지도 지배하고 있다는 점을 보여주기 때문에 문제가 심각한 것이 된다. 오직 영화에 대해 일차 동일시의 상태에 머물러 '상상계'에 들어앉아 이차 동일시로는 나아가지 못하여 '상징계'로는 진입하지 못한 존재인 임병석의 정신분석을, 소설과는 달리 영화에서는 소설에서보다 구체적인 시각, 다시 말해서 '정신의 식민'이란 프리즘을 통해서 살펴보아야 할 필요성이 여기에서 제기된다. 이렇게 보면, 영화 「헐리우드 키드의 생애」는 정신분석학과 연관되는 탈식민주의로 살펴봐야 할 텍스트가 되는 것이다. 다음의 4장은 바로 이를 구체적으로 살펴보는 내용이 될 것이다.

넷째, 윤명길에 의해 대변되는 작가(감독)의 예술관의 차이이다. 윤명길은 소설에서는 결국 병석의 시나리오를 보고 "무엇이 모작이고 무엇이 참된 창작인가? 스티븐 스필버그의 「ET」도 따지고 보면 현대판 「피터 팬」 얘기 그대로인데, 누가 감히 스필버그더러 제임스 베리를 표절했다고 손가락질할 것인가?" "꼴라쥬도 결국 그 자체가 훌륭한 예술이지 않는가?"라고 하여 오늘날 예술의 존재양식의 하나로 인정하고 있는 데 반해 영화에서는 병석에게 "너 왜 날 망치려고 하는 거야", "이제야 본색을 드러내는군"이라고 하여 꼴라쥬로 이루어진 시나리오 자체를 엄중하게 따지고 있다. 여기서 소설에 나타난 예술관은 「고갈의 문학」[25] 나아가 고갈의 예술이란 개념에 따른 것으로 "다른 행위를 모방하는 것은" "주체적 행위이라기보다는 상호주체적 행위"라는[26] 이른바 포스트모더니즘의 예술관에 따른 것으로 볼 수 있는 것이다. 이용욱이 앞의 논문에서, "포스트모더니스트들의 주장대로 모

---

25 존 바드, 「고갈의 문학」, 『포스트모더니즘의 이해』, 문학과지성사, 1990, 103 − 118쪽.
26 이승훈, 「해체시와 포스트모더니즘」, 『현대시사상』 4호, 고려원, 1990.가을, 85쪽.

든 텍스트는 기왕의 텍스트를 인터텍스트(inter-text 상호텍스트)하는 것에 불과하다는 주장을 안정효는 「무책임한 두 주일」을 통해 완벽하게 구현해 낸 것이다."라고[27] 해석하고 있는 것은 소설 「헐리우드 키드의 생애」에 나타난 윤명길로 대변되는 작가의 예술관을 정확하게 지적하고 있는 사항이 된다. 영화에 나타난 예술관은 이러한 예술관에 반하고 있는데, 그렇다고 리얼리즘적인 예술관은 아니다. 그것은 이 장의 앞에서 언급한 사항과 연관시켜 보면, 탈식민주의적 인식에 따른 예술관이라 할 수 있는 성질의 것이다. 이 부분은 다음 항목에서 좀더 자세히 검토될 것이다.

4. 영화 「헐리우드키드의 생애」의 탈식민주의적 해석

앞의 3장에서 살펴본 바에 따라, 문화정치적으로 해석할 소지가 있고 정체성 문제가 부각되고 있는 텍스트인 영화 「헐리우드 키드의 생애」는 정신분석학과 연관되는 탈식민주의로 살펴봐야 하는 텍스트가 된다. 이 장에서는 이를 구체적으로 살펴보고자 하는데, 탈식민주의를 정신분석학과 연관시킨 프란츠 파농의 『검은 피부, 하얀 가면』의 개요가[28] 영화 「헐리우드 키드의 생애」를 이해하는 중요한 사항이 된다. '검은 피부, 하얀 가면'은 영화 「헐리우드 키드의 생애」에서 '임병석, 헐리우드 키드', '노란 피부, 하얀 가면', '한국인 얼굴, 미국인 가면' 등으로 변주될 수 있다. 더구나 임병석의 시나리오 제목이 '가면고'인 것은 그 유사성이 예사로운 것이 아니다. 이는 영화 「헐리우드 키드의

---

27 이용욱, 앞의 논문, 앞의 책, 530쪽.
28 프란츠 파농, 이석호 역, 『검은 피부, 하얀 가면』, 인간사랑, 1998.

생애」를 이해하는 데에 프란츠 파농과 그 이후의, 정신분석학과 연관되는 탈식민주의가 적확하다는 점을 보여주고 있는 것이 된다.

영화 「헐리우드 키드의 생애」에 대한 본격적인 분석으로는 본 논문의 서론에서 언급한 고부응의 「문화와 민족 정체성－「서편제」, 「헐리우드 키드의 생애」, 「꽃잎」」이 있는데, 여기서 영화 「헐리우드 키드의 생애」를 민족 정체성의 새로움을 보여주고 있는 텍스트로 해석하고 있어 이를 먼저 구체적으로 살펴볼 필요가 있다. 왜냐하면, 이 논문도 정체성 문제를 살펴보기 때문에 본 논문과 연관되기 때문이다. 하지만, 본 논문의 서론에서 밝힌 바와 같이, 오류를 지적하고 해석한 바를 비판하는 내용을 포함하지 않을 수 없게 된다. 이는 영화 「헐리우드 키드의 생애」를 정신분석학과 연관된 탈식민주의로 볼 때 논리적으로 그렇게 되기 때문이다.

우선, 고부응의 논문에서 영화 「헐리우드 키드의 생애」가 "원작 소설을 정치화하고 있다는 점"에는 공감할 수 있으나 "할리우드로 대표되는 서구 문화와 한국 문화의 부재 문제를 제기"하고[29] 있다는 언급에서 "한국 문화의 부재 문제를 제기"하고 있다는 표현은 지나친 해석이라고 본다. 왜냐하면, 이 영화는 한국 문화의 부재를 말하는 게 아니라 서구 문화인 헐리우드 영화에 침윤되어 있는 임병석의 정신 상태를 보여주고 있는 것이기 때문이다. 영화의 오프닝 시퀀스에서 보여주고 있는 헐리우드 영화 직배에 대한 데모는 한국 영화를 지키고자 하는 행위로 이해할 수 있는 사항이 된다.

그리고 "한국에서 생산하는 모든 문화적 행위가 서구 문화의 식민지적 재생산임을 자연스럽게 받아들이는 것이 아니라 그러한 서구의 재생산이 문제적임을 드러내는 행위가 이 영화의 내용이 되고 있"다

29 고부응, 앞의 논문, 앞의 책, 189쪽.

는[30] 지적은 정곡을 찌르고 있는 지적이면서도 "모든 문화적 행위가"라는 전칭 판단이 문제라고 생각한다. 영화 「헐리우드 키드의 생애」는 임병석에 의해 씌어진 시나리오와 이를 각본으로 한 영화 「가면고」와 같이 한국에서 생산하는 '어떤' 문화적 행위가 서구의 문화의 식민지적 재생산이며 이 재생산이 문제적임을 드러내는 것이기 때문이다. 고부응의 언급에서 전칭 판단이 문제인 것은 이 전칭 판단을 받아들을 때, "이 영화에서 「가면고」가 문화적 식민지라는 현실에서 한국 민족이 만들 수 있는 문화적 생산물의 모습이고 그것이 한민족의 문화적 정체성을 말해주는 것이라고 본다"는[31] 언급이 자연스럽게 나오게 되는 점에 있다. 이 영화는 결코 「가면고」가 한국 민족이 만들 수 있는 문화적 생산물의 모습이며 한민족의 문화적 정체성을 말해주는 것이라고 하지 않고 있다. 윤명길이 시나리오와 이를 각본으로 한 영화 「가면고」를, "너 왜 날 망치려고 하는 거야", "이제야 본색을 드러내는군"이란 영화 대사에서 알 수 있듯이, 결코 받아들이지 않고 있기 때문이다. 그리고 임병석도 영화 「가면고」와 영화장면 편집본의 비교해서 보고 나서 괴로워하면서 "그래 모든 것 다 인정할게. 하지만 한 가지만 믿어 줘. 난 널 속인 게 아니야. 정말이야. 나도 나 자신한테 속은 거야. 모든 게 내 창작인 줄 알았어. 무슨 말이지 알겠어? 나 임병석이가 헐리우드 키드한테 속은 거야."라고 하여 정체성 혼란의 말을 하고 있는 것은 바로 이를 증명한다.

만약 소설 「헐리우드 키드의 생애」에서 시나리오와 이를 각본으로 한 영화 「무책임한 두 주일」을 긍정적으로 수용한 윤명길이라면 고부응 논문의 이 지적은 타당하다. 하지만, 앞에서도 살펴 본 바와 같이 영

---

30 위의 논문, 위의 책, 189쪽.
31 위의 논문, 위의 책, 189 − 190쪽.

화는 이와 상반된 태도를 보이고 있는 것이다. 고부응의 논문은 이를 혼동하고 있는 것으로 판단된다. "원작 소설에서 영화 감독 윤명길이 임병석의 시나리오와 그 자신이 감독한 영화「무책임한 두 주일」에 대해 "서로 훔치고 빌려다 씀으로써 인류는 문화를 발전시키고 역사를 이룩해나가는지도 모른다"라며 할리우드의 표절을 정당화한다. 이는 한국 문화 내의 할리우드의 존재가 한국 문화 자체의 정체성이라고 규정하고 있을 때 외부적 요인이 필연적으로 내부의 정체성 자체가 된다는 태도를 의미한다."는[32] 언급은 이를 명백히 보여주고 있는 것이 된다. 고부응의 논문은 영화「헐리우드 키드의 생애」를 언급하면서 수용의 입장이 상반되는 소설「헐리우드 키드의 생애」에 언급된 시나리오와 이를 각본으로 한 영화「무책임한 두 주일」을 언급하는 오류를 범하고 있고, 이에 따라 "한국 문화 내의 할리우드의 존재가 한국 문화 자체의 정체성"이라는[33] 논지를 이끌어 영화「헐리우드 키드의 생애」를 '새로운 정체성을 위한 빈 공간'으로 해석하고 있는 것이다.[34]

영화「헐리우드 키드의 생애」에서 시나리오와 이를 각본으로 한 영화「가면고」에 대해 명백히 윤명길은 속았다는 분노의 태도를 보여주고 있으며 임병석은 전혀 의식하지 못한 점을 뒤늦게 깨달은 자의 괴로움을 보여주고 있다. 영화「헐리우드 키드의 생애」는, 고부응의 논문에서 보인 해석처럼 자신의 얼굴에 섞여 있는 타자의 얼굴을 자연스럽게 받아들이고 있는 영화가 아니라, 본 논문에서 말하고자 하는 논지와 같이 자신의 얼굴을 지배하고 있는 타자의 얼굴을 발견하고 괴로워하고 있는 영화이다. 이런 점에서 이 영화는 소설「헐리우드 키드의

---

32 위의 논문, 위의 책, 190쪽.

33 위의 논문, 위의 책, 190쪽.

34 위의 논문, 위의 책, 188－192쪽. 본 논문의 서론에서도 언급했듯이, 고부응의 논문에서 영화「헐리우드 키드의 생애」에 대한 본론의 제목이 '새로운 정체성을 위한 빈 공간'이다.

생애」와는 달리 새로운 각도에서 정밀하게 해석되어야 하는 텍스트인 것이다. 영화 「헐리우드 키드의 생애」를 해석하는 데 적확한 관점은, 앞에서 이끌어 낸 바와 같이, 정신분석학과 연관된 탈식민주의이다.

본 논문의 2장에서 「헐리우드 키드의 생애」 소설과 영화는 공통적으로 임병석이 정신분석학적으로 일차 동일시에 머물러 '상상계'에 들어앉아 있고 이차 동일시로는 나아가지 못하여 '상징계'로는 진입하지 못한 존재로 파악한 바 있다. 그런데 소설은 임병석을 통해 환상과 영화의 세계에 빠져 현실과 실제 삶에 적응하지 못한 존재를 보여주고 있다면, 영화는 이런 사항을 기반으로 하여 정치적인 의미를 지닌 존재를 보여주고 있는 데로 나아가고 있다. 영화 「헐리우드 키드의 생애」에서 임병석이 빠져있는 헐리우드 영화는, 현실에서 해방되는 "상상된 것으로서의 '서양'의 경험"이며[35] "서양을 선망의 대상으로 보는 긍정적 옥시덴탈리즘"이[36] 작용한 것으로 이해된다.

프란츠 파농의 『검은 피부, 하얀 가면』은 식민지 피지배자가 왜 자신의 검은 피부를 받아들이지 못하고 하얀 가면을 덮어쓰려고 하는지 그 원인을 분석하는 데 집중되어 있는 책인데, 피식민지 안틸레스에서는 프랑스가 "영원한 동경과 모방의 대상"으로 등장하고 있다.[37] 이와 마찬가지로 영화 「헐리우드 키드의 생애」에서, 임병석에게 헐리우드 영화는 영원한 동경과 모방의 대상인 것이다. 파농의 『검은 피부, 하얀 가면』에서 흑인(유색인) 남성이 끊임없이 백인 여성을 동경하고 있는

---

35 샤오메이 천, 정진배・김정아 역, 『옥시덴탈리즘』, 강, 2001, 83 − 108쪽, 252쪽. 이 책의 한 논문은 「옥시덴탈리즘 연극 − 저항적 타자로서의 셰익스피어, 입센, 그리고 브레히트」이다. 이를 영화 「헐리우드 키드의 생애」에 적용하면 '해방적 타자로서의 서양 영화'라는 개념을 잡을 수가 있다.

36 박노자, 『하얀 가면의 제국』, 한겨레신문사, 2003, 9쪽.

37 이경원, 「프란츠 파농과 정신의 탈식민화」, 『실천문학』 58호, 2000. 여름, 343쪽.

것이 정신의 식민화와 연관되고 있는 것과 마찬가지로,[38] 영화 「헐리우드 키드의 생애」에서 임병석이 백인 여성을 동경하고 백인 여성의 이미지를 덮씌운 한에서만 현실의 한국 여성을 사랑하게 되는 것도 정신의 식민화와 연관되는 것으로 이해된다. 그리하여 식민주체는 "무늬만 주체일 뿐 그 자리에는 타자의 흔적들만 가득차" 있게 되는데,[39] 영화 「헐리우드 키드의 생애」에서 임병석의 시나리오와 이를 각본으로 한 영화 「가면고」가 헐리우드 영화들의 꼴라쥬임이 판명되는 것은 바로 이를 말한다. 그 결과 임병석은 식민주의 이데올로기의 완벽한 피조물로 드러나게 되는 것이다.

식민주체의 문제를 좀더 살펴보면, 의존에 대한 필요를 경험한 자들만이 식민화되는 것인데,[40] 흑인이 오랫동안 백인 주인공과 동일시한 결과 "본질적으로 백인적인 태도 그리고 생각과 시각의 방식의 형성과 결정"이 그의 내부에서 이루어지게 된다.[41] 결국 흑인은 백인과의 상상적 동일시를 통해서 오인해 와서 자기 정체성이 분열되고 파편화되는 경험을 하게 되는 것이다.[42] 이와 마찬가지로, 임병석은 헐리우드 영화에 오직 일차 동일시함으로써 비판적 거리를 전혀 확보하지 못하여 자신도 모르는 사이에 무의식적으로 헐리우드 영화들의 꼴라쥬인 시나리오 「가면고」를 자신의 것으로 오인하여 자기 정체성이 분열되는 경험을 하고 "나도 나 자신한테 속은 거야. 모든 게 내 창작인 줄 알았어." "나 임병석이가 헐리우드 키드한테 속은 거야."라 하며 괴로워

---

38 프란츠 파농, 앞의 책, 83 – 108쪽.

39 이경원, 앞의 논문, 앞의 책, 346쪽.

40 양석원, 「탈식민주의와 정신분석학」, 『탈식민주의 – 이론과 쟁점』, 문학과지성사, 2003, 66쪽.

41 위의 논문, 위의 책, 82쪽.

42 위의 논문, 위의 책, 83쪽.

하게 되는 것이다.

영화 「헐리우드 키드의 생애」에서 윤명길은 헐리우드 영화에 대하여 일차 동일시에서 나아가 이차 동일시함으로써 '상상계'와 '상징계'의 균형을 잡고 있는 인물이며 그래서 현실 속에서 한국 영화를 하고 한국 영화의 정체성에 대하여 고민하는 인물임에 반하여, 임병석은 헐리우드 영화에 대하여 오직 일차 동일시만 하여 '상상계'에 빠져 '상징계'로는 나아가지 못함으로써 오직 환상 속에서 헐리우드 영화를 바라보다가 그 결과 자신이 현실 속에서 쓴 시나리오가 헐리우드 영화의 "꼴라쥬"라는 것도 전혀 의식하지 못하는 인물이다. 무의식을 지배할 만큼 정신의 식민화가 깊이 침윤되어 있는 존재와 상황을 영화 「헐리우드 키드의 생애」는 임병석을 통하여 보여주고 있다.

결국, 영화 「헐리우드 키드의 생애」에서 병석은 정체성 혼란으로 괴로워하다가 교통 사고로 벼랑에 떨어져 죽는다. 이때 흩날리는 「가면고」의 원고가 오버랩(overlap)된다. 이 마지막 장면도 의미심장한 장면이다. 왜냐하면, 이 벼랑에서 임병석이가 한 말이 의미를 지니기 때문이다. 임병석은 윤명길을 만났을 때, 벼랑 아래의 물결을 "움직이는 스크린"으로 비유하고 자신이 영화의 한 장면처럼 간첩으로 오인받아 쓰러져 벼랑의 스크린 속으로 빠지는 얘기를 한 바 있다. 여기서 임병석의 입을 통하여 '거울—스크린'의 유비를 대치한 '물결—스크린'의 유비를 새삼 발견하게 된다. 그리고 간첩은 본질적으로 정체성의 문제를 내재한 인물임을 새삼 발견하게 된다. 그래서, 영화 「헐리우드 키드의 생애」에서 정체성의 혼란에 빠진 임병석은 애초 혼란의 정신분석학적 시원인 되는 스크린에 비유된 거울인 물결에 빠지고 이때 「가면고」의 원고는 흩날리게 되는 것이다.

영화 「할리우드 키드의 생애」는 이와 같이 영화에 대해 '상상계'와

'상징계'의 균형을 잡고 있는 윤명길을 통해 '상상계'에만 빠져 있는 임병석을 봄으로써 정신의 식민화를 깨닫게 해주는 영화이다. 그러나, 이 정신의 식민화를 어떻게 극복할 것인가 하는 방법과 실천의 문제를 보여주지는 않고 있는 텍스트이다. 하지만, 이 과제는 남아 있는 윤명길, 그리고 영화 「헐리우드 키드의 생애」를 본 관객들에게 던져지고 있다. "너는 정말 많은 것을 남기고 떠나갔구나. 우리에게.", 영화의 마지막 대사인 윤명길의 대사가 바로 이를 의미한다.

5. 맺음말

본 논문은, 소설 「헐리우드 키드의 생애」에 대한 기존의 연구결과를 수정 및 보완하며 영화 「헐리우드 키드의 생애」에 대한 기존의 연구에서 범하고 있는 오류를 지적하여 비판을 하는 내용을 포함하여, 「헐리우드 키드의 생애」 소설과 영화의 공통서사의 기반을 심층적으로 살펴보고 두 텍스트 사이의 의미 있는 차이를 층위별로 검토하고 이 차이에서 분석과 해석의 관점을 이끌어 제대로 해석되지 않은 영화 「헐리우드 키드의 생애」에 대한 탈식민주의적 분석 및 해석을 드러낸 논문이다.

본 논문의 본론을 장별로 요약 정리하면 다음과 같다. 2장에서는 「헐리우드 키드의 생애」 소설과 영화의 공통서사에서 임병석이 '상상계'에만 파묻힌 인물로 볼 수 있는 기반을 정신분석학에 기댄 영화에서의 관객의 '동일시' 문제를 통하여 살펴보고, 3장에서는 「헐리우드 키드의 생애」 소설과 영화 사이의 존재양식의 차이, 서사구조상 차이, 텍스트에 내재한 윤병석이 쓴 시나리오와 이와 연관된 사항의 차이,

윤명길에 의해 대변되는 작가(감독)의 차이를 통하여 두 텍스트 사이의 의미 있는 차이를 살펴보고, 4장은 3장에서 관점을 이끌어 문화정치적으로 해석할 소지가 있고 정체성 문제가 부각되고 있는 영화「헐리우드 키드의 생애」를 정신분석학과 연관되는 탈식민주의로 살펴본 것이다.

특히, 개봉 당시 인상적인 평에 의해 피상적이나마 호평을 받은 데비해 흥행에는 참패한 영화「헐리우드 키드의 생애」는 제대로 해석이되지 않아 본 논문에서 이에 대한 분석과 해석에 보다 무게를 둔 것이다. 영화「헐리우드 키드의 생애」는 영화를 내재한 영화로서 메타영화적 성격을 가지고 있는 텍스트이다. 이 영화는 헐리우드 영화의 영향을 받았으면서도 한국 영화의 정체성을 제대로 찾고 있는 윤명길에 의해 헐리우드 영화의 영향에서 벗어나지 못해 그 무의식에까지 지배받고 있는 임병석의 정신상태가 낱낱이 드러나는 것을 보여준 영화이다. 여기서 영화는 문화로 확장될 수가 있다. 이 영화는, 문화의 정체성과 관련시킨다면, 우리 문화의 정체성이 혼종성에 있다는 점을 제시하고 있는 것으로 해석할 수 있는 영화가 아니라 혼종성이 문제가 될 수가 있다는 점을 암시하고 있는 것으로 해석할 수 있는 영화인 것이다. 필자는 이전의 탈식민주의 관련 논문에서 문화적 혼종성의 문제를 살펴본 적이 있는데, 거기에서 "혼종성이 어느 입장에서 어떤 결합방식을 취하는 것이냐 하는 데에 따라 탈식민주의의 정체성과 지향점이 달라질 수 있다는 데에 주의를 해야 한다." "서양을 중심으로 동양을 주변으로 결합시킨다면, 서양의 헤게모니를 강화하는 새로운 오리엔탈리즘이 될 소지를 충분히 내재하고 있는 것이다." "저항성을 견지한 탈식민주의가 되려면" "동양이 주체적인 입장에서 서양을 전유함으로써 지니게 되는 문화적 혼종성을 의미한다."로 언급한 바 있다.[43] 영화

「헐리우드 키드의 생애」가 혼종성과 연관될 수 있다면, 이는 이 영화가 무엇보다도 부정적인 혼종성의 방향과 방식에 대한 심각한 우려를 암시하고 있는 텍스트로서 혼종성의 방향과 방식이 중요한 문제가 될 수 있다는 점을 깊이 각인시키고 있는 데에 있다. 그만큼, 영화 「헐리우드 키드의 생애」는 심각한 문제성을 제기하고 있는 텍스트로 조명되어야 하는 것이다.

---

43 고현철, 「한국문학의 탈식민주의 비평·연구사적 검토」, 『한국문학논총』 30집, 2002.6., 427
 － 428쪽.

소설과 영화 「디 아워스」의 포스트모더니즘적 성격과 그 해석

Ⅰ. 머리말

이 글은 커닝햄(Michael Cunningham)의 소설 「디 아워스」(*The Hours*)와 달드리(Stephen Daldry)의 영화 「디 아워스」(*The Hours*)의 포스트모더니즘적 성격을 각각 밝히고 이에서 이 두 텍스트에 대한 해석을 수행하고자 한 연구이다. 커닝햄의 소설 「디 아워스」는 1998년 퓰리처상과 펜 포크너상을 수상한 수작이며, 달드리의 영화 「디 아워스」는 2003년 골든글로브 최우수작품상 및 여우주연상과 2003년 베를린 영화제 여우주연상을 수상한 수작이다. 이 두 텍스트는 이와 같은 수작임에도 불구하고 아직 제대로 조명되지 못한 감이 있다. 특히, 이 두 텍스트는 포스트모더니즘의 텍스트임에도 불구하고 소설 「디 아워스」의 원천이 되었던 울프(Virginia Woolf)와 울프의 소설 「댈러웨이 부인」(Mrs. Dalloway)의 영향이 지나치게 강조되어 페미니즘의 관점이 지나치게 부각되거나 두 텍스트의 포스트모더니즘적 특성이 제대로 주목되지 못한 점이 있다. 이러한 사항을 우선 파악하기 위해 여기서 먼저 커닝햄의 소설『디 아워스』와 달드리의 영화「디 아워스」에 대한 기존의 연구성과를 들면 다음과 같다.[1]

먼저, 정명회의 논문을 들 수 있다. 이 논문은 커닝햄의 소설『디 아워스』가 울프의 소설『댈러웨이 부인』과 어떤 관계에 있는지를 자세하게 살펴보고 있는 논문이다.[2] 또, 김정의 논문을 들 수 있다. 이 논문은 '공생적 외연'이라는 개념을 통해서 울프의 소설「댈러웨이 부인」과 커닝햄의 소설「디 아워스」를 살펴보고, 이어서 소설「디 아워스」와 달드리의 영화「디 아워스」를 살펴보고 있는 논문이다.[3] 또, 곽현주의 논문을 들 수 있다. 이 논문은 커닝햄의 소설「디 아워스」와 달드리의 영화「디 아워스」의 원천이 되는 소설「댈러웨이 부인」의 작가 울프의 페미니즘 문학관과 그 이후의 여성 글쓰기를 살펴보고 있는 가운데, 소설「댈러웨이 부인」과 소설「디 아워스」및 영화「디 아워스」의 주요 인물에 대한 분석을 보여주고 있는 논문이다.[4] 그리고, 이지아의 논문을 들 수 있다. 이 논문은 달드리의 영화「디 아워스」에 집중하여, 여성의 성 정체성·양성론·퀴어이론 등을 통하여 페미니즘적 해석을 행하고 있는 논문이다.[5]

모더니즘 소설「댈러웨이 부인」의 작가 울프를 소설 속의 한 인물로

---

1 검토하려는 연구성과는 논문으로 한정한다. 관련 연구성과 중 저서는 없었으며, 평론을 비롯한 인터넷 자료를 살펴본 결과, 논문과 같은 연구의 수준은 없었고 본 논문과 관련하여 특별히 주목할 만한 내용도 없었음을 밝힌다.

2 정명회,「다시 쓰는『댈러웨이 부인』」,『제임스 조이스 저널』, 9.1, 2003., 219-239쪽.

3 김정,「내포에서 외면으로: 소설『시간들』에서 영화『디 아워스』로」, 위의 책, 193-217쪽.

4 곽현주,「버지니아 울프의 페미니즘과 여성의 글쓰기 연구『댈러웨이 부인』과『디아워스』를 중심으로」, 충남대대학원 석사논문, 2005.2., 1-76쪽.

5 이지아,「Stephen Daldry의『The Hours』에 나타난 페미니즘」, 부산외대대학원 석사논문, 2003.12., 1-9쪽.

등장시켜 소설을 쓰는 과정을 드러내고 있는 커닝햄의 소설「디 아워스」는 그 자체만으로도 '메타픽션'적 성격을 드러내고 있는 포스트모더니즘 소설이라고 볼 수 있다. 여기에 소설「디 아워스」의 여러 요소들이 울프의 소설「댈러웨이 부인」과 어떤 관계 속에서 형성된 것이므로, 소설「디 아워스」는 그 이전의 텍스트와 연관이 되는 포스트모더니즘 텍스트의 성격을 지니고 있는 것이다. 따라서, 소설「디 아워스」는 포스트모더니즘의 구체적인 비평을 통해야 제대로 접근할 있는 텍스트이다. 선행 연구인 정명희의 논문은 비록 소설「디 아워스」가 소설「댈러웨이 부인」과 어떤 관계에 있는지를 제목과 등장 인물을 중심으로 자세하게 살펴보고 있긴 하지만, 보다 포괄적인 시야에서 접근하지 못한 아쉬움과 포스트모더니즘 비평으로 구체화하지 못하고 있는 한계가 있는 논문이다. 김정의 논문은 소설「디 아워스」가 소설「댈러웨이 부인」의 '공생적 외연'으로 이루어진 점을 지적하고 있긴 하지만, '공생적 외연'에서 나아가 보다 구체적인 포스트모더니즘의 비평적 개념에 따른 분석에는 이르지 못한 한계가 있는 논문이다.

달드리의 영화「디 아워스」는 커닝햄의 포스트모더니즘 소설「디 아워스」를 원작으로 하여 영화화한 것이다. 따라서, 영화「디 아워스」는 근본적으로 포스트모더니즘 영화가 된다. '공생적 외연'이란 개념을 통해 소설「댈러웨이 부인」과 소설「디 아워스」, 소설「디 아워스」와 영화「디 아워스」의 관계를 파악하고 있는 김정의 논문은, 소설에서 소설로(소설「댈러웨이 부인」에서 소설「디 아워스」로), 소설에서 영화로(소설「디 아워스」에서 영화「디 아워스」로) 바뀐 사항과 새롭게 쓴 텍스트(이 경우, 소설「디 아워스」)와 원작을 각색한 텍스트(이 경우, 영화「디 아워스」)를 같은 층위에서 같은 개념으로 살펴보고 있는 일종의 오류를 범하고 있다. 이것은, 다른 층위와 다른 개념으로 면밀하게 접근해야 그 오류를 벗어날 수 있는 사항이므로 김정의 논문은 오히려 이런 점에서 면밀한 접근의 필요성을 던져주고 있다 할 것이다.

페미니즘의 입장에서 소설 「디 아워스」와 영화 「디 아워스」의 주요 인물에 대한 분석을 하고 있는 곽현주의 논문이나 영화 「디 아워스」를 페미니즘 이론으로 구체적으로 살펴보고 있는 이지아의 논문에서도, 포스트모더니즘 텍스트인 소설 「디 아워스」와 영화 「디 아워스」를 포스트모더니즘 비평으로 살펴봤을 때 해석에서 허점이 드러나는 지점이 있게 된다. 소설 「디 아워스」와 영화 「디 아워스」의 차이와 그 해석을 포함할 때에는 또 다른 면에서 허점이 드러나게 된다. 그 허점의 구체적인 사항은 이 두 텍스트에 대한 포스트모더니즘적 접근을 하고 있는 본론 속에서 대비하여 언급될 것이다.

이와 같은 이유로 하여, 본 논문은 소설 「디 아워스」와 영화 「디 아워스」의 포스트모더니즘적 성격을 밝히고 이에서 이 두 텍스트의 해석으로 나아가고자 한다. 이런 목적을 이루기 위해 소설과 영화를 묶을 수 있는 '텍스트' 개념, 일반적으로 널리 활용되어 있지만 그 개념이 너무 포괄적이라서 막연한 '상호텍스트성'보다 분명하다고 판단되는 쥬네트(Gerard Genette)의 '텍스트 교류성'과 그 하위의 여러 개념 그리고 메타픽션의 개념과 기법들을 원용하고자 한다. 본 논문의 2항에서 포스트모더니즘과 연관하여 이에 대한 기본적인 사항들을 먼저 정리하고, 3항에서는 이와 같은 포스트모더니즘의 비평개념들을 소설 「댈러웨이 부인」과 관련이 있는 소설 「디 아워스」에 구체적으로 적용하여 그 포스트모더니즘적 성격을 밝혀서 해석하고, 4항에서는 이런 비평개념들을 소설 「디 아워스」를 각색한 영화 「디 아워스」에 구체적으로 적용하여 그 포스트모더니즘적 성격을 밝혀서 해석하고자 한다.

그 과정 중에 소설 「디 아워스」와 영화 「디 아워스」의 차이점을 밝히는 작업이 중요하게 다루어질 것이다.

Ⅱ. 포스트모더니즘과 텍스트, 텍스트 교류성, 메타픽션

포스트모더니즘은 모더니즘의 '장르/경계'에 대하여 '텍스트/상호텍스트성'을 강조한다.[6] '텍스트'라는 용어가 탈구조주의와 이에 기반하고 있는 포스트모더니즘에서는[7] 새롭게 그 개념이 정립된 바 있다. 그것이 부각되는 계기는 바르트(Roland Barthes)에 의해서 본격적으로 마련된 것으로 볼 수 있다. 바르트가 「작품에서 텍스트로」라는 논문을 통하여 '텍스트'의 개념을 새롭게 정립하고 이를 부각시킨 것이 바로 그것이다. 이 '텍스트'의 개념에서 기본적으로 포스트모더니즘의 성격을 추출할 수 있으므로 간략하게나마 정리할 필요가 있다. 이를 정리하면 다음과 같이 된다.[8]

1) 텍스트는 언어 생산 활동으로 경험된다. 2) 텍스트는 모든 장르, 모든 관습적인 위계질서를 뛰어넘는다. 3) 텍스트는 분열적인 기표작

---

6 이 경우는 크리스테바(Julia Kristeva)의 폭넓은 개념이다. 인용한 핫산(Ihab Hassan)의 논문에서 크리스테바의 폭넓은 '상호텍스트성'을 사용하고 있으므로 여기서는 일단 이 용어를 사용하기로 한다. 하지만, 이 항목의 뒤에 가서 이 용어보다 정확한 '텍스트 교류성'이란 용어를 이유를 들어 사용할 것인데, 그전에는 이 '상호텍스트성'을 당분간 사용하기로 한다.
　이합 핫산, 「포스트모더니즘의 개념 정립을 위하여」, 이 충무 역, 김욱동 편저, 『포스트 모더니즘의 이해』, 문학과지성사, 1990., 70쪽.
7 토드 기틀린, 「포스트모더니즘의 기원과 정치학」, 이은주 역, 이영철 편, 『21세기 문화 미리 보기』, 시각과 언어, 1996., 144-147쪽.
　마단 사럽, 『후기 구조주의와 포스트모더니즘』, 전영백 역, 조형교육, 2005., 11-16쪽.
8 롤랑 바르트, 『텍스트의 즐거움』, 김희영 역, 동문선, 1997., 37-47쪽.

용을 통해서 기의의 드러남을 무한히 유보시킨다. 4) 텍스트는 상호텍스트적인 인용, 반향, 그리고 다양한 문화 언어들을 가지고 스스로를 구축한다. 5) 텍스트 내 작가의 흔적은 유희적이며 권위적이지 않다. 6) 텍스트는 독자의 협력을 통해 실현된다. 7) 텍스트는 즐거움을 지향한다.

여기서, '텍스트'는 장르와 관습의 질서를 넘기 때문에 이른바 '상호텍스트성'을 내재하고 있는 개념이 되며 이는 포스트모더니즘적 성격 또한 내재한 것이 된다. 텍스트의 이런 성격은 그 작가의 권위를 인정하지 않는 사항과 연관된다. 요컨대, 작가의 권위를 인정하는 '작품'이 완전하고 결정적인 것이라면 작가의 권위를 인정하지 않는 '텍스트'는 불완전하며 미결정적인 것이 되는 것이다. 그래서 텍스트는 '작가의 죽음' 뿐만 아니라 독자의 협력을 통해 실현되는 '독자의 탄생'과 관련이 있게 된다.[9] 포스트모더니즘에서 '작가의 죽음'의 문제는 두드러지게 부각되는 사항이다.[10] 그 자체에 상호텍스트적인 성격을 내재하고 있는 텍스트는 장르의 질서마저 뛰어넘는 것이다. 현대 영화 이론에서 영화를 글쓰기와 관련시켜 텍스트로 보는 것은 일차적으로 이에 따른 것이 된다. 요컨대, 영화 감독이 작가라면 영화는 텍스트인 셈이다.[11] 더구나, 소설 「댈러웨이 부인」과 관련 있는 소설 「디 아워스」와 이 소설 「디 아워스」를 각색한 영화 「디 아워스」는 바르트의 '텍스트' 개념에 더욱 부합하는 것이 된다.

바르트의 텍스트 개념에는 크리스테바의 '상호텍스트성' 개념의 가능성을 포함하고 있다. 문제는 크리스테바의 상호텍스트성이 너무 포

9 위의 책, 27 – 35쪽.

10 프레드릭 제임슨, 「포스트모더니즘과 소비 사회」, 임상훈 역, 김욱동 편저, 앞의 책, 246 – 248쪽.

11 로버트 스탬, 『자기 반영의 영화와 문학』, 오세필 · 구종상 역, 한나래, 1998., 51 – 58쪽.

괄적이어서 막연하다는 점에 있다. 이런 점에서 쥬네트의 '텍스트 교류성'과 그 하위 개념은 보다 분명한 개념에 따른 구체적인 유형 구분을 보이고 있으므로 실제 적용에 상당히 유용한 것이 된다. 포스트모더니즘의 가장 주목해야 할 핵심적인 지배소 가운데 하나가 바로 크리스테바의 '상호텍스트성',[12] 보다 적확한 용어로는 쥬네트의 '텍스트 교류성'이다. 소설과 소설 사이 뿐만 아니라 소설과 영화 사이 등의 같고 다른 층위에 따른 하위 개념의 차이를 분명히 구분하고 있는 '텍스트 교류성'은 소설 「댈러웨이 부인」과 소설 「디 아워스」의 관계 그리고 소설 「디 아워스」와 영화 「디 아워스」의 관계에 대하여 세부적인 분석을 하기에 아주 유용하게 활용할 수 있다. 그동안 널리 사용되었지만 막연한 '상호텍스트성'을 분명하게 개념 정리하면서, 한 텍스트와 다른 텍스트와의 모든 관계를 의미하는 '텍스트 교류성'의 하위범주로 처리하고 있는 쥬네트의 '텍스트 교류성'은 '상호텍스트성'보다 훨씬 유용한 개념이므로, 본론에서 구체적으로 적용하기 전에 여기서 이를 개략적으로나마 정리할 필요가 있는데 이를 정리하면 다음과 같다.[13]

1) '상호텍스트성(intertextuality)': 크리스테바의 '상호텍스트성'보다 제한적으로 정의 내려지는 이 개념은 두 텍스트가 인용, 표절, 그리고 언급의 형태를 통해 서로 효과적인 공존 관계를 유지함을 의미한다. 2) '부속적 텍스트성(paratextuality)': 어떤 텍스트 전체 속에서 텍스트 본체와 '부속 텍스트'—제목, 머리말, 책의 표지, 표제어, 도안, 심지어는 책 장정과 서명된 작가 친필—간의 관계를 말한다. 3) '메타텍스트성(metatextuality)': 한 텍스트가 다른 텍스트에 대해 논평을 가하는 비평

<hr>

12 김욱동, 『모더니즘과 포스트모더니즘』, 현암사, 1992., 195 − 207쪽.
13 로버트 스탬, 앞의 책, 51 − 58쪽 재인용.

적 관계로서, 논평되는 텍스트는 공공연하게 거론될 수도 있고 아니면 아무 언급 없이 환기될 수도 있다. 4) '텍스트 전형성(architextuality)': 어떤 텍스트의 제목이나 부제에 의해 시사 또는 부인되는 장르 분류를 말한다. 텍스트 전형성은 어떤 텍스트가 스스로의 장르를 특징지으려는 (혹은 스스로의 장르를 부정하려는) 의지와 관련된다. 5) '하이퍼텍스트성(hypertextuality)': 한 텍스트-이것을 쥬네트는 '하이퍼텍스트'라고 부른다-와, 이것이 변형시키고 수정을 가하고 정교화시키고 혹은 확장시키는 기존의 텍스트- 즉, '하이포텍스트(hypotext)- 와의 관계를 말한다.

그런데, 바르트의 '텍스트' 개념에 내재한 작가의 죽음은 무엇보다도 '메타픽션'에서 더욱 두드러진다. 왜냐하면, "스토리의 쓰기 (writing of story)인 만큼 쓰기의 스토리(story of writing)"[14]인 메타픽션에서는 "작가가 소설 속에 그의 현존(presence)을 과시하면 할수록 그의 부재(absence)는 소설 외부에서 더욱 더 두드러지"[15]게 되는 것이기 때문이다. 그리고 메타픽션의 글쓰기에 대한 자의식은 "현실을 불확정성으로 보는 포스트모던 시대의 사유에서 비롯된 것"[16]이다. 그래서 메타픽션을 비롯한 포스트모더니즘의 텍스트에서 불확정성과 미결정성이 두드러지는 것은 바로 이 때문이다.[17] 요컨대, 포스트모더니즘에서는 "자기반영성과 메타픽션이 핵심적인 지배소"[18]의 하나가 되는 것이다.

---

14 퍼트리샤 워, 『메타픽션-포스트모더니즘 문학이론』, 김상구 역, 열음사, 1989., 180쪽.
15 위의 책, 177쪽.
16 나병철, 『근대성과 근대문학』, 문예출판사, 1995., 252쪽.
17 린다 허천, 「포스트모더니즘 시학」, 김명옥 역, 김욱동 편저, 앞의 책, 150쪽.
18 김욱동, 앞의 책, 214쪽.

Ⅲ. 소설 「디 아워스」의 포스트모더니즘적 성격과 그 해석

커닝햄의 소설 「디 아워스」는 울프의 소설 「댈러웨이 부인」과 어떤 관계 속에 있는 텍스트이다. 바르트의 '텍스트' 개념이 그래서 적확한 것이 된다. 커닝햄의 소설 「디 아워스」는 울프의 자살 장면을 담고 있는 「프롤로그」에다가 1923년 런던 교외를 배경으로 하고 있는 「울프 부인」, 1949년 미국 L.A.를 배경으로 하고 있는 「브라운 부인」 그리고 20세기 말 미국 뉴욕을 배경으로 하고 있는 「댈러웨이 부인」의 장들이 각각 병렬되어 있는 구성으로 형성되어 있다. 소설 「디 아워스」의 병렬적 구성 자체가 포스트모더니즘적인 것이 된다.[19] 시간적 배경에서 제일 앞선 「울프 부인」의 장을 (A)라 하고, 그 다음 앞선 「브라운 부인」의 장을 (B)라 하고, 맨 마지막인 「댈러웨이 부인」의 장을 (C)라고 한다면, 커닝햄의 소설 「디 아워스」의 구성은, 「프롤로그」를 '0'으로 표시하여 그 전체를 다음과 같이 도표화할 수 있게 된다.

(A−0) − (C−1) − (A−1) − (B−1) − (C−2) − (A−2) − (B−2) − (A−3) − (C−3) − (B−3) − (A−4) − (C−4) − (B−4) − (A−5) − (C−5) − (A−6) − (C−6) − (B−5) − (C−7) − (B−6) − (A−7) − (B−7) − (C−8)

우선 여기서 커닝햄의 소설 「디 아워스」는 「댈러웨이 부인」의 작가 울프를 소설의 한 인물로 등장시켜서 소설 「댈러웨이 부인」을 쓰는 과정을 포함하고 있는 (A), 울프의 소설 「댈러웨이 부인」의 애독자인 로라 브라운의 이야기인 (B), '댈러웨이 부인'이라 불리는 편집일을 맡고

<hr>

19 이합 핫산, 앞의 글, 69 − 70쪽.

있는 클라리사의 이야기인 (C)가 각각 병렬되어 있지만 일정한 순서대로 병렬되어 있는 것은 아니라는 사항을 알 수 있다. 따라서, 그 각 장의 순서가 의미가 있는 것은 아닌 것으로 파악된다. 그리고 「울프 부인」의 장과 「브라운 부인」의 장 그리고 「댈러웨이 부인」의 장의 비중도 거의 같아서(울프의 이야기인 「프롤로그」를 포함하면 A:B:C의 비율은 8:7:8이 된다) 누구에 강조점이 있는 것도 아닌 것으로 파악된다.

울프의 이야기인 (A)에서 울프는 비록 소설 「댈러웨이 부인」의 실제 작가인 울프에서 출발하고 소설 「댈러웨이 부인」을 쓰는 과정이 드러나 있지만, 엄격하게 말해서 실제 작가 울프라기보다는 커닝햄 소설의 등장인물로 구성된 울프로 봐야 한다. 울프의 전기적인 사실을 바탕으로 하고 있지만 커닝햄의 상상력에 의해 소설 「디 아워스」에서 재구성되어 형상화된 울프이기 때문이다. 소설 「디 아워스」의 「울프 부인」 장들은 "창작과정에 대한 진술을 하"[20]고 있다는 점에서 뿐만 아니라 "작가들이 텍스트에 뛰어들"[21]어 "텍스트의 언어들도 작가를 생산한다"[22]는 시각으로 "작가가 텍스트의 내부에 위치하고 있다는 것을"[23] 보여주고 있다는 점에서 메타픽션이라 할 수 있다.

브라운의 이야기인 (B)는 울프 소설 「댈러웨이 부인」의 애독자 이야기이다. 울프의 이야기인 (A)에서 「댈러웨이 부인」을 쓰는 과정 중에 「댈러웨이 부인」의 구절들이 등장했다면 「댈러웨이 부인」의 애독자인 브라운의 이야기인 (B)에서는 「댈러웨이 부인」을 읽는 과정 중에 「댈러웨이 부인」의 구절들이 등장한다. 이로써 '텍스트 상호간의 과잉침

---

20 퍼트리샤 위, 앞의 책, 20 − 21쪽.

21 위의 책, 136쪽.

22 위의 책, 176쪽.

23 위의 책, 176쪽.

해' 현상이[24] 일어나고 있는 것이다. 커닝햄의 소설 「디 아워스」의 「댈러웨이 부인」 장인 (C)는 울프의 「댈러웨이 부인」하고는 작가와 독자로서는 아무 관련이 없다. 여기서의 관련은 클라리사라는 인물이 '댈러웨이 부인'이라 불림으로써 울프의 소설 「댈러웨이 부인」과는 작중인물로서 관련이 되는 것이다. 「댈러웨이 부인」 장인 (C)에서는, 이뿐만 아니라 양성애자인 '댈러웨이'의 남자애인인 '리차드'와 여자애인인 '샐리'가 울프의 소설 「댈러웨이」에서 '댈러웨이'의 남편인 '리차드'와 친구인 '샐리'와 작중인물로서 관련이 되어 있다.

구분되는 세 계열의 장에서 「울프 부인」의 장인 (A)는 작가와, 「브라운 부인」의 장인 (B)는 독자와, 그리고 「댈러웨이 부인」의 장인 (C)는 작중인물과 관련성을 보여주고 있는 커닝햄의 소설 「디 아워스」는 일종의 '메타픽션 꼴라쥬'라[25] 할 수 있을 것이다. 인용·표절 그리고 언급의 형태를 통해 서로 효과적인 공존 관계를 유지함을 의미하는, 쥬네트의 보다 분명한 개념으로 '상호텍스트성'이 광범위하게 이루어져 있는 것으로 이해된다. 커닝햄의 소설 『디 아워스』는 울프의 모더니즘 소설 『댈러웨이 부인』을 크게 세 계열로 관련시켜 새롭게 이야기를 구성한 포스트모더니즘 소설이 되는 것이다. 이 중에서 「울프 부인」의 장은 메타픽션적인 성격을 내재하고 있는 것이 된다. 나아가, 소설 「디 아워스」 전체가 내적 독백과 의식의 흐름 기법 그리고 하루를 통해 인물들의 삶의 모습과 의미를 드러내는 등 울프의 모더니즘 소설 「댈러웨이 부인」의 글쓰기 스타일을 따르고 있는 것으로 볼 때, 비록 소설 「디 아워스」에 「디 아워스」를 쓰는 과정이나 이 소설이 구성되는 과정은 나오지 않다 할지라도 커닝햄이 「디 아워스」를 쓰는 과정이나 이

---

24 위의 책, 191－196쪽.
25 위의 책, 189－191쪽.

소설이 구성되는 과정이 전제가 되어 그 결과로서 소설 「디 아워스」가 제시되어 있는 것이다. 이는 텍스트 내부에서 파악되던 메타픽션이 텍스트의 내부와 외부의 경계를 넘어 그 성격이 확장된 것으로 이해할 수 있다.

커닝햄의 소설 「디 아워스」는 그 내부에 울프의 소설 「댈러웨이 부인」을 품고 있는 소설이다. 소설 「디 아워스」에서 「댈러웨이 부인」의 장에 등장하는 작중인물 '댈러웨이 클라리사', '리차드', '샐리'는 울프의 「댈러웨이 부인」 속의 작중인물과 이름을 같이 하고 있다. 울프의 소설인 「댈러웨이 부인」의 등장인물을 모방하여 이 텍스트의 밖에 같은 이름의 등장인물을 설정한 것은, 포스트모더니즘 이전의 전통 미학에서 예술(소설)이 인생을 모방한 것에 반해, 포스트모더니즘 미학에서 인생이 예술(소설)을 모방하는 현상에 그대로 상응하는 것이 된다. 그리고 소설 「댈러웨이 부인」 텍스트 밖 현실 속의 인물들이 또한 소설 「디 아워스」 텍스트 내부의 인물이 되는 것은 소설 「댈러웨이 부인」의 텍스트 밖의 작가 울프가 소설 「디 아워스」 텍스트 내부의 인물이 되는 것과 마찬가지로, 텍스트의 안과 밖의 경계가 없으며 텍스트는 구성되는 것이라는 포스트모더니즘의 성격을 부각시키는 것이 된다.

그리고, 소설 「댈러웨이 부인」 텍스트 밖의 작가인 울프가 소설 「디 아워스」에서 텍스트 내부의 인물로 등장하면서 자살을 하는 장면을 「프롤로그」로 삼은 것은, 물론 실제 울프의 자살을 텍스트 내부로 가져온 것이긴 하지만, 「디 아워스」에서 울프의 소설 「댈러웨이 부인」 텍스트 밖의 인물이면서도 전체 「디 아워스」 텍스트 내부의 인물 중 유일한 작가로 등장하는 리차드가 자살을 하는 장면과 관련시켜 볼 때 예사롭지 않은 것이 된다. 「디 아워스」가 포스트모더니즘 소설인 만큼, 이는 상징적인 '작가의 죽음'과 연관이 되는 것으로 해석할 수 있다. 울프의 소설 「댈러웨이 부인」의 애독자였던 커닝햄은 울프의 이 소설을 새롭게 활용하여 「디 아워스」를 썼으며 작가인 울프를 새롭게 쓰여진 「디 아워스」에서 텍스트 내부의 한 부분을 이루는 인물로 축소 변형시키고 있는 것이다. 울프라는 작가의 상징적인 죽음과 커닝햄이라는 능동적인 독자의 탄생에 이어진 커닝햄이라는 불안한 위상의 새로운 작가의 탄생은 소설 「디 아워스」의 포스트모더니즘의 성격과 연관되어 있는 것이 된다. 이는 소설 「댈러웨이 부인」의 애독자인 브라운의 아들인 리처드가 새로운 작가라는 점에서, 독자의 탄생 이후의 새로운 작가의 탄생을 보여주고 있는 것으로 해석되고, 그 작가 역시 자살을 함으로써 상징적인 '작가의 죽음'에 놓여있는 불안한 존재라는 점을 드러내는 것 또한 이에 상응하는 것이 된다.

Ⅳ. 영화 「디 아워스」의 포스트모더니즘적 성격과 그 해석

달드리의 영화 「디 아워스」는 커닝햄의 포스트모더니즘 소설 「디 아워스」를 원작으로 하여 각색을 한 영화이므로 근본적으로 포스트모더니즘적 성격을 지닌다 할 것이다. 그럼에도, 소설과 영화가 그 장르의 특성이 서로 다르므로 이 부분은 보다 면밀히 검토되어야 한다. 우선, 영화는 그 장르적 특성상 그 자체가 포스트모더니즘적이라고 할 수 있다. 왜냐하면 "고급예술과 저급예술의 구분(항상 분명치 않은)이 사라지는 곳이 바로 영화이며, 거기서는 또한 문화와 경제가 모든 수준에서 서로 교차하"[26]는 포스트모더니즘적 성격이 내재하고 있기 때문이다. 그런데, 달드리의 영화 「디 아워스」는 "상위와 하위 문화 양쪽 요소의 혼합"[27]에서 나아가 "광범위한 참조와 인용의 기법"[28]을 띠고 있으므로 두드러진 포스트모더니즘 영화라고 할 수 있다.

쥬네트의 '텍스트 교류성' 가운데 '하이퍼텍스트성'은 소설을 각색한 영화의 경우를 해명하는 데에 적합한 개념이 된다. 쥬네트의 하이퍼텍스트는 기존의 텍스트(쥬네트는, 이를 '하이포텍스트'라고 명명한다)를 변형시키고 수정을 가하고 정교화시키고 확장시킨 텍스트를 의미한다. 소설을 각색한 영화는 기존의 하이포텍스트로부터 파생된 하이퍼텍스트가 되는 것이다. 이 경우, 하이퍼텍스트인 영화는 하이포텍스트인 기존의 소설을 선별·강조·구체화·현실화 등의 작업을 통해 변형시킨 것이다.[29] 여기서, 기존의 텍스트인 소설과 파생된 텍스트인 영화의 차이점에 대한 면밀한 검토의 필요성이 제기된다. 그리고 동일한 하이포텍스트인 기존의 소설에서 파생된 하이퍼텍스트인 영화들은 다양한 형태를 취할 수가 있다. 즉, 각색한 어떤 영화는 원작 소설의 하이퍼텍스트 중 하나인 것이다. 여기서, 달드리의 영화 「디 아워스」는 하이포텍스트인 커닝햄의 기존 소설 「디 아워스」의 하이퍼텍스트의 하나라는 점과 하이퍼텍스트의 하나로서 달드리의 영화 「디 아워스」는 하이포텍스트인 커닝햄의 기존 소설 「디 아워스」에서 파생되고 변형된 텍스트이므로 그 차이점에 보다 주목해야 한다는 점을 강조할 필요가 있다.

달드리의 영화 「디 아워스」는 커닝햄의 소설 「디 아워스」와 일치하

---

26 프레드릭 제임슨,『지정학적 미학』, 조성훈 역, 현대미학사, 2007., 14 – 15쪽.

27 존 힐, 「영화와 후기현대주의」, 존 힐·파멜라 처치 깁슨 편, 『세계 영화 연구』, 안정효·최세민·안자영 역, 현암사, 2004., 124쪽.

28 위의 책, 126쪽.

29 로버트 스탬, 앞의 책, 63쪽.

는 점이 많이 있다. 영화의 '오프닝 시퀀스'가 소설의 「프롤로그」와 마찬가지로 울프의 이야기로 되어 있는 점, 영화 전체에서 '울프의 시퀀스'·'브라운의 시퀀스'·'댈러웨이의 시퀀스'가 소설에서 「울프 부인」의 장·「브라운 부인」의 장·「댈러웨이 부인」의 장과 마찬가지로 균등하게 병렬되어 구성되어 있는 점이 그렇다. 그리고 등장인물들도 영화의 모든 시퀀스에서 소설에 나오는 등장인물 그대로이다.

그런데, 달드리의 영화 「디 아워스」는 커닝햄의 소설 「디 아워스」와 다른 점도 상당히 있다. 하이퍼텍스트의 하나로서 달드리의 영화 「디 아워스」는 하이포텍스트인 커닝햄의 기존 소설 「디 아워스」에서 파생되고 변형된 텍스트이므로 그 차이점에 보다 주목해야 하는데, 이는 이 차이점에서 소설 「디 아워스」와 영화 「디 아워스」의 포스트모더니즘적 성격이 달라지고 이에 따라 그 해석도 달라지기 때문이다. 소설 「디 아워스」와 영화 「디 아워스」 두 텍스트의 차이점을 살펴보고 이에서 영화 「디 아워스」의 포스트모더니즘적 성격을 드러내어 해석하고자 한다. 몇 항으로 나누어 살펴보는 것이 파악하기에 용이할 것이므로 그렇게 하고자 한다.

먼저, 구성면에서 드러나 있는 차이점의 문제이다. 크게 보면 영화 「디 아워스」도 소설 「디 아워스」에서 「울프 부인」의 장·「브라운 부인」의 장·「댈러웨이 부인」의 장과 마찬가지로 '울프의 시퀀스'·'브라운의 시퀀스'·'댈러웨이의 시퀀스'가 일정한 순서 없이 균등하게 병렬되어 있지만, 보다 세부적으로 보면 영화 「디 아워스」에서는 소설 「디 아워스」와는 달리 하나의 쇼트라는 보다 미세한 단위로 울프·브라운·댈러웨이의 모습과 행위가 연이어 나오는 부분들이 상당히 있다. 울프·브라운·댈러웨이가 침대에 누워있는 장면이 하나의 쇼트 단위로 연속적으로 보여지고 있는 점은 존재의 연관성을 부각시키는 장치라고 볼 수 있다. 또한 작가인 울프가 소설 「댈러웨이」를 쓰고 있는 쇼트에 바로 이어지는 애독자인 브라운이 소설 「댈러웨이」를 읽고 있는 쇼트에 또 바로 이어지는 편집자인 댈러웨이가 새로운 소설에 대한 기획 편집을 하는 쇼트, 작가인 울프가 「댈러웨이 부인」을 집필하는 과정에서 "댈러웨이 부인은 직접 꽃을 사야겠다고 말했다"라고 하여 자유간접화법의 한 대목을 구상하고 쓰는 쇼트에 바로 이어 애독자인 브라운이 "댈러웨이 부인은 직접 꽃을 사야겠다고 말했다"라는 소설의 바로한 대목을 읽는 쇼트에 바로 이어 댈러웨이가 "꽃을 사야겠어"라고 직접적으로 말하는 쇼트는 작가에서 독자까지의 소통과정 문제와 소설 텍스트 내부의 등장인물인 댈러웨이와 소설 텍스트 외부의 인물인 댈러웨이 사이의 외적인 연관성 문제를 부각시키면서 궁극적으로는 시공을 초월한 존재의 연관성을 드러내는 장치라고 볼 수 있다.

여기서, 존재의 연관성이 각기 다른 시·공간이면서도 비슷한 순간을 통해 표출되고 있다는 점에서 근대의 직선적이고 과학적인 시간관을 넘어서 순환론적이며 운명적인 시간관이 드러나 있는 것으로 해석할 수 있다. 이는, 포스트모더니즘의 한 양상인 비동시성의 동시성에 대한 표출로도 해석할 수 있게 된다. 브라운이 어린 아들보고 케이크 만드는 것을 도와달라고 하는 쇼트에 바로 이은 댈러웨이가 딸에게 파티를 도와달라고 하는 쇼트, 브라운의 남편이 "그만 잡시다"라고 말하는 쇼트에 바로 이은 울프의 남편이 "그만 잡시다"라고 말하는 쇼트 등도 마찬가지 부분인 것이다. 일정한 운동이 아니라 내적 연관성이 있는 쇼트의 연이은 연속은 "과거－현재－미래라는 연대기적 순서를 따르는 선형적인 것이 아"[30]니라는 점에서 시간 이미지에 상응하며, 이는 "동시적이고 설명 불가능한, 미래의 현재, 현재의 현재, 과거의

---

30 질 들뢰즈, 『시네마Ⅱ : 시간－이미지』, 이정하 역, 시각과 언어, 2005., 563쪽.

현재가 존재하는"[31] 것에 기반해 있는 것으로 볼 수 있다.

　구성면에서는 또 다른 차이점이 드러나 있다. 그것은 소설 「디 아워스」에는 「프롤로그」에서만 울프의 자살 장면을 드러내고 있는 데에 비해 영화 「디 아워스」에서는 '오프닝 스퀀스'뿐만 아니라 '엔딩 시퀀스'에까지 울프의 자살 장면을 보여주고 있다. 더구나, '엔딩 시퀀스'는 그 앞에 보여진 리차드의 자살 장면에 이은 것이어서 작가인 두 인물의 자살을 나란히 드러내고 있는 것이 된다. 앞에서 소설 「디 아워스」가 상징적인 '작가의 죽음' 문제를 내재하고 있는 텍스트라고 해석했는데, 그 연장선에서 영화 「디 아워스」는 더 나아가 이 문제를 보다 적극 부각시키고 있는 텍스트가 됨을 확인할 수 있다. '엔딩 스퀀스'에서 울프가 들려주고 있는 바 "삶을 사랑하게 되었지만 그러나 그 삶을 접을 때가 되었군요"라고 한 모순적인 표현은 죽음으로써 새로운 의미의 장을 열 수 있는 상징적인 '작가의 죽음'이라는 매개를 통해야 제대로 이해할 수 있는 사항이다. 작가의 죽음이 없이는 텍스트의 능동적인 의미가 살아나지 않고 새로운 독자에 이은 새로운 작가도 탄생되지 않는 것이다. 영화 「디 아워스」 자체가 커닝햄의 소설 「디 아워스」의 독자인 달드리가 새로운 작가인 감독으로 탄생한 것을 드러내는 텍스트가 된다. 달드리는, 하이포텍스트인 포스트모더니즘 소설 「디 아워스」를 각색하여 변형시킨 하이퍼텍스트인 포스트모더니즘 영화 「디 아워스」의 새로운 작가인 셈이다.

　다음, 소설 「디 아워스」에 표현되어 있는 동성애적 장면과 영화 「디 아워스」에 표현되어 있는 동성애적 장면에서 드러나는 차이점의 문제이다. 소설 「디 아워스」와 영화 「디 아워스」에 표현되어 있는 동성애적 장면은 두 텍스트 모두 울프와 바네사의 키스 장면, 브라운과 키티의

---

31 위의 책, 205쪽.

키스 장면, 댈러웨이와 샐리의 키스 장면 등으로 집약할 수 있다. 리차드와 루이스, 루이스와 그 남자 제자 등은 동성애 관계에 있다는 언급만 등장해서 주목해서 볼 사항은 되지 못하고 소설과 영화 두 텍스트에 차이점도 없다. 키스 장면에 집중되어 되어 있는 여성끼리의 동성애 장면에서 소설「디 아워스」와 영화「디 아워스」는 차이점을 드러내고 있는데, 그 차이점에서 해석이 달라지므로 주목할 필요가 있다.

소설「디 아워스」에서 울프와 바네사의 키스 그리고 브라운과 키티의 키스는 자연스럽게 묘사되고 있고 여러 번 묘사되어 있다. 그런데, 이들이 일정한 기간 동안 그 관계가 지속되었다는 표현은 없다. 일정 기간 동안 그 관계가 지속되지 않았음에도 불구하고 비록 하루 동안이지만 여러 번 키스하는 장면에서 이들의 키스는 동성애적 표지이긴 하지만 여성끼리의 연대적 의미가 더 큰 것으로 이해된다. 이에 비해 영화「디 아워스」에서는 울프와 바네사의 키스 그리고 브라운과 키티의 키스가 한번 묘사되어 있지만 부자연스럽게 묘사되어 있다. 그래서 여성끼리의 연대라는 의미를 지닐 수는 없다. 비록 그 키스가 순간적이며 일회적인 것이긴 하지만 이들의 키스에는 동성애적 의미가 담겨있는 것으로 해석될 수밖에 없다. 문제는 그 키스에서 울프와 바네사 그리고 브라운과 키티가 보인 반응이 서로 다르다는 점에 있다. 소설과 달리 영화「디 아워스」에서는, 울프와 바네사 그리고 브라운과 키티는 키스를 한 후에 서로 교감되지 않고 감정의 교류가 자연스럽지 못하게 된다. 바네사는 울프와의 키스 후에 서둘러 그 자리를 피하려 하고 있고 브라운은 키티와의 키스 후에 키티의 눈치를 살피며 어쩔 줄 몰라한다. 이것은 울프와 바네사 그리고 브라운과 키티 사이에서 그 키스에 대한 태도가 다름을 드러내는 사항이 된다. 키티가 브라운의 집을 방문했을 때, 브라운이 거울을 보며 차림새를 가다듬는 것은 키티에 대해 브라운에게는 사랑의 감정이 있음을 드러내는 장면이 되는데, 이는 소설 「디 아워스」에는 없고 영화 「디 아워스」에만 있는 장면이다. 울프와 브라운이 동성애적 기질을 드러내고 있는 데 반해 바네사와 키티는 이에 조금이나마 어색해하고 당황해하고 있는 것은 동성애적 행동에 대한 태도의 다름에서 기인한 반응에 해당한다.

여기서 소설 「디 아워스」에 비해 영화 「디 아워스」는 동성애에 대한 태도의 차이점를 분명히 드러내고 있는 텍스트임을 확인할 수 있다. 영화 「디 아워스」는, 소설 「디 아워스」가 동성애가 자연스럽게 표현되어 있는 텍스트라는 점과는 달리, 규범적이고 제도적인 지배문화의 하나인 이성애와 반규범적이며 비제도적인 하위문화의 하나인 동성애 사이의 대립 문제를 내재하고 있는 텍스트인 것이다. 소설 「디 아워스」에서 「브라운 부인」 장의 시간적 배경이 1949년인 데 비해 영화 「디 아워스」에서 '브라운의 시퀀스'의 시간적 배경이 1951년인 것은, 그 시간적 배경이 1940년대 말에서 나아가 하위문화가 서서히 드러나 지배문화와 대립을 보인 시기라는 의미를 내재하고 있는 것으로 이해된다. 영화 「디 아워스」에서는, 소설 「디 아워스」와는 달리 어린아들이 그렇게 매달리는 데도 불구하고 약을 챙겨 자살하려고 조용한 호텔로 향하는 브라운을 보여주는 장면이 있는데, 이 장면은 반규범적이고 비제도적인 하위문화의 하나인 동성애 기질을 지니고 있는 브라운의 내면 갈등의 심각함을 보여주고 있는 것으로 이해해야 설득력을 제대로 갖춘 것이 된다. 김정이 앞의 논문에서 "엄마가 자신을 버리고 떠난 매순간을 아프게 기억하는 리치의 절실한 표정에 반해서, 로라의 호텔 방에서의 독서는 그 절실함이 원전을 읽지 않은 많은 관객에게 공유되지 않은 것으로 보인다. 죽음을 생각하는 로라의 누워 있는 모습을 프롤로그에서의 울프의 자살 장면의 강물이 차 오르는 모습으로 오버랩시킨 것은 영리한 영화화법이기는 하나, 죽음의 당위성을 인지시키기에는 역부족이었다."[32]라는 언급을 하고 있는데, 이것은 영화에서 드러나고 있는 이러한 브라운의 내면 갈등의 심각함을 파악하지 못하는 데서 오는 해석의 한계로 이해된다. 이와 같이, 영화 「디 아워스」는 소설 「디 아워스」에 비해 하위문화로서의 동성애라는 포스트모더니즘적 주제를 더욱 부각시키고 있는 포스트모더니즘 영화에 해당하는 것이다.

한편, 소설 「디 아워스」에서 댈러웨이와 샐리의 키스는 오랫동안 관계가 지속되었다는 표현과 함께 당연히 자연스럽게 여러 번 묘사되어 있다. 또한 댈러웨이는 리차드와도 오랫동안 연인관계로서 지내왔다는 표현이 있다. 그리고 댈러웨이가 리차드를 정성껏 간호하는 내용을 포함하고 있다. 비록 소설 「디 아워스」에서는 18년이라는 기간과 영화 「디 아워스」에서는 10년이라는 기간의 차이는 있지만, 이러한 사항은 소설 「디 아워스」와 영화 「디 아워스」에서 공통적인 사항인 것이다. 하지만, 소설 「디 아워스」와는 달리 영화 「디 아워스」에서는 댈러웨이가 너무 힘들고 지쳐 울고 흐느끼는 장면이 등장한다. 이것은 소설 「디 아워스」에서는 댈러웨이의 양성애적 성향이 균형을 잡아 샐리와 리차드를 다 사랑하면서 투병하고 있는 리차드를 간호하는 것으로 드러나 있는 반면에, 영화 「디 아워스」에서는 댈러웨이의 양성애적 성향이 이성애에 더 기울어 투병하고 있는 리차드에 더 매달려서 간호하면서도 그것을 알아주지 않는 리차드에 대한 원망과 함께 자신의 처지를 슬퍼하고 있는 것이다. 곽현주는 앞의 논문에서 "영화 「디 아워스」의 클러리사는 소설 속의 클러리사보다 훨씬 의식이나 행동이 제한되어 있는 것이 사실이다"[33]고 언급하고 있는데, 소설 「디 아워스」와 영화 「디 아워

---

32 김정, 앞의 논문, 211쪽.
33 곽현주, 앞의 논문, 25쪽.

스」의 이런 차이를 염두에 두지 않고 여성의식의 정도를 살펴보고 있는 데서 오는 해석의 한계로 이해된다. 소설 「디 아워스」에서는 댈러웨이와 샐리가 여러 번 키스하는 장면이 등장하는 데 반해, 영화 「디 아워스」에서는 거의 친구처럼 보이다가 리차드가 죽은 후에 키스를 나누는 한 장면이 있을 뿐이다. 여기서, 영화 「디 아워스」는 양성애적 성향을 지녔음에도 불구하고 이성애에 기울어 있는 댈러웨이의 상황과 그 변화를 통해서 규범적이고 제도적인 지배문화에 대응해서 반규범적이고 비제도적인 하위문화의 수행 문제를 제기한 것으로 해석할 수 있는 것이다. '댈러웨이의 시퀀스' 맨 뒷 부분에서 샐리를 더욱 사랑하게 된 댈러웨이가 마음의 평화를 찾아 웃고 있는 장면은 이와 연관될 때 자연스럽게 받아질 수 있는 장면이 된다.

그리고, 소설 「디 아워스」 텍스트의 밖에 존재하는 작가 커닝햄과 그 소설 텍스트의 안에 언급되어 있는 배우 메릴 스트립이 다 같이 영화 「디 아워스」 텍스트의 내부에 존재하는 문제이다. 영화 「디 아워스」에서 소설 「디 아워스」의 작가 커닝햄은 '댈러웨이의 시퀀스'에서 비록 지나가는 행인인 카메오이긴 하지만 등장한다. 이것은 소설 「디 아워스」에서 「댈러웨이 부인」의 작가인 울프가 작중인물로 등장하는 것처럼 영화 「디 아워스」에서 소설 「디 아워스」의 작가 커닝햄이 영화 속의 한 인물로 등장하는 것이다. 이는 텍스트 밖의 작가가 텍스트 내부의 한 부분이 됨으로써 축소 변형된 것으로 이해할 수 있다. 영화 「디 아워스」에서 커닝햄은, 소설 「디 아워스」에서 작가 울프가 축소 변형된 것보다 더욱 축소 변형되어 있어 작가의 위상이 낮아진 만큼 상징적인 '작가의 죽음'은 더욱 부각되어 있는 것으로 해석할 수 있다. 이와 반대로, 소설 「디 아워스」에서 잠시 언급되어 있는 배우 메릴 스트립이 영화 「디 아워스」에서는 댈러웨이 역할을 맡은 배우로 열연함으로써, 소설에서 이름뿐인 메릴 스트립이 영화에서 전면에 그 자신을 드러내는 만큼 확대 변형되어 있다. 이 두 가지 사항을 결합하면, 작가의 죽음과 텍스트 (내부)의 부각 그리고 하이퍼텍스트 내에서의 변형이라는 포스트더니즘적 성격이 좀 더 드러나는 것과 연관을 가지게 된다. "모든 영화가 텍스트 혼합적이긴 하지만 어면 영화들은 다른 영화들에 비해 더욱더 텍스트 혼합적"[34]인데, 포스트모더니즘 영화 「디 아워스」가 바로 그런 경우에 해당하는 것이다.

Ⅴ. 맺음말

이 글은 커닝햄의 소설 「디 아워스」와 달드리의 영화 「디 아워스」가 포스트모더니즘 텍스트임에도 불구하고 그 성격이 제대로 규명되지 않았다는 점에서 두 텍스트의 포스트모더니즘 성격을 밝히고 이에서 해석으로 나아가고자 한 연구이다. 이를 위해 소설과 영화를 묶을 수 있는 '텍스트' 개념, 보다 분명하고 그 하위에 구체적인 여러 개념을 두고 있는 '텍스트 교류성', 이와 연관된 '작가의 죽음'의 개념, 그리고 소설 「디 아워스」의 경우에는 '메타픽션'의 개념, 영화 「디 아워스」에는 '하이포텍스트'에서 파생 변형된 '하이퍼텍스트' 개념을 구체적으로 활용하였다. 본론에서 밝혀지고 해석된 내용을 정리하면 다음과 같다.

첫째, 소설 「디 아워스」에서 「울프 부인」의 장은 창작과정에 대한 진술을 하고 있고 작가가 텍스트 내부의 한 부분이 되고 있다는 점에

---

34 로버트 스탬, 앞의 책, 56쪽.

서 '메타픽션'이라 할 수 있다. 그리고 소설 「디 아워스」 전체는 '상호
텍스트성'이 광범위하게 이루어진 '텍스트 상호간의 과잉침해' 현상
을 보이며 이는 '메타픽션 꼴라쥬'로 볼 수 있다. 나아가 소설 「디 아워
스」는 커닝햄이 「디 아워스」를 쓰는 과정이나 이 소설이 구성되는 과
정이 전제가 되어 있는 결과물이므로, 메타픽션이 텍스트의 내부와 외
부의 경계를 넘어 확장된 것으로 이해된다.

둘째, 소설 「디 아워스」의 여러 인물들이 울프의 소설 「댈러웨이 부
인」의 여러 인물들의 이름과 같은데, 이는 「댈러웨이 부인」 텍스트 외
부의 인물들이 「댈러웨이 부인」 내부의 인물들을 모방한 것으로 인생
이 예술(소설)을 모방한다는 포스트모더니즘의 성격에 부합하는 것이
된다. 그리고 작가 울프를 포함하여 「댈러웨이 부인」 텍스트 외부의
인물들이 다시 소설 「디 아워스」 텍스트 내부의 인물이 됨으로써 텍스
트의 안과 밖의 경계가 없으며 텍스트는 구성되는 것이라는 포스트모
더니즘의 성격을 부각시키고 있다.

셋째, 소설 「디 아워스」에서 「댈러웨이 부인」의 작가인 울프가 텍스
트 내부의 인물로 축소 변형되어 등장하는 것은 상징적인 '작가의 죽
음'을 내재하고 있으며, 울프의 자살을 「디 아워스」에서 작가로 등장
하는 인물인 리차드의 자살과 관련시키면 더욱 그렇게 볼 수 있게 된
다. 「댈러웨이 부인」의 애독자 브라운의 아들 리차드와 그의 죽음은
능동적인 독자의 탄생 이후의 불안한 존재인 작가의 탄생을 내재하고
있는 것으로 볼 수 있다.

넷째, 영화 「디 아워스」는 기존의 소설인 '하이포텍스트' 「디 아워
스」에서 파생 변형된 '하이퍼텍스트'에 해당한다. 따라서, '하이퍼텍
스트'의 하나인 영화 「디 아워스」의 포스트모더니즘적 성격과 그에 따
른 해석은 소설 「디 아워스」와의 차이점에서 보다 부각되는 것이다.

다섯째, 영화 「디 아워스」에서는 소설 「디 아워스」와는 달리 미세한 하나의 쇼트 단위로 울프·브라운·댈러웨이의 모습과 행위가 연이어 나오는 장면들이 상당히 등장한다. 이것은 작가에서 독자까지의 소통 과정과 시공을 초월한 존재의 연관성을 드러내는 장치라고 볼 수 있는데, 이는 근대의 직선적이고 과학적인 시간관을 넘어선 것으로 비동시성의 동시성이라는 포스트모더니즘의 한 양상으로 이해된다.

여섯째, 영화 「디 아워스」에서는 소설 「디 아워스」와는 달리 '오프닝 시퀀스'뿐만 아니라 '엔딩 시퀀스'에까지 울프의 자살 장면을 보여주고 있다. 이는 영화 「디 아워스」에서 상징적인 '작가의 죽음' 문제를 보다 부각시키고 있는 것으로 볼 수 있다. 작가의 죽음 없이는 텍스트의 능동적인 의미가 살아나지 않고 새로운 독자에 이은 새로운 작가도 탄생되지 않는데, 영화 「디 아워스」는 독자인 달드리가 새로운 작가로 탄생한 사항을 내재하고 있는 텍스트인 것이다.

일곱째, 영화 「디 아워스」는, 소설 「디 아워스」가 동성애가 자연스럽게 표현되어 있는 것과는 달리, 규범적이고 제도적인 지배문화의 하나인 이성애와 반규범적이고 비제도적인 하위문화의 하나인 동성애 사이의 대립이라는 포스트모더니즘적 주제를 포함하고 있는 포스트모더니즘 텍스트이다.

여덟째, 영화 「디 아워스」에서는 소설 「디 아워스」의 작가 커닝햄이 영화 속 까메오로 등장하는데, 이는 울프가 소설 「디 아워스」에서 축소 변형된 것보다 더욱 축소 변형된 것으로 작가의 위상이 낮아진 만큼 더욱 상징적인 '작가의 죽음'은 더욱 부각되어 있는 것으로 이해된다. 이것은 소설 「디 아워스」에서 잠시 언급되어 있는 메릴 스트립이 영화 「디 아워스」에서 전면에 그 자신을 드러낸 확대 변형과 대비해 보면 더욱 그렇게 볼 수 있다.

사소한, 일상······삶, 가볍지 않은

－彭浩翔(Pang Ho－Cheung), 〈破事兒, Trivial Matters, 사소한 일들〉

일상의 세계는 늘 친숙한 영역이라 흔히 지나치기 쉽다. 그러나 누구도 일상을 벗어날 수 없는 게 인간의 존재 양상이고 보면, 일상은 새롭게 조명되어야 할 영역 가운데 하나임에는 틀림이 없다. 앙리 르페브르는 『현대세계의 일상성』에서 일찍이 '일상성'의 중요성을 갈파한 바 있다. 인간에 대한 학명을 '호모 코티디아누스(homo quotidianus: 일상인)'라고 할 정도로 현대세계에서는 일상성이 중요한 것이다. 더구나, 이념의 대립이 무화된 1990년대 이후 '일상'의 문제는 더욱 부각되고 있는 실정이다.

베를린국제영화제에서 영화음악부문 은곰상을 수상한 <Isabella> 등 이전 영화들로 세계 영화계에서 상당히 주목받은 홍콩의 감독 彭浩翔(Pang Ho－Cheung)의 일곱 번째 영화 <破事兒, Trivial Matters, 사소한 일들>은 제목에서도 알 수 있듯이 일상의 사소한 일들을 다루고 있는 7편의 단편영화로 구성되어 있다. 이 영화의 각본까지 쓴 감독이 일곱 번째 영화라서 그 숫자를 의도했는지는 모르지만, 이 7편의 단편

영화는 각기 주제와 형식면에서 서로 달라 마치 일주일이 각기 다른 7일로 구성되어 있는 것과 같다. 그럼에도 그 7일이 묶여 일상의 일주일이 되듯이, 7편의 단편영화는 일상을 그리고 있으며 이를 통해 삶의 다양한 국면들을 드러내고 있다. 일상의 세계는 다름 아닌 우리 삶의 구체적인 현장이다. 사실 따지고 보면 우리의 삶이란 게 일상의 연속이 그 대부분을 차지한다. 르페브르의 말대로, 일상이란 사소한 것이면서도 견고하여 부분과 단편들이 하나의 일과표 속에 서로 연결됨으로써 인간의 삶을 구성하는 요소가 되는 것이다. 그런 면에서 일상성의 단편들이 조립되어 있는 彭浩翔의 <破事兒>의 형식은 그 적절성을 획득하고 있다. 7편의 단편영화를 구성되어 있는 순서 그대로 살펴볼 수도 있겠지만, 그런 방법보다는 주제를 형식과 관련시켜 전체가 논의의 문맥을 이룰 수 있도록 재구성하여 살펴보도록 한다.

「不可抗力, Vis Major」은 부부 사이 섹스 트러블 문제를 다루고 있는 단편영화이다. 섹스 트러블이라는 것은 일상생활의 문제 가운데 개인의 가장 은밀한 프라이버시 부분에 해당한다. 이 영화는 天교수와 그 부인의 섹스 트러블을 의사가 상담하는 형식으로 담아내고 있다. 상담하는 형식을 부각시키기 위해서 의사로 하여금 (영화의 카메라 속에 또 존재하는) 카메라를 상담 받는 天교수와 그 부인에 초점을 두도록 함으로써 전체적으로 의사의 보이스 오프와 부부의 보이스 인으로 구성되어 있다. 그리고 상담이 진행될수록 天교수와 그 부인을 향한 카메라는 앉아 있는 풀 쇼트에서 상반신 미디엄 쇼트 그리고 얼굴 클로즈 업의 변화를 통해서 두 인물의 심정을 더욱 드러내고 있다. 그런데, 상담이 따로따로 이루어져 있는 것처럼 상담을 통해서 이 부부의 섹스 트러블 문제는 해결될 기미가 보이지 않는다. 영화의 마지막에서 天교수와 그 부인의 얼굴이 심각한 표정으로 따로따로 클로즈 업되어 있는 것은 이를 극명하게 드러내는 쇼트가 된다.

섹스 트러블은 일상 가운데 개인의 은밀한 부분에 해당하지만, 따지고 보면 인간존재의 심각한 고민 가운데 하나이다. 사소한 것은 결코 사소한 것이 아니다. 인간존재와 그 삶의 아이러니 가운데 하나라고 볼 수 있으리라. 이 단편에서 아이러니는 상담하는 의사가 학창시절에 天교수의 학생이었다는 점에서 보강된다. 그런데, 彭浩翔의 아이러니는 심각하지 않아 유머와 관련된다. 이 단편에서 유머는 天교수와 그 부인을 대신한 상상 속의 인물간의 섹스에서 두드러진다. 상상의 영상화라 할 수 있는 이 씬 가운데에서 부인이 상상 속의 낯선 섹스 상대를 보고 카메라를 정면으로 향하여 "누구냐?"라고 물어보는 쇼트에서 그 유머는 절정에 이른다. 이 쇼트는 인물이 관객에서 직접 말거는 듯한 효과를 줌으로써 관객으로 하여금 특별한 영상적 경험을 갖도록 하는 것이다.

「公德心, Civism, 공공심」은 디스코장에서 만난 두 청춘남녀의 대화를 담고 있는 단편이다. 그래서 전체적으로 클로즈 쇼트로 구성되어 있다. 춤을 추다가 여자가 남자에게 자신이 가진 덕목을 하나 말해달라고 한다. 이에 남자는 자신은, 소변을 보면서 변기에 묻은 변의 자국을 지우는, 공공심을 지니고 있다고 강변한다. 이에 여자의 표정이 일그러진다. 강변하는 남자의 클로즈 쇼트, 묻어있는 변이 소변에 의해 닦이는 클로즈 쇼트, 일그러진 표정을 짓는 여자의 클로즈 쇼트의 차례는 웃음을 유발한다.

「做節, It's a Festival Today, 축제일」은 동거하고 있는 남녀 Ah Fu (홍콩이름 자막으로 나오지 않음)와 惠英(Wai Ying) 사이 섹스관의 차이를 해소하는 과정을 담고 있는 단편영화이다. 이 단편은 전체적으로 두 인물 사이의 대화와 행위로 극화되어 있지만, 중간 중간 Ah Fu가

카메라를 보면서 둘 사이의 일을 정리해서 말하는 디에제시스 내적 나레이터로 드러나 있어 내적 초점화의 양상을 보이고 있다. Ah Fu는 연인 사이가 동거하면서 섹스를 하는 것은 당연하다고 생각하고 있지만, 惠英은 결혼하기 전까지는 섹스를 해서는 안된다고 생각한다. 그러다가 Ah Fu가 생각해낸 것이 오럴섹스인데, 클린턴의 예를 들어 오럴섹스는 섹스가 아니라면서 결국 크리스마스 이브 때 오럴섹스에 성공한다. 그날 이후 축제일일 때 오럴섹스는 하나의 의식이 된다. 급기야 Ah Fu는 인터넷을 통해 세계 각국의 축제일을 찾아 惠英이 해주는 오럴섹스를 즐기게 된다. 그러다 惠英이 오럴섹스 도중 쇼크로 죽게 된다. 어느 날 밤중, Ah Fu는 어둠 속에서 惠英의 존재를 느끼게 된다. 그날은 바로 盂蘭節(귀신절)이라서 惠英의 혼령이 찾아 온 것이다.

이상의 서사내용 자체가 유머로 이루어져 있지만, 惠英의 팬티나 짧은 치마가 클로즈 업되어 있고 이를 괴롭게 바라보기만 하는 Ah Fu의 모습을 담은 청소하는 씬, Ah Fu가 집밖 건물에서 담배를 피다 경찰에 적발되자 친구가 "집에서는 섹스도 못하고 밖에서는 담배도 못피네"라고 말하는 씬 등 여러 씬들이 유머로 채워져 있다. 이 단편에서 Ah Fu역을 맡고 있는 배우가 <破事兒>의 공동 제작자인 杜汶澤(Chapman To)인 것도 유머와 함께 재미를 주는 사항이 된다. 인간의 일상사 가운데 가장 은밀한 일인 사랑의 행위는 그것이 어떤 형태이든 그 자체가 축제가 아닌가.

「增殖, Recharge, 재충전」은 욕망과 자본의 흐름에 따른 성매매 행위를 한 사이인 阿彊(Ah Keung)과 菲菲(Fay Fay) 사이에 사랑의 감정이 싹트는 순간을 포착한 단편영화이다. 이 단편은 전체적으로 두 인물 사이의 대화와 행위로 극화되어 있지만, 중간에 阿彊이 보이스 오버의 나레이터를 취함으로써 내적 초점화의 양상을 보이고 있다. 阿彊은 보

이스 오버의 나레이터이긴 하지만 디에제시스 내적 나레이터인 것이
다. 인물이 보이스 오버의 나레이터가 되는 경우는 자신이 겪은 일을
관객으로 하여금 찬찬히 들여다보도록 하는 효과를 준다. 이 단편에
서, 성매매 행위를 할 때 阿彊의 표정은 무표정하게 나온다. 이에 비해,
菲菲가 부탁한 SIM(홍콩 폰) 재충전을 도와주고 난 후 阿彊의 표정은
미소를 머금고 있는 것으로 나온다. 성매매 행위를 하기 전 씻기 위해
두 인물이 옷을 벗는 씬은 거울을 통해 보여진다. 그런데, 그 행동은 기
계적이다. 이는 그 행위의 비인간성을 표상한다. 菲菲의 사소한 부탁
을 들어 재충전을 도와줄 때 菲菲가 阿彊의 어깨에 기대는 씬도 거울
을 통해 보여진다. 이 행동은 도와주고 의지하는 행위의 인간성을 표
상한다. 어깨에 기대는 씬은 거울을 통해 보여지는 미디엄 쇼트에 이
어 거울 밖에서 菲菲에 초점을 둔 클로즈 쇼트와 阿彊에 초점을 둔 클
로즈 쇼트로 구성되어 있다. 이것은 마음의 소통을 내재한 씬이 된다.
두 인물이 미소를 띠고 있는 것은 바로 이 때문이다. 阿彊이 밖에 나오
자마자 菲菲가 먹었다 하는 소고기면을 시켜 먹는 것도 소통과 사랑의
싹을 내재한 행위가 된다.
　앞의 단편들에서 유머가 두러졌다면, 이 단편에서는 잔잔한 소통의
감동을 전해주고 있다. 이 둘은 궁극적으로 감독 彭浩翔의, 삶에 대한
무한한 긍정성을 보여주는 것이 된다. 그런데, 자세히 보면 이 단편에
서도 유머를 견지하고 있음을 알 수 있다. 앞의 단편「做節」에 Ah Fu 역
을 맡은 杜汶澤이 그대로 阿彊의 동료로 나와 盂蘭節에 惠英의 혼령이
찾아 온 것에 대하여 대화하는 씬은 두 단편 사이의 상호텍스트성을
통해 유머와 함께 재미를 주는 사항이 된다. 그리고, 菲菲가 阿彊에게
도와달라고 했을 때 阿彊이 이를 구출로 생각하니 菲菲가 "영화 찍
냐?"고 말하는 씬은 실제로「增殖」이란 영화를 찍고 있음에도 불구하

고 극 중 상황에서 비현실적인 생각을 하는 阿彊에 대한 달콤한 핀잔이다. 이제, 소통과 사랑의 싹을 내재한 두 인물은 비인간적인 성매매 행위를 한 것에서부터 구출될 가능성을 갖게 된다. 이후의 상상은 관객의 몫이다.

「大頭 阿慧, Ah Wai the 'Big Head'」는 학창시절부터 이어져 온 阿琪(Kate)와 阿慧(Ah Wai)의 우정의 과정과 그 내막, 각자 그들의 사랑을 유머와 아이러니를 통하여 보여주고 있는 단편영화이다. 이 단편은 전체적으로 두 인물을 중심으로 한 여러 인물 사이의 대화와 행위로 극화되어 있지만, 중간 중간에 내적 초점화의 양상을 보이는 디에제시스 내적 나레이터인 阿琪가 보이스 오버를 취함으로써 인물이 겪은 일을 관객으로 하여금 찬찬히 들여다보도록 한다. 阿琪와 阿慧는 중등학교 친구인데, 阿琪는 阿慧를 노래경연대회를 같이 준비하는 친구 정도로 생각하는데 반해 阿慧는 阿琪를 사소한 일 하나하나 조언을 구하는 최고의 친구로 생각한다. 어느날, 阿慧는 차수리공 飛鷹(Eagle)과 사귀어도 괜찮은지 조언을 구한다. 阿琪는 阿慧가 귀찮아서 사람됨과 노력이 중요하다고 말하면서 사귀도록 한다. 阿慧가 임신을 하자 낙태비가 필요해 阿琪에게 얘기하지만, 阿琪는 남자친구와 일본 여행하려고 저금한 돈이 있는 데에도 도덕을 강조하면서 阿慧에게 애를 낳고 결혼할 것을 조언한다. 이에 阿慧는 애를 낳기로 하고 飛鷹과 결혼한다. 일본 여행에서 임신을 한 阿琪는 사라진 남자친구를 원망하면서 애를 낳고 자신의 성을 붙인다. 飛鷹이 카센터사장 등으로 승승장구하며 阿慧은 행복하게 산다. 어느날 동창회 때, 阿慧는 阿琪를 자신에게 행복을 조언해준 인생 최고의 친구로 소개하면서 추억을 떠올리며 같이 노래를 부른다. 이때, 阿琪는 씁쓸하게 阿慧를 처다본다.

단편치고는 상당히 긴 이야기의 시간(story time)을 짧은 담화의 시

간(discourse time)으로 통해 요약적으로 서술하고 있는 이 단편의 경우
는 우선 위와 같은 요약이 어쩔 수 없이 필요하다. 그리고 긴 이야기의
시간을 짧은 담화의 시간으로 요약하기 위해 디에제시스 내적 나레이
터인 阿琪의 보이스 오버가 진행되는 동안 실제 阿琪는 볼 수 없는 내
용이 화면(스크린)상으로 펼쳐지고 있다. 이는 나레이터의 초점의 일
관성을 위반한 정보 초과로서 영화의 거대 서술자인 영상주와 하위 서
술자(나레이터)가 결탁한 심급을 드러내고 있는 셈이다. 이 단편에서
는 이러한 요약적 서술을 통해 삶의 아이러니를 접할 수 있다. 가볍게
한 사소한 조언이 인생의 상당 부분을 좌우하기도 하고, 자신의 행복
을 위해 마음에 없는 말을 한 것이 자신에게 부메랑처럼 되돌아오기도
한 것이다. 이 단편에서는 전체적으로 아이러니가 두드러지지만 阿琪
가 阿慧의 전화를 받는 씬 등 여러 씬에서 유머도 잃지 않고 있다.

「尊尼亞, Junior, 초급 킬러」는 제목 그대로 초급 킬러의 행위를 유
머스럽게 보여주고 있는 단편영화이다. K&C라는 킬러회사의 직원이
黃(Wang)선생에게 VIP 고객이므로 1명을 죽일 수 있는 보너스에 대
해서 설명한다. 보너스는 초급킬러가 담당한다. 볼링장의 매니저를 죽
이러 초급킬러가 뒤에서 매니저 이름을 부르는데 마침 마약을 마시고
있어 같이 마약을 하고 장난친다. 전화가 와서 초급킬러가 다시 이름
을 부르며 죽이려고 하는데, 퇴근시간이 되어 초급킬러는 그냥 퇴근하
면서 애인을 만나러 가고 볼링장 매니저는 다시 마약을 마신다. 이 단
편은 전체가 유머로 구성되어 있다. 전체 상황이 그렇기도 하지만, 킬
러회사의 마케팅과 상품 설명 씬, 초급 킬러에게 전화상으로 행동의
순서를 몇 번이고 확인하는 씬, 초급 킬러가 자신의 직업상 업무를 잊
고 같이 마약을 마시는 씬, 초급 킬러가 시간이 돼서 그냥 퇴근하는 씬,
자신이 초급 킬러임에도 불구하고 프로 킬러라고 몇 번이고 강조하는

씬 등 연속되는 여러 씬에서 그렇다. 킬러 얘기에 유머 가득한 게 이 단편의 매력이다.

「德雅星, Tak Nga」는 독특한 형식의 단편영화이다. 단편 「不可抗力」이 상담 형식의 영화로 독특하다면, 이 단편은 전체가 사회과목 학습자료 동영상의 형식을 취하고 있어 독특한 것이다. 4517년 지구로부터 만광년 떨어진 행성인 德雅星의 사회과 수업시간에 있는 德雅星의 유래담과 그 교훈이 동영상 형식으로 전체를 구성하고 있다. 그래서 이 단편의 나레이터는 오직 보이스 오버로만 설정되어 있는 카메라 나레이터인 디에제시스 외적 나레이터이다. 동영상 자료는 오직 보여주기만 하고 그 위에 카메라 나레이터의 해설이 덧붙어 있는 형식이다. 단편의 내용상 2500년 전인 1992년 지구, 영국의 식민지인 홍콩에서 중등학교에 다니는 阿池(Ah Chi)는 사람 이름을 행성에 붙여주는 기회를 살려 여자친구 德雅(Tak Nga)의 이름을 행성에 붙이고자 거짓의 내용을 담은 편지를 보내어 결국 德雅星이란 이름이 유래했다고 한다. 사회학자는 德雅星이란 명칭에는 오래된 거짓말이 원죄처럼 따라붙어 있다고 설명하면서 스커트의 길이가 짧아져서는 안된다고 한다. 먼 미래 다른 행성의 시점으로 되어 있지만 결국 지구에 사는 현대인의 사랑의 문제를 보여주고 있는 것이다. 사랑에는 ('새빨간'이 아닌) '새하얀' 거짓말이 내재하는데, 이 거짓말에서 유머가 발생한다. 그리고 교훈이 거꾸로 사랑의 속성을 말하는 데에서 또한 유머가 발생한다. 여기서, 스커트 길이는 남자의 마음을 사로잡는 매개를 의미하는 일종의 환유로 작용한다. 남자의 마음이 사로잡히지 않고 어떻게 사랑이 이루어지랴. 어찌 스커트 길이만이 남자의 마음을 사로잡으랴.

彭浩翔의 영화 <破事兒>는 각기 다른 형식만큼 부각되는 주제도 다른 7편의 단편으로 구성되어 있지만, 편차는 있어도 모두 '사랑'의

문제를 내재하고 있다. 「尊尼亞」의 경우도 애인을 만나러 가면서 킬러
는 날카로운 변장을 벗어 부드러운 미소를 띠고 있다. 이렇게 본다면
<破事兒>는, 비록 한 감독의 단편영화들로 구성되어 있지만, 넓은 의
미로 '사랑'을 주제로 한 옴니버스 영화로도 볼 수 있으리라. 그리고
사소한 일이 지닌 삶의 내막을 유머와 아이러니를 통하여 보여주고 있
다. 그 바탕에는 감독 彭浩翔의, 삶에 대한 무한한 긍정성이 내재하고
있다.

제4부
시인 · 소설가 · 비평가론

존재의 연속성과 불교적 사유

― 박철석론

근래 나온 박철석 시인의 일곱 번째 시집 『젊은 악사를 위하여』는 노(老)시인의 삶의 체험과 철학이 녹아있는 시집이다. 이 시집에는 독특하게 시인의 「발문」을 붙어 있다. 그 발문의 제목은 「농재산방(聾齋山房) 시화(詩話)―나의 체험적 시론」으로 되어 있다. 여기서 '농재'는 박철석 시인의 아호(雅號)이니, 이 「발문」은 자신의 시에 얽힌 체험에서 시 해설 나아가 시론의 편린을 보여주고 있는 글이라 할 수 있다. 그만큼 그의 시는 체험을 밑바탕으로 하고 있다. 과거 체험에 대한 재생인 기억과 그 변주 그리고 여기서 촉발된 상상력의 결합이 그의 시를 배태시키는 일관된 원리가 되고 있는 것이다.

이번 시집의 표제작인 「젊은 악사를 위하여」는 이런 시작 원리를 뚜렷하게 드러내고 있는 텍스트에 해당한다.

길을 비스듬히 등지고 누워 있는 사십계단을 지나며 오십 년째 등을 구부리고 뻥튀기 기계를 돌리고 있는

…(중략)…

그때 사십계단에 주저앉아 가슴 태우던 젊은 악사는 지금쯤 가족들 곁에
뿌리처럼 잠들어 있을 것 같고,

눈 감으면 십이열차 기적이 들릴 것만 같은 사십계단,

―「젊은 악사를 위하여」 부분

이 텍스트의 공간적 배경이 되고 있는 사십계단은 계단 수가 사십
개라서 붙여진 이름이지만 묘하게도 사십 년이라는 시간의 흐름을 환
기시키고 있다. 이것은 "비스듬히 등지고 누워 있는"이라고 형상화되
어 있는 사십계단의 모습이 실제 모습과는 달리 의도적인 왜곡에 따라
표현되어 있기 때문이다. 실제, 사십계단은 가파르지만 이 시에서는
비스듬히 등지고 누워 있는 것으로 묘사되어 있다. 이것은 세월이 흐
른 노년의 모습을 연상케 한다. 실제 시인을 환기시키는 이 시의 시적
화자는 젊은 시절 보았던 사십계단을 이제 노년이 되어 바라보고 있
다. 세월의 흐름을 간직한 사십계단은 그만큼 시적 화자와 일체화되어
있다.

이 시의 묘미는, 세월이 흘러도 모습이 변하지 않은 사십계단은 세
월이 흐름에 따라 변한 모습으로 형상화시키면서 젊은 시절 보고 체험
한 바는 세월이 흘러도 그때 그대로 생생하게 형상화하고 있는 데에
있다. "눈 감으면 십이열차 기적이 들릴 것만 같은"에서 이를 뚜렷이
알 수 있다. 그리고 "오십 년째 등을 구부리고 뻥튀기 기계를 돌리고
있는" (뻥튀기 아저씨)는 현재 시점으로 표현되어 있지만, 사실은 오십
년 전에 본 모습을 그렇게 형상화한 것이다. 인용에서 중략되어 있는
부분에 "그때 뻥튀기 아저씨는 이승을 뜨자 이내 눈길을 밟고 함경도

로 달려가 그 무던하던 뻥튀기를 열심히 돌리고 있을 것 같고"에서 이를 잘 알 수 있다. 이처럼 이 시의 시적 화자는 과거의 일을 마치 현재 보고 있는 것처럼 형상화시키고 있는 것이다. 여기서 또한 상상력이 개입된다. 시적 화자는 그동안 세월이 흐른 것으로 볼 때, 함경도가 고향인 뻥튀기 아저씨가 죽은 것으로 보고 그렇게 상상하고 있는 것이다. 위에 인용되어 있는 "그때 사십계단에 주저앉아 가슴 태우던 젊은 악사는 지금쯤 가족들 곁에 뿌리처럼 잠들어 있을 것 같고,"라는 구절도 마찬가지이다. 여기서 박철석 시인의 상상력이 다분히 불교적이란 점을 알 수 있게 된다.

박철석 시인의, 체험을 밑바탕으로 하고 있는 시의 특징은 다음과 같은 시에서도 잘 확인이 된다.

> 팔각 성냥갑처럼 납작 엎드려 있는 외딴집 움푹 패인 길과 시루떡 같은 흙더미와 시멘트 가루 같은 먼지가 식솔 일곱을 마중해 주었지. 밤이 으슥하자 아내는 십구공탄을 갈아 넣고는 암탉처럼 어린 것들을 품고 잠이 들었지.
>
> 2
>
> 이튿날 눈을 뜨니 대문밖에 아침 산책 나온 웬 낯선 산 하나 손을 내밀었어. 송진 냄새가 물컹한 숲의 손.

— 「족보 같은 연산동」 부분

이 시는 「발문」에 따르면, "처음 연산동이라는 낯선 마을을 찾았을 때"의 체험을 밑바탕으로 하고 있는 시이다. 위의 인용 시 앞 부분에는 "처음 이 마을에 입주한 것은 삼십여 년 전의 일이었지"라고 되어 있다. 30여년을 살았던 연산동은, 실제 시인을 환기하는 시적 화자에게,

세월의 흐름에 따라 가족사가 구성된 "족보 같은" 곳이리라. 30여년 전에 대한 회상이 이 시를 구성하는 기본적인 방식이다. "팔각 성냥갑처럼 납작 엎드려 있는 외딴집"은 가난함을 대표적으로 표상하는 이미지가 된다. 비유의 매개가 되고 있는 "팔각 성냥갑"은 그 시절 널리 통용되던 물품 가운데 하나인데, "십구공탄"은 가난한 그 시절 따뜻하게 지낼 수 있게 한 난방연료의 대표적인 것이다. 이 시는 이러한 "십구공탄"을 통하여 가난하지만 정이 많았던 그 시절 가족의 사랑을 추억하고 있다.

다음 구절 "아침 산책 나온 웬 낯선 산 하나 손을 내밀었어. 송진 냄새가 물컹한 숲의 손."은, 박철석 시인 시의 또 다른 특징을 드러내고 있는 구절이 된다. 그것은 시인의 「발문」에 따르면 "자연과 인간사를 분리시키지 않고" "공생 관계"로 파악하는 시적 인식을 의미한다. 인간과 자연을 연속성 속에 파악하고 있는 시적 인식을 잘 드러내고 있는 텍스트에 해당하는 「물만골 서정」에서, 시적 화자는 "황령산 숲길을 걸으면서" 자연 속에서 인간 세상을 바라볼 때 "사람이 자연과 함께 사는 법을 / 터득하게 된다"고 언명하고 있다. 자연을 가까이 함으로써 "느릅나무 아래" "노인네"들이 비로소 보여 인간과 자연이 분리되지 않음을 새삼 인식하고 있는 것이다.

이러한 사항은 발전되어, 이번 시집 「시인의 말」에서 박철석 시인이 "세상의 모든 일을 나는 우리 집 뜨란의 나무들과 집을 둘러싼 산에서 배운다. 그들은 나의 둘도 없는 스승이다."라고 밝히고 있는 것으로 나아가기도 한다.

아내의 굽은 등뼈를 볼 때마다
튼튼한 껍질을 지닌 늙은 굴참나무를

생각케 한다

…(중략)…

대저 얼마나 많은 세월을 견뎌야만 저렇게 갑옷같이

완고한 등뼈를 만날 수 있을까

더러는 하늘로 치솟다가 옆으로 뻗은

큰 가지가 팔뚝이 가는 어린 가지에게 타이르듯

—「아내의 굽은 등뼈」부분

위에 인용한 시는, 인간과 자연이 서로 연관되어 있고 나아가 의인화되어 있는 자연을 통하여 인간과 그 삶을 깨달아 알게 되는 시적 인식을 뚜렷이 드러내고 있는 텍스트에 해당한다. 시적 화자는 굴참나무를 보면서 아내를 떠올린다. 이 시의 형상화 방법론은 유비(類比)적 사고에 바탕을 둔 비유이다. 유비적 사고는 이질적인 존재 상호간에 동등성을 발견하는 사고를 말하는데, 비유의 중요한 근거가 되는 것이다. 이 시에서 '아내'는 '굴참나무'에 비유되고 있는데, 이는 아내와 굴참나무가 똑같이 드러내고 있는 '굽은 등뼈'라는 매개를 통해서이다. 그런데, 굴참나무가 "많은 세월을 견뎌" "완고한 등뼈"를 가졌듯이 아내도 많은 세월을 인내하면서 딱딱하고 "굽은 등뼈"를 지니게 된 것이다. 그리고 "큰 가지가" "어린 가지를 타이르듯" 아내도 지혜로써 자식들을 가르쳐왔음을 드러내고 있다. 이 시의 시적 화자는 굴참나무를 통하여 아내가 살아온 과정을 이해하고 그 존재의 무게를 새삼 깨닫고 있는 것이다.

나무를 통하여 인간이 어떠하고 어떠해야 함을 깨닫는 다른 텍스트로 「여름산」과 「부활」이 있다. 「여름산」에서는 "누가 죽었다고 멀리하거나 자리를 넘보는 일이 없는 성자 같은 나무들의 세계, 서서 죽는 법을 터득한 굴참나무"라는 구절로, 「부활」에서는 "날짐승의 따뜻한 보금자리가 되어준 / 아 서서 죽는 법을 / 몸으로 익힌 보살 같은 느릅나무"라는 구절로, 자기 이득에 따라 휩쓸리지 않고 남을 돌보는 희생적인 존재의 표상을 통해 인간의 어떠함을 돌아보고 어떠해야 하는 지를 성찰하는 시적 화자의 모습을 보여주고 있다. 「절름발이 보살」에서는 "절름발이 여인이 자기보다 갑절이나 몸집이 큰 앞 못 보는 여인의 팔을 끼고 두 몸 하나가 되어 어려운 외출을 하고 있었습니다"는 구절로, 실제 인간세상에서 자신은 어려워도 자기희생을 통해 남을 돌보는 인간존재를 형상화하고 있다. 이때, 희생적인 존재의 표상인 나무와 인간을 연결시켜주는 비유의 매개는 불교적인 존재인 '보살'임을 알 수 있다. 여기서 박철석 시인의 시의 또 다른 특징을 엿볼 수 있게 된다.

그것은, 박철석 시인의 이번 시집의 특징이 인간과 자연의 연속성에 대한 인식이 두드러진 점에도 있지만 불교적인 상상력이 두드러진 점에도 있는 것으로 확대되는 것이다.

<blockquote>

마당 귀퉁이에 행여
바람으로 머물었는가 싶어
목련나무에 눈을 멈췄더니
"오빠, 내 아직 안 갔어."

</blockquote>

— 「별이 된 南伊」 부분

인용한 시는, 「발문」을 참고하면, 시인의 실제 누이동생 남이(南伊)의 죽음에 대한 남다른 감회를 표현하고 있는 텍스트이다. 그런데 앞에서도 잠시 언급한 바 있지만, 여기에 시인의 불교적 상상력이 가미

되어 있다. 그 불교적 상상력의 두드러진 사항은 이른바 윤회사상이
다. 위에서 박철석 시인이 보이고 있는, 인간과 자연의 연속성에 대한
인식을 언급했지만, 윤회사상도 다른 측면에서 연속성에 대한 인식이
된다. 윤회사상은 개별 존재가 소멸되지 않고 연속된다는 의미를 내재
한 것이기 때문이다. 인용한 시에서 시적 화자는, 죽은 누이 '남이'는
그 존재가 소멸된 것이 아니라 다른 존재인 '바람'으로 변환되어 나타
난다는 윤회사상에 대한 인식을 드러내 보이고 있다.

죽은 물고기 비늘과 피가 묻어 있네 살아
있는 것과 죽어 있는 것이 엉켜 더불어 사는
연산시장 골목, 해동횟집 수조(水槽) 안으로
여행 온 동자승 같은 물고기들, 숭어농어

— 「유심소조(唯心所造)」 부분

위에 인용한 시 텍스트에서, 우리가 일상생활에서 흔히 보는 장면에
서 삶의 철학을 이끌어내는 박철석 시인의 예사롭지 않은 안목을 보게
된다. 그 안목은 불교적 사유에 바탕을 두고 있는 것이다. 횟집의 수조
(水槽)는 일상에서 너무도 흔히 보는 것에 해당한다. 이 수조 안에는
대개 살아 있는 물고기도 있지만 더러는 죽어 있는 물고기도 섞여 있
다. 여기서 시인은 "살아 / 있는 것과 죽어 있는 것이 엉켜 더불어 사
는", 나아가 산 것과 죽은 것이 경계가 없는 존재의 양상에 대해 성찰
하게 된다. 이것은 윤회사상을 바탕으로 한 불교적 사유에서 가능한
발상이 된다. 이러한 사유에 따라 물고기는 '여행' 온 것이 되며 '동자
승' 같은 존재가 되는 것이다. 이 경계가 없는 것은 "살아 / 있는 것과

죽어 있는 것이"라는 행간걸림의 형식을 통해 극명화되고 있다. 이 시
는 "연산시장 골목, 해동횟집 수조(水槽)"이라는 실제의 장소와 가게
명이 드러나 있는 일상의 구체성에서 불교적 사유에 따른 존재에 대한
성찰까지 나아가고 있는 텍스트가 된다. 체험을 밑바탕으로 하고 여기
에 상상력을 가미해서 형상화하는 박철석 시인의 시는 이 지점에서 그
깊이를 획득하고 있다고 하지 않을 수 없는 것이다.

> 이 강 추위 속에
> 그들은 시린 몸을 채찍하며
> 새 삶을 찾아
> 언 길을 떠나고 있다
>
> 아 生을 거듭나는 일
> 마침내 구두밑창처럼
> 제 살을 깎아 몸을 버리는 것이어니
>
>   ─「대천리 點描」 부분

　　인용한 이 시도, 윤회사상을 바탕으로 한 불교적 사유를 담고 있는
텍스트이다. "生을 거듭나는 일"이란 구절이 이를 잘 보여주고 있다.
앞에서 희생적인 존재의 표상에 대하여 언급했지만, 이런 존재에 대한
성찰을 가능하게 하는 것이 보다 구체적으로는 윤회사상을 바탕으로
한 불교적 사유에서 기인한다는 점을 이 텍스트는 잘 보여주고 있다.
병치 형식을 통하여 "生을 거듭나는 일"이 "제 살을 깎아 몸을 버리는
것"임을 드러내고 있는 것이다. 이 시에서 실제 시인을 환기하는 시적
화자는 겨울의 추위 속에서도 "시린 몸을 채찍하며 / 새 삶을 찾아 / 언

길을 떠나는" 시냇물에서 깨달아 행하는 존재를 발견하고 있는데, 이
는 실제 시인을 환기하는 시적 화자 자신의 존재를 이 시냇물에 투사
한 것으로 이해된다. 그만큼 이번 시집에서 박철석 시인은, 노시인으
로서 인간 삶과 존재에 대한 깊은 성찰을 내보이고 있는 것이다.

　박철석 시인의 일곱 번째 시집『젊은 악사를 위하여』는 실제 체험과
그 변주를 밑바탕으로 하고 여기에 상상력을 결합시키는 형상화 방식
으로, 인간과 자연이라는 존재의 연속성과 윤회사상을 바탕으로 한 불
교적 사유를 통하여 인간 삶과 존재에 대한 근본적인 성찰을 보여주고
있는 시집으로 다가오고 있다.

길의 깊이를 탐색하는 시

— 양왕용론

양왕용 시인의 최근 시집 『로마로 가는 길에 금정산을 만나다』는, 양시인의 입장에서는 아주 특별한 의미를 지니고 있는 시집에 해당한다. 시인 스스로 「自序」를 통하여 "시단에 데뷔한 지 40년이 되는 해"에 발간한 시집에 대한 감회를 드러내고 있다. 이런 외형적인 의미를 넘어 이 시집은 양왕용 시인 내면의 한 축을 집중적으로 드러내고 있다는 점에서 또한 특별한 의미를 지니고 있다. 그것은 기독교인이라는 신앙인으로서의 내면을 말하는데, 이는 시집의 제목 가운데 '로마로 가는 길'에서도 드러나 있는 사항이 된다.

제목 가운데 '길'은 또한 이 시집의 특징을 함축적으로 드러내고 있는 시어에 해당한다. 그것은 '기행'(紀行)을 의미한다. 요컨대, 이 시집은 기행시집에 해당하는 것이다. 여기서, 기행시의 배경이 되는 여행은, 시인이 「自序」에서도 밝히고 있듯이, 미국 Utah주립대 방문교수로 근무하던 중 다녀온 15일간의 유럽여행이다. 이를 정리하면, '한국 → 미국 Utah주 → 유럽 → 미국 Utah주 → 한국'의 일정이 되는 것이다.

그런데, 이 시집의 구성은 '제1부 로마로 가는 길'(유럽), '제2부 다시 눈의 나라'(미국 Utah주), '제3부 금정산'·'제4부 다시 귀향 시편·기타'(한국)로 구성되어 있어, 출발에서 여행의 정점인 유럽에 이르는 과정이 생략되어 있고 여행의 정점인 유럽에서 시작하여 한국으로 귀향하는 과정을 부각시켜 드러내고 있는 것이다. 이 시집이, 기독교 신앙이 본격적으로 널리 전파된 시원에 해당한다고 볼 수 있는 로마 여행을 출발점으로 삼은 것은 상당히 의도적인 것으로 이해된다. 왜냐하면, 로마 여행이 단순히 물리적인 길의 여행이 아니라 기독교 길(道, 신앙)의 여행이므로, 기독교 신앙으로 삶을 되돌아보겠다는 의지를 분명하게 드러내고 있는 것으로 봐야 하기 때문이다.

> 아피아 가도(街道)를 바라보면서
> 주님의 말씀 듣고 되돌아가는
> 베드로처럼
> 비로소 로마성 안으로 들어간다.
> …(중략)…
> 르네상스의 웅장함만 넘치는
> 이 광장.

– 「성·베드로 광장 – 로마로 가는 길 8」 부분

제1부 '로마로 가는 길'에 수록되어 있는 이 시는, 시적 화자가 로마성으로 들어가면서 신앙심을 갱신했던 베드로와 정신적으로 동일시하고 있는 텍스트이다. 실제 시인의 분신이라고 해도 좋을 시적 화자는 '성·베드로 광장'에서 베드로를 떠올려 동일시하면서 일상적인 삶 가운데 처져 있었던 신앙심을 갱신하고자 한다. 이는 인용한 시의 뒷

구절에 보이는 "르네상스의 웅장함만 넘치는 / 이 광장"이란 표현을 통하여 속화된 장소로 변질된 '성·베드로' 성당을 은근히 비판하고 있는 데에서, 앞 구절에서 이와 대비되어 있는 신앙심에 대한 갱신의 의지를 선명하게 읽을 수 있기 때문이다. 이와 같이, 양왕용 시인의 이번 시집은 신앙심의 갱신을 통하여 삶의 갱신을 이루고자 하는 의지를 출발로 삼고 있는 것이다.

> 240 East 400 North
> 마운틴 에어리어 가든 47호
> 7개월 동안 머문 우리 아파트 있던
> 그 도시,
>
> — 「Logan, 그 그리운 도시 — 다시 눈의 나라 14」 부분

제2부 '다시 눈의 나라'에 수록되어 있는 시편들은 미국 Utah주에 대한 추억시편들이다. 위의 인용에서, 위치해 있는 구체적인 방향과 방위, 머문 장소의 구체적인 호수(號數)와 개월수가 드러나 있는 것은 추억의 편린들을 세밀하게 구성해주는 역할을 하고 있는 셈이다. 다시 말하면 이번 시집에서 시의 편수 상으로도 가장 작은 부분을 이루고 있는 제2부는, 제1부와 여행시편이라는 점에서 공통점이 있다고 볼 수 있지만, 성격상으로 보면 신앙심의 갱신과 삶의 갱신이라는 주제를 보이고 있는 다른 시편들과는 이질적인 것으로 이해할 수 있는 것이다.

> 매서운 겨울 날씨 보내어
> 대장균도 박멸하신
> 그대의 한 없는 사랑

더욱 기쁘다.

— 「금정산.1月」 부분

제3부 '금정산'에 수록되어 있는 이 시는 대장균이 사라진 약수터 물이라는 일상적인 삶 가운데 경험하게 되는 것들 가운데에서 신앙 대상인 절대자의 존재감을 더욱 깨닫고 있음을 드러내고 텍스트이다. 일상 가운데 깊어지는 신앙심을 표현하는 것과 상응하게 절대자도 '그대'로 친근하게 호칭되어 있다. 여기서 '산'과 '약수물'은, 김경복이 시집에 수록된 「작품해설」에서 언급하고 있듯이, 성스러움이 충만한 공간과 신성이 깃든 대상으로서 성수(聖水)라고 볼 수도 있다. 정확하게 말하면, 산과 약수는 일상적인 삶 가운데 놓여있는 성스러운 공간과 성수이므로, 성과 속을 연결시켜주는 매개에 해당하는 것이 될 것이다. 이 시집에서 '로마'와 '금정산'이 자연스럽게 연결될 수 있는 것은 바로 이 때문이다.

가까이 있는 작은 것들
더욱 아름답다는 사실 깨닫는다.
…(중략)…
섬은 닫힌 곳이 아니라
사방으로 열린 곳이라는 사실도
비로소 깨닫는다.

— 「산정(山頂)에서 — 다시 귀향시편 2」 부분

제4부 '다시 귀향시편·기타'에 수록되어 있는 시편들은 대개가 신

앙의 갱신에서 출발하여 삶의 갱신을 이룬 경지에서 얻은 깨달음을 형상화하고 시편들로 볼 수 있다. 위의 인용에서 알 수 있듯이, 삶의 갱신은 가까이 있는 존재에 대한 가치를 새롭게 볼 수 있는 눈을 열어주고 있으며 어떤 존재나 사물에 대하여 관점을 새롭게 하여 볼 수 있는 눈도 열어주고 있는 것이다. 이는 새로운 깨달음에 해당한다.

양왕용 시인의 시집 『로마로 가는 길에 금정산을 만나다』는, 이와 같이 신앙심의 갱신을 통한 삶의 갱신 그리고 새로운 깨달음에 이르는 과정을 유럽(로마)여행과 한국으로의 귀환을 통하여 보여주고 있는 시집에 해당한다. 이런 궤적뿐만 아니라 시집의 구성상 제3부와 제4부에 걸쳐있는 비중으로 볼 때, 무게감은 일상적인 현실에서 이루어지는 삶의 갱신과 깨달음에 있는 것으로 파악된다. 그런데, 시집 제목을 다시 주목할 필요가 있다. 왜냐하면, 시집 제목 상에서 시인이나 시적 화자가 만난 대상이 '금정산'이므로 이것이 상징하고 있는 바 일상적인 삶의 갱신과 깨달음에 무게를 두고 있다고도 볼 수 있지만, 시인이나 시적 화자가 가고 있으며 가고자 하는 길이 '로마'로 가는 길이므로 궁극적으로 추고하고자 하는 바는 '로마'로 상징화되어 있는 신앙심 바로 그 자체로도 볼 수 있기 때문이다.

양왕용 시인의 이번 시집이 기행시집의 면모를 보여주고 있다. 그런데, 그 기행은 궁극적으로 신앙의 깊이를 찾아가는 기행이므로, 이 시집은 오히려 신앙시집이라 할 수 있는 것이다. 범인(凡人)으로서, 감히 측량할 수 없는 그 신앙이 더욱 깊어지기를 바라마지 않는다. 그리고 비평가로서, 그 시가 더욱 깊어지기를 바라마지 않는다.

고통과 신생

- 이승하론

　이승하의 시집 『인간의 마을에 밤이 온다』는 고통에 대한 뚜렷한 인지에서 출발하고 있는 시집이다. 일찍이 이성복은 「그날」이란 시에서 "모두 병들었는데 아무도 아프지 않았다"라고 하여 1970년대 후반 1980년대 초반의 억압적인 시대 상황 속에서 누구나 치유하기 힘든 질병들을 안고 있음에도 불구하고 그것을 드러내지 않고(또는 못하고) 서로 연관성 없이 파편화되어 일상생활을 영위하고 있는 모습을 형상화한 바 있다. 이제 시대 상황이 바뀌어도 한참 바뀌어 자유와 풍요를 누리고 있다고 하는 이 시대에 이승하는 '많은 존재들이 고통 속에 놓여 있는데 주목하고 있는 사람은 드물구나'라고 말하고 있는 것 같다. 그래서 이승하는 시집 속 「시인의 말」을 통해 "살아보겠다고 발버둥이치는" 고통받고 있는 존재들에게 "다가가" "누추하기 짝이 없는 / 노래 몇 곡조 목 쉬도록 부르"고자 함을 밝혀 시세계에 대한 단초를 드러내고 있는 것이다.

　사실, 이승하는 이번 시집만이 아니라 앞서 나온 시집들에서 그동안 줄기차게 고통에 대해 언급해 온 것으로 볼 수 있는데, 그 고통이 나오게 된 근원을, 인간을 갈수록 물화시켜가는 물질문명과 폭력·광기의 부정적인 근대성으로 인식하고 있는 것으로 파악할 수 있다. 시집『폭력과 광기의 나날』은 그 제목에서부터 이를 뚜렷이 드러내고 있는 것이 된다. 이승하의 시는 그동안 이에 대한 극복으로 인간애의 회복에서 생명성에 대한 탐구로 그 강조점을 바꾸어 온 것으로 볼 수 있는데, 이번 시집『인간의 마을에 밤이 온다』는 고통과 생명의 관계에 더 깊이 천착하고 있는 모습을 보여주고 있다. 그것은 고통 때문에 생명이 더 고귀하다는 인식, 나아가 고통을 통하여 새로운 생명성으로 나아갈 수 있다는 인식에 바탕을 두고 있는 것으로 보인다.

– 「아픔이 너를 꽃피웠다」 부분

위에 인용한 시는 시집의 첫머리에 위치하고 있는 시인만큼, 시집의 시세계를 압축적으로 보여주고 있는 것에 해당한다. "아픔 참고 있었기에" "산 것들" "아름다울 수 있는 것"은 생명성이 발하기 위해서는 무엇보다 고통이 필요하다는, 고통의 가치에 대한 새로운 인식에 대한 표현으로 볼 수 있는 것이다. 그런데, 여기서 생명을 지닌 것이 "낱낱이" 아름답다는 표현에 주목해야 한다. 그것은 생명의 개별성을 의미하기 때문이다. 사실, 생명이 생명인 것은 일반화와 추상화의 원리가 이니라 개별화와 구체화의 원리에 기반을 두고 있기 때문이다. 생명을 가진 존재는 다 구체적이고 개별화된 존재인 것이다.

이승하는 이번 시집에서 개개 존재가 받고 있는 고통의 의미망을 통해 그 존재에 내재되어 있는 생명의 가치 문제에 깊이 천착하고 있다. 구체적인 인물이나 생물에 대한 묘사와 서술을 하고 있는 시들이 많은 것도 바로 이와 연관되는 사항이 된다. "팔레스타인의 산모여 오래 참았기에 / 목숨 하나 탄생시킬 수 있구나"(「목숨들」). 이 구절은 앞의 시 「아픔이 너를 꽃피웠다」에 인용한 구절을 구체화한 것에 해당한다. 늘 전쟁이 그치지 않는 팔레스타인 지역에서도 생명체인 인간의 탄생은 있다. 이 생명체는 오래 참아야 맞이할 수 있는 생명이며 그래서 더욱 가치가 있는 생명체인 것이다.

> 캄캄한 땅 속에서 축축한 땅속에서
> 몇 달을 살다 나온 저 환형(環形)의 생명체
> 기어서 기어서 어디까지 가려는가
>
> …(중략)…
>
> 내 필생의 화두는
> '고통의 뜻을 알자'는 것

— 「지렁이 괴롭히기」 부분

이 시에서, 시적 화자는 "내 필생의 화두는 / '고통의 뜻을 알자'는 것"이라고 분명하게 밝히고 있다. 지렁이가 땅 속에서 기어 나올 때 흔히 소금을 뿌리는데, 시적 화자는 이런 상황을 시 속에 설정하고 여기서 고통 속에서 찾게 되는 생명의 의미를 탐색하고 있다. 고통 속에서도 "기어서" "가려는" "생명체" 지렁이를 통해 시적 화자는 사회 생활

속에서 이따금 고통을 받으면서 살아갈 수밖에 없고 또 그 고통 속에서 성숙해 가는 인간존재에 대한 성찰을 하고 있다. 이런 성찰은 "아파도 가는 쇄빙선의 마음을 따라 / 다만 앞으로, 조금씩 나아가고 싶다"(「쇄빙선의 마음을 따라」)는 구절에서는 시적 화자 스스로가 자신의 행위에다 희망을 두고 있는 것으로 표현되기도 한다.

> 내 어미 몸의 구멍을 열고 나왔다
> 목구멍으로 처음 울음 쏟아놓던 날
> 세계는 나의 기를 받아들였고
> 똥구멍으로 처음 똥을 눈 날
> 나는 세계를 느꼈으리 구멍을 통해
>
> ─「구멍 속으로 ─ <구멍> 연작시를 쓰신 최서림 시인에게」 부분

앞에서 "캄캄"하고 "축축"한 "땅 속에서" 숨구멍을 내고 살다가 밖으로 나온 지렁이를 또한 "환형(環形)의 생명체"라 표현하고 있는 바와 같이, 생명은 구멍과 연관되어 있다. 생명을 연장할 수 있는 숨구멍도 구멍이며, 위의 인용한 것처럼 사람의 생명도 "어미 몸의 구멍"에서 나온 것이다. 구멍은 생명의 원형공간이며 태어나서도 생명을 연장할 수 있는 공간인 것이다. 생명의 개별체인 인간존재는 그가 지닌 육체의 빈 부분인 목구멍과 똥구멍이라는 구멍을 통하여 생명활동을 해나간다. 사실, 이것은 동물의 가장 기초적인 생명적 특징 가운데 하나에 속한다. 이 시에서는 여기에서 나아가 구멍을 통해 "세계는" 인간의 "기를 받아들"이고 인간은 "세계를 느끼"고 있는 것으로 표현하고 있다.

이 시는 인간 육체의 구멍에 대한 생명철학적 성찰을 보여주고 있는

시라고 할 수 있는 것이다. 사실 동물들도 소통의 수단으로 목구멍을 사용하지만 인간존재가 이를 사용하는 것은 그 차원을 달리한다. 그래서 육체의 구멍을 고도로 활용하는 것은 다른 동물들이 아니라 바로 말을 하는 인간인 것이다. 그만큼 인간존재에 있어 구멍에 대한 철학적 성찰은 깊은 의미가 있는 것이 된다.

미친 듯이 긁고 싶기만 한 세상
맺힌 피 줄줄 흘러내릴 때까지
가려워서 긁고 긁고 또 긁는 내 아들
문명의 튼튼한 몸이 덮친 아들의 피부.

― 「아들은 가렵다」 부분

피부의 구멍이 제대로 기능을 못하면 가렵게 된다. 이 시는 시적 화자가 자기 아들이 피부에 문제가 있어 가려워 계속 긁어대는 상황을 제시하고 있다. 가려움을 참지 못하여 "피가 줄줄 흘러내릴 때까지" 긁고 있는 아들을 보면서, 시적 화자는 세상의 숨구멍을 막고 있는 것을 "긁고 싶"어 한다. 긁어도 긁어도 건강한 피부를 회복할 수 없듯이 세상의 숨구멍을 막고 있는 것은 쉽사리 틔어 해결할 수가 없다. 이 시는 그 이유를 "문명의 튼튼한 몸이 덮친 아들의 피부"라는 탁월한 구절을 통해 드러내고 있다. "피부"에 "덮친" 것은 피부병이지만, 시적 화자는 이를 "문명"으로 환치시키고 있는 것이다. 앞에서 언급한 바 있듯이, 인간을 갈수록 물화시켜 가는 물질문명과 폭력·광기의 부정적인 근대성이 여기서 말하는 문명의 다른 이름이 된다.

처음에는 하루에 한 포 나중에는 하루에 다섯 포
머릿속에 거머리가 기어다니는 것 같구나
약의 양이 느는 동안 어머니는 늙어갔습니다
…(중략)…

약에 취해 비틀비틀 걸어가시면서
아이고, 머리가 안 아프니 살 것 같다

— 「어머니의 두통약 뇌신」 부분

　　"두통약 뇌신"은 문명의 소산이다. 육체의 질병인 두통을 해결하기 위하여 개발된 뇌신은 두통을 해결하면서도 육체를 더욱 질병에 빠뜨리게 하는 약제가 된다. 왜냐하면, 뇌신을 복용했을 때 한동안 두통이 낫는 듯하다가 또다시 두통이 찾아오기 때문이다. 그러면, 이제는 면역이 되었으므로 더 많은 두통약을 먹지 않으면 통증이 가라앉지 않는다. 여기서, "약에 취해 비틀비틀 걸어가시면서 / 아이고, 머리가 안 아프니 살 것 같다"고 하는 '어머니'의 존재는 문명 속에 놓여 있는 아이러니한 현대인의 표상이라고 볼 수 있다. 여기서 문명의 산물 속에 갇혀가 궁극적으로는 생명성을 잃어가면서도 그 문명이 주는 일시적인 안락함에 더욱 자신을 맡기는 현대인을 연상할 수 있기 때문이다. 이 시에서는 생명성을 잃어가는 것을 "늙어가"는 것으로 표현하고 있다.
　　이승하가 이 시집에서 어두운 역사적 사건들을 드러내고 있는 것은 바로 이러한 사건들이 다름 아닌 폭력과 광기의 부정적인 근대를 표상하기 때문이다.

　　에헤 에헤에에 너화 넘자 너화 너

만가 울려 퍼지는 세상은 시방 삼색
거무튀튀하게 찌푸린 하늘과
미친 듯이 흩날리는 저 눈, 눈발, 눈보라
눈꽃 피우다 허리 구부리는 사철나무들
눈의 무게를 악착같이 견디고 있다
그날의 총성을 기억하는지 저 고목은
쓰러진 할머니 할아버지의 허리처럼 굽어 있다

―「폭설 속의 만가 ― 경남 거창군 신안면에서」 부분

위에 인용한 시는 '거창양민학살사건'을 다루고 있는 시에 해당한다. 이 시에서 말하고 있는 그날은, 시인이 밝히고 있듯이, '거창양민학살사건'이 일어난 1951년 2월 10일과 11일을 말하고 있다. 이 사건에서 학살된 양민의 장례를 치루는 상황을 시적으로 재현한 것이 이 시의 상황이다. "만가 울려 퍼지는 세상"은 단적으로 그 상황을 나타내고 있다. "거무튀튀하게 찌푸린 하늘과 / 미친 듯이 흩날리는 저 눈, 눈발, 눈보라"라는 을씨년스러운 겨울 풍경은 이러한 학살된 사람의 장례 풍경과 상응해 있다. 폭력과 광기가 드러난 역사적 사건인 '거창양민학살사건'은 부정적 근대의 표상이 아닐 수 없는 것이다.

하지만, 이 시는 폭력과 광기의 역사적 사건의 상황에 대한 시적 재현만을 하고 있는 것은 아니다. 시적 화자는 그날에 대한 재현 뒤에 일정한 시간적 거리를 두고 현재 "굽어 있"는 "고목"에 대한 묘사를 하고 있다. 그런데, 그 고목을 그때 "쓰러진 할머니 할아버지의 허리"로 묘사함으로써 과거와 현재를 연결하고 있는 것이다. 보다 중요한 것은 "눈꽃 피우다 허리 구부리"고 "눈의 무게를 악착같이 견디고 있는 사철나무들"에 대한 묘사이다. 이 묘사는 과거와 현재의 상황 어디에도 해당될 수 있는 상황에 대한 자연적 묘사인데, 폭력과 광기의 상황을 "악착같이 견디고 있는" 인간존재의 모습으로 읽을 수 있다.

이승하는 폭력의 역사적 사건을 겪으면서 이를 견디면서 굳굳하게 살아온 인간존재의 모습을 다음과 같이 직접적으로 드러내기도 한다. "아픔이 어린 나를 어른으로 만들었고 / 설움이 젊은 나를 늙은이 되게 했으나 / 나는 그날을 잊지 못해 이 악물고 살아왔고"(「빼앗긴 시간─군대위안부 황옥임 할머니의 영결식을 보고」). 여기서 고통이 삶을 성숙하게 만드는 하나의 조건이 되고 있는 인간존재에 대한 이승하의 성찰을 엿볼 수 있다. 그런데, 이 시가 구체적인 한 인물에 대한 관찰에서 인간존재에 대한 성찰로 나아간 것은 주목해야 하리라 본다. 그만큼 이승하는 개별성과 구체성 속에서 인간존재와 생명성에 대한 성찰을 확장시켜가고 있는 것이다.

> 비쑥, 돌콩, 나문재, 칠면초, 퉁퉁마디,
> 갯잔디, 갯질경, 갯개미취, 갯는쟁이…
> 악착같이 시흥갯벌 지키고 있는데
>
> ─「저문 들녘에서 부르는 노래 ─ 시흥갯벌에 서다」 부분

'갯벌'은 생명의 중요한 터전 가운데 하나이다. 위에 인용한 시에서는 염생식물에 속하는 "비쑥, 돌콩, 나문재, 칠면초, 퉁퉁마디, / 갯잔디, 갯질경, 갯개미취, 갯는쟁이" 등의 식물 하나 하나가 그 존재의 개별성에 따라 호명되고 있다. 생명에 대한 인식은 구체적인 존재에 대한 인식에 다름 아니다. 생명은 추상적인 묶음이 아니라 구체적인 개체로 존재하기 때문이다. 그만큼 개체의 종 다양성은 생명 현상의 본

질적인 요소가 된다. 자연은 이 종 다양성이 확보될 때에 원활하게 순환되고 건강하게 유지가 되는 것이다. 이승하가 다른 시에서 "내가 살아 있기에 / 저렇게 하늘이 푸르다고 알려라 / 울며불며 알려라 / 종의 마지막 새 한 쌍과 / 최후의 인간이여."(「날아라, 종의 마지막 새 한 쌍이여 – 마지막 크낙새 한 쌍을 위하여」)라고 노래하고 있는 것도 존재 개체에 대한 가치를 노래하고 있는 것이다. 시인 자신이 언급하고 있는 바와 같이, 크낙새는 천연기념물 197호로 우리나라에서만 서식하는 세계적인 희귀조이다. 시인은 나아가 "북한에 몇 마리가 있다고 하지만 확인된 것은 한 마리도 없어 설악산에 사는 한 쌍이 지구상의 마지막 크낙새일 수도 있습니다."라는 조류전문가의 말을 직접 인용하고 있다. 이승하의 생명에 대한 인식은 그만큼 철저한 것이다.

앞에 인용한 시에서 염생식물 하나 하나가 "악착같이" "갯벌"을 지키고 있듯이 여기에서 "크낙새 한 쌍"이 "살아 있기에" "하늘이 푸르다"는 인식을 보이고 있다. 그런데, 이승하가 "마지막 새 한 쌍"과 "최후의 인간"을 동격으로 놓고 있는 데에 주목을 해야 한다. 물론 이것은 생명체들의 유기적 연결성을 그 바탕에 깔고 있는 것에 해당한다. 그러면서도 이것은 물질적인 향유를 주면서도 생명성을 훼손시켜온 현대문명의 굴레에 빠져 있는 이 시대의 인간존재에 대한 경고적인 성찰을 담고 있는 것으로 이해되기도 한다. 그만큼 이승하는 튼튼한 '생명의 그물'을 위해 이 시대의 인간존재가 결단을 내려야 한다는 메시지를 담고 있는 것으로 보인다.

　　오늘도 저는 휘황찬란한 환락가
　　불의 중심지에서 몇 병의 화주와
　　몇 명의 벌거벗은 여인과

몇 가지의 죄악과… 아버지,
저는 불에 약한 마른 나뭇잎인지 모르겠습니다

하지만 이제부터라도 나무를 심고 가꾸겠습니다

― 「산불 진화에 나선 아버지」 부분

이 시에서 "불"은 현대의 물질문명을 상징하는 것으로 이해된다. 그 불의 "중심지"에는 "환락가"를 끼고 있으며 여기에는 "화주"와 "벌거벗은 여인"이 있다. 여기서 시적 화자는 현대의 물질문명이 주는 쾌락에 빠져 있는 상황을 제시하고 있다. 그리고 자기 자신을 "불에 약한 마른 나뭇잎"에 비유함으로써 이러한 쾌락에 휩싸이기 쉬운 존재로 형상화하고 있다. 그런데 나뭇잎이 불에 타면 그 생명성을 잃어가듯이, 인간존재는 물질문명이 주는 쾌락에 휩싸여 생명성을 잃어가기 쉬운 존재인 것이다. 그렇다면, 물질문명의 표상인 불과 생명성의 표상인 나뭇잎은 적절한 상징이나 비유가 된다. 그리고 "아버지"는 인간존재인 아버지와 기독교의 창조주 아버지라는 중의적인 의미를 지닌 것으로 파악된다. 어떤 의미든 그 규모와 시간상으로는 차이는 있을지언정 '생명의 근원'이 되는 존재라는 의미는 공유하고 있다. 그래서 그 아버지는 생명성을 유지 · 지속시키기 위한 "산불 진화"에 나서는 아버지인 것이다.

문제는 현대 물질문명 속에 빠져 있는 이 시대의 인간존재가 문명이 주는 쾌락만 좇아 생명성을 잃어가면서도 이것을 잘 느끼지 못하고 있다는 데에 있다. 이 글의 맨 앞에서 언급한 이성복의 시 「그날」에서 인용한 "모두 병들었는데 아무도 아프지 않았다"는 구절이 다시 읽히는 것은 바로 이 지점이다. 그렇다. 이 시대의 인간존재는 물질문명 속에서 생명성을 잃어가 병들어가면서도 그 아픔을 잘 느끼지 못하고 있는 존재이다.

이승하가 시집에서 내보이고 있는 고통에 대한 인식과 이에서 신생을 모색하는 역설은 바로 이 지점에서 그 근거를 확보하게 된다. 이승하에게 있어, 고통에 대한 인식은 신생을 모색하는 근거가 되고 있는 것이다. 그래서 이승하가 시적 화자를 통해 들려주고 있는 "이제부터라도 나무를 심고 가꾸겠습니다"라는 의지에 찬 시적 발화는 고통을 느끼고 있는 인간존재의 신생에 대한 모색을 드러내고 있는 것이 된다. 그리고 이것은 이 시대 인간존재에 대한 성찰과 인간존재가 해야 할 결단을 내포하고 있는 것이다. 시집 『인간의 마을에 밤이 온다』를 읽으면서 고통과 신생에 대한 깊은 고민을 하지 않을 수 없게 된다.

복합발화 형식과 유동성

- 김이듬론

　김이듬의 시집 『명랑하라 팜 파탈』은 제목이 무척 도발적이다. '팜 파탈'을 드러내고 있을 뿐만 아니라 이 팜 파탈을 향하여 '명랑하라'는 명령형 어법을 사용하고 있기 때문이다. 또한, 대개 시집의 제목은 시집에 수록된 시들의 제목이나 내용 가운데 한 구절을 따오는 경우가 많은데 이 시집의 제목은 전혀 그렇지 않아 새롭게 붙인 제목이다. 이와 같이, 김이듬의 시집 『명랑하라 팜 파탈』은 그 제목이 관습을 넘어서 도발적이며 특이한 모습을 보이고 있다.

　그리고 제목이라 하면 그 내용을 포괄하는 성격을 갖는 경우가 일반적인데, 이 시집의 경우는 그렇지 않다는 점에 유의해야 할 것으로 생각한다. 물론, 시집에 수록된 시들 가운데에는 이 제목에 상응하는 내용의 시들이 있다. 가장 앞 자리에 수록되어 있는 「세이렌의 노래」가 '세이렌'이라는 유혹자를 제목에서부터 드러내고 있는 시이고, 「여드름투성이 안장(鞍裝)」을 비롯한 여러 편의 시에서는 성적인 이미지가 두드러지게 표현되어 있다. 그렇더라도 이와 같은 점 때문에 '팜 파탈'의 렌즈만으로 이 시집을 들여다보는 것은 시집의 전체 속내를 제대로 읽어내지 못할 가능성이 큰 것이 된다. 카프카는 「세이렌의 침묵」이란 글에서, 오디세우스가 왔을 때 세이렌이 실제로는 노래를 부르지도 않았고 유혹도 없었다고 해석한 바 있다. 즉, 전해내려 온 말이 그렇다는 관념을 형성하고 있는 경우로 해석하고 있는 것이다. 김이듬의 시집 『명랑하라 팜 파탈』의 경우, 시집 제목과 첫 번째 시 「세이렌의 노래」 때문에 '팜 파탈'의 이미지가 두드러지기 쉬운데, 전경화되어 있는 글이 실제보다 그 이미지를 왜곡하고 있는 경우라고 볼 수 있다.

우산이 하나 있었다 펼쳐졌을 때 창피한
뙤약볕 아래 우산 하나가 펼쳐져 있었다 해변에
인파 속에서 옷이 벗겨졌다 우산에 얼굴만 가려진 채
어린애가 뭐가 부끄럽냐고
새엄마는 내가 얼마나 조숙한 앤지 몰랐다
바닷물 속에 숨어 있었다 우산 위로 어둠의 폭우가 쏟아질 때까지
느리게 인파가 물러가고 느리게 아름다운 파라솔이 접혔을 때
파도 속에서 나를 닮은 이상한 소녀가 출현했다
흰 날개 달린 신발을 신고 파도 위를 돌기 시작했다
흰 말을 타고 알몸으로 백사장을 천천히 돌기 시작했다
나는 토했고 소녀가 삼켰다
내가 삼켰고 소녀는 토했다
우산이 하나 있었다 새파랗고 조그맣고 살이 부러진

― 「태양 아래 헐벗고 1. 부러진 살」 전문

김이듬의 시집 『명랑하라 팜 파탈』에는, 시집 제목하고는 상당히 다른 느낌을 주는, 가족사를 드러내는 가운데 상처받은 여성의 내면을 형상화하고 있는 시들이 여러 편 있다. 위에 인용한 시도 그 중 한 편인

데, 꿈 많은 성장기의 소녀가 겪는 새엄마와의 심리적인 갈등과 상처를 환상적인 내면세계의 외적 형상화를 통하여 드러내고 있다. 성숙해가는 소녀는 "옷이 벗겨" 것이 "부끄럽"지만 소녀를 어린애로만 보는 새엄마는 대수롭지 않게 대하는 데서 소녀는 상처를 받는다. 소녀는 부끄러워서 "우산에" "얼굴"을 가린다. 그럼에도 불구하고 부끄러움은 사라지지 않는다. 우산이 "살이 부러"져서 소녀의 얼굴을 온전히 가릴 수도 없지만, 살 부러진 그 우산도 훼손되고 상처입었다는 면에서 소녀와 처지와 같은 것이 된다. 여기서, 부러진 우산의 살은 벗겨진 소녀의 살은 동일시되고 있다. 즉, 이 시에서 '살'은 이중의 의미로 사용되고 있는 것이다. 이 시행들이 행간걸림을 통하여 형식의 불안정성을 드러내고 있는 것은, 궁극적으로 상처받은 내면의 불안정성을 드러내기에 적절한 것이 아닐 수 없다.

　이 시에서, 부끄러움을 견디지 못하는 소녀는 환상을 통하여 그 상처를 치유하려는 모습을 보여주고 있다. 부끄러운 소녀는 환상 속에서 "바닷물 속에 숨어 있었"는데, 그러다 보니 나중에 "파도 속에서" 자신을 "닮은 소녀"를 보게 된다. 상처의 치유는 환상 속에서 파도를 통하여 이루어지고 있다. "흰 날개 달린 신발"과 "흰 말"은 그래서 나온 것이다. 이와 같이, 김이듬의 시집 『명랑하라 팜 파탈』에는 상처받은 여성의 내면을 형상화한 시들이 상당히 있다. 또한, 이 시들은 환상성을 드러내어 형상화되기도 한다. 김이듬의 시 문법의 특징 가운데 하나는 환상적인 표현법인데, 이는 시를 통해 직접 드러나 있기도 하다. 「푸른 수염의 마지막 여자」에 보이는 "음부의 반쪽에선 피가 나오고 오른쪽 사타구니엔 정액이 흘러내립니다 백 년에 한 번 있는 일입니다만 // 하하하 농담 그냥 여자도 남자도 아니고 죽은 것도 산 것도 아니라는 말을 요즘 유행하는 환상적 어투로 지껄인 겁니다 말도 하기 귀

찮다는 예 바로 그 말이죠”라는 구절이 바로 그것이다.

> “처음이야, 떨려.” 너는 라이트 켠다면서 와이퍼를 움직였지 “난 처음이
> 아닌데, 괜찮지?” 그때도 지금처럼 라디오에선 이 음악이 나왔던가? “기다
> 릴게 언제라도 출발할 수 있도록 항상 엔진을 켜둘게”
>
> — 「항상 엔진을 켜둘게」 부분

환상성과 관련하여, 김이듬의 시 문법의 다른 특징은 위에 인용한 시에 내재되어 있다. 이 시는 엔진이 켜져 있는 심야 우등버스를 타고 가다가 라디오에서 델리스파이스의 노래 ‘항상 엔진을 켜둘게’가 나왔을 때, 연상작용에 의하여 과거 사랑의 기억을 떠올리고 있는 시이다. 만약, 이 시를 연상작용을 염두에 두지 않고 해석한다면 이상하게 해석될 소지가 있다. 환상성과 연상작용을 제대로 파악하지 않을 경우, 김이듬의 시집 『명랑하라 팜 파탈』에 수록된 시 가운데 특히, 성적인 이미지가 드러나 있는 시는 왜곡되게 해석될 소지가 있을 것으로 보이므로 유의해야 하리라 생각한다.

> 유령 시인들은 종이에 대고 협박합니다. 자신의 시를 모방했다고, 갖은 기
> 교 범벅 비스킷 같다느니 뭐니 벽돌로 여자의 머리를 빗어줍니다. 칭찬은 아
> 닌 것 같은데 기분이 좋아집니다. 이상(李箱) 옆에서 김수영이 사랑에 미쳐
> 날뛰는 날을 이야기합니다. 전 당신들을 닮을 생각도 없고 오마주도 모르는
> 데요. 우리는 영원히 무한히 우리를 배신하여… 입에서 두부만한 핏덩이가
> 쏟아집니다. 가만히 보니 오래 묵은 자의식과 낭패감 따위가 묻어 있습니다.
>
> — 「유령 시인들의 정원을 지나 #6」 부분

김이듬의 시집 『명랑하라 팜 파탈』에는 위에 인용한 시와 같이, 시와 시쓰기 그리고 시인에 대한 자의식을 드러내고 있는 시들이 있다. 일종의 메타시라고 볼 수 있다. 씌어진 시로만 대할 수밖에 없는 작고 시인들은 "유령 시인"들이라 할 수 있다. 그런데, 이 시의 시적 화자로 등장하는 후배 시인은 그 유령 시인들이 "자신의 시를 모방했다고" "협박"한다고 시적 발화를 하고 있다. 여기에 대하여 후배 시인인 시적 화자는 "전 당신을 닮을 생각도 없고 오마주도 모르는데요."라고 대답하고 있다. 해체비평가인 해롤드 블룸은 『시적 영향에 대한 불안』이란 책에서, 후배 시인은 의식적이든 무의식적이든 선배 시인을 수정적으로 모방하여 자신의 시세계를 구축하지만 영향을 받은 것에 대한 불안에서 벗어날 수 없다고 한다. 위에 인용한 시는 이와 같이 '시적 영향에 대한 불안'이라는 시인의 자의식을 형상화한 것으로 해석할 수 있다. "오래 묵은 자의식과 낭패감"이란 구절은, 그래서, 자연스러운 것이 된다.

그런데, 유령 시인인 선배 시인은 유명 시인인 점에 또한 주목해야 한다. 시 내용에 등장하는 "이상"과 "김수영"은 작고한 유령 시인이면서 유명 시인인 것이다. 후배 시인은 자연스럽게 유명 선배 시인으로부터 유래하는 '시적 영향에 대한 불안'을 지니게 마련이다. 이와 같이, '유령' 시인이 '유명' 시인인 것은 근본적으로 해체비평의 입장에서 상통하는 것이기도 하지만, 여기에는 김이듬의 시 문법의 한 면이 내재되어 있다. 그것은 다른 아닌, 시니피앙의 차원에서 시니피에로 나아가는 언어유희(pun)이다. 「망한 정신병원 자리에 마리 수선점을 개업하기 전날 밤」이란 시에서는 "키득키득 키르케고르", "마리아 마니아", "모든 연기를 다음으로 연기하자"는 등 언어유희가 집중되어 있고, 「침묵의 복원」이란 시에서는 "밥 딜런의 밥 밴 모리슨의 밴"이 언어유희로 이루어져 있고, 「나무나 나나」란 시에서는 제목 자체가 언어유희로 되어 있다.

또한, 위에 인용한 시에는 김이듬의 시 문법의 다른 특징이 내재되어 있다. 인용 가운데 "전 당신들을 닮을 생각도 없고 오마주도 모르는데요."라는 구절은 '-ㅂ니다'처럼 되어 있는 전체의 발화 형식과는 다른 형식을 취하고 있다. 이와 같이, 통일된 단일 발화 형식을 깨뜨려 의식의 복합성을 드러내고 있는 것이 김이듬 시의 특징 가운데 하나이다. 「침묵의 복원」이란 시에서는 "후배 이름을 밝히지 않는 나도 지겨워 김이듬을 나라고 말하는 너는 이듬이랑 영락없니?"라는 구절을 통하여 '후배 이름을 밝히지 않는 나' 즉, 타인의 이름을 밝히지 않는 주체와 '김이듬을 나라고 말하는 너' 즉, 자신의 이름을 밝히고 있는 주체, 그 주체를 "너"로 타자화하고 있는 주체 그리고 이 두 주체를 비교하고 있는 주체 등으로 의식의 복합성을 드러내고 있다. 「성난 얼굴로 뒤돌아보지 말고」이란 시에서는 "한 번 더 널 건드려도 괜찮니? 숨넘어가겠니? 신이여, 이 아이를 지켜주소서, 제발, 어머니! 뜨거운 국물을… 그들도 바빠. 지들이나 우리나 서로에게 뭘 줄 수 있었겠니?"에서 보는 바와 같이, "한 번 더 널 건드려도 괜찮니? 숨넘어가겠니?", "신이여, 이 아이를 지켜주소서", "그들도 바빠. 지들이나 우리나 서로에게 뭘 줄 수 있었겠니?"라는 어머니의 발화와 "제발, 어머니! 뜨거운 국물을…"이라는 아이의 발화로 이중으로 구성되어 있다. 그리고 어머니의 발화는 아이의 발화를 사이에 두고 전반부의 열정적으로 기원하는 발화와 후반부의 냉정하게 회의하는 발화로 균열되어 있다. 이것은 상황에 대한 어머니의 양가성(Ambilvalence)의 태도에서 기인하는 것이 된다. 김이듬은, 기형도에게서 보인 복합적인 발화 형식을 더욱 밀고 나가고 있는 것으로 볼 수 있다.

　　나무가 보는 시점에서도 지나치게 나무가 많을까, 이 시점은 새로운 떨림
　　도 없이, 오 침통한 노을이여, 거리에 서 있는 침울한 존재여, 나무나 나나

　　…(중략)…

　　이제 다른 나무에 기대어 나무가 보는 거리를 본다, 내 주위에는 언제나
　　어떤 종류건 나무가 있었다,

− 「나무나 나나」 부분

　　복합적인 발화 형식은 발화행위의 주체가 통일되어 있지 않으며 나아가 발화행위의 주체가 단일하지 않은 데에서 기인하는 것이 된다. 일반적으로 시적 발화가 단일한 주체의 통일성 있는 발화 형식을 취하고 있다면, 김이듬의 시는 이를 깨뜨려 확장을 꾀하고 있는 시에 해당한다. 위에 인용한 시는 이를 '시점'의 문제와 결부시켜 드러내고 있는 시로 해석할 수 있다. 제목이 언어유희성이 있는 '나무나 나나'이기도 하지만, 이 제목은 '나무'와 '나' 즉, 인간과 나무 사이 시점의 차이 문제를 내재하고 있는 것으로 볼 수 있다. 인간인 시적 화자는 대뜸 "나무가 보는 시점에서도 지나치게 나무가 많을까"라고 의문을 제기하고 있다. 인간적인 시점과 나무의 시점이 차이가 있음을 드러내고자 한 것으로 이해된다. 그러면서도 "침울"한 존재로 시적 화자와 나무는 또한 상통하고 있다. 그래서 시적 화자는 "나무에 기대어 나무가 보는 거리를 보"고 있다. 여기서 시적 화자는 인간적인 시점에서 벗어나 나무의 시점을 취하고자 한다. 그러나 이 시점은 복합적이 될 수밖에 없다. 인간적인 시점을 벗어나려 하지만 완전히 그럴 수 없기 때문이다. 인간과 나무의 이중적인 시점의 복합성은 어쩔 수 없는 것이 된다.

　김이듬의 시집 『명랑하라 팜 파탈』은 발화 형식에서부터 시세계까지 통일성을 거부하고 있다. 상당히 유동적인 시라고 볼 수 있다. 시 양식에 대한 상상력의 모험을 과감하게 추구하고 있는 것으로도 볼 수 있다. 여기에는 여성으로서 그리고 시인으로서의 경험을 일종의 허구적 형식을 통하여 다양하게 드러내고 있다. 그런 면에서, 김이듬은 "명랑"하며 "팜 파탈"이라 볼 수 있는 것이다.

> 들리지? 내 목소리, 이리 따라와 넘어와 봐
> 너와 나 오래 입 맞추게

─ 「세이렌의 노래」 부분

　이제, 이 시는 상상력의 모험을 통하여 과감하게 유동적인 형식과 세계를 취하고자 하는 새로운 유혹자인 시인이 독자를 적극 끌어 들이려는 시로 이해할 수 있게 된다. 시인은 유혹자 '세이렌'의 목소리를 빌어 "들리지? 내 목소리"라고 독자에게 은근히 다가가고 있다. 그리고 "이리 따라와 넘어와 봐"라고 규범적인 틀을 넘어서 유동적인 상상력의 세계에 들어올 것을 유혹하고 있다. 그렇다면, "너와 나"라고 부르면서 더 없이 친밀하게 다가오는 시인과 시집을 통하여 "오래 입 맞"출 일은 이제 독자의 몫으로 남아 있게 된다.

경계와 상호텍스트성

― 장이지론

　　장이지의 첫시집 『안국동울음상점』은 성인(成人)의 세계와 사회에 나아가는 변환기에 놓여있는 자의 내면세계를 보여주고 있는 시집이다. 이는 작품 제목 「변성기」로 대변되듯이, 시기 면에서 경계에 놓여 있는 세계를 드러내고 있다. 시적 화자가 되돌아본 유년기는 "아름다운 기억"(「변성기」)으로 남아 있다. 그래서 '명왕성'에 살고 있다고 여기는 자와 이메일로 소통하고(「명왕성에서 온 이메일」) 우주여행을 하며(「군함 말리(軍艦 茉莉)의 우주여행」) "은하철도 999호에 몸을 싣고 / 우주 저편 남십자성을 향해 떠난"(「백하야선(白河夜船)」)다는 상상력은 무한히 펼쳐지고 있는 것이다.

　　여기서, 장이지의 상상력은 유년시절에 본 애니메이션이 매개가 되고 있는 점에 주목해야 한다. 이 점은, 첫째 그의 상상력이 문학을 넘어 영상예술과 조우하면서 형성되고 전개되고 있다는 사항을 말해준다. 둘째 성인으로 성장하는 과정에서 애니매이션을 대신하여 영화가 매개가 되어 그의 상상력을 풍부하게 형성시키고 전개시켜 온 사항과 연결된다. 이는, 장이지의 시집 『안국동울음상점』의 제3부와 제4부의 제목이 '용문객잔'이라는 영화 제목을 드러내고 있는 「안녕, 용문객잔」
과 영화 「소살리토」의 주제곡 제목인 '급시포옹'(及時抱擁: '及時申手
抱擁'의 준말로 "손을 뻗어 껴안을 때"라는 뜻임)을 그대로 드러낸 제
목 「급시포옹(及時抱擁)」으로 되어 있는 데에서 단적으로 알 수 있다.
그리고 이런 사항은 「용문객잔」, 「용문객잔의 노래」와 같이 영화 제목
이 드러나 있는 시 외에 「권야(倦夜)」처럼 영화의 내용과 넘나드는 시
에서 두드러지고 있다.

> 냄새나는 이불이 헝클어져 있다. 침대는 젖었지만 나는 침대로 기어든다.
> 뇌수를 쪼는 빗소리를 견디며 나는 뒤척인다. 콧물이 흐르고 기침이 나오지
> 만 나는 참는다. 베란다 문여는 소리가 들린다. …(중략)… 옆집 여자는 뭐
> 하는 여자일까.

－「권야(倦夜)」 부분

이 시는, 부제 '차이밍량 감독의 영화 「구멍」(1998)에 부쳐'에서 알
수 있듯이, 타이완 감독인 차이밍량의 1998년 영화 「구멍」과 관련이
있는 시이다. 이 시의 시적 화자는 「구멍」의 남자 주인공처럼 "침대로
기어"들고 "빗소리를 견디며 뒤척인다". 영화의 내용과 겹치는 이 시
의 내용으로 볼 때 이 시는 영화 「구멍」과 분명히 '상호텍스트성'의 관
계에 있다. 그런데, 영화에서는 고독하고 권태롭게 사는 인물로 윗층
남자와 아래층 여자가 설정되어 있는 데에 비해 이 시에서는 서로 옆
집에 사는 관계로 설정되어 있다. 이 시에서 변주가 되어 있다고 볼 수
도 있고 시인과 동일시 할 수 있는 시적 화자의 고독하고 권태로운 상
황에 영화의 내용을 덧입힌 것으로도 볼 수 있다.

영화와 상상력을 교류하는 장이지의 시는 예술 장르간의 경계를 넘나드는 시로 이해된다. 특히 그의 시는 문학과 영화의 경계에 있는데, 그의 시 「장콕도와 나」에서 이 점은 시적 발화를 통해 분명하게 드러나 있다. 장이지는, 제목에서부터 분명히 드러나 있듯이, 이 시를 통해 문학과 영화에서 일정한 업적을 이룩한 장콕도와 자신을 관련시키면서, "저는 예술이란 것의 본질이 / '서명하는 행위'와 '그것을 지우는 행위' / 속에서 구성되는 것을 그에게 배웠고"라고 직접적으로 드러내고 있다. 여기서, 문학과 영화의 관련 못지않게 '서명하는 행위'와 '그것을 지우는 행위'에 또한 주목해야 하리라 생각한다. 서명하는 행위와 그것을 지우는 행위 사이에 예술이 구성된다는 인식은 예술은 끊임없는 과정 속에 놓여 있다는 탈구조주의적 인식과 관련되는 것으로 이해된다. 예술 장르간의 경계를 넘나드는 시가 포스트모더니즘적 성격을 갖는 것이라면, 이는 더욱 그렇게 이해될 수 있는 것이다.

장이지의 시집 『안국동울음상점』 가운데에는 또 다른 면에서 포스트모더니즘적 성격을 지니는 시들이 있어 주목된다. 이는 문학 특히, 시의 자의식과 연관되는 것이다.

> 책이 책을 말한다. 당신이 나를 비추고
> 내가 당신을 비추는 곳. 우리는 함께 있다.
> …(중략)…
> 활자의 망토 뒤에 숨은 시신(屍身/詩神)을,
> 당신은 나를 읽으면서 수척해진다.

> ─「흡혈귀의 책」부분

탈구조주의와 포스트모더니즘의 주요 요소 가운데 하나가 '상호텍스트성'인데, 이 시에서는 이를 "책이 책을 말한다"로 표현되어 있다. 그래서 선배 작자(시인)인 "나"와 후배 작자(시인)인 "당신"은 서로 비추게 된다. 결국 "함께 있"는 것이 된다. 앞에서 문학과 영화의 상호텍스트성을 보여준 장이지는. 여기서 문학(시) 내부의 상호텍스트성 나아가 시의 자의식을 드러내고 있는 것이다.

그런데, 이 시에서 '시신'을 '屍身/詩神'과 같이 이중으로 표기하고 있는 데에 주목해야 한다. 선배 시인과 그 텍스트 사이에 상호텍스트의 관계에 있는 후배 시인과 그 텍스트의 원천은 선배 시인과 그 텍스트이므로 이것이 다름 아닌 '詩神'이 되는 것이다. 한편, 후배 시인과 그 텍스트는, 또한, 선배 시인과 그 텍스트를 죽여서 넘어서야 그 의의가 있으므로 선배 시인과 그 텍스트를 '屍身'으로 삼지 않으면 안된다. 여기서, 장이지의 이 시도 해체비평가인 해롤드 블룸의 '시적 영향에 대한 불안'이라는 시인의 자의식을 형상화한 것으로 해석할 수 있게 된다.

장이지의 『안국동울음상점』에는 시인 가운데 특히, 이상의 시적 영향을 드러내고 있는 시들이 눈에 띈다. "비명을 지르며 달아나는 13명의 아해들,"(「철남」)이란 구절과 "무서운 아이들이 그 뒤를 쫓는군요. / 아니 잠깐, 무서운 아이들이 쫓는 남자는 / 어제의 무서운 아이였다는 건 비밀입니다."(「해변의 밤」)이란 구절에서 알 수 있듯이, 장이지는 이상 시의 「오감도 제1호」와 상호텍스트의 관계에 있는 시를 통하여, 시적 화자의 내면을 보여주고 있다. 그 내면은 불안과 두려움인데, 시적 내용으로 볼 때 "13명의 아해들"이 "비명를 지르며 달아나는" 것은 달리는 "철남" 때문이다. 여기서 '철남'은 '鐵男'으로 로봇을 말한다. 즉, 이 시는 이상의 시뿐만 아니라 애니메이션(영화)과 상호텍스트의 관계에 있는 것이 된다.

　이와 같이, 장이지의 첫시집 『안국동울음상점』은 시기 면에서 경계
에 놓여있는 시적 화자의 내면을 문학(시)과 영화 그리고 시와 시의 경
계와 상호텍스트의 관계를 통하여 보여주고 있다. 그리고, 이 시집이
지금 여기 우리 시의 상상력과 그 지평을 넓힐 수 있을 지 두고 볼 일이
다.

존재의 이면과 생의 근원

— 황학주·김수우·류인서론

삶의 깊이에 대한 인식은 인간 존재와 다른 존재의 이면을 성찰하거나 그 존재들의 관계에 대해 성찰할 때에 획득된다. 삶의 깊이에 대한 인식은 또한 생명이나 생활의 근원에 대해 성찰할 때에 획득된다. 올해 들어 차례로 간행된 류인서의『그는 늘 왼쪽에 앉는다』와 황학주의 『루시』 그리고 김수우의『붉은 사하라』는 이러한 존재의 이면과 생의 근원에 대한 인식과 형상화를 통하여 삶의 깊이를 드러내고 있는 시집에 해당한다.

류인서의『그는 늘 왼쪽에 앉는다』는 인간과 사물의 존재 이면을 치밀한 관찰을 통하여 드러내고 그 숨겨진 의미에 대해 천착하고 있는 시집이다.

> 네 눈동자에 침전돼 있던 고요의 밑면을 훑고 가는
> 서느런 날개바람 같은 것
> 아직 태어나지 않은 어느 세계의 새벽과
> 네가 놓쳐버린 풍경들이 마른 그림자로 찍혀 있는

— 「교행(交行)」 부분

　인용한 이 시는 밤에 상행 열차와 하행 열차가 교행하는 순간을 포착하여 그 이면을 형상화하고 여기서 새로운 의미를 발견하고 있는 텍스트이다. 시적 화자는 상행과 하행의 열차가 교행하는 순간 열차 자체가 아니라 교행할 때 생기는 "서느런 날개바람"을 포착하고 있다. 그 날개바람은 두 열차가 밤이 이루어 놓은 "고요의 밑면을 훑고 가"서 생기는 날개바람이다. 그런데, 여기서 주목할 점은 시적 화자가 이를 직접 본 형식으로 제시하고 있는 것이 아니라 시적 인물화된 너의 "눈동자"을 통해 살펴보고 있다는 점이다. 이것은 거리를 두고 있는 간접 제시이며 미세한 관찰인 것이다. 그래서 눈동자에 비친 교행하는 순간의 열차는 "마른 그림자로 찍혀 있는 / 두 줄의 필름"이 되는 것이다. 눈동자는 가장 원초적인 생명성의 영상매체에 해당하기 때문이다.

　이러한 간접적이고 미세한 관찰이 새로운 의미를 드러내고 있는데, 그 의미가 근원적인 성찰로 확장되므로 문제적인 의의를 지니게 된다. "아직 태어나지 않은 어느 세계의 새벽"은 아직 오지 않은 시간과 존재를 표상하고, "놓쳐버린 풍경"은 이미 지나가 버린 시간과 존재를 표상한다. 따라서, 이 시는 밤 열차의 교행의 순간을 통하여 시간과 존재에 대한 성찰적 의미를 드러내고 있는 텍스트가 된다. 시간의 흐름과 그 속에 있는 존재, 존재들 만남의 시간적 형식과 의미를 읽는 것은 삶의 깊이에 대한 인식에 이르는 하나의 방법이 될 것이다.

　간접화된 미세한 관찰을 통하여 존재의 이면을 드러내고 근원적인 의미를 발견하는 것은 시집 『그는 늘 왼쪽에 앉는다』를 지배하는 시적

경향이다. 「병(瓶)」에서는 시적 인물인 "그"의 "들리지 않는 귀 속에
숨어 있"는 소리를 포착한 뒤 인간 내면의 "소리저장고"에 주목하여
이를 "축전병"에 비유하고 있다. 「진공청소기」에서는 "찢겨 흩어질 수
있는" 종이봉투에서 시적 인물화된 너의 세계를 통해 인간이 몸담고
있는 불완전한 세계를 유추하고 있다.

> 손가락만한 매니큐어를 만지작거리며 그 여자는
> 금간 애인과의 사이를 어떻게 메울까 한동안 훌쩍거리다
>
> 고양이처럼 달랑 의자에 올라앉아 엄지발톱에 톡, 톡, 매니큐어를 바른다
> 그래, 톡 톡 소리에 귀 기울여보는 것도 괜찮겠다

― 「톡 톡」 부분

인용한 시 또한 시집 『그는 늘 왼쪽에 앉는다』를 지배하는 특징을
보이고 있는 텍스트에 속한다. 시적 인물인 "그 여자"를 통한 간접적
제시와 "매니큐어를 바르"는 상황에 대한 미세한 관찰이 그것이다. 그
런데, 이 시는 다른 면에서 『그는 늘 왼쪽에 앉는다』를 지배하는 특성
을 보이고 있다. 그것은 싱싱한 유머의 세계이다. 이 시에서도 애인과
금간 그 여자가 매니큐어를 바르며 그 미세한 소리에 귀 기울여 마음
을 가라앉히는 일종의 유머가 제시되어 있다. 이러한 유머의 세계는
「모동 가는 길」에서는 "푸른 치마의 시절" "홍상(紅裳)을 생각하던 청
상(靑裳)", "청상 청승"과 같이 언어유희를 통해 드러나기도 한다.
　황학주의 『루시』는 아프리카의 시공간에 있는 존재에 대한 형상화
를 통하여 생명과 인간존재의 근원에 대한 성찰을 보이고 있는 시집이
다.

우리는 하루 종일 루시를 찾지 못했다
…(중략)…
내가 먼저 죽으면 당신이 날 찾을 텐데
그때에 응할 수 있는 말이 있을까
구불구불 먼지 속으로 번져가는 당신의 꿈길 끝에서
반달은 옷을 벗고 나왔다

—「루시」 부분

시집의 표제작이기도 한, 인용한 이 시는 "루시"를 찾는 행위를 통하여 인간존재의 근원을 추적하려고 한 텍스트이다. 가장 오래된 화석인류 중의 하나인 오스트랄로피테쿠스 아파렌시스의 애칭인 루시(Lucy)를 찾는 행위는 결국 인간존재의 근원에 대한 탐구에 다름 아니다. 그런데, 루시를 찾는 과정에서 "내가 먼저 죽으면 당신이 날 찾을 텐데"라는 인식을 얻고 있는 데에 주목하지 않을 수 없다. 결국 인간존재의 근원에 대한 탐구가 인간존재의 연속성과 연대성에 대한 인식에까지 확장되고 있음을 알 수 있다. 그럴 때에 멀리 배경에서 "반달이 옷을 벗고 나오"고 있는 것이다. 이것은 관능성을 드러낼 정도의 원초적인 생명성을 표상한다. 원초적인 생명성은 관능성을 내포하지 않을 수 없다. 생명성과 관능성의 이중주는 황학주의 『루시』에 나타나 있는 주된 요소이다.

모래먼지가 회오리치며 날아간 뒤
부끄럽고 근사하게 확대되는
벗어놓은 항문,
水深이 깊습니다

물 한 방울이
선인장 움쑥한 꽃잎 속에 고이는 순간입니다

– 「어느 항문」 부분

인용한 시는 모래먼지 때문에 얼룩말의 꼬리가 드러나게 된 순간에 대한 묘사를 하고 있는 텍스트이다. "근사하게 확대되는" "항문"은 묘한 관능성을 내포하고 있다. 그런데 이 항문을 "水深"에 비유하고 나아가 이를 "선인장 움쑥한 꽃잎 속에 고이는" "물 한 방울"과 연관시키고 있다. 그래서 관능성을 생명성으로 확장시키고 있는 것이다. 모래먼지 날리는 불모의 땅인 아프리카에서 생명성을 발견하는 역설은 시집『루시』의 곳곳에 드러나 있다. 「떨기나무」에서는 "돌이 두두룩하게 밀고 올라온 땅의 울혈 위"에서 "메마르"지만 "떨기나무"의 생명성을 발견하고 있는 것이다. 아프리카에서 발견한 생명성과 생의 근원 그리고 존재의 연속성과 연대성은 타 지역까지 연결되어 이 땅에서 근원적인 생명성과 존재의 연대성으로 제시되기도 한다. 「산불」에서는 "비 한 방울" 내리지 않는 "여름"의 설정을 통하여 이 땅의 "채석장"을 "아프리카"와 연결시키고 있다. 그리고 "야생 새끼염소 한 마리가 앞발로 타버린 산을 두드려" "뿌리들이 대지 밑에 열매로 남겨진" 것을 찾는 것을 제시함으로써 불모의 땅에서 생명성을 탐구하는 역설을 연결시키고 있는 것이다.

황학주의 시집『루시』의 주된 공간이 아프리카라면, 김수우의 시집『붉은 사하라』의 주된 공간은 제목에 드러나 있는 그대로 좀 더 좁혀진 아프리카의 사하라 사막이다. 시집『붉은 사하라』의 「시인의 말」에 제시된 "사하라는 가장 치열한 생명의 땅이며, 오늘 내 삶의 현실이

다."와 같이, 『붉은 사하라』는 생명의 근원에 대한 탐구를 하고 이를
자신의 삶의 현실과 연관시키고 있다.

> 매일 태어난 오래된 신화들이
> 신성한 상징으로 늙는 동안
> 날마다 식탁으로 돌아와 앉는 사하라는 무량하다
> …(중략)…
> 이 우주를 물려받을 딸을 키운다
>
> — 「천막」 부분

　위에 인용한 바와 같이, 이 시에서 "사하라"는 불모의 땅이 아니라
"우주를 물려받을 딸을 키우"는 생명의 근원의 땅으로 제시되어 있다.
그래서 사하라는 "무량"한 것이다. 그런데, 그 "딸"은 또 생명의 근원
의 역할을 하는 딸이 된다. 「낙타의 젖이 달다」는 시에서 "결혼을 앞둔
딸의 단지에 / 어미는 낙타젖을 따른다 / 이는 세상의 강물이니 다 마
셔야 한다"는 구절을 통해 딸이 또한 생명의 근원임을 형상화하고 있
다. 생명의 근원이 되는 여성성의 원초적 표현이라 할 수 있는 것이다.
　그런데, 황학주의 시집 『루시』에서는 생명성이 관능성과 연관되어
있다면 김수우의 시집 『붉은 사하라』에서는 생명성이 신성성과 연관
되어 있다. 위에 인용한 시 「천막」에서 "오래된 신화", "신성한 상징"
의 표현은 바로 신성성을 의미하는 것이다. 신성한 존재는 원래 신이
지만, 시집 『붉은 사하라』에서는 끈질긴 생명성을 드러내는 인간이 신
성한 존재로 부각되어 있다. 「聖발바닥」에서는 "위대한 건 신이 아니
라" "나그네"이며, 나그네의 발바닥은 "聖발바닥"이라고 언명되어 있
기까지 하다. 생명성과 신성성이 담겨 있는 발바닥이나 발꿈치는 인간

의 존엄성을 표상한다. 그래서 「광야」에 표현되어 있는 바와 같이, 아
무리 "남루한" "광야" "사하라"에서도 "아이"는 "염소"처럼 "발꿈치"
가 "단단"한 것이다.

김수우는 『붉은 사하라』에서 생명성과 신성성이 깃든 사하라를 형
상화하면서 이를 자신의 삶과 연관시키고 있다. 그래서 「족발」에서 족
발을 뜯으면서 "물렁물렁한 시간을 버틴 삶의 뒷발을 뜯는다"고 표현
하면서 자신의 삶을 새롭게 세우고자 한다. 『붉은 사하라』는 궁극적으
로 신생의 시집으로 명명할 수가 있는 것이다.

얼마나 많은 길을, 많은 순간을
잘못 들어서고 있었던가
길은 언제나 숨은 위엄이었던 것을
…(중략)…
그날 이후 달빛은
길의 뒷면, 우주 깊은 데를 들여다보는
고양이 눈초리였다

― 「달빛 고양이」 부분

인용한 이 시는 시적 화자가 달빛 속에서 문득 자신의 삶을 돌아보
는 상황을 제시한 텍스트이다. "길은" "숨은 위엄"인 것을 깨닫지 못
하고 "함부로" 걸어온 시적 화자 자신에 대한 반성이 내재되어 있다.
앞에서 살펴본 바와 같이 황학주의 「루시」에서 달이 관능성과 연관되
어 있다면, 김수우의 「달빛 고양이」에서는 달은, "길의 뒷면, 우주 깊
은 데를 들여다보는"에서 알 수 있는 바와 같이, 세계의 이면을 들여다
보는 투시성과 연관되어 있다. 여기서 투시성은 신생을 위한 것으로

파악된다.

각각 다른 시적 세계를 통해 존재의 이면과 생의 근원에 대한 탐구를 보임으로써 삶의 깊이에 대한 인식에 이르게 하는 시집들인 류인서의『그는 늘 왼쪽에 앉는다』, 황학주의『루시』, 김수우의『붉은 사하라』를 읽는 것도 좋은 시적 경험이 되리라 생각한다.

화두(話頭) '산'과 그 세 가지 색채

– 신영철론

필자가 소설가 신영철에 대한 정보를 알고 있는 것은 많지 않다. 그 것도, 『문학사상』 2005년 장편문학상 당선작인 『가슴속에 핀 에델바이스』 책의 날개에 소개되어 있는 작가 약력과 이 책 뒤에 첨부되어 있는 평론가 김종회 교수의 「추천의 글」에서 밝히고 있는 사항 등으로, 간접적이고 제한적인 것이다. 따라서, 소설가 신영철에 대해서는 우선 이러한 사항에 의존하여 접근할 수밖에 없다.

신영철은 미주에서 소설을 쓰는 작가이다. 그는 2000년 『미주 한국일보』 신춘문예에 중편소설 「환상방황(環狀彷徨)의 그늘」이 당선되어 소설가의 길을 걷고 있다. 그렇다면 신영철의 소설은 이른바 디아스포라(diaspora)라고 하는 이산(移散)이 일반화되어 있는 이 시대 한민족문화권의 문학에 속하게 되는 것이다. 그런데, 특기할 점은 그의 소설이 우리말로 씌어지고 한국을 그 배경으로 한다는 점에 있다. 그렇다면, 그가 미주에서 소설을 쓰기는 하나 여타의 해외 한민족문화권에서 생산된 소설과는 달리, 그의 소설은 한국에서 씌어진 소설과 궤를 같이 한다고 볼 수 있다. 신영철이 등단 이후에 소설을 발표한 지면이 한

국의 문예지인『작가시대』,『울산작가』등인 점도 이와 연관되는 사항
으로 이해된다. 이런 사항은『가슴속에 핀 에델바이스』에서 작가에 대
해 밝혀져 있는 사항에서는 확인할 수 없는 것으로, 필자가 건네받은
바에 따라 소설「오맹우는 알고 있다」는 2003년『작가시대』에 발표된
작품이고「장수근씨의 꿈」은 2005년『울산작가』에 발표된 작품임을
확인할 수 있다. 그렇다면, 김종회가「추천의 글」에서 신영철의『가슴
속에 핀 에델바이스』가『문학사상』장편문학상에 당선된 것을 두고,
"미주 이민 100주년을 넘기며 현재 미주에서 활동하고 있는 문인 가
운데 처음으로 모국의 장편소설 공모에 당선되었다는 점에서 하나의
상징적 사건이라 할만하다"고 의미를 부여한 것은 타당하면서도 다른
면이 내재해 있는 것으로 이해해야 할 것이다. 드러나 있는 말 그대로
는 타당하지만, 신영철은 등단작 이후에는 한국의 매체를 통해 계속
소설을 발표해왔다는 점에서 여타의 미주 활동 문인과는 성격을 달리
한다고 봐야 하기 때문이다. 이는 그의 소설이 한국에서 씌어진 소설
과 궤를 같이 한다고 한 앞의 언급을 뒷받침하는 사항이 된다. 그만큼
신영철과 그 소설의 위상은 독특한 지점에 있는 것이다.

　이제, 등단작인「환상방황(環狀彷徨)의 그늘」, 그후에 발표된「오맹
우는 알고 있다」와「장수근씨의 꿈」, 장편문학상 당선작『가슴속에 핀
에델바이스』등 네 작품을 가지고 신영철의 작품론에 본격적으로 들
어가고자 한다. 작품론은 작품 발표순에 따라 병렬적으로 살펴보기보
다는 전체를 아우르면서 개별 작품의 성격과 지점을 파악하는 방식으
로 살펴보는 게 타당할 것이다.

　신영철 소설의 화두(話頭)를 한 마디로 말하면 '산'이라 할 수 있다.
이는, 18번에 걸친 히말라야 원정 경험이 있으며 산악전문지『산과 사
람』편집위원으로 활동 중인 그의 전기적인 사실에서 연유하는 것으

로 어렵지 않게 이해된다. 그런데, 그 소설의 화두가 산이긴 하지만 네 작품 사이는 편차를 보이고 있는데, 필자는 이를 세 계열로 나누어 살펴보고자 한다.

첫째 계열 작품은 장편문학상 당선작인 『가슴속에 핀 에델바이스』로, 전문 산악인의 세계 최고봉 에베레스트 등정과정과 거기에 얻게 되는 깨달음 그리고 그들이 겪는 사랑과 우정을 그리고 있는 작품세계를 보여주고 있다. 이는, 에베레스트 등정을 축으로 하여, 사랑·우정·운명·죽음 등 삶의 근본적인 문제를 내재하고 있는 소설인 것이다. 이 소설이 장편이므로 이해에 도움이 되도록 그 줄거리를 압축해서 보이면 다음과 같다.

> 서술자이자 주인공인 나 김세원은 동료인 서정호와 에베레스트 정상 등정에서 비박(노숙)한다. 그러다, 등정에 실패하고 서정호는 죽고 자신만 구조된다. 그 이후 나는 산과 산악회원들을 멀리한다. 그러다가, 나는 서정호의 천도제에서 서정호와 함께 사랑의 마음을 품었던 안소휘를 만나고, 그녀에게 서정호의 사랑이 담긴 일기장을 전한다. 몇 년이 지난 후, 나는 안소휘가 그동안 법운 스님과 결혼하여 불행한 생활을 해왔음을 전해 듣는다. 그러다가, 그 세월을 넘어 안소휘와 사랑을 약속하는 사이가 된다. 그런데, 독일 등반 팀이 에베레스트에서 서정호의 사체를 발견한 것이 보도되고, 나는 심리적 방황과 저항 끝에 서정호 사체 수습 원정대로 에베레스트를 향한다. 원정대는 에베레스트 등정에 성공하고, 나는 서정호의 사체를 수습해서 화장을 하도록 한다.

신영철은 「작가의 말」을 통해 다음과 같이 밝히고 있다. "이 소설을 쓰기 위하여 에델바이스를 상징의 꽃으로 삼고 있는 많은 산악인들을 만났고 그 현장을 찾아다녔다. 이 소설은 그 꽃말을 닮은 사람들의 이야기다." 솜다리꽃이라고 하는 에델바이스의 꽃말은, 소중한 추억·인내·기품·용기 등이라 한다. 김종회는 「추천의 글」에서 이에 대해 "초절한 정신주의의 결정을 암시하는 객관적 상관물"이라는 표현을 쓰고 있다.

둘째 계열 작품은 등단작인 「환상방황(環狀彷徨)의 그늘」로, 산악인이 과거에 처절하게 겪은 정신적인 깊은 상처 때문에 환상방황을 일으켜 죽음에 이르게 되는 얘기이다. 그런데, 그 상처는 1980년 초반 한국의 정치현실과 그에 따른 시국상황에서 연유하는 것으로 제시되어, 간접적으로 억압적이었던 당시의 정치사회현실에 대한 비판을 내재하고 있는 것이다. 작중인물 유재일이 북아메리카 최고봉 매킨리 원정 도중 캐신루트에서 환상방황을 일으켜 80년초 시국사건으로 보안사에 끌려가 고문후유증으로 죽은 선배 박래경의 환청을 듣게 되는데, 이 환청에 대하여 유재일이 넋두리하는 다음의 장면은 이를 압축적으로 제시하는 것이 된다.

"형… 날, 용서해줘, 형이 다 말했다고 해서, 나도 할 수 없이 불었어." …(중략)… "내 얼굴 좀 봐. 이렇게 일그러질 정도로 엄청 맞았거든. 그런데… 뭐야? 형은 아무 말 안 했다고? 내가 속은 거라고? 이 자식들의 교활한 이간질 공작이었다고? 형은 아무 말도 안 했다고?" …(중략)… "형이 자필로 쓴 반성문에 조직 이름들이 다 나와 있던데 뭘. 형 글씨체를 내가 몰라. 아니고? 뭐야… 그게 사기였다고?"

첫째 계열과 둘째 계열은 산악인의 산악 등정을 축으로 삼고 있다는 점에서는 같다. 그래서, 기온과 기압의 변화로 신체의 온도가 하강하며 환각과 환청이 나타나는 '환상방황', 등반시 어쩔 수 없이 취하는 노숙인 '비박', 등반용 로프인 '자일', 눈이나 바람에서 몸을 보호해주는 방수·방풍·방한의 상의인 '아노락' 등의 산악전문용어가 등장하고 있다. 우리 소설에서 어떤 특정 분야의 전문적인 체험을 전문용어를 써 가면 형상화하고 있는 소설이 드물다는 점에서 이 두 계열은 독특한 위치에 있다고 할 수 있다.

그런데 이 두 계열이 산악 등정을 공통적으로 하고 있지만, 첫째 계열이 사랑·우정·운명·죽음 등 삶의 근본적인 문제를 내재하고 있다면 둘째 계열은 억압적이었던 사회정치 현실상황에 대한 비판을 내재하고 있다는 점에서 그 차이가 있다.

셋째 계열 작품은 한국의 문예지 발표 작품인 「오맹우는 알고 있다」와 「장수근씨의 꿀」로 산을 배경으로 하고 있다는 점에서 '산'이 화두임에는 틀림없지만 산악인의 얘기는 전혀 아니다. 이 계열에서 산은 평범한 한국의 산으로 작품의 배경을 이루고 있다. 그런 만큼 평범한 사람을 작중인물로 하고 있는데, 산을 배경으로 하여 벌어진 비극적 희극 내지는 희극적 비극을 그리고 있다. 그런데, 이 작품들이 비극적 희극 내지 희극적 비극이 되는 것은 정치상황에 따른 정책의 일방성·비현실성과 이에 어이없이 당하는 인물이 맞물리기 때문이다. 「오맹우는 알고 있다」에서, 작중인물 오맹우는 등산로에 있는 자신의 두부집에 대한 전국 방송 취재를 한사코 거부한다. 남들은 홍보할 절호의 기회로 삼을 만한 일을 오맹우가 그렇게 거부하는 데에는 다 이유가 있음이 밝혀진다. 그것은 박정희 정권 시절 사회 5대악 근절 중에서 도벌의 심각성을 다룬 '대한 뉴우스' 촬영에 아무 것도 모르고 임했다가 큰 화를 당한 일 때문으로 밝혀지는 것이다. 그 대목을 들면 다음과 같다.

아나운서 비분에 찬 배경 설명이 깔리는 중에 범람하는 강물이 화면 가득 나타났다. 떠내려가는 집과, 사람들과 돼지가 시뻘건 강물에 쓸려 가는 그림이 이어졌다. …(중략)… 그러다가 이런 홍수가 도벌로 인하여 시작된다는 아나운서의 강조 설명이 나오는 순간, 장면이 바뀌어 갑자기 깊은 숲 속에서 나무를 베고 있는 도벌꾼이 나왔다. 아니, 오맹우가 나왔다.

오맹우는 '대한 뉴우스' 촬영에 자신이 하는 게 도굴꾼 역할인지도 모르고 시키는 대로 나무를 베었다가 큰 화를 당하게 되는데, 이는 정권의 정책적인 홍보에 개인의 인권이 유린당하는 상황을 드러내고 있는 것이 된다. 산을 배경으로 하는 이 작품은 이와 같이 웃지 못할 비극적 희극을 그림으로써 정책 홍보 때문에 개인이 억압받는 상황을 통해 국가 정치와 정책에 대한 비판을 간접적으로 수행하고 있는 것이다.

「장수근씨의 꿈」에서, 장수근씨는 지리산 굴곡마을에 와서 마을 사람 민심을 얻어가면서 양봉을 하게 된다. 그러다가 장수근씨의 벌통이 모조리 부서지는 사건이 발생하게 된다. 그런데, 장수근씨가 그 일을 지서에 신고하는 등 수습하는 과정에서 새로운 사실이 드러나게 된다. 그것은 마을 사람들은 전혀 모르는 사항으로, 국립공원관리공단 이성춘 박사가 말하는 다음 대목에 잘 설명되어 있다.

"이건 반달곰 짓이 분명합니다. 더 조사를 하겠지만 거의 확실합니다. 우리가 풀어놓은 반달곰 짓입니다. 반달가슴곰 프로젝트는 지리산 야생동물 복원을 위하여 처음으로 시도된 국책사업입니다." …(중략)… "보상은 당연히 관리공단에서 해 드려야지요, 공단은 반달곰에게 대인대물 보험을 들어 놨으니 걱정 없습니다. 우리가 개체 번식을 위하여 지리산에 풀어놓은 반달곰 때문에 일어난 피해는 전부 보상이 됩니다."

그래서 장수근씨는 보험을 통하여 상당한 이득을 보게 된다. 반달가슴곰 프로젝트는 실현성 없는 국책사업으로 이를 통해 여러 사람들이 이득을 보게 된 것이 암묵적으로 느낄 수 있는 사실이 되자, 마을 사람들이 너도나도 양봉을 하겠다고 나선 것은 당연한 일이 된다. 그런데, 이 시점에 반달가슴곰 프로젝트는 전면 폐기된다. 결국 국책사업의 허점을 일찍 안 외지인 장수근씨만 이득을 보게 되고 나중에 안 마을 사람들은 폭삭 주저앉게 된다. 이 작품도 정치상황에 따른 정책의 일방성·비현실성과 이에 어이없이 당하는 인물이 맞물려 비극적 희극을 드러내어 국가 정치와 정책에 대한 비판을 간접적으로 수행하고 있는 것이다.

「오맹우는 알고 있다」와 「장수근씨의 꿈」의 공통점은 산을 배경으로 하고 있는데, 여기서 산이 생태환경을 보존하려는 정부의 정책을 반영시키려는 공간으로 등장하고 있다는 점에서도 공통적이다. 그 정책은 1960년대를 배경으로 한 「오맹우는 알고 있다」에서는 도벌 금지이며, 2000년대를 배경으로 한 「장수근씨의 꿈」에서는 반달가슴곰 프로젝트이다. 그런데, 그 정책이 일방성과 비현실성을 지니고 있음이 드러나고 이 정책 때문에 어이없이 고통받는 인물이 그려짐으로써 이러한 정책을 밀어부친 국가 정치의 허구성이 폭로되는 것이다.

이와 같이, 네 작품을 통해 살펴본 신영철의 소설은 '산'을 화두로 하더라도 세 가지 색채를 띠고 있다. 이것은 앞으로 그의 작품세계가 폭넓은 스펙트럼을 가질 수 있는 가능성을 보인 것으로 이해할 수 있다. 미주에 거주하면서 우리말로 한국을 배경으로 쓴 소설을 한국의 매체에 발표하는 그의 독특한 지점에 더한 이러한 점이, 앞으로 그의 소설을 기대하게 하는 중요한 요소라 할 수 있을 것이다.

보완과 균형

― 한기 · 김영철 · 한원균론

같은 때에 나온 비평서들을 읽고 서평을 쓴다는 것은 어떤 의미가 있을까? 더구나 지정된 3권의 비평서라면. 3권의 비평서를 공통성의 측면으로 읽고 또한 변별성의 측면으로 읽으며 여기에 이 시대의 사회 문화적 의미를 관련시켜 읽는 것은 자연스러운 일이 될 것이다. 물론 이때 읽기라는 행위에는 비판이란 개념이 내재되기도 할 것이다.

한기의 『구텐베르크 수사들』, 김영철의 『말의 힘 시의 힘』, 한원균의 『비판과 성찰의 글쓰기』는 공통적으로 문학사를 보완하는 측면의 글들을 보여주고 있다. 여기서 보완의 의미는, 새로운 작가나 작품(텍스트)의 조명에 의한 것이 아니라 기존의 작가나 작품(텍스트)의 해석에 대한 보완에 그 초점을 두고 있는 것이다.

한기의 『구텐베르크 수사들』에서는 제1부 「한국 현대소설사의 도정」에서 이러한 작업을 수행하고 있다. 「한국 근대소설로의 길―염상섭 소설의 경로」에서, 개작 작업과 판본 문제에서 한국 근대소설사 가운데 염상섭의 위상 문제까지 살펴보면서, "염상섭 소설의 전체적인 의미망 역시 결국은 이와 같은 풍부한 문제 관련성에 있는 셈이다. …(중략)…「표본실의 청개구리」와 「만세전」, 「삼대」로 이어지는 염상섭 소설의 고속도로가 한국 소설의 최고 황금노선 중 하나라 함도 텍스트에 대한 이런 반복된 검증작업의 누적 속에서 확인되는 바이다."(42쪽)라 언급하고 있는 것이 대표적인 것이라 할 수 있다. 한기는 제1부 「한국 현대소설사의 도정」에서 염상섭을 비롯하여 채만식, 황순원, 선우휘, 장용학, 최인훈, 박완서, 이문구 소설의 소설사적 의미와 위상을, 작가와 그 텍스트의 해석에 대한 보완을 통하여 정립시키고 있다. 이러한 작업을 수행하고 있는 한기 비평의 미덕은 균형성을 견지하고 있는 데에 있다. 「서울 현대의 삶과 박완서 소설 – 「나목」, 「도시의 흉년」, 「휘청거리는 오후」, 「서울 사람들」을 중심으로」에서, "그것은 오늘 우리가 살고 있는 이 땅 서울에서의 삶을 어떻게 적극적으로 인식하고 바람직하게 변화시킬 것인가의 과제와 직결된 문제가 된다. 이 점에서 박완서 소설은 전혀 합리적이고 발전적인 전망을 내놓지 못했던 것 아닌가."(188쪽)라는 비판과 "여성적 모성의 본능을 지닌 작가로서 '자연성'의 회복을 갈구하는 박완서 문학의 저류의 외침이야말로 우리가 택할 수 있는 최선의 선택지 중 하나, 어쩌면 남아 있는 유일한 선택지일지도 모른다는 점을 우리는 인정해야 할지 모른다."(190쪽)는 전망적 평가가 공존하는 데에서 이 균형성을, 대표적으로 확인할 수 있다.

김영철의 『말의 힘 시의 힘』에서는 주로 제2부 「말의 힘, 시의 힘」에서 기존의 작가나 작품(텍스트)의 해석에 대한 보완을 통하여 문학사를 보완하는 작업을 수행하고 있다. 여기서 양주동, 김소월, 이상, 윤동주, 이용악, 정지용, 박인환, 신동엽, 김수영 시의 시사적 의미와 위상을, 작가(시인)과 그 텍스트의 해석에 대한 보완을 통하여 정립시키고 있다. 한기가 소설가와 소설에 집중하고 있는 데 반해, 김영철은 시인과 시에 집중하고 있는 것이다. 김영철은 「한국 모더니스트의 기수 –

박인환론」에서, 그동안 제대로 검토되지 않았던 해방기 박인환의 시를 검토함으로써 "신제국주의 팽창세력에 대해 경계의 눈빛을 게을리 하지 않고 있다. 아시아 제국의 식민지 투쟁을 형상화함과 동시에 해방정국의 국내 정세에도 깊은 관심을 보여주고 있다."고 하여 박인환 시에 대한 기존의 해석을 새롭게 보완하고 있다. 그러면서도 이 시기와 그 다음 시기의 시에서 박인환이 드러내고 있는 바, "국내문제에 좀더 심도있게 접근하지 못한 아쉬움도 남긴다." "박인환의 전쟁시에서는 주술적이고 종말론적 세계관이 드러나 있는 바, 자칫 그것이 역사감각을 읽고 관념론에 빠졌다 지적을 받을 수 있다."(177쪽)는 점을 드러내어 비판하고 있어 해석과 평가에서 균형성을 유지하고 있는 것이다.

한원균의 『비판과 성찰의 글쓰기』에서는 제4부 「의식의 공간」 가운데 있는 몇 편 글에서 기존의 작가나 작품(텍스트)의 해석에 대한 보완을 통하여 문학사를 보완하는 작업을 수행하고 있다. 「정신주의 시의 한 좌표−신동엽 문학의 의미망」에서 정신주의의 근거와 좌표를 통하여 신동엽 문학의 의미망을 적극 부각시키고 있다. 그러면서도 "누구나 자신의 가능성을 최대한 발휘하고, 분업화의 도구로부터 벗어나 자신의 개성과 인간적 아름다움을 동시에 보전할 수 있는 사회에 대한 기대란, 1960년대라는 분위기에서 너무 이른 것은 아니었을까."(286−287쪽)라고 하여 조심스럽게 신동엽 문학이 지향하고자 했던 세계에 대한 한계를 지적하고 있다. 한원균도 이 점에서 역시 해석과 평가에서 균형성을 유지하고 있다고 봐야 할 것이다. 한원균은 「유폐적 자의식의 공간성−윤동주 「흰 그림자」」에서는 "지금까지 알려지고 많이 인급된 작품 외에도 윤동주 시의 특질을 잘 드러내는 시에 대한 조망과 가치평가 역시 병행되어야 한다."(264쪽)는 전제 하에 이 텍스트에 나타난 공간 이미지와 방의 의미를 살펴보고 이를 윤동주 시의 특질과 연관시키고 있다. 그리하여 "분열된 자아가 자신을 응시하는 과정이 매우 섬세하게 드러나고 있으며, 이는 현실적으로 일제 강점기라는 상황인식, 그리고 한 개인이 앞으로 자신의 삶을 어떻게 지탱해 나갈 것인가의 문제 등 복합적인 상황을 드러내"(269쪽)고 있다고 하여 어느 정도 평가가 내재된 해석을 하고 있다.

한기는 『구텐베르크 수사들』에서 "어느 시대에나 시류를 찾아 헤매는 탁발승은 많아도 암자와 같은 선실에 자기를 은폐하고 자아와 세계의 구원을 위해 진정으로 자기 몰입의 수행에 나서는 수도승들은 그리 많지 않다고 할 수 있"다고 전제하고, "글쓰기를 통한 고독한 자기 수행, 자기 정련의 문학적 구도 행각"(89-90쪽)을 이루려 했던 소설가를 비롯한 문인들을 탐색하고 있다. 한기가 「관념형 전후소설의 내용과 특질-장용학 소설의 계보학적 위상」에서 "한국소설의 계보학을 위한 여러 각도의 인지적 맥락에서 장용학 소설이 반복해서 음미되고 고찰되어야 하는 이유의 한 가지도 사실은 다름 아닌 이 도저한 비관주의의 뿌리에서 찾아볼 수 있겠다."(139-140쪽)라 언급하고 있는 것은, 장용학 소설의 특질을 도저한 비관주의로 파악하여 그 소설을 계보학상 앞 자리에 위치시키고 있는 내용이다. 또한 「해학적 입심의 문학-이문구, 그리고 김종광의 소설」에서 "참으로 때깔 고운, 감칠맛나는 일류의 한국 소설 중 하나가 이문구 소설임을 나는 새삼스럽게 확인하였다. 무엇보다 그의 「암소」를 보고서다. 그렇다면 「암소」의 적자가 김종광 소설임을 우리는 어떻게 확인하여야 할까."(196쪽)라 언급하고 있는 것은, 이문구 소설의 특질을 해학적 입심으로 파악하고 그 특질을 김종광이 이어가고 있다고 파악한 내용이다. 여기서 계보학적 접근은, 한기 자신의 표현을 빌면, 수사(修辭)를 통한 수사(修士)의 계보학과 같은 의미를 지니게 되는 것이다. 한기의 『구텐베르크 수사들』은 스스로 밝히고 있듯이 "주로 소설 비평과 소설 연구 쪽에 경사되어" 있으며 "많은 글들이 '해설'이라는 기능과 밀접한 관계 속에서 쓰여진 글들"(「책머리에」)이라 볼 수 있다. 모습은 이렇다 하더라도 그의 비평은, 앞에서 살펴본 바와 같이, 해설을 넘어선 해석의 보완을 통하여 소설사를 보완하고 있는 셈이다. 이것은 "'수사(들)'라고 할 때, 수사(修士)란 수행하는 자 즉 'Monk'의 의미를 지닌다고 할 수 있으며, 물론 또 다른 한편으로 '수사'를 수사(修辭), …(중략)… 말을 '꾸민다'가 아니고, '다듬는다'고 인식하는 것이야말로 최근의 내가 '수사학'에 대해서 깨닫게 된 결정적인 인식 전환의 한 단면이라고 할 수 있으며"(「책머리에」)에서의 '수사'의 이중(二重) 의미에도 녹아 있는 사항이 된다. 물론, 여기서 수사(修士, 修辭)의 이중 의미는 작가의 측면에 맞추어져 있는 말이다. 한기의 「구텐베르크 시대의 수행자, 혹은 한국 순수문학의 정수―초기 황순원의 문학」이란 비평문의 제목은 이를 단적으로 보여주고 있다. 하지만, 이를 비평가인 한기 자신에게 적용시켜 볼 수도 있다. 그렇다면 비평에서, 다듬고 수행한다는 것은 해석의 보완, 나아가 평가의 보완을 포함하지 않을 수 없게 된다.

한기가 「위험한 형이상학의 허구, 혹은 신화―이인화, 「인간의 길」, 그리고 박정희 시대에 대한 생각」에서 "단지 박정희 소설을 썼대서가 아니라 그 신화화를 도모하고 있음에서 이인화의 「인간의 길」에 대한 우리의 실망감, 배반감은 배증되는 것이다. 어떤 이유로도, 누구를 위해서도 신화화는 바람직하지 않다. 바로 민주주의를 위해서!"(315쪽)라고 지적하고 있는 것은 「고인이 된 미당(未堂): 오 시인의 가혹한, 욕된 정주(定住)의 삶이여!」에서 "일찍이 '미당(未堂)'이라 지었던 아호의 의지에 충실했더라면, 그리고 '떠돌이'의 운명에 욕심없이 충실했더라면, 자신의 생애를 오점 투성이로 만든 그깟 집, 문학의 집에 연연할 이유는 없었을 것이다."(491쪽)라고 언급한 내용보다 더 충실하게 비평의 비판적 기능을 최대한 발휘하고 있는 수사(修士)로서의 비평가의 모습을 보여주고 있는 사항이 된다.

김영철의 『말의 힘 시의 힘』에서는 "위안으로서의 문학, 자기구원으로서의 문학으로 시는 그 시대에 대응했고, 그 시대 민중을 위무했다. 시대와 역사의 민중적 카타르시스, 그것이 우리 시의 진정한 힘이었다."(「저자의 말」)고 하여, 김영철이 시 장르에 초점을 맞추어 시대와 역사에 그 시들이 어떻게 위안과 구원이 되는지를 탐색하고자 했음을 알 수 있게 된다. 김영철이 「유이민시의 개척자 ― 이용악론」에서 "일제 강점기의 시대상황을 예리한 필치로 그려낸 민족시인, 민중시인으로서의 평가는 물론, 양식사적 측면에서 유이민시, 이야기시, 가족사시라는 새로운 지평을 연 선구자였음이 확인된다. 그의 시는 이런 점에서 한국 근대시사의 획시기적인 성과를 거둔 것으로 평가된다."(148쪽)라고 언급한 내용은, 앞의 '저자의 말'에 상응하면서도 대체적으로 시사적 의미에 천착하려 한 제2부 「말의 힘 시의 힘」의 특성을 잘 보여주고 있는 것에 해당한다.

김영철의 『말의 힘 시의 힘』에서는 다양한 시인들의 다양한 시세계에 대한 관심을 보여주고 있다. 이시영, 김용택, 이수익, 이성선, 오세영, 김강태, 최영철 등의 시인들이 바로 그들이다. 「관상학적 인식과 불꽃 상상력 ― 이수익론」에서는 이수익의 시세계를, 관상학적 인식방법·회상체계·불꽃 상상력 등의 상상력 구조에 이미지의 병치·감각화의 다양한 방법 등의 시적 전략을 활용하여 "사물의 존재론적 탐구, 인간과 세계와의 관계인식, 그 상관관계의 의미망을 구축하려"(278쪽)는 세계를 드러내고 있는 것으로 파악하고 있다. 이는, 한 시인의 시세계에 대해 면밀히 파악하여 그 지도를 보여주고 있는 것에 해당한다. 「벌레의 꿈과 나비의 승천—이성선론」에서는 "70년대부터 90년대까지 오직 한길 순수서정의 시세계를 고집해온 한 시인이 있으니 그가 바로 이성선이다." "자연과 우주탐구, 그 존재론적 의미 분석이 이성선 시인이 추구해온 시적 테마이다."(295쪽)라 하여 시류에 휩쓸리지 않고 처음부터 끝까지 고집스럽게 한 세계에 천착해온 시인에 대한 애정을 드러내 보이고 있다. 이것도 또 다른 측면에서 균형성이라 할 수 있을 것이다.

한원균의 『비판과 성찰의 글쓰기』에서는 "비평은 이제 우리 사회의 재교양화에 초점과 무게를 두어야 한다. …(중략)… 이 같은 성찰적인 글쓰기의 형식을 제시함으로써 문학비평의 존재방식에 대한 한 가지 관점을 제시하고자 한다."(「머리말」)라고 하여, '비평'에 초점을 맞추고 그 비평이 성찰적 글쓰기가 되어야 하며 자신의 글이 또한 그렇게 되기를 바라는 뜻이 담겨 있는 것으로 파악된다. 제1부 「성찰과 사유」가 특히 그러하다. 그 가운데에서도 「비평교육의 '비평적 교육'을 위한 제언」에서 현재 문예창작과에서 이루어지고 있는 비평교육의 문제점을 진단하고 비평교육의 지향점으로 '교양인 양성 교육', '비평적 교육', '비판적 지성을 강화하는 교육'을 들고 있는 것은 앞의 「머리말」에서 언급한 바를 '교육'이라는 렌즈로 바라본 것에 상응하는 내용이 될 것이다. 제1부 가운데 「서정적 주체의 문학사회학적 의미」에서는 "한국시의 연시적 전통이라는 주제는 그러므로, 어떤 특정한 상황, 시대에서 사랑의 담론이 어떤 형태로 드러났는가의 문제와 무관하지 않다." "맑고 투명한 시각으로부터 …(중략)… 동행, 상호승인, 혹은 현실 감각의 시적 응시에 이르기까지 한국의 서정시가 짊어지고 포회해야 할 시적 영역은 매우 넓다고 볼 수 있다."(34−35쪽)라 하여 '서정적 자기표현의 역사적 의미'에 천착하고 있다. 이 글은 두 가지 점에서 한 원균의『비판과 성찰의 글쓰기』의 특징을 드러내고 있다. 첫째는 어떤 주제를 문학사회학적 관점으로 성찰하고 있는 비평적 글쓰기를 보여 주고 있다는 점이다. 이것은「탈북자 문제의 소설사회학 – 김정현과 박덕규」에서도 확인이 되는 사항이다. 둘째는 한원균이 시 장르에 초 점을 맞추어 비평을 수행하고 있다는 점이다.『비판과 성찰의 글쓰기』 에서는 '비평'에 초점을 맞추어 이에 대한 비평을 하는 메타비평도 있 지만, 시 장르에 초점을 맞추어 이에 대한 비평을 하는 시비평이 대세 를 이루고 있다.

『비판과 성찰의 글쓰기』제2부에 실려 있는 네 편의 비평문은 고은 에 대한 비평으로 이루어져 있다. 엄밀한 의미에서 이 부분은, 제목 「고은을 위한 에세이」에서 알 수 있듯이, 고은을 '위한' 비평에 해당하 는 부분이다. 고은 시에 대한 긍정적 평가 나아가 옹호의 비평이므로 시비평에 해당한다. 이 가운데「시는 현실을 재현하지 않는다 – 황종 연 교수의 고은 비판에 대한 반론」은, 부제에서도 알 수 있듯이, 황종 연의 고은 비평에 대한 비평으로 메타비평의 성격도 함께 지니고 있는 글에 속한다. 이 글은 시비평과 메타비평의 접점에 해당하는 글이 된 다. 고은의 시에 대한 비평, 그 비평에 대한 비평, 그리고 이러한 글들 에 대한 비평은 다양한 층위를 가지므로 따로 논의해야 할 성질의 것 에 해당한다.

한원균의『비판과 성찰의 글쓰기』는 시에 대한 비평이 주종을 이루 고 있다. 제2부도 그렇게 볼 수 있지만, 제3부「자본의 시간들」과 제4 부「의식의 공간」부분이 바로 다양한 시비평에 해당하는 글로 이루어 져 있다. 앞에서 제4부「의식의 공간」의 일부를 살펴볼 때도 언급했지 만, 제4부는 기존의 시인이나 텍스트의 해석에 대한 보완을 통하여 시사를 보완하는 작업을 수행하고 있는 부분이다. 「시와 원근법−서정주 「映山紅」」에서 "이 작품은 매우 완벽하고 잘 짜여진 형식을 통해서 한 여인의 슬프고 고닯은 생애의 한 단면을 아주 예리하고 시각적인 형태로 그려낸 수작이다. 최근 시의 위기나 시 교육론의 위기론에는 좋은 작품을 발굴하려는 노력이 부족하지 않은가 하는 점을 지적할 수 있다."(272쪽)라고 언급하고 있는 것도 그렇게 볼 수 있다. 서정주의, 그 동안 주목 받지 못한 텍스트 「映山紅」을 주목하여 새롭게 해석 및 평가하여 시사에 편입시키고자 하고 있기 때문이다. 한원균은 나아가 이 텍스트를 시의 위기나 시교육론의 위기론에 대한 한 가지 타개책을 제시한 것으로까지 평가하고 있다. 그러나, 시의 위기와 시 교육론의 위기의 제 문제에서 시 텍스트를 새롭게 주목하여 해석하는 문제는 다른 사회문화적 문제에 비해 그리 큰 비중을 차지하는 것이 되지는 못할 것이다. 더구나 서정주의 작품이라는 점에서 이 문제는 달리 검토해야 할 요소가 내재해 있는 것이 된다. 제3부 「자본의 시간들」은 김수복, 한명희, 박성우, 이재무, 박형준, 김선태, 김수우 등의 시의 가능성을 적극적으로 평가하고 있는 부분에 해당한다.

한기의 『구텐베르크 수사들』, 김영철의 『말의 힘 시의 힘』, 한원균의 『비판과 성찰의 글쓰기』는 현재 상황에서 기존 작가와 그 텍스트에 대한 해석의 보완을 통해 소설사와 시사를 보완하고 또한 시각과 평가의 균형을 유지하고자 하는 모습을 보여주고 있는 비평서로 읽을 수 있다. 더 살펴보아야 하는 문제는 따로 천착해야 하는 요소를 포함하는 것에 해당하므로 여기서 다루지 못한 아쉬움을 남긴다.

미세한 집중

    - 이해웅론

올해 2월 정년을 하게 된 이해웅 교수가 펴낸 『한국 현대시 연구』는 세 시인에 대해 집중적으로 탐구한 연구서이다. 이 책을 읽으면서, 원로교수의 학문적 열정에 경의를 표하지 않을 수 없다. 이해웅 교수는 10여권의 시집을 펴낸 원로시인으로서 널리 알려져 있지만, 이 책에서 현대시에 대한 연구에도 남다른 안목을 보여주고 있어 주목을 하지 않을 수 없는 것이다. 이해웅 교수가 『한국 현대시 연구』에서 집중하고 있는 세 시인은 윤동주·유치환·박태문 시인이다. 이해웅 교수는 이 세 시인에 대해 특별히 집중하게 된 이유를 「책머리에」를 통해 다음과 같이 밝히고 있다.

첫째, 윤동주는 일제 암흑기의 시인으로서 시인의 삶과 그의 작품 세계가 일치하는 시인으로 줄곧 저자의 관심의 대상이 되어 온 것이다. 둘째, 청마 유치환은 부산과 오래 인연을 가진 시인이며, 한국 현대시사에 큰 자리매김을 하고 있는 시인일 뿐 아니라 그의 남성적이고 웅혼한 기상이 일찍부터 저자의 관심을 끌어온 터였다. 셋째, 박태문 시인은 부산이 낳은 향토 시인으로 그의 서정성이 남다른 데가 있으며, 가식 없는 진솔한 삶이 저자의 관심을 끌었기 때문이었음을 밝혀 두고자 한다.

위의 인용에서 개별적으로 세 시인에 집중한 이유를 알 수 있지만, 이 세 시인에 집중한 공통적인 이유는 알 수 없다. 그만큼 이해웅 교수는 이 세 시인을 공통성으로 주목하고 있지는 않다. 실제 이 세 시인을 묶는 공통성의 끈을 발견하기는 어려울 것이다. 그런데, 이해웅 교수는 공통성을 찾아보기 힘든 윤동주·유치환·박태문 시인에 대해 접근하는 방법론의 면에서 공통성을 보이고 있어, 연구서『한국 현대시 연구』를 새롭게 보도록 하고 있다. 그 공통적인 방법론은 담화 구조, 문체, 이미지 탐색을 통한 시 텍스트의 분석적 해석이다. 말하자면, 텍스트에 대한 미세한 접근이라 할 수 있을 것이다. 이렇게 본다면,『한국 현대시 연구』는 '미세한 집중'을 보이고 있는 연구서인 셈이다.

이 연구서에서, 시를 하나의 담화 구조로 보고 분석적 해석을 하는 담화 구조적 연구는, 윤동주와 유치환 시인을 대상으로 삼고 있는데 그 중에서도 윤동주 시인에 대한 것이 두드러지고 있다. 「윤동주 시의 담화 구조 연구」라는 논문이 바로 그것이다. 여기서, 이해웅 교수는 윤동주 시인의 시를 담화의 전달 구조 면에서 볼 때, "시적 화자가 겉으로 드러나든 숨든 간에 윤동주 자신의 자전적 요소가 강하게 드러남으로 해서 대사회적 발언보다는 주로 내적 독백에 그치고 있"(39쪽)다고 분석적 해석을 하고 있다. 그리고 담화의 내적 구조를 음운론적 층위·형태론적 층위·어휘론적 층위로 보다 미세하게 살펴서, 윤동주의 시에서 "식민지 지식인으로서의 소외 의식이나 불안 의식", "미래 지향적인 의지"(39쪽)를 읽고 있다. 또한 담화의 외적 구조 면에서 볼 때, "서정성 짙은 자전적 요소가 많은 시로서 자기 고백이요, 자기 비판이요, 자기 검토를 통해 부조리한 현실을 초극코자 한 것"(39쪽)이라고 분석적 해석을 하고 있다. 이해웅 교수의 윤동주 시인에 대한 미세한 접근은 윤동주 시인의 시 성격, 특히 저항성 문제를 반성하는 충분한 근거를 마련해 주고 있다는 점에 그 의의가 큰 것으로 생각한다.

이해웅 교수의 『한국 현대시 연구』에서, 시 텍스트에 대한 미세한 문체 분석을 통해 해석에 이르고자 하는 접근은 윤동주·유치환·박태문 세 시인 모두에 걸쳐져 있다. 이 세 시인에 대해 공통적으로 음운론적 층위·통사론적 층위·어휘론적 층위에서 문체 분석이 이루어져 있는데, 박태문 시인에 대한 분석적 해석이 두드러져 보인다. 「박태문 시의 문체 연구」가 바로 그것이다. 여기서, 통사적 층위에서 박태문 시인의 시에 보이는 "부정사(없다·않다·아니다)는 화자의 궁핍상과 소외감을 드러내는 데에 주로 사용되고 있으며, 의지 미래형은 화자가 어둠(궁핍) 속에서도 결코 굴하지 않고 미래에다 큰 희망을 걸고 있"(315쪽)다는 분석적 해석을 보이고 있다. 그리고 어휘적 층위에서 "울음·슬픔·괴로움 등은 그의 궁핍에서 오는 소외의식과 깊은 연관이 있으며, 울분·분노·적개심 등은 그의 대사회 의식의 표현으로 나타난 정서들"(315쪽)이라는 분석적 해석을 보이고 있다.

이해웅 교수는 이 연구서에서 이미지 분석을 통해 유치환과 박태문 시인의 시에 미세하게 접근하여 해석에 이르고 있는데, 여러 이미지 중에서 물의 이미지에 대한 분석이 공통적인 것이며 이런 점은 특히 유치환 시인의 시에 대한 분석적 해석에서 두드러지고 있다. 「청마 시에 나타난 물의 이미지 연구」가 바로 그것이다. 여기서, 유치환 시인의 시에 나타난 "바다의 이미지"는 "대부분 모성적 상징과 정념의 물"이며, "비의 이미지"는 "대개가 고독과 애수 및 생명과 탄생의 물"(242쪽)이라고 분석하면서 결국 "바다와 강물에 비친 모성 상징은 인간의 원초적 낙원 상실을 통한 동일성의 회복에 크게 기여하고 있다"(242

쪽)고 밝히고 있다.

이와 같이, 이해웅 교수의 『한국 현대시 연구』는 공통적으로 윤동주·유치환·박태문 시인에 대해 담화 구조, 문체, 이미지 탐색을 통한 시 텍스트의 분석적 해석을 보이고 있다. 하지만, 이 책은 개별 시인에 대해서 다른 접근을 보이고 있는 연구도 포함하고 있다. 윤동주 시인에 대해서는 자의식의 성숙과정이나 자아의식의 변모과정에 대한 연구가 주목된다. 「윤동주 시에 나타난 자의식 연구」가 바로 그것이다. 여기서, 윤동주 시인의 정신사에 대한 미세한 접근을 통해 윤동주 시인이 "아직 사회적 자아나 역사적 자아가 눈뜨지 않고 있"는 단계에서 "시대 현실과 역사의식이 싹트면서 개체아에서부터 민족아·역사아로 나아가는 자아의식의 성숙" 단계로 나아가고 또 이 단계에서 "자아 성찰을 통하여 조국에 대해 역사적·민족적 사명을 다하지 못함에 대해 부끄러움을 스스로 인식하"(144쪽)는 단계로 나아가고 있는 것으로 파악하고 있다. 이 논문은 윤동주 시인 시의 정체를 이해하는 데 적절하게 활용할 수 있는 연구라고 생각한다.

박태문 시인에 대해서는 시어의 상징성을 통해 시적 경향을 파악하고자 한 「박태문 시의 상징성 연구 – 겨울·비·눈·풀의 이미지를 중심으로」가 주목된다. 여기서, 이해웅 교수는 박태문 시인의 시에 나타난 겨울·비·눈·풀의 상징성 분석을 통하여 궁극적으로 "'겨울'과 '비'는 어둠이 박 시인이 발을 딛고 호흡하는 현실이라면 밝음은 그가 지향하는 이상향이라 볼 수 있으며, '풀'은 현실 극복을 위한 방법의 모색이라는 변증법적 구조 속에서 이해되어야" 한다고 보고 있다. 이 논문 또한 박태문 시인의 시를 일정한 구도 속에서 이해하는 데 큰 도움이 될 수 있는 연구라고 생각한다.

이해웅 교수의 『한국 현대시 연구』 제1장·제2장·제3장은 각각

'윤동주 시 연구', '유치환 시 연구', '박태문 시 연구'라는 제목으로 되어 있으며, 앞에서 살펴본 바와 같이 담화 구조, 문체, 이미지 탐색을 통한 시 텍스트의 분석적 해석이라는 서로 공통적인 접근과 개별 시인의 시 정체를 파악하기 위한 각기 다른 접근으로 나눌 수 있도록 구성되어 있다. 이 책의 제4장은 「한국 현대시의 원형 고찰 － 윤동주·유치환·박두진의 시를 중심으로」라는 제목에서 알 수 있듯이, 박두진 시인의 시를 윤동주·유치환 시인의 시와 비교하여 원형비평의 방법으로 살펴보고 있다. 여기서, 윤동주·유치환·박두진 시인의 시의 차이는 미미하고 그 공통성이 부각되고 있다. 그것은 프라이가 정리하고 있는 다름 아닌 '동일성의 상실과 회복'이라는 공식인 것이다.

이해웅 교수가 원용한 프라이의 원형비평 자체의 성격 탓도 있겠지만, 결과적으로 시인들의 시적 차이가 제대로 드러나지 않는다는 점은 방법론뿐만 아니라 분석을 통한 해석이 거시적으로 이루어진 데에서 그렇게 된 것은 아닐까 하는 아쉬움을 개인적으로 가져 본다. 이것은, 앞에서 보인 미세한 접근을 통해 시인들의 시의 정체를 파악한 것과 비교·대조해 볼 때 그렇게 느껴진다. 그리고 "시를 이야기 구조 곧 담화 체계로 보고", "채트먼의 이론을 중심으로 고찰코자 하며"(9쪽), "압운(두운·모운·각운)", "압운들은 그의 시의 리듬을 형성하는 데 기여함은 물론 시의 구조 면에서 긴밀성을 더하고"(314쪽) 등의 언급에 대해서는 개인적으로는 견해를 달리하여 공감하기 힘든 면도 있다는 점을, 외람되지만 조심스럽게 밝힌다. 그렇더라도, 이런 것은 너무도 미미한 것에 해당하고 개인적인 견해의 차이에 따른 것이라 할 수 있는 것이다.

이해웅 교수의 『한국 현대시 연구』는 미세한 집중을 보여주고 있는 연구서이다. 이 연구서를 통해 윤동주·유치환·박태문 시의 정체에

가까이 다가선 느낌을 받을 수 있다. 그만큼, 원로교수의 학문적 열정
은 학문적 성과로 이어지고 있는 것이다. 이 점이, 정년을 해도 정년을
하지 않은 연구로서 후학들에게 자극을 주고 있는 것이다.

제5부
쟁점 · 미학 · 매체

'사랑'의 시적 존재방식

왜 '사랑'인가? "매일같이 배달돼오던 우유가 갑자기 오지 않을 수
있다는 불안감에 시달리기도 했다 하루하루 배달돼오는 우유병을 손
에 쥐고서야 가까스로 숨쉴 수 있었다"(연왕모, 「흰 우유에게―사랑이
나를 덮치다」). 사랑은 즐거움보다는 괴로움 속에 더 존재한다. 사랑은
언제 식을지 모르는 불안감 속에서 여전히 지속되는 교감을 확인할 때
안도하면서 그 실재를 가까스로 느끼는 정서적 양태라 할 수 있기 때
문이다. 그럼에도, 어느 누구가 사랑을 꿈꾸지 않으랴.

그런 '사랑'이 문학과지성 시인선 300호를 덮치다. 300호 『쟁한 사
랑 노래』는, 100호·200호와 달리, 특정한 주제인 '사랑'을 먼저 내세
워 그 주제에 가장 적합하다고 판단된 시들이 선정되어 묶여진 모습을
보이고 있다. 그렇다면, 1997년부터 2005년까지의 99권 시인선에서
'사랑'의 시를 각 1편씩 선정하여 묶어 기념한다는 것은 어떤 의미가
있는가? 이 기간 동안 시단의 핵심 주제는 '사랑'이었는가? 가장 오래
지속되었으며 여전히 가장 보편적인 주제는 '사랑'이라 할 수 있기 때

문인가?

엮은이 이광호의 『쨍한 사랑 노래』「해설」에서 엮은 의도를 살펴보면, 이 마지막 이유에 가장 가까이 가 있음을 확인할 수 있다. "그토록 끊임없이 사랑의 시가 쓰여지고 있다는 것은 놀라운 일이다. …(중략)… 사랑이란 아주 보편적인 정서적 양태이며, 시간을 뛰어넘은 그 보편성이 끊임없이 사랑의 노래를 만들게 한다." 그런데, 사랑의 형태는 시대마다 다르다고 할 수 있다. 이광호도 "연애의 발명은 근대적 개인의 탄생과 긴밀하게 연루되어 있다."고 언급하고 있다. 그래서, 『쨍한 사랑 노래』는 근대와 그 이후의 제도 속에서의 사랑(연애)에 대한 시선집이라 할 수 있을 것이다.

그렇다면, 이것이 1997년부터 2005년까지의 특정한 시기의 특징이 드러나는 시선집이라고할 수 있는가? 1990년대부터 거대담론보다 미시담론이 중시되며 그 속에서 일상성과 개별성의 영역이 새롭게 조명되어 온 것은 사실이다. 하지만, 이는 세계를 새롭게 재인식하고 새로운 관계를 모색하기 위한 것으로 이해된다. '사랑'은 가장 사적이고 은밀한 영역으로서 일상성과 개별성 영역의 한 극점이 된다. 그런 면에서 보면, 『쨍한 사랑의 노래』는 이 시대의 특징을 대표하는 시선집이 아니라 그 극점을 보여주는 시선집이 될 것이다. 이 시선집에 엮인 극히 일부의 시가 사랑의 시라 하기 어려운 것도 이들이 이 극점을 표현한 시가 아니기 때문이다.

사실, 문학과지성 시인선 300호가 '사랑'을 포착한 것을 시의 대중화를 염두에 둔 것으로 해석할 수가 있다. 이 시대 최고의 베스트셀러 시집은 『한 사람을 사랑했네』, 『함께 있으면 좋은 사람』 등 이른바 '낭만적 사랑'을 노래하고 있는 시집인데, 이런 시집은 사랑의 절대성·비현실성·감상성을 주조로 하고 그 외곽을 키치적인 양식으로 포장하고 있어 평단에서는 인정하고 있지 않다. 300호 『쨍한 사랑 노래』는 무엇보다 '사랑'에 가장 큰 관심을 갖고 있는 많은 독자에게 사랑의 실재와 그 진정성에 다가설 수 있도록 기획된 시선집으로 볼 수가 있는 것이다. 그러면, 『쨍한 사랑의 노래』가 시적 형상화를 통해 보여주고 있는 사랑의 모습은 어떠하고, 이 시대 사랑에 대한 인식은 어떻게 드러나고 있는가?

　이광호는 「해설」에서 "'지속 가능한' 육체와 영혼의 결합은 없다. 공간을 뛰어넘는 사랑이 가능하다 하더라도 저 난폭한 시간 앞에서 막막하지 않는 사랑은 없다." "사랑에 관한 노래들은 단지 쾌락을 향해 있지 않으며, 사랑이라는 상처를 지속적으로 후벼 파면서 쾌락과 고통이 구별되지 않는 '향유'의 지점을 향한다."라고 언급하고 있다. 사랑의 어쩔 수 없는 유한성은 인간존재의 유한성과 사랑의 구체성이란 면에서 볼 때 그럴 수밖에 없는 사항이 된다. 그렇더라도 "왜 사랑을 둘러싼 시적 담화들은 '당신의 부재'라는 상황으로부터 출발하는 것일까?"라고 던진 질문에 대한 답변이 명확해진 것은 아니라고 생각한다. 이것은 보다 제한점이 가해져야 명확해지는 성질의 것에 속하기 때문이다.

　이 제한점은 다름 아닌 시의 장르적 특성이라는 제한점이다. 앞에 언급한 사랑의 '유한성'과 이에 따른 '쾌락과 고통의 이중성'이 사랑에 관한 일반적인 사항이라면, '당신의 부재'의 상황 속에서 발화하는 형식은 시 장르의 특성에 따른 사항이라 할 수 있다. (과거의) 과정을 보여주는 '서사'가 어떤 방식으로든 '만남－사랑－이별'이라는 사랑의 구체적인 변화 과정을 담는 형식을 드러내어 사랑에 대한 인식을 하는 것이라면, (현재의) 집중을 보여주는 '서정'은 당신이 부재한 상황 속에서 압축적인 형식을 통해 그 사랑에 대한 인식을 하는 것이기 때문이다. 사랑의 '시적' 존재방식은, 당신의 부재 가운데 이루어진 나의 발화 형식 속에 있는 것이다.

『쨍한 사랑 노래』역시 이러한 사랑의 시적 존재방식을 취하고 있지만, 그 시적인 것의 속살은 다양하게 드러나고 있다. "붉은 눈을 서로 피하며 / 멍을 핥아줄 저 상처들을 / 목발로 몸둥이로 후려치는 마음"(김중, 「사랑」)은 살면서 부대낄 때 서로 모자란 점을 들어 상처를 주면서도 슬며시 몸과 마음을 감싸안는 부부의 사랑을 형상화한 것이다. "사랑은 얼마나 어렵고 독한 것인가?"의 진정성은 바로 이것이다. 사랑은 또한 "그대 모르는 새에 해치우는 / 그냥 설거지일 뿐"(황동규, 「버클리풍의 사랑노래」)처럼, 일상생활 가운데 해주는 사소한 배려가 힘을 갖는 것이기도 하다. 사랑은 그만큼 현실 속에서 이루어가는 것이다. "첫사랑의 여자와 만나 / 오래도록 행복하게 살고 싶었지만"(함성호, 「이 가벼운 날들의 생」). 첫사랑은 왜 마음에 오래 남아 잊혀지지 않는 것일까? 첫사랑은 대개 사랑의 방정식을 잘 풀지 못해 헤어진 사랑이거나 어쩔 수 없는 상황 때문에 헤어진 사랑이다. 나중에 사랑의 방정식을 잘 풀 수 있게 되었다 할지라도 그 어설픈 첫사랑이 마음에 단단히 각인되어 있는 것은 사랑의 순수함 때문일 것이다.

"눈보라처럼 흐느끼는 바이러스 같은 것!"(김혜순, 「사랑은」). 사랑은 바이러스와 같이 전염되어 피할 수 없는 치명적인 것이면서 눈보라처럼 앞길을 알 수 없고 헤쳐나가기 두려운 것이기도 하다. 이러한 사랑의 묘한 이중성은 사랑의 실체를 간파한 자만이 말할 수 있는 것이리라. 사랑은 인간존재의 깊은 고민이 아닐 수 없을 것이다. 가장 사랑할 때는 말없이 교감할 때라 할 수 있기 때문에, 사실, 사랑의 실체는 말하기 어렵다. 따라서, 언어를 통해 사랑의 실체에 접근한다는 것은 지난한 일이 된다. 다른 어떤 현상을 구체적이고 객관화된 방식으로

말할 수 있어도 사랑은 그렇게 하기 어렵다. 사랑을 말로 하면 '사랑'
인 것이다. "사랑하는 이여, 내가 너를 사랑한다고 말할 때에 그것은
내가 너를 사랑하다는 말이다."(김연신, 「차가 막힌다고 함은」).

'사랑한다고 말할 때 이는 사랑한다는 말이다.'라는 이 당연한 말이
그렇게 들리지 않는 데에 이 시대 사랑의 다른 존재방식이 놓여있다.
"시작도 끝도 경쾌"한 방식, "사랑은 짧게 이별은 더 짧게"(최영철,
「세기말 이별」) 하는 방식. "첫눈이 내릴 때 연인들은 / 만날 약속한다"
"마지막 눈이 내릴 때 / 우리는 만날 수 있을까"(문충성, 「마지막 눈이
내릴 때」). 이는 (후기)현대 문명의 속도주의에 침윤된 사랑의 존재방
식이라 할 수 있으리라. 시인은 아이러니와 회의의 형식으로 사랑의
진정성이 무엇인지 생각하기를 바라고 있다.

"얼음 녹는 개울의 바위틈으로 / 어린 물고기가 재빠르게 파고들
듯이 / 사랑은 그렇게 왔다." "미처 못다 읽은 / 책장을 넘겨버리듯이 /
사랑은 그렇게 갔다."(채호기, 「사랑은」). 갑자기 찾아와 한동안 지속
되다가 헤어지고 나서야 그 실체를 깨닫게 되는 사랑. 사랑이 유한성
이라는 본질적인 한계에도 오래도록 울림을 줄 수 있는 것은 사랑이
진정성을 확보할 때일 것이다.

『쨍한 사랑 노래』는 1997년부터 2005년까지에 집중된 것은 아니라
할지라도 (후기)현대의 '사랑'의 모습을 다양하게 보여주고 있다. 그러
면서 사랑의 진정성을 고민하는 모습을 드러내고 있다. 『쨍한 사랑 노
래』를 통하여 가장 사적이고 은밀한 인간 관계인 사랑의 시적 존재방
식을 알고 그 폭과 깊이를 느끼는 것도 괜찮은 경험이 되리라 생각한
다.

시 쓰기의 자의식과 메타성

    인간존재는 자의식을 가지고 있는 존재이다. 그만큼 인간은 자기성찰적인 존재라고 볼 수 있다. 시인이 시적 오브제를 외부에 두는 경우도 많이 있지만 자신의 내부에 두는 경우도 적지 않다. 더구나, 시인이 시 자체와 시 쓰기의 과정 그리고 시인과 시의 존재 위상 등에 대한 탐색을 그 속에 포함한다면, 이 경우는 자기반영적이며 자기성찰적인 특성을 보이게 된다. 여기서 메타성은 자연스럽게 형성되게 된다.

    최근 2006년 겨울호에 발표된 시들 가운데서도 이런 성향의 텍스트들이 적지 않아 자기반영적이고 자기성찰적인 자의식적 시 쓰기가 오늘날 더욱 문제적임을 환기시키고 있어 주목된다. 우리 지역의 시전문지인 『시와사상』, 『신생』 그리고 종합문예지인 『작가와 사회』를 포함하여 주요 계간문예지에 발표된 시 텍스트들을 통하여 자의식을 내재하고 있는 시 쓰기의 여러 층위와 그 의미를 살펴보는 것도 의의있는 일이 될 것이라 생각한다.

해풍에 실려 현관으로 들어오는 말
계단이 일렁이고 거실이 출렁인다
아파트의 문들은 바다를 향해 열렸는데
엘리베이터는 수평선에 걸렸는데
말들은 천장으로 솟구치다 떨어진다
말海에 빠진다
말해島에 부딪친다
이제 그만
말해

― 전현실, 「말해도」 부분, 『시와사상』

　시인은 특정한 시간을 내어 시상을 떠올려 다듬을 뿐만 아니라 일상생활을 영위하는 가운데서도 시 작품을 구상해야 하는 존재이다. 그래서 그가 경험하는 현실세계는 경험의 세계로서만 존재하는 게 아니라 언어로 굴절되어 언어의 세계로 변용되기 마련이다. 현실세계에서 체험을 한 후 나중에 의미를 발견하고 여기에 상상력을 가미하여 언어구조물인 시의 세계로 형상화하기도 하지만, 현실세계에서 체험을 하면서 언어를 통해 시상을 가다듬음으로써 바로 시의 세계로 나아가고자도 한다.

　후자의 경우, 시인은 "현관"에서 "계단" 나아가 "거실"까지 가는 과정에서도 언어의 과잉이라는 그 홍수를 경험하지 않을 수 없게 된다. 그야말로 말의 바다인 "말海에" 빠지게 되는 것이다. 이와 같이, 이 시는 시인이 겪는 시적 경험 가운데 밀려드는 언어의 경험을 바다의 비유를 통하여 표출하고 있는 시에 해당한다. 시인은 또한 언어의 과잉에 신경이 예민해져 긴장된 상태가 힘에 부치므로 여기에서 이완하고 싶은 마음을 갖기도 한다. "이제 그만 / 말"하고 싶기도 한 것이다. 이 시에서 "말海"와 "말해"는 언어의 과잉 상태와 이에서 벗어나고자 하는 마음의 양가적인 상황을 언어유희를 통해 표현하고 있는 것에 해당한다. 그만큼 시인은 언어에 예민한 존재이며, 언어에 대한 사랑과 그로 파생되는 고통을 경험하는 존재인 것이다.

> 이삭들이 다 떠나간 텅 빈 논바닥에
> 햇살이 고여 흥건한데
> 쓰름쓰름 *조문도 석사가의 쓰름쓰름
> 쓰르래미가 종일 쉬지 않고 우네
>
> 벙어리 냉가슴만으로는 견딜 수 없어
> 얇은 등허리를 다 펴서 서성이며
> 오래오래 가을 햇살을 업어주네
>
> 콩깍지 익어 터지듯
> 이 살찐 햇살에
> 아! 나의 말문이, 소리가
> 타닥타닥 터지면 좋겠네.

— 윤정숙, 「산중신곡 — 득음」 전문, 『신생』

예로부터 시인은 진리를 추구하는 존재였다. 진리를 추구하는 존재인 만큼 '아침에 도(진리)를 들으면 저녁에 죽어도 좋다'는 "조문도 석가사의"(朝聞道 夕死可矣)의 심정을 지닌 존재인 것이다. 그런데, 진리는 언어를 통해서는 온전히 획득될 수 없는 것이기도 하다. '도(진리)를 도라 하면 도가 아닌 것이'(道可道非常道)기 때문이다. 그래서 언어

를 끊어야 진리에 도달할 수 있는 것(絶言之法)이다. 하지만, 이 자리
에서 시인이 진리를 추구하는 방법은 언어를 통한 시적 인식에 있음을
새삼 확인해둘 필요가 있다. 즉, 언어를 통해서 진리에 도달하는 것(依
言之法)인 것이다. 이와 같이 하여, 엄격한 의미에서 시는 '절언지법'
과 '의언지법'의 줄다리기 속에서 진리를 추구하는 운명을 가지고 있
는 것이 된다. 시의 언어가 사물의 상태를 지향한다거나, 시는 최소한
의 언어로 최고도의 수사학을 활용하여 최대한의 의미를 내포하는 장
르라고 하는 것은 바로 이를 의미한다.

인용한 텍스트의 내용 중에 "텅 빈 논바닥"에 고인 "흥건한" "햇살"
의 이미지는, 물론 텅 빈 것 가운데 꽉 차 있는 상태를 표현한 것이지
만, 바로 이런 시의 본질을 함축하고 있는 이미지이기도 한 것이다. 그
리고 이 텍스트의 제목이 '산중신곡 − 득음'인 것은 시의 이런 오래된
본질을 전통성의 서정적인 제목과 함축하는 부제로 드러낸 것이 된다.
시의 내용에서 "벙어리 냉가슴"을 견딜 수 없어 "가을 햇살을 업어
주" 존재는 일차적으로 "얇은 등허리를 다 펴서 서성이"는 "쓰르래
미"이다. 그런데, 이 존재가 또한 시인이란 존재로 확장되는 데에 유의
해야 한다. 왜냐하면, 이 쓰르래미가 "조문도 석사가의 쓰름쓰름" 운
다고 표현되어 있는 바와 같이, 진리를 추구하는 존재로 표상되어 있
기 때문이다. 다시 말하면, 여기서 쓰르래미는 시인의 표상인 것이다.
그래서 "벙어리 냉가슴"을 견딜 수 없어 "가을 햇살을 업어 주"는 존
재는 바로 시인이 된다. 이 텍스트에서 시적 화자로 대변되는 시인이
빈 것 가운데 꽉 차 있는 "햇살"에 "말문"이 "터지"기를 희망하고 있
는 것이 자연스럽게 연결되는 것은 이 때문이다.

긴 호흡기관의 층계를 올라오는 숨소리

닫힐 듯 간신히 열리는 숨소리
…(중략)…

어떤 단어는 바람이 되어 창틀의 소리를 내다가
멀리 황량한 들판의 소리를 낸다.
어떤 단어는 끈적끈적한 어둠으로
덩어리가 되어 눈꺼풀을 무겁게 짓누른다.
어떤 단어는 안개가 되어 공기를
포용하고 연인의 심장을 포용한다.

　　　　　　　　　　　　　　　　　－ 채호기, 「숨소리의 문장」 부분, 『신생』

　시인이란 존재에게 시 쓰기는 문장으로 호흡하는 것과 같은 것인지도 모른다. 왜냐하면, 문장으로 호흡하여 시를 잉태하지 않는다면 자연인으로서 육신의 생명은 지니고 있을지라도 시인으로서의 생명은 더 이상 없는 것으로 봐야 하기 때문이다. 위에 인용한 텍스트의 제목이 '숨소리의 문장'인 것은 이런 점을 함축하고 있는 것으로 이해할 수 있다. 시인이 시를 쓸 때는 일반적으로 매번 새로운 텍스트를 생산해야 하는 과정을 거쳐야 한다. 새로운 세계를 연다는 것은 "닫힐 듯 간신히" "숨소리"를 여는 것과 같은 것이리라.

　시인에게 단어는 '숨소리의 문장'으로 이루어진 시 세계의 알갱이라 할 수 있다. 그래서 "어떤 단어는" "바람이 되어" "소리"로 이루어진 시 세계를 형성하게 한다. 이러한 청각적 이미지가 두드러진 세계도, 경우에 따라 "창틀의 소리"가 주조가 되기도 하고 "들판의 소리"가 주조가 되기도 한다. 그리고 어떤 단어는 "덩어리가 되어" "어둠으로" 이루어진 세계를 형성하게 한다. 이러한 탁한 시각적 이미지가 두

드러진 세계는 "끈적"함과 "짓누름"의 부정적 세계를 보여주기 마련이다. 또한 어떤 단어는 "안개가 되어" 은밀히 스며드는 세계를 형성한다. 이러한 실루엣과 같이 어렴풋하면서 촉각적인 이미지가 두드러진 세계는 내밀하게 연결되어 있는 "연인의 심장"을 은근히 감싸는 세계를 형성한다. 이와 같이, 이 텍스트는 시적 세계 형성의 비밀이, 호흡하는 문장과 그 알갱이인 단어를 통해 이루어짐을 표현하고 있는 것으로 읽을 수 있다.

> 당나귀 같이 고집이 세다 라고 썼다가
> 발뒤꿈치 같이 말귀를 못 알아먹는다 라고 적는다.
>
> …(중략)…
>
> 누구는 혁대를 채우며 절벽 절벽이라 내려다보며 말했는데
> 나는 혁대를 채우며 벼랑 벼랑 벼랑을 올려다본다.
>
> 꺾어다 줄 수 없는 꽃이다 라고 썼다가
> 그것은 아직 꽃이 아니다 라고 적는다.
>
> 너무 넓은 원고지.
>
> — 성선경, 「군살」 부분, 『작가와 사회』

위에 인용한 텍스트는 시 쓰기의 과정을 그대로 제시하고 있는 시에 해당한다. 시인은 최소한의 언어로 최대한 의미를 내포하기 위해 다시 쓰는 과정을 되풀이한다. 그리고 나타내고자 하는 바에 가장 적확한 표현을 끊임없이 탐색하려고 한다. 그래서 "당나귀 같이 고집이 세다"

라고 썼다가도 "발뒤꿈치 같이 말귀를 못 알아먹는다"로 다시 쓰게 된다. 그리고 시인은 익숙한 사물이라도 낯선 시각으로 새롭게 인식하고 이를 형상화하고자 한다. 그래서 기존의 "절벽 절벽이라 내려다보"는 관점에 저항하여 "벼랑 벼랑 벼랑을 올려다보"는 것이다. 나아가 시인은 현재 보이고 있는 사물도 그대로 받아들이는 게 아니라 그것에 대한 존재론적 회의를 통해 그 사물을 다른 차원에 두고자 한다. "꽃이다"를 "꽃이 아니다"라고 다시 쓰는 것은 일종의 존재론적 회의를 통해서 수행되고 있는 것으로 봐야 한다. 시인에게 있어, 언어가 펼쳐지는 "원고지"는 늘 새로운 세계를 펼쳐보여야 하고 또 실제 그렇게 하고 있는 요술상자와 같은 것이리라. 그런데, 그것은 "너무 넓"다. 이는 무한한 가능성을 내포한 것이면서도 어쩔 수 없는 막막함 또한 내재하고 있는 것에 해당한다. 그렇다. 시인은 가능성과 막막함 사이에 늘 서 있는 존재이리라. 하나의 시 세계를 펼쳐 보인 후에도 또 그 자리에서 새로운 세계를 열어야 하는 존재이리라. 시인은 무엇보다도 자기 자신에 대한 존재론적 고민을 하지 않을 수 없는 존재인 것이다.

나의 문장에

독이 들었다 하지 않고
흔들리게 된다 말해주어 고맙다

…(중략)…

나는 눈을 감는다
오래 전에 잊었던 소리가 들리므로

…(중략)…

너는 흔들리렴
나는 쓸게

네가 바라는 바
재현이 아닌 제시의 문장으로

          - 김소연, 「너라는 나무 - 흔들리는 빈혈에게/흔드는 빈혈이 써서 주다」
                              부분, 『실천문학』

새로운 세계를 펼쳐 보이기 위해 존재론적 고민을 하는 시인은 내면의 대화를 하기 마련이다. 시인은 자신에게 낯익어 익숙한 존재와 대화를 나누다가 이 익숙한 존재 위에 겹쳐지는 낯선 존재와 대화를 나눈다. 위에 인용한 내용에서 "오래 전에 잊었던 소리"를 듣는 존재는 새로운 존재이지만, 오래 전에 소리를 낸 존재는 낯익어 익숙했던 존재인 것이다. 물론 텍스트의 내용을 보면 오래 전에 잊었던 소리를 듣는다는 것은, 시적 화자가 겪은 과거 체험과 그 변용에서 느꼈던 바를 다시 떠올린 것이긴 하지만, 이와 같이 읽을 수도 있는 것이다. 이와 같이, 시의 세계는 익숙한 존재와 낯선 존재와의 대화에서 늘 새롭게 열리는 것으로 봐야 하리라. 또한 이런 존재들은 각기 시인의 창조적 자아의 한 면들을 이루고 있다고 봐야 한다.

나아가 내면의 대화를 나누는 존재는 시인이 상정한 내면의 (이상적인) 독자가 되기도 한다. 위에 인용한 내용에서 "독이 들었다 하지 않고/흔들리게 된다 말해주"는 존재는 바로 이 내면의 (이상적인) 독자에 해당한다. 시인은 (이상적인) 내면의 독자와 대화를 통하여 시 세계를 구축하기 마련인 것이다. 이와 같이, 일반적으로 구체적인 시 텍스트가 실재 독자에게 수용되기 전에 생산자인 시인은 자신이 내면에 상정한 독자를 의식해서 시 세계를 형상화하는 것이다.

그리고 시인은 시적 오브제를 3인칭 그것으로만 바라보지 않고 2인칭 너로 대하는 존재이다. 즉, 시인은 시적 오브제와도 대화를 한다고 볼 수 있다. '의인관적 세계관'이 시적 (서정적) 세계관의 한 모습인 것은 바로 이 때문이다. 위에 인용한 부분에서 "너는 흔들리렴/나는 쓸게"라는 구절에서 이런 사항을 확인할 수 있다. 흔들리는 존재는 시적 오브제에 해당하지만 2인칭 "너"로 인격화되어 있다. 그 흔들리는 존재를 보고 시인은 시를 쓰는데, 대화 형식을 통해 이 오브제에게 "쓸게"라는 내밀한 다짐의 말을 하고 있다. 그런데, 시인은 오브제와 대화를 하는 데에서 그 오브제를 인격화할 뿐만 아니라 실제 시의 세계에서 오브제를 "재현"하고자 하는 게 아니라 "제시"하고자 한다. 이것 또한 오브제가 "바라는 바"라고도 하고 있다. 시인은 오브제에게 인격을 부여할 뿐만 아니라 어떤 의미를 드러내는 대상으로 "재현"하지 않고 그 자체가 함축적 의미를 내재한 존재로서 "제시"하고자 하는 것이다.

이상에서, 시인은 스스로에게 존재론적 고민을 하는 존재이면서 시 세계를 구축하기 위해 내면의 존재들과 대화를 나누는 존재이며 또한 시적 오브제와도 대화를 하여 그 오브제를 하나의 존재로서 제시하고자 하는 고민을 가진 존재로 볼 수 있다. 이는 존재 그 자체와 미학적 방법론에 관련되는 고민으로 이해된다. 그런데, 다음에 인용하는 텍스트에서는 시인 자신에 대한 새로운 차원의 존재론적 고민을 읽을 수 있다.

작품에 손대지 마시오, 백화점 고객이라기보다는 행인에 가까운 내가 속
으로 어림한 가격에 0이라는 숫자가 1개에서 2개가 더 붙어 있는 옷, 아니
작품 앞에는 대개 이런 지시가 적힌 종이쪽 같은 게 놓여 있게 마련이다 …
(중략)…

그 앞에서 나는 백일몽을 꾼 적이 더러 있다는 것을 밝혀 둔다 6,000원이
아닌 60,000,000원이라는 어마어마한 정가를 책정한 아주 비싼 책을 단 한
권만 만들어 내서 대형 서점 한복판에다 떠억 전시하는 장면을 그려 본 것이
다 …(중략)…

보란 듯이 한 번쯤 내 작품에 손을 대지 말라고 큰소리를 쳐 보는 건 어떨
까? 아 참! 그러고 보니 우리 동네 서점 구석에 박혀 있는 내 시집에는 지금
도 고객이 거의 손을 대지 않는다니

— 백주은, 「비싼 책」 부분, 『세계의 문학』

위에 인용한 텍스트에 나타나 있는 시인 자신에 대한 존재론 고민
은, 이른바 사회경제적인 차원에서 발생하는 존재론적 고민인 것이다.
이 고민은 우리 사회가 광범위하고 공고한 자본주의 체제가 일반화됨
으로써 더욱 부각되는 고민이 된다. 위의 인용을 보면, 시적 화자는 이
른바 교환가치로 환산되는 상품의 무한한 진열장인 백화점 앞에서 주
눅이 들고 있다. 어떠한 분야도 그래서 시의 생산·유통·수용의 문제에
서도 널리 자본주의적 체제에 편입되어 있는 (후기) 현대산업사회에
서, 시의 교환가치에 대한 깊은 고민을 하고 있는 모습을 보여주고 있
다. 이제는 더 이상 이른바 사용가치는 사용가치 본래의 척도로 발휘
되거나 활용되지 않고 오로지 교환가치를 통해서 발휘되거나 활용되
는 시대이다. 시 "작품"도 여기서 벗어날 수 없는데, 그 교환가치가 표

피적인 실용성에 입각하여 현저히 낮다는 것이 그 고민의 근거가 되고
있다.

시인은 이런 상황을 거슬러 "어마어마한 정가를 책정한 아주 비싼
책"을 "대형 서점 한복판"에다 전시하고자 한다. 이것은 원래의 사용
가치를 확보해보려는 시인의 의지를 극단화시켜 드러낸 표현에 해당
한다. 그러나 이런 의지의 표현이 한낱 "백일몽"에 지나지 않는 것이
시인에게 어쩔 수 없이 놓여진 (후기) 현대산업사회의 상황이다. 시인
도 이 점을 잘 인식하고 있다. 그래서 시인은 인용한 바와 같이, 오히려
거꾸로 아예 그 정도의 교환가치로는 자신의 "작품에 손을 대지 말라
고 큰소리"를 치려고도 하고 있다. 그러나, 이것도 한낱 시인의 백일몽
에 불과할 뿐이다. 현실은 그와 상반되게 그 정도의 교환가치로도 자
신의 "시집"에 "고객이 거의 손을 대지 않"고 있는 것이다. 여기서 사
용된 '고객'이란 표현은 자본주의 체제 하의 시인과 시의 운명을 드러
내는 데 상응하는 표현이 된다. 이와 같이, 이제 시인은 사회경제적인
차원에서도 깊은 존재론적 고민을 하고 있으며, 나아가 이 고민이 혹
시 존재 자체와 미학적인 고민보다 더 큰 비중을 차지하고 있는 것은
아닌가 하는 우려와 고민을 하게 되는 것도 숨길 수 없는 현실이 되고
있다.

결벽증에,　　　다시,
　걸린,　　　싸워야,
　언어言語와,　　한다,
　실어증에,　　뼈,
　빠진,　　　속까지.
　자아自我,　　환히,
　그 둘의,　　비추이는,

                싸움은,   가장,
                너무,   검은,
                치졸하다,   고름이,
                                고일,
                                때까지!

– 김연성, 「환절기」 전문, 『시와사상』

하지만, 아무리 사용가치가 교환가치를 통해 발휘되거나 활용되는 자본주의 체계를 기저에 깔고 있는 (후기) 현대산업사회를 살아가야 함에도 불구하고, 시인은 근본적으로 미학적인 인간존재이기에 이러한 추세를 거슬러 무엇보다도 시의 미학적인 탐색을 끊임없이 해나가고 있다. 또 이를 통해 시적 경지를 새롭게 열려고 하고 있다. 이 텍스트의 제목은 '환절기'인데, 여기서는 계절적인 전환의 시기라기보다는 시의 미학적인 갱신의 시기를 뜻하는 것으로 이해된다. 이에 상응하게 이 텍스트는 형식 실험을 하고 있는 일종의 형태시이다. 물론, 이것은 이 텍스트에서 처음 실험된 것은 아니다. 하지만 시의 미학적 갱신의 의미와 상응하고 있는 데에 그 의의가 있다 하겠다. 시인은 근본적으로 "언어"와 "자아" 둘 사이의 "싸움"을 통해 시의 미학적 쇄신을 끊임없이 모색할 수밖에 없는 존재이다. 이 텍스트는 이러한 탐색에 대한 의지를 드러내고 있어 시인의 존재 이유를 근본적으로 뒷받침하고 있는 것이 된다.

이와 같이, 오늘날 모든 것을 자본주의 체제의 소용돌이 가운데로 빨아들이고 있는 상황 속에서도, 시인은 자기반영적이며 자기성찰적인 자의식적 시 쓰기를 통하여 시인 자신과 시라는 존재 그리고 시 쓰는 과정 등 여러 층위에서 존재론적이고 미학적인 탐색을 끊임없이 수

행해 나가고 있다. 부디, 이러한 탐색이 의미 깊은 결실로 맺어지기를
바랄 뿐이다.

생명의 심연과 그늘 속의 빛

　　필자는 생명시, 생태시, 환경시를 아우르는 포괄적인 '생태주의 시'라는 개념을 내세워 그 하위범주와 양상을 살펴보고 전망을 가늠해 온 바가 있다. 「생태주의 시의 지형과 과제」와 「현대시와 생태학 – 생태주의 시의 현황과 전망」라는 글이 그 대표적인 것이 된다. 우리 지역의 시전문지인 《시와사상》과 《신생》을 포함하여 지난 계절 주요 계간 문예지에 발표된 시 텍스트들을 읽으면서, 생명시와 생태시보다 상위 개념이면서 환경시를 포괄하는 생태주의 시의 적절성을 새삼 확인하게 된다. 왜냐하면, 이들 시 텍스트들 가운데 새로운 생태주의적 인식을 보이고 있는 텍스트들이 있어 이를 포괄적으로 다루어 설명해야 할 필요가 있는데, 이것을 제대로 다루기 위해서는 '생태주의'라는 포괄적인 개념이 필요하기 때문이다. 이는 다양한 인식과 형상화를 통해 생태주의 시의 외연을 넓히는 일이기도 하지만, 그 바탕에는 생명·생태·환경의 관계와 인간·자연·기술문명의 복합성이 전제가 되어 있는 것으로 이해해야 할 사항이기도 하다.

　　새파란 꽃잎에 쌓인 여린 꽃술을 만져보던 어릴 적 나는 심연을 몰랐었다.
가장 맑은 하늘색이 감추고 있는 꽃가루와 암술 사이의 심연.

　　부리에 동백 꽃가루를 묻히고 꽃그늘 틈새를 날아간 올리브색 동박새는
심연의 깊이를 모른다. 목숨은 저마다 하나의 심연이다. 타자의 도움 없이는
살아남을 수 없는 생명의 구조. 꽃이 아름다운 것은 잔잔하게 타오르는 꽃잎
빛깔 때문이 아니라 꽃잎이 가리고 있는 심연의 형식 때문이다.

　　　　　　　　　　　　　　　－ 허만하, 「심연의 형식」 부분, ≪시와사상≫

　　위에 인용한 시는 생명의 심연에 대하여 다양한 시적 발화를 행하고
있는 텍스트이다. 여기서 시적 화자는, 생명의 심연을 모르던 어린 시
절과 그것을 인식하고 있는 현재를 대비시키고 있다. 시의 내용에 따
르면, '새파란 꽃잎에 쌓인 여린 꽃술을 만져'도 시적 화자의 어린 시
절에는 생명의 심연을 몰랐고 '부리에 동백 꽃가루를 묻히고 꽃 그늘
틈새를 날아'가더라도 동박새는 생명의 심연을 모르는 존재라는 것이
다. 여기서 알 수 있듯이, 생명성의 가운데 있어도 그 심연을 모르는 존
재로 '어릴 적 나'와 '동박새'가 병치되어 있다. 그래서, 생명의 심연을
모르는 존재는 동박새와 같은 존재가 되는 것이다.
　　그런데, 시적 화자의 어릴 적 경험은 근대 이전의 경험 세계에 대한
일종의 은유로 읽을 수 있는 가능성이 제기된다. 근대 이전의 경험 세
계에서는 인간과 자연의 일체감이 이미 구현되어 있어 새삼스럽게 생
태주의적 인식이 필요하지 않은 시기라고 볼 수 있다. 이런 존재는 자
연 그대로와 같은 존재라 할 수 있을 것이다. 그래서 "심연을 몰랐었
다"는 표현에서처럼, 그 생명의 심연에 대한 새삼스러운 인식은 하지
못한 것이 된다. 생태주의는 근대의 부정적인 경험 속에서 근대의 모

순을 극복하고자 인간과 자연의 관계를 새롭게 인식하여 그 진정한 관계를 추구하고자 한 것으로 이해되기 때문이다. 따라서, 생태주의 시라고 하여 근대적인 경험 이전의 세계를 그대로 갖고 오는 것은 맞지 않은 것이 된다.

이 시에서 현재는 근대적인 경험 이후의 세계에 해당한다. 시적 화자는 근대적인 경험 이후의 세계에서 생명의 심연을 새삼 잘 인식하고 있는 모습을 보여주고 있다. 이 시에서 시적 화자의 현재적 인식이 확장되어 드러나 있는 것은 바로 이 때문이다. 요컨대, 생명의 심연에 대한, 시적 화자의 현재적 인식이 부각되어 있는 것이다. 여기서, 이 시 텍스트에서 발화되어 있는 생명의 심연은 다음과 같이 정리할 수 있다. 첫째는 '꽃가루와 암술 사이의 심연'이다. 즉, 생명은 암수 사이의 심연에서 형성된다는 사항이다. 둘째는 '목숨은 저마다 하나의 심연'이다. 즉, 생명체는 개별적으로 각각 자신의 심연을 지니고 있다는 사항이다. 셋째는 '타자의 도움 없이는 살아남을 수 없'는 심연이다. 생명체는 자신과 타자의 관계에서 유지된다는 사항이다. 넷째는 '꽃이 아름다운 것은' '꽃잎이 가리고 있는 심연' 때문이다. 즉, 생명체의 가치는 드러나 있는 요소보다 숨어있는 요소 때문에 발휘되고 있다는 사항이다. 이 시 텍스트는 관념성이 드러나 있을 정도로 생명의 심연에 대하여 부각시키고자 하는 의도가 강하게 표출되어 있다.

그런데, 생명의 심연에 대한 이 네 가지 사항 가운데에서 가장 강조가 되는 것은 네 번째 사항이다. 이 네 번째 사항에 대하여 "심연의 형식"이라 명명함으로써 '형식'이란 말을 부각시키고 있는데, 이는 바로 이 시 텍스트의 제목과 일치하고 있는 것이다. 따지고 보면, 위에 든 네 가지 생명의 심연 가운데 가장 생태주의에 부합하는 것은 세 번째와 네 번째 사항이 된다. 왜냐하면, 첫 번째와 두 번째는 생명 현상의 본질적인 것으로 근대 이전의 경험 세계에서도, 아니 근대적인 경험 이후의 세계보다 이러한 근대 이전의 경험 세계에서 잘 인식할 수 있는 사항이기 때문이다. 세 번째 사항은 근대 이전의 경험 세계와 근대적인 경험 이후의 세계에서 다 같이 인식할 수 있는 사항이지만, 근대적인 경험 이후의 세계에서는 보다 복잡한 관계 속에서 인식해야 할 사항이 될 것이다. 네 번째 사항은 근대 이전의 경험 세계에서도 인식할 수 있는 사항이긴 하지만, 그 자체가 근대적인 경험 이후의 세계에서 추구하고자 하는 생태주의의 성격을 내재하고 있으므로 문제적인 것이 된다. 이 시 텍스트에서 "꽃잎이 가리고 있는" 그늘 때문에 "꽃이" 더욱 "아름"답다는 구절은, 근대나 그 이후의 비생명적인 경험 속에서 생명의 가치를 새삼 인식하여 그 가치를 추구하고자 하는 생태주의적 지향을 함축하고 있는 것으로 읽을 수 있기 때문이다.

지난 계절의 주요 계간지에 발표된 시 가운데 위의 네 번째 사항과 연관된 생태주의 지향의 시 텍스트들이 상당수 보이므로 이를 주목하고자 한다. 이들 텍스트들은, 너무도 쉽게 인간과 자연의 일체감을 형상화하여 있어야 하는 합일의 세계를 구현하는 합일적 생태시나 물질문명에 대한 부정성을 과도하게 내보이고 있는 비판적 생태시의 단선적 성격을 지양하고 있어 생태주의의 복합성을 함축하고 있는 것으로 이해된다. 그리고 생명현상에 대해서도 생명의 본질과 가치를 단선적으로만 추구하는 양상을 지양하고 있는 것으로 이해된다. 즉, 이러한 생태시와 생명시도 의미가 있는 것이지만 복합성이 내재되어 있는 생태시·생명시·환경시가 더 의미를 지니고 있는 생태주의 시라고 생각하여 이들 시를 살펴보고자 하는 것이다.

바싹 마른 개망초의 꽃자리에

씨들이 달려 있다.
붙잡은 손 그만 놓을 기회 놓친 자들,
간밤 하늘에 무리 잃은 외기러기 날고
사방에 하얗게 된서리 쳤는데
어쩌다 모여 굳어진 벌레들처럼 붙어 있다.
조심히 들여다보면 하나같이 아린 씨앗들!

– 황동규, 「초겨울날」 부분, ≪세계의 문학≫

　이 시는 기본적으로는 초겨울날의 풍경을 형상화하고 있는 텍스트이다. 그런데, 생명성을 잃어가는 앙상한 초겨울날의 풍경을, 시각을 달리 하여, 생명의 집요함이 드러나 있는 초겨울날의 풍경으로 형상화하고 있다. 이는 "바싹 마른 개망초의 꽃자리에 / 씨들이 달려 있다"는 구절에서 단적으로 알 수 있다. "하늘에 무리 잃은 외기러기 날고 / 사방에 하얗게 된서리" 쳐서 생명성이 훼손된 초겨울날인데도, 거기다가 "바싹 마른" 곳에 "씨들이 달려 있"다는 것이다. 마른 곳에 달려 있어 마치 "굳어진 벌레"처럼 보이기도 하다.

　그런데 이 텍스트에서는 이 씨들을 "붙잡은 손 그만 놓을 기회 놓친 자들"로 표현하고 있는데, 그 비유적 표현이 새롭게 다가오고 있다. 초겨울날이면 붙잡은 손 그만 놓는 게 일반적인데, 이 씨들은 아직 손을 계속 붙잡고 있다는 것이다. 아니, 놓을 기회를 놓쳤기 때문에 이제는 놓을 기회가 없다는 것이다. 씨들은 놓을 기회가 없으므로 계속 붙어 있을 수밖에 없다. 즉, 생명성을 지속적으로 내재하고 있는 것이 된다. 그렇지만, 이 씨들은 "아린 씨앗들"일 수밖에 없다. 생명을 지탱하며 생장해 가기가 쉬운 것은 아니기 때문이다. 이와 같이, 이 시는 생명성이 훼손되기 쉬운 상항 속에서 생명성을 지탱해가는 모습을 보여주고 있다.

> 당국화가 피었다 빈집 홀로 갇혀
> 피었다 꼭 상여꽃 닮았다
> 떠난 사람 발자국 거름 삼아
> 마당 가운데 잡초들은 발가락을 꼼지락거렸다
> …(중략)…
> 오지 않을 사람을 기다리는 감나무
> 기다림에 지쳐 눈물 훔친 감잎들 다 떨어졌다

— 이찬, 「빈집」 부분, ≪신생≫

위에 인용한 시는 여러 식물들이 빈집에서 펼쳐져 자라고 있는 모습을 형상화한 텍스트이다. 앞에 인용한 「초겨울날」이 생명성이 시간적으로 최소화되어 있는 초겨울날 상황에서 생명성이 드러나 있는 모습을 보여주고 있다면, 이 「빈집」은 생명성이 공간적으로 최소화되어 있는 빈집 상황에서 생명성이 드러나 있는 모습을 보여주고 있다. 그래서 "당국화"는 "상여꽃"을 닮은 것이 된다. 그리고 "잡초들은" "떠난 사람 발자국 거름 삼아" 돋아나 있는 것이다. 또한 "감나무"는 "오지 않을 사람"을 기다리면서 "감잎들" 다 떨구는 것이다.

여기서, 인간과 식물의 교류를 역설적으로 엿볼 수 있다. 인간이 살지 않는 빈집에서 "잡초들이" "사람 발자국"을 거름 삼아 돋아나 있고, "감나무"가 오지 않을 사람을 기다리고 있다는 것은 부재하는 존재와 교류를 하고 있다는 역설을 내재한 것이 된다. "감잎"을 "눈물"에 비유한 것은 인간과 식물의 교류에 상응하는 표현에 해당하는 것이다. 이와 같이, 이 시는 '빈집'이라는 부재의 공간 속에 충만한 존재인

‘식물’을 형상화하고 있으면서 이 식물과 부재하는 인간의 내밀한 교류를 함축하고 있다.

> 부르르르 떠는 고인 물
> 생명체의 자궁을 빌리지도 않고
> 우연히 태어났다가
> 이제 마른 흙 몇 삽이면 사라질
> 익명의 어떤 생명 한 조각
> 오늘도 혼자서 우주를 앓고
>
> — 서동욱, 「고인 물」 부분, ≪세계의 문학≫

이 시는 일반적으로 생명성을 표상한다는 흐르는 물이 아닌 비생명성을 표상한다는 ‘고인 물’이 생명을 잉태하는 공간이 될 수 있음을 보여주고 있는 텍스트이다. 그래서 새로운 인식을 보이고 있는 것에 해당한다. 인용의 바로 앞 구절에 보이는 바와 같이, “나뭇잎 그림자”도 “바람에 밀려 사라”진 자리는 생명성을 잉태할 수 없는 비생명성의 자리이다. 그런데, “바람 지나간 자리”인 고인 물이, 인용한 구절과 같이, “주름을 만들며 / 부르르르” 떨면서 생명성을 잉태한 공간이 될 수 있음을 보여주고 있다. “생명체의 자궁을 빌리지도 않고”도 “생명 한 조각”을 품고 있는 것이다. 비록 그것이 “마른 흙 몇 삽이면” “사라질”지라도 “혼자서 우주를 앓”을 정도의 생명성을 포함하고 있다는 것이다.

> 뇌수 사이에서 썩어가던 기억의 잎과 줄기가
> 몇줌의 재가 되어가는 동안
> 장화 신은 발들이 물을 둘러싸고 서 있네

그들이 주고받는 얘기가 들렸다 안 들렸다 하고
누구일까, 내 몸을 제물 삼아
마른 연못 속에서 불을 피우는 그들은

— 나희덕, 「마른 연못」 부분, ≪창작과비평≫

위에 인용한 시는 제목 자체가 「마른 연못」으로 앞에 인용한 시 「고인 물」과 일정한 연관성이 있음을 알 수 있는 텍스트이다. 이 시의 화자는 '마른 연못'으로 설정되어 있다. 즉, 마른 연못의 시각과 발화로 설정되어 있어 낯선 느낌을 주고 있는 것이다. 그리함으로써, 새로운 인식을 드러내려고 하고 있다. 그 인식은 불모의 마른 연못이 생명성을 잉태할 수 있는 공간이 될 수 있다는 인식인 것이다. 그래서 이 시에서 마른 연못은 나무에 비유되어 있다. "기억의 잎과 줄기"라는 구절이 바로 이를 직접적으로 환기시키고 있다. 그런데 그 "잎과 줄기가" "썩어가" "몇줌의 재가 되어"간 다는 데에서 알 수 있듯이, 보다 정확하게 말하면, 마른 연못은 말라가는 나무에 비유되어 있는 것이다. 여기서 마른 연못은 그 "물을 둘러싸고 서 있"는 "장화 신은 발"의 얘기를 듣는 것으로 설정되어 있다. 의인관적 세계관이 시적 세계관이므로 시에서는 이것이 자연스럽다. 그런데, 여기서는 더 나아가 마른 연못이 생명성을 내재하고 있음을 또한 암시하고 있는 것이 된다. 이 시에서 생명성은 "불"의 비유로 표현되어 있다. 보통 생명성은 물로 비유되는 것이 더 일반적이나 이 시 텍스트에서는 마른 연못에서 메마른 것을 통하여 일구는 것이므로 불로 비유되어 있는 것으로 볼 수 있다.
　이와 같이 황동규의 「초겨울날」, 이찬의 「빈집」, 서동욱의 「고인 물」 그리고 나희덕의 「마른 연못」은 불모의 상황 속에 잉태하여 성장하는

생명성에 대한 시라는 점에서 공통적이다. 이들 시는 앞에서 허만하의
「심연의 형식」을 살펴보면서 언급한 생명의 심연 가운데 "꽃잎이 가
리고 있는" 그늘 때문에 "꽃이" 더욱 "아름"답다는 것과 연관되는 것
으로 이해할 수 있다. 그리고 그 속에는 근대나 그 이후의 비생명적인
경험 속에서 생명의 가치를 새삼 인식하여 그 가치를 추구하고자 하는
생태주의적 지향을 함축하고 있는 것으로 읽을 수 있는 것이다.

  나는 풀잎의 눈을
  하늘에다 그리며,
  창을 열어 도시를 본다

          — 문영, 「풀잎의 눈」, 부분, ≪창작과비평≫

  근대적인 경험 이후의 세계를 살아가는 현대인들에게 도시는 일상
적인 삶의 무대일 뿐만 아니라 삶의 양식을 규정하는 공간이기도 하
다. 이제는 어디에 거주하든 도시적인 삶의 양식이 광범위하게 일반화
되어 있는 것이다. 위에 인용한 시는 이러한 도시적인 삶의 양식 가운
데에서 생태주의적 지향을 내보이고 있는 텍스트에 해당한다. 이제 현
대인들은 도시와 문명을 전적으로 부정하면서 일상적인 삶을 영위할
수는 없는 것이 현대인의 실존적인 상황이다. 그렇게 볼 때, "도시" 속
에서 "풀잎"을 바라보고 "풀잎"과 교통하며 나아가 "풀잎의 눈"으로
세계를 바라보고자 하는 의지를 형상화하고 있는 이 시는 생태주의 시
의 한 가능성을 보여주는 것으로 이해할 수 있게 된다.

  어떻게 불이 켜져?
  양전기와 음전기가 만나 뜨겁게 사랑을 해서.

그럼, 엄마 아빠가 사랑을 해서 날 낳은 거야!?
그렇다니까.
엄마, 그럼 난 엄마 아빠의 빛?
옳지, 그래그래
너는 엄마 아빠의 빛
세상의 어둠을 밝히는 빛 ―

― 정대구, 「빛」 부분, ≪시와사상≫

위에 인용한 시는 자연과학적 근거를 바탕으로 하여 '빛"이 형성되는 현상을 형상화하고 있는 텍스트에 해당한다. 자연과학적으로 "양전기와 음전기가 만나"야 "불이 켜"지는 현상을 표현하고 있기 때문이다. 그런데, 이 시는 이런 표면적인 자연과학적 현상을 생명현상과 인간관계에 깊이 결합시키고 있어 새로운 인식을 보여주고 있어 주목된다. 즉, 양전기와 음전기가 만나는 것을 남성과 여성의 사랑에다 결합시키고 여기서 형성되는 빛을 새로운 생명체인 아이(애기)에다 결합시키고 있다. 그래서 그 새로운 생명체인 아이(애기)는 "엄마 아빠의 빛"이 되며 나아가 "세상의 어둠을 밝히는 빛"이 된다는 것이다. 여기서 실제 물리적인 현상으로서 빛이 인간적인 의미의 빛으로 전환되고 있고 나아가 그 의미가 비유의 형식을 입어 확장되고 있는 것이다.

이 시는, 과학기술을 전적으로 부정하는 관점에 기울지 않고 또 환경 문제를 오직 기술적인 문제로 파악하는 태도에 빠지지 않아 과학기술과 인간 그리고 생명성을 결합시켜 사유하고 있는 모습을 보여주고 있는 것으로 해석할 수 있다. 이 시를 앞에 인용한 문영의 「풀잎의 눈」과 함께 살펴보면, 인간 중심과 자연 배경이라는 관점과 과학기술에 대한 중립적인 시각을 지니고 있으면서 현재의 과학문명 가운데에서 인간과 자연 그리고 과학문명의 관계를 천착하고자 한 시로 파악된다. 필자는 「생태주의 시의 지형과 과제」에서 생태주의 시의 한 가능성으로, 인간중심주의를 비판하고 인간과 자연의 총체를 지향하고자 하는 '생태시'와는 구분이 되는 '환경시'를 언급한 바 있는데, 이들 시가 여기에 해당하는 것으로 보인다. '생태시'보다는 넓은 범주의 '생태주의 시'의 개념의 유용성은 여기서도 확인이 되는 셈이다.

이상에서 살펴본 바와 같이, 지난 계절 주요 계간 문예지에는 생태주의 시의 여러 가능성을 보여주고 있는 시들이 상당수 발표되어 있다. 도시 문명 속에서 일상적인 삶을 살아가는 실존적인 모습을 지닌 현대인의 한 사람으로서 필자는 생태주의 시라는 넓은 관점에서 이 시들을 서로 엮어 해석하면서 그 지향성과 가능성을 점검해 본 것이 된다. 생태주의는 궁극적으로 '지금 −여기'의 문제를 함축하지 않을 수 없는 것이라 생각하기 때문이다.

시전문게간지 『시와 사상』과 『신생』의 발전 방안

1. 지역문학과 그 매체에 대한 관점

한국 사회의 뿌리깊은 모순 가운데 하나는 서울(서울지역, 수도권)과 지방(서울 이외의 지역, 비수도권) 사이에 오랫동안 누적되어 온 불균형이다. 서울과 지방의 관계는 마치 제국과 식민지의 관계와 같다. 지방은 일종의 '식민화된 타자'로 취급되어 온 것이다. 이른바 지방(역)자치제는 중앙집권적인 통치형태로 빚어진 국가사회의 불균형과 이로 인해 초래된 각종 부작용을 최소화하고자 하여 도입된 통치형태이다. 그러나 내실을 충실히 갖추고 있지 못하기 때문에 실질적인 지방(역)자치제는 아직은 요원한 것으로 보인다. 그리고 국가균형발전의 계획이 아직까지 충실히 이행되지 못하고 있으며, 오히려 '수도권/비수도권'으로 그 영역이 확장된 형태로 그 불균형이 지속되고 있는 실정이다.

1990년대에 들어와 서울 이외의 지역에서 각종 문학매체가 발간되고 이를 중심으로 활발한 문학활동이 이루어졌고 그동안 서울 이외의 지역에 대한 일정 비율 안배로 문화의 중앙(수도권)집중화는 그전보다 좀 해소된 감이 있다. 하지만, 여전히 재정 지원과 문학매체가 서울이나 수도권에 집중되어 있을 뿐만 아니라 문인들도 될 수 있으면 서울이나 수도권에 살면서 문학활동을 하려고 애쓰는 게 숨길 수 없는 현실이다. 국가균형발전과 서울 이외 지역에 대한 일정 비율 안배의 개념은 이제 희석화되고 있는 실정이기도 하다.

어떤 경우, 자신은 서울이나 수도권 중심주의에서 벗어나지 못하고 또 이에 대해 일종의 특권의식을 지니고 있으면서도 탈중심주의의 문학을 지향한다고 말하는 형국이 오늘날 우리 문학의 현실이기도 하다. 근대의 이분법적 사고의 극복을 위해 내세워진 탈근대적 사유의 근본인 탈중심주의에서 서구 중심에 대한 비판과 동양의 부각, 남성 중심에 대한 비판과 여성의 부각, 정신·이성 중심에 대한 비판과 육체·감성의 부각은 의식하면서 서울이나 수도권 중심에 대한 비판과 지방(역)의 부각은 의식하기를 꺼리는 게 엄연한 우리의 현실이기도 하다.

흔히 '지방'과 '지역'을 통용해서 같이 쓰고 있지만, 이 두 용어는 그 개념과 내포가 다른 용어이다. 지역문학이라 할 때의 '지역'은 '지방'과는 구별되는 개념어가 된다. '지방'은 '서울'에 대한 대타개념으로, '서울/지방'의 이분법적 용법으로 쓰인다. 그러나 '지역'이라 할 때는 '다양한 지역'이라는 다원성과 상대성을 바탕으로 한 것으로, 서울도 하나의 지역이 되는 것이다. 지역문학은 서울도 하나의 지역이 되는 것을 지향한다. 각 지역이 차별이 아니라 차이의 관계로 전환되기를 기대하는 것이다.

그래서 지역은 서울 중심에 대한 주변이라는 의미가 아니라, 자기 중심을 가진 개념에 해당한다. 이것은 하나의 당위이다. 서울 이외의 지역 혹은 비수도권 문학은 본질적으로 탈중심주의를 지향해야 한다. 탈중심주의가 서울이나 수도권 중심이라는 엄연한 현실 상황에 대한 문학 전략의 바탕이 되어야 하기 때문이다. 나아가 다양한 중심을 설정하는 다원주의에 따라 각 지역이 상대적인 관계가 되는 지역문학이 올바르게 나아가는 방향이 될 것이다.

너무 당연한 말이지만, 문학이라는 글쓰기 활동은 문학매체를 통해서 밖에는 할 수 없다. 그런 면에서 지역문학 활동의 기반이 되고 있는 지역문학 매체의 활성화와 경쟁력 확보는 지역문학 발전의 기본이 된다. 일회성의 문학행사보다도 지역문학 매체에 대한 지속적인 관심과 지원이 선행되어야 하는 이유는 바로 여기에 있다. 지역문학 매체의 지속성을 바탕으로 하여, 다원주의의 시대에 상응하는 지역문학 매체의 다양화와 지역적 독자성을 아우르는 전문화가 요청된다.

부산지역에는 시, 비평, 소설 그리고 지역적 특성의 해양문학 그리고 종합문예지가 각기 발간되어 일차적으로는 전문화가 이루어져 있는 상황이다. 그런데, 엄밀한 의미에서 이 전문화는 다양화에 가까운 개념이고, 실질적인 전문화는 그 매체와 거기에 발표되는 작품의 질적 수준이 뒷받침되어야 가능한 것이다. 지역문학 매체의 다양화와 전문화는 지역문학의 다원화에 상응할 뿐만 아니라 경쟁력 확보의 중요한 관건이 된다.

문제는 지역문학 매체를 바라보는 시각과 의식에 있다. 우리 스스로가 힘들여 전국 어디에 내놓아도 손색이 없는 당당한 문학매체를 발간하면서도 그 매체를 폄훼하는 의식이 문제가 된다. 서울지역의 매체에 발표되면 상당히 좋은 작품이고 우리 지역이나 서울 이외의 타 지역의 매체에 발표되면 그렇지 않은 작품으로 여기는 태도가 문제이다. 일종의 식민지적 근성을 우리 스스로가 버리지 못하는 한 지역문학의 뿌리 깊은 식민지성은 극복되기 힘들 것이다. 내 작품은 서울지역은 몰라도 연고가 있는 우리 지역의 매체에는 쉽게 실리지 않겠는가하는 안이한 생각도 따지고 보면 그 근저에는 지역문학 매체에 대한 폄훼가 내재해 있다. 지역문학의 발전을 위해서는 무엇보다도 지역문인 스스로 지역문학 매체에 대하여 자존을 가져야 한다. 그리고 지역문인에 대해서 일방적인 편애나 무시가 아니라 정당한 평가를 내려야 하며, 이를 바탕으로 하여 이들의 문학활동을 지역문학 매체에 반영시켜야 한다. 문제는 어느 지역이 아니라 문학의 질적 수준이다. 지역문인들이 수준있는 작품을 지역문학 매체를 통해서 내보이겠다는 발상의 전환을 가져야 한다. 그래야 지역문학은 그 오랜 식민지성을 벗어날 수가 있을 것이다.

지역문학 매체도 현실적으로 안정적인 재정 확보 등이 늘 문제가 되고 있긴 하지만 이를 넘어서, 지역을 감안하면서도 수준 있는 작품의 고른 분포를 염두에 둔 편집, 기획특집의 무게와 그 시의적절성 그리고 문학매체 관여자의 경쟁력 확보와 타 지역과의 연계성 등이 그 수준 담보하는 것임을 새삼 인식하여 이를 위해 노력해야 할 것이다. 당연한 말이지만 다시 한번 강조하면, 지역문학 활동의 기반이 되고 있는 지역문학 매체의 활성화와 경쟁력 확보가 지역문학 발전의 기본이 되기 때문이다.

2. 『시와 사상』과 『신생』의 성격과 위상

앞에서 지역 문학과 그 매체에 대한 일정한 관점을 제시한 것은, 이러한 관점에 따라 우리 부산지역의 시전문계간지인 『시와 사상』과 『신생』의 발전 방안을 모색해보기 위해서이다. 먼저 『시와 사상』과 『신생』의 성격과 위상을 살펴보고, 이어서 이 두 시전문 매체에 내재해 있는 문제점을 언급한 후에 두 매체의 발전 방안을 제언의 형식으로 펼치고자 한다. 『시와 사상』과 『신생』을 다루는 차례는 먼저 창간된 것을 먼저 언급하는 것이 글 전체 논의를 매끄럽게 이끌어가는 것이므로 그렇게 하고자 한다.

『시와 사상』은 1994년 여름호에 창간된 이후 현재까지 한번의 결호도 없이 지속되고 있는 우리 부산지역의 시전문계간지이다. 따라서, 이런 사항만으로도 『시와 사상』은 부산지역에서 충분히 그 노로가 인정받을 만한 것이다. 창간호가 발간된 1994년에는 1992년 가을에 창간된 대구지역의 『시와 반시』 외에는 서울 이외의 지역에서 발간되는 시전문지가 없었을 때이다. 그런 의미에서, 『시와 사상』 창간호의 첫머리에 실려있는 「『시와 사상』 창간호를 발간하면서」는 의미있게 살펴보아야 할 내용이 된다.

모든 시와 예술에 있어서 중앙문학과 지방문학의 이분법은 있을 수가 없다. 중심적인 위치와 주변적인 위치도 있을 수가 없다. 우리는 부산지방 – 소외된 문학이라는 고정관념에 승복할 수는 없다. 더더군다나 서울지방 – 중심문학이라는 고정관념에도 승복할 수만은 없다. 왜냐하면 시를 쓰고 예술을 하는 행위는 그 자체로서 세계적인 사건이지, 좁은 의미의 지역적인 사건이나 국지적인 사건만이 아니기 때문이다. 『시와 사상』은 그 자체로서 중앙문화/지방문화에 대한 항체가 될 것이며, 건강한 문화와 예술의 토양이 될 것이다. 시를 쓰고 예술을 하는 데 있어서 민주주의는 있을 수가 있지만, 시와 예술 작품의 민주화는 있을 수가 없다. 다시 말해서, 고위하고 세련된 예술작품과 그렇지 못한 예술작품만이 있을 뿐이다. 하루바삐 시 전문 계간지로서 『시와 사상』의 위상을 정립하고, 매호마다 참신한 기획과 알찬 내용으로 한국문학의 독자들에게 접근해 나갈 것이다. 『시와 사상』은 부산지역의 시 전문 계간지가 아니라, 한국문학 그 자체이며, 세계적인 사건으로 성장하기를 꿈꿀 것이다.(『시와 사상』 창간호, 1994.여름)

'편집위원'(당시, 편집위원은 이형기와 김준오임) 명의로 발표된 이 글은, 그 용어 면에서는 차이가 있지만, 앞에서 필자가 제시한 '지역문학과 그 매체에 대한 관점'에 상응하는 내용을 담고 있다. 다원성과 상대성을 바탕으로 지역 문학과 그 매체의 질적 제고를 통하여 경쟁력을 확보함으로써 한국문학을 이끌어가고자 하는 부산지역 시전문 매체의 의지와 전망을 분명하게 드러내고 있는 것이다. 이 글에서는『시와 사상』의 의지와 전망은 분명하게 드러낸 데 비해, 아쉬운 사항은『시와 사상』의 성격이 분명하게 드러나 있지 않다는 점이다.

『시와 사상』의 성격은 당시 편집위원의 문학적 지향과 기획특집의 내용 등으로 방향을 가늠할 수 있을 것이다. 이것은 그 이후의 편집위원의 문학적 지향과 기획특집의 내용, 편집동인과 이후의 운영위원의 문학적 지향으로 볼 때 큰 변화 없이 이어지고 있다고 봐도 무방할 것이다. 필자는 24호를 발간한 2000년 봄부터 실질적으로 편집위원(또는 기획위원)으로 관여해오고 있는데, 필자의 입장에서『시와 사상』의 성격을 다음과 같이 정리할 수 있다. 이것은 필자가 편집위원으로서 늘 염두에 두고 온 바이기도 한 것이다.『시와 사상』은 '표제'와 초기의 방향 그리고 그 역사로 볼 때, '시 – 현대성 – 사상'의 축에 따라 모더니티(근대성, 현대성) 문제를 중심에 두고 다각적인 시–사상의 연관성을 추구해 왔다고 볼 수 있다. 그래서, 모더니즘–아방가르드–포스트모더니즘 등 형식미학, 매체 변화와 시–사상의 연관성, 탈근대적 상황에 따른 시–사상의 변화 등을 포함하여 다각적인 '시–현대성–사상'의 관계를 추구해 온 것이다.

『신생』은 1999년 가을호에 창간된 이후 현재까지 한번의 결호도 없이 지속되고 있는 우리 부산지역의 시전문계간지이다. 역시, 이런 사항만으로도『신생』은 부산지역에서 충분히 그 노로가 인정받을 만한 것이다. 『신생』이 창간된 1999년 가을은 20세기에서 21세기로 넘어가는 세기말이면서 탈근대성의 문제가 본격적으로 거론된 시기이다. 그런 의미에서, 『신생』 창간호의 첫머리에 실려있는 「창간호를 내면서」는 의미있게 살펴보아야 할 내용이 된다.

> 시 전문지 『신생』은 표제가 의미하는 대로 시를 통하여 새로운 삶을 구상하고 실천하는 일을 시작하려 한다. 이는 앞서 말한 대로 시대적, 존재론적, 지역적 요청에 의한 것이다. 아울러 우리의 출발이 새로운 밀레니엄의 시작과 때를 같이한다는 점에서 우리를 강제하고 있는 근대적 삶 전반의 조건에 대한 철저한 자기 점검과 함께 하고자 한다. 물론 '신생'은 당위이고 그래서 아직은 선언적인 측면이 많다. 그러나 신생이란 본디 끝없는 과정이며 역사가 그것을 구체화할 것이다.
>
> …(중략)…
>
> 우리가 내세우는 신생의 이념은 지금의 기술적이고 기계적인 관계의 세계를 유기적이고 생태학적인 관계의 세계로 전환하는 것이다. 따라서 단순하게 세기말의 정서에 편승하거나 그럴듯한 관념을 되풀이하지 않고 구체적인 실천을 기획하려 한다. 물론 우리의 실천은 시적 실천이고 담론적 실천이다. 우리는 끊임없이 신생의 계기와 기미들을 찾아서 이를 확대할 것이다.(『신생』 창간호, 1999.가을)

'편집인 이해웅'의 명의로 발표된 이 글에서는, 지역 문학과 매체의 전망보다는 『신생』의 성격을 분명하게 드러내고 있다. 이 글은 당시의 편집위원(구모룡, 김경복, 이성희)와 주간(조성래)의 문학적 지향을 포함하여, 이를 대변하고 있다고 볼 수 있다. 이 글에서 분명하게 드러내고 있는 성격은 이른바 생명사상과 생태주의이다.

생명사상과 생태주의는 근대의 부정성을 극복하고자 하는 전환기의 중요한 사상 가운데 하나이다. 이는 자연을 오직 인간의 기술적 조작의 대상 즉, 도구적 이성의 대상으로만 취급하는 근대의 기계론적 세계관에 저항하는 사상에 해당한다. 인간과 자연의 조화와 공생을 추구하는 생태주의는 인간과 자연의 합일을 지향한다. 이는 다름 아닌 서정시가 궁극적으로 지향하려고 하는 융합의 세계관과 일치된다. 그래서 생태학적 상상력의 추구는 바로 서정의 회복과 맞물리게 된다. 근대의 부정성을 극복해야 하는 21세기에 과학기술문명의 반생명성에 저항하여 시를 통해 생태주의와 생명사상을 구현하는 것은 그래서 의미가 깊다고 할 수 있다.

이상의 사항과 그동안의 『신생』의 기획특집 등 편집방향으로 볼 때, 『신생』은 기술문명사회에서의 시의 역할을 반생명적인 것에 대한 대항과 '신생'의 시적 담론과 그 실천으로 잡고 있다고 볼 수 있다. 그래서, 생태주의의 바탕이 되고 있는 생태학적 세계관과 서정의 문제, 동아시아 미학과 서정의 문제, 생명현상으로서 시와 제유의 수사학 문제 등을 주요하게 다루어 온 것으로 보인다.

이와 같이, 각각 다른 문학적 지향을 보이고 있는 『시와 사상』과 『신생』은 현재 일단은 전국적인 지명도를 확보하고 있다고 평가할 수 있다. 『시와 사상』은 2006년과 2007년에, 『신생』은 2005년과 2006년에 한국문화예술위원회에서 우수문예지로 선정한 시전문계간지이기 때문이다. 참고로, 한국문화예술위원회에서 제시한 2006년과 변화를 보인 2007년 우수문예지 선정기준을 들면 다음과 같다.

2006년 선정기준: 문예지로서의 대표성, 문학분야 발전의 기여도 및 파급 효과, 원고료를 지급하는 문예지
특기사항—지역에서 출간되는 문예지를 전체 선정 총수의 20% 이상 선정

고려사항 — 동일조건일 경우 장르 및 지역안배 적용

2007년 선정기준: 문예지로서의 대표성, 문학분야 발전의 기여도 및 파급
효과, 원고료를 지급하는 문예지
고려사항 — 동일조건일 경우 장르 우선 적용, 1년 이상 발간된 문예지 우
선 고려

따라서, 부산지역 시전문계간지로서 전국적인 지명도를 일단 확보
하고 있는 『시와 사상』과 『신생』은 성격과 구성원 그리고 역사의 면에
서 차이가 크므로 시 장르의 활동이 타 장르와 비교할 때(관점에 따라
견해의 차이는 있을 수 있지만, 필자가 판단할 때), 상대적으로 더 활
발한 부산지역에서 두 매체는 서로 필요한 존재라 할 수 있을 것이다.

3. 『시와 사상』과 『신생』에 내재한 문제

필자는 여기서, 부산지역 시전문계간지인 『시와 사상』과 『신생』의
발전 방안이라는 일종의 제안을 내놓기 위하여 우선 『시와 사상』과
『신생』에 내재한 문제라고 생각되는 점을 조심스럽게 언급하지 않을
수 없음을 밝힌다. 더구나 현재 일단 전국적인 지명도를 확보하고 있
는 두 시전문계간지라서 더욱 그런 생각이 든다. 특히, 편집위원으로
관여하고 있는 『시와 사상』에 대해서도 그렇지만, 어떤 형식으로든 관
여하고 있지 않은 『신생』에 대해서는 더욱 조심스러운 게 솔직한 심정
이다. 하지만, 이 글의 앞에서 제시한 '지역 문학과 매체에 대한 관점'
에 따라 지역문학 활동의 기반이 되고 발전의 기본이 되는 지역문학
매체의 활성화와 경쟁력 확보라는 차원에서, 필자가 생각하는 『시와

사상』과『신생』에 내재한 문제점을 언급하고자 한다.

먼저,『시와 사상』에 내재한 문제부터 언급하기로 한다. 첫째, 앞의 항목에서 암시한 것이지만,『시와 사상』은 그 발생과 역사 그리고 현재까지 '편집동인'에서 '운영위원'으로 그 명칭이 바뀌긴 하였지만 여전히 동인지적 성격도 내재하고 있다. 물론, 동인지는 한국근대문학사에서 문학의 발전에 그 역할이 지대했었던 것은 주지의 사실이다. 문학 매체가 충분하지 않았던 시절 문학활동의 중요한 한 방식이었던 동인지적 성격이 문학 매체가 충분하여 좋은 작품이라면 그리 어렵지 않게 실을 수 있는 21세기인 지금, 여전히 동인지적 성격을 내재하고 있는 것은 문제의 하나라고 하지 않을 수 없을 것이다. 이는 앞에서 제시한 지역 문학과 매체의 전망 면에서도 어울리지 않는 것으로 생각한다. 물론, 같은 성격의 문학에 대한 열망과 현실적인 재정의 문제 등이 연관되어 있는 이 문제는 언급하기 어려운 문제에 속한다. 더구나, 편집위원의 한 사람으로서는 더욱 언급하기가 어려운 면이 있다. 하지만, 오랫동안『시와 사상』에 관여한 편집위원이기 때문에 고언할 수도 있는 것이라고 생각한다.『시와 사상』의 더 높은 경쟁력 확보를 위해서는 한번은 고민해야 할 문제라서 고언하는 바이다.

둘째, 기획특집과 기타기획에 내재한 문제인데, 이 문제는『시와 사상』에서 이 부분을 담당하고 있는 편집위원으로서 자기반성을 포함한 것이 된다. 필자를 포함하여 현재 타 지역의 편집위원(송희복, 허혜정)과 편집동인 출신의 편집위원(김혜영) 등 네 명의 편집위원이 중심이 되어 이루어지고 있는 기획특집과 기타기획은 이전에 한두 편집위원이 기획할 때보다 다양성은 확보되었으나, 기획특집과 기타기획의 연속성의 측면에서 문제가 내재하고 있다고 자체 진단하고 있다.

셋째, 시와사상 신인상 및 창작기금에 내재된 문제인데, 이 문제도 언급하기가 쉽지 않은 문제이지만 앞에서 제시한 지역 문학과 매체의 전망에 따른 『시와 사상』의 발전을 위해서 이 자리에서 조심스럽게 언급하고자 한다. 우선, 『시와 사상』의 역사로 볼 때 신인상 수상자와 동인적 활동이 연관성이 상당히 있어온 측면이 있다고 생각한다. 따라서, 여기에는 앞의 첫째 항목의 동인지적 성격과 연관된 문제가 내재해 있는 것으로 보인다. 다음, 현재까지 시행된 창작기금의 운용은 동료시인을 격려한다는 측면에서 의미가 있고 시단을 포함한 문단에 좋은 자극을 주는 요소가 되고 있는 점은 사실이라 할 것이다. 하지만 그동안 『시와 사상』의 성격과 역사가 분명하게 드러나지 않는 문제가 내재하고 있다고 볼 수 있다. '창작기금'이 『시와 사상』의 역사에서 이 매체의 역할과 위상을 이끌어온 사항과 연계가 되었으면 하는 바램으로 언급하는 바이다.

이제, 『신생』에 내재한 문제를 언급할 차례이다. 첫째, 기획특집과 기타특집에 내재한 문제이다. 『신생』은 그 표제뿐만 아니라 앞에서 살펴본 대로 「창간호를 내면서」에서 밝히고 있는 바와 같이 생명사상과 생태주의적 지향에 따라 기획특집과 기타특집이 일정한 방향에서 분명한 것은 좋으나, 그동안의 내용에 대해 필자가 생각하기로는, 그 외연이 좁아 반복 변주되고 있다는 느낌을 주는 문제가 내재해 있다고 보인다. 이는 21세기 당대적 상황과의 연관성, 현재성과 현실성 면에서도 참고해볼 문제가 있지 않나 생각한다.

둘째, 앞에서 살펴본 「창간호를 내면서」에서도 밝혀져 있듯이 『신생』에서는 (시적) 실천을 적극 내세우고 있는데, 생명사상이나 생태주의를 실천하고 있는 사람의 강연이나 그에 대한 탐방을 통하여 일정 부분 그 실천을 보여주고 있다. 하지만, 아쉬운 점은 이들이 특별한 사례로 머물러 있다는 느낌이 든다는 점이다. 그리고, 그 이후의 지속성을 확보하지 못하고 있는 것으로 보인다. 이 점은, 앞에 든 첫째 항목과 연관되어 제기될 수도 있는 문제라고 생각한다. 그리고『신생』에 실려 있는 작품 가운데 생명사상이나 생태주의를 분명하게 드러내는 작품도 상당히 있지만, 이와 연관성이 많이 부족한 작품들도 적지 않아『신생』의 성격을 모호하게 하는 문제가 내재해 있다고 생각한다.

셋째, 이 부분이 특히 조심스러운데, 이것은 어디까지나 필자의 생각이며 참고할 사항이 있으면 참고했으면 하는 바램이다. 그것은 다름 아닌 '신생시선'에 내재한 문제이다. 어떤 시선들은 문학적 기준에서 벗어나거나 엄선되지 못했다는 느낌을 주거나 그동안『신생』의 성격과 어울리지 않은 시선도 있었다는 느낌을 주고 있는 문제가 내재해 있다고 생각한다.

4.『시와 사상』과『신생』의 발전 방안(제안)

여기서, 다시 한번 강조하지만, 필자는 앞에서 제시한 '지역 문학과 매체에 대한 관점'에 따라 지역문학 매체와 거기에 발표되는 작품의 수준이 지역문학의 수준을 담보하는 가장 중요한 요소라는 점에서 지역문학 매체의 활성화와 경쟁력 확보를 위하여『시와 사상』과『신생』의 발전 방안이라는 일종의 제안을 내놓고자 한다. 이는, 다름 아닌 앞에서 언급한 두 매체에 내재되어 있는 문제에 대한 해결에서 찾을 수 있으리라 본다.

먼저,『시와 사상』에 내재된 문제의 해결을 통한 발전 방안(제안)을 필자 나름대로 제시하고자 한다. 첫째, 동인지적 성격이 내재되어 있는 문제를 극복하여『시와 사상』자체가 더 나은 차원으로 발전할 수 있는 방안을 제안하고자 한다. 이 문제는 쉽지는 않겠지만,『시와 사상』
내 그 역할 면에서 무게가 있는 발행인(김경수)·편집인(최휘웅)·주
간(박강우) 등이 문제를 인식하고 적극 해결하려 해야 하리라 생각한
다. 그리고 편집위원들이 이를 해결하기 위해 보조를 맞추어야 할 것
으로 생각한다. 보다 구체적인 방안은 차차 강구해야 하리라 본다.

　둘째, 기획특집과 기타기획의 연속성을 확보하여『시와 사상』의 무
게와 가치의 제고를 통한 발전 방안을 제안하고자 한다. 이는 현재 기
획특집과 기타기획의 연속성 확보를 위하여 연1회 개최하는 전체편집
위원 모임을 연2회로 늘리거나 편집위원들간의 활발한 의견 교환과
조율의 시스템과 그 실천을 통하여 해결해 나가야 할 것으로 생각한
다.

　셋째,『시와사상』신인상 및 창작기금의 성격과 운용의 개선을 통한
발전 방안에 대하여 조심스럽게 제안하고자 한다. 현재 시행되고 있는
시와사상 신인상을 연1회 1명으로 축소하여 그 희소성을 높이고 수상
자와 동인적 활동의 연관성을 염두에 두지 않도록 운용해야 하리라 본
다. 최고로 나은 신인을 어렵게 배출하는 게『시와 사상』의 가치를 높
이는 길이라 생각하기 때문이다. 그리고, 창작기금의 운용에 대해서는
자체 내 충분한 논의를 거쳐『시와 사상』의 역사와 성격이 드러나게
하거나『시와 사상』의 역사에서 이 매체의 역할과 위상을 이끌어온 사
항과 연계가 되도록 이를 전환시킬 수 있으면 전환시켜 운용했으면 하
는 바램이다.

　이제,『신생』에 내재된 문제의 해결을 통한 발전 방안(제안)을 필자
나름대로 제시하고자 한다. 첫째, 기획특집과 기타특집의 외연을 넓혀
서『신생』의 무게와 가치의 제고를 통한 발전 방안을 제안하고자 한
다. 이를 위해서는, 우선 생명사상과 생태주의의 폭을 좀더 넓게 잡거

나 이와 연관되어 있는 사상과 문화를 같이 엮어서 다룰 필요가 있다고 생각한다. 참고가 될지 모르겠지만, 필요하면 다른 지역의 관련 문인을 편집위원으로 확보하는 것도 이 문제를 해결하는 하나의 방안이 될 수 있을 것으로 생각한다.

둘째, (시적) 실천의 지속성과 작품과의 연속성 제고를 통하여 문학적 지향을 분명히 하고 현재성과 현실성을 확보하여 『신생』의 성격 면에서 발전할 수 있는 방안을 제안하고자 한다. 이를 위해서는, 현실적으로 어려운 점이 많기는 하지만, 실천의 지속성을 좀더 확보하거나 확장되어 가는 모습을 보여줄 필요가 있다고 생각한다. 그리고, 생명사상이나 생태주의의 폭을 좀더 넓게 잡고 난 다음 이와 연관성이 부족한 작품은 『신생』에 싣지 않는 게 연속성의 확보를 통한 『신생』의 성격 면에서 발전할 수 있는 방안이 되리라 생각한다.

셋째, 조심스럽게 언급할 수밖에 없는 사항인데, '신생시선'을 엄선하여 『신생』의 가치를 지키고 이의 제고를 통해서 『신생』이 발전했으면 하는 바램으로 제안하고자 한다. 이것은 다름 아닌, 『신생』의 성격과 어울리는 시집 가운데 문학적 기준에서 엄선해야 '신생시선'과 『신생』의 가치를 지키는 길이라 생각하기 때문이다.

이상 『시와 사상』과 『신생』의 발전 방안에 대한 제안은 어디까지나 필자의 생각을 개진한 것에 지나지 않는다. 전망은 현실 속에서 가늠되어야 하기 때문에 이 제안이 타당성을 가진다해도 상당 부분 제한될 수밖에 없음도 필자는 잘 알고 있다. 그런 면에서, 필자가 제안한 발전 방안 가운데 타당하다고 생각하는 사항은 방향성을 제시한 것으로 받아줬으면 하는 바램이다.

지금까지도 노고가 적지 않았던 부산지역 시전문계간지인 『시와 사상』과 『신생』의 발전과, 오늘 세미나 「부산지역 문학매체를 진단한다」

의 궁극적 목적인 부산지역 문학 발전 나아가 이를 통한 한국문학의
발전을 기원해 마지않는다.

민족미학의 현재성과 개방성을 위하여

민족미학은 그 명칭에서부터 알 수 있듯이 '민족'적 이념과 형식을 강조하는 미학이다. 우리에게 민족주의는 그동안 긍정적인 가치를 띤 개념으로 널리 인식되고 받아들여졌는데, 이는 '민족주의'가 우리의 현대사에서 일제강점기에 일제에 대한 저항성을 띤 개념이 되기도 했으며 해방 후에는 친일세력을 비롯한 외세 의존 세력을 중심으로 재조직된 특권지배계층의 반민족적·반민주적 행태에 대한 저항성을 띤 개념이 되기도 했기 때문이다.

그러면, 민족주의는 긍정적인 가치만 지니고 있는 것인가? 민족주의는 일반적으로 그 바탕에 비동일적인 것을 배제하는 '배제의 구조'가 작동되고 있어 배타적이고 공격적인 민족주의로 나아갈 가능성이 잠재해 있는 것이다. 따라서, 민족주의의 저항성으로 민족적이고 민주적인 가치가 상당히 실현된 우리의 현재적 상황에서는 타자를 인정하고 포용하는 개방적인 민족주의의 성격과 방향을 지녀야 할 것으로 생각한다.

또한, 민족적 이념과 형식이 부각되어 있다고 다 '민족미학'이라고 볼 수 있는가? 민족미학은 '민족'적 이념과 형식이 부각되어 있는 미학이다. 하지만, 그 이념과 형식에 '현재성'이 내재하지 않는다면 민족미학이라고 볼 수는 없을 것이다. 일제강점기에 생산된 두 유형의 시조를 예로 들어보자. 널리 알려져 있는 이른바 국민문학파의 시조는 민족주의의 이념을 드러내어 '조선심'을 강조하고 그 형식으로 민족적 형식인 시조를 내세운 것이 된다. 하지만, 시대적 과제인 일제식민체제 극복과는 아무 상관도 없는 추상성과 복고성을 띤 민족적 이념과 형식으로 현재성을 띠지 못해 민족미학에 속할 수는 없다. 이에 반해 널리 알려져 있지 않은 권구현의 시조는 일제식민체제에 저항하는 구체성과 실천성을 띤 민족적 형식의 시조로 파악할 수 있는데, 민족적 이념과 형식이 현재성을 확보하고 있는 민족미학이라고 할 수 있는 것이다.

오늘날 이따금 예술·문화의 여러 부문에서 현재성을 확보하지 못한 추상성과 복고성의 민족적 이념과 형식을 민족미학으로 언급하여 다루고 있는 경향이 없지 않는데, 이는 민족미학의 개념에서 '현재성'의 의미를 간과하여 빚어진 결과라고 생각한다. 민족미학에서 민족적 이념과 형식의 '현재성'은 무엇보다도 중요하게 취급되어야 하는 것이다.

해방 이후 이루어진, 민족적 이념과 형식이 현재성을 확보한 민족미학의 대표적인 한 예로 김지하의 「오적」을 비롯한 '판소리시'를 들 수 있다. 김상훈에 이어 김지하 자신이 사용한 명칭인 '담시(譚詩)'는 율문으로 전개되는 이야기 문학이라는 의미를 지닌 것으로, 판소리·서사민요·민담 등을 수용한 시까지 포함할 수 있는 상당히 포괄적인 용어에 해당한다. 김지하의 「오적」·「비어」·「똥바다」·「오행」·「앵적가」등은 판소리 장르의 틀을 패러디한 시로 구체적인 명칭인 '판소리시'가 적확하다고 생각한다. 김지하의 판소리시는 군사독재정권 시대 비리에 가득찬 특권지배계층과 민중을 수탈하는 반민주적 지배 이데올로기 및 법질서 그리고 일본 식민주의 및 친일세력의 추악성에 대해 통렬하게 풍자하고 있는 텍스트들로서, 민족적 이념과 형식이 현재성을 확보한 민족미학의 대표적인 예가 되는 것이다.

아프리카의 탈식민주의 문학가인 응구기 와 씨옹오는 『탈식민주의와 아프리카 문학』에서 "김지하 시인이 한국의 신식민주의적 현실을 그려내기 위해 구전의 형식과 이미지를 매우 효과적으로 활용하는 것을 보고 깜짝 놀랐다. 구비전통에서 효과적인 무기 중의 하나는 풍자이다."라고 언급한 바가 있다. 민족적 형식인 전통구비장르 판소리를 패러디한 김지하의 '판소리시'는 문화적·정신적인 피식민지 자국의 전통문화 형식을 회복하여 문화의 주체화를 통하여 문화적·정신적 식민주의를 극복하고자 한 '탈식민화' 전략을 활용한 탈식민주의 문학의 대표적인 예가 되는 것이다.

탈식민주의는 바로 타자를 인정하고 포용하는 개방적인 민족주의와 연관이 된다. 탈식민주의는 궁극적으로 다양한 주체와 문화들이 각각의 차이와 다양성을 인정하고 그 위에서 융합의 가능성을 모색하고자 하는 것이기 때문이다. 이를 위해 현 상황에 여전히 존재하는 제국주의적 억압과 지배 담론에 대항하여 억압된 것의 복귀를 꾀하고자 하는 것이다.

그렇다면, 민족미학에서 민족적 이념과 형식의 현재성이 무엇보다도 중요하지만 그 방법론적 전략도 개방하여 확장할 필요가 있게 된다. 이를 위해 앞에서 언급한 '탈식민화' 이외의 다른 탈식민주의 문화 전략도 적극 활용할 수도 있을 것이다. 경전적인 지배 문화와 담론을 거부하는 '폐기', 지배문화와 담론이 사용한 언어를 바꾸어서 재구성하는 '전유', 지배담론에 의해 성전화된 텍스트를 새로운 시각에서 다시 쓰면서 지배담론의 음모와 허구성을 폭로하고 주변부의 경험과 문화의 새로운 가능성을 조명하는 반담론을 제시하는 '되받아쓰기' 등이 그 구체적인 방법론적 전략이 된다.

탈식민화 이외의 이러한 방법론적 전략은 민족적 형식을 취하는 방법은 아니다. 이것은 개방적인 민족적 이념의 현재성으로 제국주의적인 지배 문화와 담론에 적극 개입하여 그 부정성을 폭로하거나 거기에 대한 저항 문화와 담론을 새롭게 형성하는 방법으로, 이를 효과적으로 활용하기 위하여 패러디와 결합시킬 수도 있는 것이다. 이것은 민족적 형식의 개념을 확장해야 수용이 가능한 것이 된다.

이와 같이, 오늘날 민족미학은 이념상 개방적 민족주의와 상응하게 형식상 민족적 형식을 확장하는 것이 현재적 상황을 반영한 중요한 한 방향이 아닌가 생각한다. 민족미학의 현재성과 개방성을 위하여 고민을 할 때가 아닌지?